张天翼日记

张天翼　著

中国戏剧出版社

图书在版编目（CIP）数据

张天翼日记/张天翼著. —北京：中国戏剧出版社，2017.2
ISBN 978-7-104-04444-4

Ⅰ.①张… Ⅱ.①张… Ⅲ.①日记—作品集—中国—当代
Ⅳ.①I267.5

中国版本图书馆 CIP 数据核字（2016）第 263637 号

张天翼日记

策　　划： 樊国宾
责任编辑： 樊国宾　王　燕
技术编辑： 李　静
责任校对： 张　颖
责任印制： 冯志强

出版发行： 中国戏剧出版社
出 版 人： 樊国宾
社　　址： 北京市西城区天宁寺前街 2 号国家音乐产业基地 L 座
社　　址： www. theatrebook. cn
电　　话： 010-63381560（发行部）　63385980（总编室）
传　　真： 010-63387810（发行部）

读者服务： 010-63387810
邮购地址： 北京市西城区天宁寺前街 2 号国家音乐产业基地 L 座（100055）

印　　刷： 北京市鑫瑞兴印刷有限公司
开　　本： 787mm×1092mm 1/32
印　　张： 17
字　　数： 400 千
版　　次： 2017 年 2 月北京第 1 版第 1 次印刷
书　　号： ISBN 978-7-104-04444-4
定　　价： 48.00 元

1	2	3
4		
5	7	
6		

1-5：50年代

6-7：50年代
在青岛

1955 年全家福

60 年代

张天翼的姐姐张稼梅

60 年代

60 年代，和作协同事春游

60 年代，人大代表参观武汉

左起臧克家、雷加、沈承宽、张天翼、李季

1953 年与北师大女附中初二四班文学组

1953 年与北师大女附中初二四班文学组

1953 年与北师大女附中初二四班文学组

目 录

凡　例

本书是现代著名作家张天翼先生从 1957 年到 1974 年之间的日记集合。

编辑过程中，我们在保持日记原貌这一主要原则的基础上，也兼顾到当代语言的标准和规范，做法如下：

1. 对确系作者笔误的地方予以径改；
2. 对部分标点的使用进行了调整；
3. 对以一个字或两个字出现的人名简称，在确有需要的地方，以脚注形式标出；
4. 对日记中的外文部分，除非是拼写错误，其实均保持不变；
5. 原稿乃手写稿，有字迹模糊或纸页残缺的情况，书中以脚注形式标明。

编辑工作中不当之处，请读者批评指正。

中国戏剧出版社编辑部

2016 年 12 月

1957

一九五七年

1957年上半年视察工作。

黄翔　俞寰澄　艾芜　翼　叶老　荃麟　晓邦　严景耀

秘书　董绍昌

　　　高仰之（士其秘书）

四月

十六日　下午三时半到车站。四点开车。同行者除艾芜、董绍昌（随行秘书）外，有俞寰澄（民建）、黄翔。车上遇士其、他的秘书高仰之、护士（一个很孩子气，看样子不大会细心的女孩子）。他们到江西。同组有许宝驹（我没跟与谈从前我住在杭州的欢戏，不然要扯到他从前的做友，怕他不好意思）。

十七日　下午九时十九分抵沪，住上海大厦13层。

十八日　上午六时到站，七时开车。十时多，到杭，住大华饭店，和艾芜同室。上午发信。下午到湖滨散步。三时安排视察日程，晚敬（代表联络处）来，区有人来，具体谈视察农事。访学昭。傍晚，湘渠来。晚九时余睡。

十九日　星期五　让区安排：1. 视察谈话时可不致妨碍生产；2. 让社员有准备，如有要提意见或问题可酝酿一下（这是十八日晚谈好的）。上午与艾街上散步。时雨时停。为了小坐，知味观吃了一碗馄饨。像西园那样的茶店没有了，也找不到小酒店。下午俩乘公共汽车到岳坟。乘同路车归。

晚饭后学昭、漾芬、湘渠、文联陈同志来，谈至九时许。漾芬已入党（去年十二月）。副区长来，艾与谈。约明日视察龙井社。湘渠约明晚看盖叫天（上午八时《杭州日报》有人来拉稿，以说不定答之）。

二十日　星期六　时雨时晴　八时，到西湖区政府。翁志奇副区长陪同到龙井社。社长谈社情况。看工场。饭后和三个上中农，三个贫农谈。但都是干部：前三是社委，后三是队长。一致满意，因为“钞票”挣得多了。只有一个问题：绿化和茶叶产量的矛盾。翁（副）区长[①]说已有报告给园林管理处，但未有结论。五时半归。车到九溪接，经江岸六和塔而回。七时余，看盖叫天的《快活林》《鸳鸯楼》。

二十一日　星期日　雨彻夜未停　晨极冷　湘渠约好八时半来，与郑同志俱。湘穿了丝棉衣，力主多穿。于是把所有毛衣都穿上，只除线背心，至矣尽矣，无以复加矣。外又加夹大衣。接学昭，同游西山公园。不料云破日出，大热。游灵隐，玉泉，中山公园放鹤亭。并在平湖秋月小坐饮茶。谈到一些当地文艺工作情况。约二十三日下午二时与本地青年作者见面，一组小说散文，一组儿文（明日则预定看梅家坞）。

黄源昨，今曾来，皆未遇。留条。冯玉衡一信。不知建国路是在灵隐否。

×

午餐，在灵隐“天外天”。饮黄酒一杯，是三角六一斤的

---

① 原文此处无“副”字。

老酒。曾看了作协的房子，不很好，现由文联代管。

二十二日 星期一 因疲倦，在旅馆休息。补觉。午睡后，发一信。艾芜一人去梅家坞。归谈：绿化占田问题。公路边十五公尺占田植树。西湖农业合作社的土地和稻田占了一半，政府把失去土地（菜田、水田等）的农民安插到外县的社，但百分之九十又回来了。养猪问题（龙井社谈到饲料不够的问题）。估价，不称，只用眼估，收购的和农民估的不一样。价卖不起（买个小猪十五元，长大卖三十余元），又费事，农民不愿养，只挣工分多省事。

×

下午五时许出外发信，买《西湖胜绩》一册归。晚黄源夫妇来，一谈。人民来信三封。其中嘉善洪溪乡缺粮问题一信，应交有关方面紧急处理。

二十三日 星期二 上午和艾芜散步到附近的小公园，并到柳浪闻莺——完全改观了。旁边就是儿童公园。要打门票？回时在涌金门直街走一段，看了金华将军庙，向传是青蛙神，又说是张顺庙（据《水浒后传》），实则是南唐的曹杲，字国光，有牌位。下午如约去开座谈会。分小说散文、儿文两组（大家想合并，旋因会场太小而仍分）。有闻风而来者，所以人要比预计的多。正因为如此，许多出席未能畅所欲言——郑伯永同志这样告诉我。关于“百花齐放、百家争鸣”方针贯彻方面，他们是有许多意见的。只泛谈一些儿文问题，既不具体，又不深入。却又很累人。只是见面而已。晚六时半，荃、琴、晓村、严景耀到杭。荃等住灵隐，严住西泠。约明日上午九时在荃处开会，讨论视察日程。

嘉善洪溪乡合作社的来信已转省人会，请紧急处理。办了才出去。上午。

×

晚交际处说建国路小学有孩子要来访，请约日。不好约。老师个别可来谈，随时联系。此或冯玉衡搞的。

下午会场上交来师院信，文系教师想约谈。亦未能确定日期。如有空，可找十人以内谈谈。

二十四日　星期三　上午到灵隐朱庄与荃等开会讨论日程。下午到人民大会堂听总理报告。六时出，同访学昭，饭于楼外楼——遇若望，他陪朋友来玩几天，住浙江饭店。

人民来信两件。又是关于肃反问题的，说这些事件搞得拖拉，悬而不决，又不给人工作做，云。转。

二十五日　星期四　上午同晓村、严景耀、王卓夫、荃、艾、琴视察西湖茶叶生产合作社。伏老到杭。下午同艾邀学昭到朱庄，和荃、琴、湘渠、伯永座谈，听取当地文艺运动情况。晚，饭于楼外楼。

二十六日　星期五　上午视察珊瑚沙合作社，饭后，绕塘一周而归。途经六和塔，艾、严、董上塔，我和晓村小坐饮茶。他们下塔后，尝了尝素火腿，颇精美。到虎跑看泉，饮茶。在湖滨买东西（大、小剪各三把，套皮鞋套鞋一双）。大雨。同到奎元馆吃面，果然名不虚传。冒雨沿中山路南行，即以前的三元坊，保佑坊。到工商联打电话要车，归。晚间有招待伏老的晚会，我怕疲倦，明日又要去绍兴视察，不去参加（其余几位也不去）。

二十七日　星期六　雨　上午八时出发。到绍兴。到市政府，小坐。参观鲁迅故居，三味书屋，老台门，鲁迅纪念馆。在县府听谈情况，主要是农业。饭后视察亭山乡的永胜合作社。乡长谈情况。几个社的干部、社员，谈到许多问题，但独未触及社的内部问题——晓村说，一个在乡实习的农专学生告诉他，社（永胜？）的财政制度没公开。这个社严景耀来过两次。从糟到进步。六时归杭。途中雨更急。饭厅中遇张子富等同志，他们是到萍乡视察矿况的，归途经杭州。陈半丁几老到。

×

上午，收到郑伯永送来的书，有“成问题”作品两篇。晚饭后读了。杨野的《不愉快的事情》（收入《老水牛爷爷》选本）和根据吉学霈《一面小白旗的风波》改编的越剧《小白旗的风波》，二十五日伯永谈起的。

二十八日　星期日　阴　和艾、晓村、严景耀、董绍昌到知味观早点。按约定的斗份子，唯小董不让她出。于是各奔前程。我和艾芜想去找湘渠，又怕他去送伏老。于是两人沿青年路到旧三元坊，走保佑坊桥、水亭子，到梅花碑。碑移动过了，打了横。旧寓的门已不可觅，只露一窗，或即是那个屋子的窗。

过新宫桥，到清河坊。想找大井巷，错了，走到十五奎巷。

上城隍山。许多茶店房子已不见。很冷清。在一茶棚喝茶，老板吴万江，江都人，在杭四十几年了，本是做酥油饼的师傅，在四季园茶店做白案的。

下山，找到大井巷，进庆余堂一看。问橘红丸，没有。有些丸散大概因地而不同的。在门口各人吃了一钵甜酒酿。出清河坊，北走，到奎元馆吃面。

回饭店，葛琴来电话，说三时许来。三时，荃、琴来，与艾芜同访湘渠。到西泠印社小坐喝茶，吃藕粉。晚，饭于杭州酒家，斗份。听说宋云彬已回杭，同访之，谈怎样开关于“百花齐放”情况的会。

×

约好：明日上午和市人民委员会开会；明日下午和省宣传部交换意见。

×

曾和湘渠谈起吴万江，请他了解情况，并安排。

昨由文联转来师范专科一位，要做报告。托湘渠明日到文联时，请文联去电话辞谢之。

二十九日 星期一 阴 早饭后，我们几人斗一斗意见，准备和市人民委员会开会。九时开始座谈。下午到省委，荃和宣教方面的同志交换意见。宋云彬已约四十余人明天在政协会场座谈。

三十日 星期二 阴晴不定 上午在人民大会堂开座谈会。宋云彬主席，并放第一炮。叶老、陈半老，相继发言。荃麟略谈北京关于贯彻“百花齐放、百家争鸣”方针情形。

下午续开。黄源先发言，说省委看法并不一致。而“我是百花齐放派”。学昭继发言，说“放”未见诸行动。然后舞蹈、音乐、话剧、越剧、《东海》、国画各方面的同志都发了言。尚有报名者。决定明日上午八时半继续座谈。

和浙江越剧团约好明日下午三时半去访谈，他们有许多问题要谈。荃、琴在大华晚餐。琴在此小坐，谈对昨、今开会的看法。

×

得一信。编辑会议开得很好。《人民文学》有很多问题要等着解决云。

五月

一日　星期三　时阴时雨　上午八时半，续开座谈会。发言九人。尚有许多人报名，但时间不够。将移给省政协的文艺组去继续讨论，规模仍像这样。后由荃解答几个问题，宋云彬做小结。

上午发一明片。

午饭时黄源来小坐。谈他的不接近群众，没抓住骨干。因此附于夹层，而许多工作搞不好。他重复谈到他的处境。下午三时半，如约与荃、琴、芜访浙江越剧团，黄源亦同去。他们谈了许多问题。黄源谈了些。七时才散。归。饭厅映电影，在楼上客室吃的饭。

×

明日八时半有《东海》编辑部的同志和我们谈。

二日 星期四 阴 上午八时半《东海》编辑部二人，文联创委会一人，《工人报》一人——共四位同志来，荃、琴在座。谈的仍是听过的那些情况。早餐时与晓村、俞寰老约九时半到十时坐船，定了十时以后的船。四位同志刚来，许钦文来访。四位有点僵，荃请他们谈，亦不开口，——“其实没有什么不可以谈的”。渐渐才开了头。而艾芜约钦文到别室去谈天，那四位才畅所欲言。

将近十一时，才上船。到三潭印月一游。划到西山公园上岸，乘车归。下午二时，和艾芜访钦文。同到文联，看房子，并小谈关于《东海》编辑方针问题。伯永亦赶归。走时，林辰夫亦回，未及细谈（他大概很想谈一谈的）。到黄龙洞一走。饭于杭州酒家，钦文请客。送他回去，又小坐，谈他的生活和写作情况。八时半归。

三日 星期五 晴，阴 早饭后，和晓村雇一辆三轮到中皮市巷，看母校——现在是杭市十一中学（完全中学）了。传达室一位同志，晓村还记得（照拂过他住过的寝室的），但他却不记得晓村了。左说右说，才让一位同志陪我们各处去走一遍。虽有改变，大致还是那时那个样子，教室还是老教室。但当然，一个熟人也没有。出来，传达（室）那位同志让我们留名字，才写下名字。假如先让我们写名字，倒将颇费踌躇了。然后出下皮市巷，归。

荃、琴已搬来。明日赴甬车票已买就。

下午和省人民委员会座谈。晚，宋云彬请客，在他家里。

酱肘煮鸡（自己家里做的）颇鲜。伯永谈及昨日黄源召集的会议（文化局党组和文联主要党员）的一二情况，并有几位同志给荃麟的一信。

四日　星期六　时阴，时晴，闷热，潮湿　昨晚临睡时，咳一两口，不适。晨起亦然。四时半起，本要一路上宁波的，荃、琴劝我在此休息一两天。

医生来看过，发现喉头左侧充血。送了一瓶漱口药水和两包药来，其中一种大概是 Vitamin K。湘渠来看过两次。上午、下午都补了些觉。下午小董谈了些政协机关和支部的情形。

五日　星期日　雨　不好到哪里去，因为雨太大，而且不停。决定晚上赴沪。但他们劝我多歇几天。发一信。并函荃、琴、艾，告诉他们七日晚车动身。湘渠来过三趟，他忙于办大会的公，抽空来看看。上午宋公父女来一谈。

六日　星期一　雨　湘渠来一谈。他说起第六公园有卖茶的。因与小董散步到那里，小坐。下午同陈半老（他一早从绍兴回杭）、小董等参观绸伞厂都锦生。晚沈静方来，谈一个题材，到十一时半。累。

七日　星期二　雨　下午湘渠、沈静方，还有两位《浙江日报》的同志来。一同到西山公园喝茶。雨景很好。但西望，则见两座古怪建筑，庙不像庙，好像故意恶作剧似的。晚七时二十分的车到上海，同行者陈半老父子、小董。憩上海大厦。

八日　星期三　晴而阴　旅馆太吵，不好睡。靳以、葛琴先后来电话。搬到沧州饭店，三一一号，和晓村贴邻。发一明片。散步，看见庙会市场。

罗荪、冰心先后来电话。西彦夫妇来，同饭于来喜饭店。和文彬通了一个电话。七时，巴、弢、靳来，饭于国际饭店。在座还有以群、峻青、而复和冰心、荃、琴。

荃、琴定十一日回京。冰心和我约定十三日回京。并拟：九日群、靳上下午来邀我。十日和冰心看丝绸厂。十一日谒一次党代原址。十二日诸友同玩一天。

九日　星期四　晴　上午以群来。同访巴金。吴强在座。一起到外滩公园。到虹口公园谒鲁迅先生墓，参观纪念馆。饭于新雅。二时归。四时，靳以来。到荃、琴处（荃外出），又遇吴强。西彦亦来。同（除吴强）到城隍庙一逛，尝几处小吃。

晚宗诒来。他们住威海卫路威海别墅十二号，距此极近。一同上他家一坐，晤见了唐先生。抱了抱他们的孩子——一岁半的女孩，叫小平，很好玩。

文彬电话约我去吃晚饭。且看回来得早不早。

×

从各人所谈的情况看来，揭露了一些东西。所谈宗派主义——有些是宗派情绪的宗派主义；有些是由教条（某些人一定行，而此外一定不行）而来的；而又有些是不懂马列主义，对方针政策有思想上的抵触，因而客观上成了宗派主义的搞法。宣传会议开得很好。闻党员发言的太少，现在市委正在动员云。

十日 星期五 阴，雨 九时冰心以车来接，同看玉石雕刻合作社、搪瓷彩色加工合作社。下午二时，看第五绣品生产合作社、第十绣品生产合作社——专做戏装，设计员谢杏生。看一个玩具生产合作社。并约明日同访靳以、巴金。

晚，饭于宗诒、文彬家。把搪瓷加彩合作社送的茶杯转赠唐先生。文彬送她们娘儿俩的照片一帧。

×

晨，晓村交给一封从楼下发现的信，大概是昨晚寄到的。

十一日 星期六 雨 九时冰心、靳以以车来接，看川剧《闯辕门》《掘尸认妻》《三瓶醋》《活捉三郎》，都是久已不演的戏。午，与巴、唐、靳、罗、群、峻、冰、荃、琴饭于新雅，又是这里的罗汉作东。饭后沪友去开宣传会议。和冰到儿童商店，为章买了一些玩具。冰则为小鸭子买了一只小鸭子。

接一信。发一信。

把杭州一封看不清署名的人民来信——其实是文稿——转给《浙江日报》读者来信组（原是他们转来的）处理。晚，饭于彬、诒家。又约明日下午去玩。吴朗西来一谈。

十二日 星期日 阴，晴 九时余，包蕾来一谈。靳以、罗荪来，同到而复家。到巴家，遇若望。除巴外，一起到虹桥俱乐部，在那里吃中饭。三时归。稍歇，到诒、彬家，晚饭后归。若望谈了些作协情况，罗、靳看法亦同。而复也知道。

十三日　星期一　阴　董绍昌来电话，约下午三时半来接。给西彦电话。他来。同到少年宫一看，正值假日，幸遇一位同志，开了各室门的锁，参观一遍。饭于西彦家。在罗稷南家（西彦楼下）小坐，并借 Famz Mehsimg's Kasl Monx 一册。

下午三时余，交际处同志来接。赴车站。同车者冰心、俞寰老、华先生、侯先生、小董。遇刘老（道衡）。

十四日　星期二　晴　车愈北行，愈热。八时二十分到。承宽来接。友梅闻讯亦来。到家，张章尚未睡，等爸爸哩。她见了玩具颇喜。

十五日　星期三　昙　上午补看这一向没看到的《人民日报》。订《文汇报》到年底，交十二元给老刘，请他接洽。买到（图书馆经手）《中国工农红军第一方面军长征记》。

午睡后访白羽，未晤。到《人民文学》编辑部一看。葛洛谈起秦兆阳的情绪不好。编辑部已讨论出一个初步方案。友梅来一谈。傍晚看见菽园，她谈起组缃两头跑的为难。

晚白羽来。谈《人民文学》，组缃（即将转正）的工作与思想，工作与写作的矛盾。中途葛洛来，约明天上午十时谈谈编辑方案那些问题。

×

看到走后寄来的一些信：猛克、惠芬、惠薪、慧中以及其他。

十六日 星期四 上午九时余，遇荃麟、立波、牧良、李纳、逯斐。原来是开支部会，不知我已回京，故未通知。议程是选出席中直党代会代表。我因与白羽、葛洛有约，请假。只投了票，交李纳。十时葛洛、清泉、白羽先后来。谈编辑部所拟初步方案，即将召开的座谈会，以及七、八、九月三期计划。

下午接中宣部通知：十八日上午、下午讨论《关于加强党对文教工作的领导的指示（草案）》。注了意见。

晚，和承宽散步。订《学习译丛》（从第三季度到年底，不能从半路订起）。买 B. A. Apmewot 的《心理学概论》汉译本一册。

×

收到整风文件一册。题赠豫孙姊童话一册，俩携章照片，章照片各一帧。

十七日 星期五 晴 关于辽宁一小学教研组的来信，考虑公开答复。这关联一般教学问题和指导阅读问题。下午和宽到大楼听关于整风动员报告（荃麟、白羽）。散会后，饭于森隆。填送中直党代会代表登记表。

十八日 星期六 晴 在中宣部（孑民堂）开了一天会。会上反映了一些知识分子和民主党派人士入党的问题，高校党委制的问题。还谈了像俞林那样的工作的问题。可能调整一下。

接青年出版社所提《宝葫芦的秘密》出版条件。可以同意。

《解放报》记者曾留条。已来三次未遇云。说下周一再来。

十九日 星期日 晴 十时许，我俩携章访镕、湘一，饭后归。章很乖。牧良邀吃晚饭。在座有骆宾基。并晤立高、清泉、志翼诸同志。九时归。和姐约，明晚请豫孙姊来玩。

×

来信中有一封安徽六安张家店小学六年级写的，对毕业后参加生产，思想搞不通。这当然要讲通，并要安排好。但主要的还是要大人搞通，不歧视。

从这信的语文程度看来，就像是有大人参与其事的，但不知是家长还是老师，如是后者，那么“学校里开展了劳动教育”当然“开展”不了。

×

这几天虽开了些会，下午很疲乏，不过睡眠还好。明天可以整理搁置好久的稿子了。

二十日 星期一 晴 上午把稿看一遍，修改开头的部分。接着，还是让万山出场。剧本到底是别扭：必须把所有的东西安排到这一个场面里。有些很可以表现内心的一个行动或一句话，不能写出就算，而必得安插。这种种，是否可以打破？照我们的旧剧那么写，要自在得多。可以试试。但总觉得这个题材不能这么试。——是不是自己给自己定下来的清规戒律？[①]

下午四时余，豫、寄两姊和姐来，饭于康乐。晚葛洛来，谈明天座谈会事——会期与党组扩大会冲突，葛洛已和张僖联

① 二十世纪五十年代，张天翼因病辍笔十年之久后，试图重新拾起文学创作——小说，还尝试写剧本。（如《华威先生在今天》）但因种种原因，除了五十年代初的几部儿童文学作品以外，成人文学作品一直未能完成。

系过，我仍出席座谈会。又商量了一下整风领导小组的事。

二十一日 星期二 晴 上午整理已写的部分。下午一时半，和雪峰、白薇以车接杨朔，到北海联谊社开座谈会。葛洛主持，致辞时还舍不得责己严些。提意见的人也都很客气，不够尖锐。

明日定在北大，借地方开。晚饭后到白尘处一谈。“党组扩大会周扬同志未到。”谈了些会中情形。还得续开。那么暂时不用写书面意见了（党组来信让写书面意见）。金玲谈起编辑部的一二情况。

二十二日 星期三 昙 到《人民文学》编辑部，和葛洛、清泉、光群谈昨天座谈会的观感。谈了谈布置整风的问题。

归，写了三封信：惠芬、慧中、惠薪。

下午二时在北大临湖轩开座谈会。大家还是客气得很。

晚饭后，金近来一谈。

二十三日 星期四 晴 很疲倦。艾芜来一谈。他是昨晚回京的。致荃、羽、川一信。休息。看看报。看了梅里美几篇小说。

晚饭后与宽散步。购费尔巴哈《未来哲学原理》、普列汉诺夫《反对哲学中的修正主义》、克鲁普斯卡娅《列宁回忆录》。宽为章买了两帧画。在期刊门市部遇林林、敬之。

二十四日 星期五 晴 不舒服。葛琴来一谈。晚饭后和宽出去，买了半斤补中益气丸，临睡前开始服用。

二十五日 星期六 昙 下午还是出席了《人民文学》召开的座谈会。会后留友梅在家晚饭。人代延至六月二十日召开，十四日开始报到。

二十六日 星期日 风 没有接到慧中的电话，大概她没有收到信。惠芬信上说这两个星期日都不空。和宽携章上白尘处。留饭。下午一同上荃、琴处一谈。饭后同往文联看豫剧《王佐断臂》。

×

荃谈到是否可以打听一下韩北屏，看他肯否参加工作。以群其实可以。总之，要领导上下决心。否则《人民文学》改不好。

二十七日 星期一 晴 上午访白羽，谈《人民文学》要找人手的事。以群、俞林、韩北屏同访冰心。冰心谈起儿童文学刊物事，有困难，表示不肯任主编。下午组缃来谈，关于他的思想情况，优缺点。他要转正了。

晚访编辑部。同葛洛、清泉到白羽处，谈刊物改革问题，整风问题。归时已将十一点。疲极。

×

星期三《人民文学》编辑部整风会议。下午党组召开对中宣部提意见的会。

二十八日 星期二 因腹泻，看了姜大夫，取了药。葛洛、清泉来，谈《人民文学》编辑部工作改进意见。下午，疲极。来了两位《中国工人》的干部，一定要见，其中一位自称是民大学生，一问，才知是我离开后好久才进去的。很不近人情，酸，缠之不休。晚饭后，葛洛、清泉来邀同访克家，未遇。

二十九日 星期三 晴而昙 上午出席《人民文学》的整风会议。吕剑亦应邀参加。白羽亦出席。下午到文联大楼开党组召集的对中宣部部长们提意见的会。对周扬同志提了几点。

三十日 星期四 微雨，阴晴 上、下午都出席《人民文学》编辑部的整风会。昨、今上午几位的发言不够尖锐，但尚踊跃。今下午则显得沉闷。会后和葛洛、清泉、申述研究了一下。是不是领导上对工作缺点的估计落后于群众？葛洛曾说编辑部不感觉有过宗派主义作风，但会上有人提到这一点上了。——我提出这看法。葛洛思想上似有抵触。

约明日下午二时开个支部会，研究一下。

×

宗派主义表现在两方面：对外，对内（内部）。宗派主义的含义各不相同，就谈不到一块儿了：群众就会觉得领导上对整风决心不够。这要注意。

×

姐今早迁回芝荣处。整理书架。

三十一日 星期五 晴，阴 很累。傍午葛洛来一谈。午饭后在我这里开了一个会：葛、清、涂、淑。估计一致。晚和宽到大楼听相声。

×

金玲对宽谈:《人民文学》编辑部发言不踊跃是怕提了不顶事。这也反映一种看法。

×

傍晚收到关于丁、陈问题的材料(打印的)一份。

六月

一日 星期六 晴 上、下午都在《人民文学》编辑部开整风会。开得比以前好些。一些盖子揭开了。

的确是如此:编辑部领导的想法落后于群众,落后于形势。这是会开不好的主要原因(当然,此外还有人有顾虑:怕报复,怕谈了不顶事,等等)。以后可进入新阶段。

晚我俩散步到王府井,买帽。

二日 星期日 晴 上午我俩到中山公园一游,遇姐、素姐及其女儿女婿、芝寅夫妇。饭后归,午睡。

晚白羽来,谈《人民文学》整风会情况和拟调的人。

×

上午翔鹤来一谈。

三日 星期一 昙 上午到《人民文学》编辑部,与葛、李谈涂工作调整事。邀涂来一谈,并批评他,劝他以后注意。读丁、陈材料。

下午艾芜来一谈。签发人民来信转董绍昌。晚饭后,葛、李、张僖来谈《人民文学》企业化问题。旋荃、琴来一坐。看“宋景诗”，颇好。

四日 星期二 雨 读丁、陈材料。下午到《人民文学》开整风会。晚饭后把已看过的一部分材料封交菡子。白羽来一谈。

五日 星期三 雨 上下午都在《人民文学》开整风会。晚路福增来一谈，有一篇稿叫我看。接许以一电话。

六日 星期四 阴 上午在《人民文学》开整风会。并交一信给葛洛，书面声明不收工薪事（昨他接办公室信，通知我发半薪）。下午和艾芜到大楼开党组扩大会，便中告小川，叫财务科不必送工薪来。

×

张章发烧，呕吐。宽去请了刘大夫来看。是感冒。注射链霉素和青霉素。

×

整天神经太紧张，累。

七日 星期五 晴 张章退烧。上午到荃、琴处一谈。下午党组扩大会请假，因太累。读了路福增的稿子。晚接荃电话：沪市委允放以群来，但他本人尚未允。

新文艺出版社来一位同志约稿。答允明年内给一本。

八日 星期六 晴 致以群一信，问他如何考虑的。将信交琴，最好荃也写几句。顺道经《人民文学》编辑部，交党费。告清泉沪委放以群事。告路福增读稿意见。午饭时他将稿取回。

下午写杂想一则。

九日 星期日 阵雨，阴 在芝荣处晚饭。

十日 星期一 晴 复 Гамоб 和 чекрекац 各一信，并两封苏联友人信，送请外委会寄发和翻译。

有一来稿，送冰心，因为上面写了四个人名字。

晚和宽上街，买侯外庐等四人的《中国思想通史》第三卷（几日前购《思想通史》一二两卷、杨荣国的《中国古代思想史》《十八家诗钞》《明史纪事本末》各一部。忘记记上了）。

十一日 星期二 晴，阴 整写剧本。想想，还是不让万山插进来，即接写董归，较自然些。

晚在《人民文学》编辑部开支部会，至十一时半。极度疲劳。

十二日 星期三 晴 腰酸背痛。大楼和《人民文学》编辑部的整风会（都是上午），都请了假。下午克家、艾芜来一坐。晚葛洛来一坐。

十三日 星期四 昙 上午编。下午会请假。友梅来一谈。他已致函海淀区委宣部，说明我要大会后才能去，并致谢意。当抽空去看看他们。

张章这一向习气不好。环境不合适，保姆也不会引她上正轨。打听一下日托，看如何。只要好好管过这两个月，即可上幼儿园了。作协的全托听说常出事，究竟放心不下，且全托对儿童心理上影响也不好。明日拟打电话请教请教刘雯卿主任。

十四日　星期五　阴晴不定　上午编。为下午的会请了假，——而实未开。晚和宽散步，买茶叶。

×

曾打电话给刘雯卿主任。一定要三周岁才收，且现无空额。九月学期开始，当可设法。

×

和艾芜约明日报到。

十五日　星期六　晴，阴　九时，和雨民、立波、艾芜同到前门饭店报到，领回大会出席证。编。晚饭后，购补中益气丸半斤。

十六日　星期日　阴　看这几天的报，章、罗等必早有所布置，而储是他们的打手之一。各地民盟总该还可以揭露一些东西。

×

想起一个相声之类：繁荣创作委员会。开了一个月的会讨论创作何以不繁荣，何以繁荣创作，然后组织一个委员会来繁荣创作，把全国各地的作家都调到这个委员会来工作——办公，开会。

×

上午和宽抱张章访五号诸同志，在秋耘处小坐。

午睡后拖地板。

晚和宽携章在白尘家玩。保姆回家，十时半归。哄章睡，她很乖。

十七日 星期一 阴，晴 给湘渠、沈静方各一信，谈他们登在《东海》六月号上的作品。金玲来，要约一个时候和剧组谈谈。

理发。

申述来，谈整风情况。约明日下午谈编辑部工作改进意见。准备了一下。

宽请假两小时，一同到西观音寺托儿站打听。则已无名额。说可以打听禄米仓的或羊宜宾胡同的。

购黑格尔的《哲学史讲演录》第二卷。饭于吉士林。

归，沙汀来，在艾芜处。立波、康濯在座。又在立波处小坐。并洽总支为写党员介绍信给统战部事。明日艾芜的小组将讨论他转正的问题。沙带香草两盆，一赠我，一赠文井。

晚试服柏子养心丸，十四粒。闻白羽曾来访。

十八日 星期二 晴，阴 上午到白羽处，则劼老、老巴、沙汀都在座。少顷荃麟亦来。白羽说昨俞林来，拟一谈，未遇。打了电话给总支。

下午到《人民文学》编辑部，则有几位党外的被党组邀去开会。编辑部会议改明日上午九时。

晚，与荃、羽合请劼、巴、沙，并请肖乾（上午在白羽家遇到，约的）、艾芜、家宝、白尘作陪。饭后同到前门饭店劼老房间小坐。并访云彬。十时半归。主席报告明日可刊出。

十九日 星期二 晴，阴 报上刊出《关于正确处理人民内部矛盾的问题》全文。并传到“事情正在变化”。连读两遍。还要读。

九时到《人民文学》编辑部谈关于改进编辑工作的意见与感想。十一时半结束。又与清泉、张白、谭植仁、金玲交换关于剧本稿意见。下午三时与葛洛、清泉、申述、南吕到中直俱乐部听彭真同志的录音报告，搭肖起扬的车归。

晚，家宝、肖乾约饭于仿膳，有劼、巴、郑、荃、沙、芜、尘、羽、光。在茶座遇俞林，约明日晤谈，暂约七时，再以电话联系，因明日要开预备会。

归，得通知：明日下午四时开预备会。

二十日 星期四 晴 得通知：上午十时半开大会党组会。打电话给俞林，约七时以后晤谈。

上午、下午都在怀仁堂开会。

晚饭后俞林来，谈《人民文学》情况。同诣荃麟处，光年、金镜、笑雨适在，谈《文艺报》整风情况。

接电话，说有一重庆来的人在家等我。归，则是钟宽洪。述在渝师范学习时，校长特别“照顾”，免修国语、历史二课，和校长同桌吃饭（校长是“爱文艺”的），同学都有意见；而同时外面开会多（作协老邀他开会）。因此，功课赶不上，而且吐血。母亲又生活困难。他就写信给中国少年儿童出版社，想工作，复信说人手是不够，但添人不可能（三月间的信）。他现在昧然来京，学校亦同意他走，把团的关系转来了。到此，工作无着落，归滇则又无盘川。他想在此教小学，不可能。就说想替我“抄抄稿子，做做零活”。

劝他：小学工作如无法解决，其他工作找不到，而云南原工作岗位可回去，则不如回去。盘川可由我和杨朔出。他明日当访杨朔一谈，看还有其他办法否。

有些人动辄责备青年骄傲，好高骛远，但从不责备那些硬把青年养成这样思想作风的“教育”者们。冤哉！

二十一日 星期五 阴 读文件。问了问清泉昨晚小组会的情况，并告以俞林晤谈结果。晚七时半，到前门饭店开辽宁组党小组会。归得葛洛一信。送来以群给荃麟的信，阅后，打了电话给荃麟。

×

腹泻。服七宝妙灵丹一瓶。

二十二日 星期六 晴 腹泻。半夜起来一次。上午的小组会请假。休息。姜大夫看了看，给了药，每四小时服一次。得湘渠信，送给荃麟一阅。下午舜田来一谈，并送学前儿童从书三册，颇精美。

二十三日 星期日 昙 继续服药。沙汀来一坐。他已迁后院小住。下午在他家里一谈。琪树来一谈。

二十四日 星期一 晴 前天宽为我打电话请假时，听说今日上午开小组会。去，则并不开。电话讯明天开否，答尚未定。直到晚尚无电话来。

下午三时到葛洛处，与俞林、清泉谈他仨分工及葛去留事。邀秦，一起饭于吉士林，由社请，表示欢迎俞林。

购沈周、野平山水册页印本各一帧。买了几本有关近代史史料的书及相声选集一册。沙汀回前门饭店，行前在艾芜处小坐，谈四川组揭露“右派”的情况。借来三份《四川日报》。

二十五日 星期二 晴 开了两个半天的小组会，在政协礼堂。

二十六日 星期三 晴 复张森、陆爱钟信。陆稿转《人民文学》。写个条子问杨朔，看他知道钟宽洪情况否，如何打算。

下午开人代会大会。听总理政治报告。晚文井来一谈，他刚从新疆回来。

二十七日 星期四 晴 没开小组会，读文件。因肠胃不好，未能赴劼老的邀饭。复那位署名“獐四是”的先生一函。把沈从文来的一封信交给清泉。打算去看看他。

续服姜大夫的药。购补中益气丸半斤。

二十八日 星期五 晴 开了半天小组会。下午请假。青年出版社送来预支稿费一千元的汇票。晚，和清泉访从文。友梅来一坐。

二十九日 星期六 晴 下午开大会，李先念副总理报告。

三十日 星期日 这几天除抽空读文件外，看了看黑格尔《哲学史演讲》里的“导言”，叶尔米洛夫的 A.P.Chekhor。

列宁说那篇导言“真要命”。那是搞体系的玩意儿，硬要把人类思想发展史按照黑格尔的推演来取舍（因此东方哲学不配称为哲学），来排列（因此可以不照史的发展）。但除此以外，还有些片段，个别意见和论断，是可采的：这里那里地闪烁着辩证思想的光辉，曲折地（或是变形地）反映出了人类认识发展的某些问题。

一写到哲学和宗教的关系，就十分糟糕，暴露出这位“哲学皇帝”的庸俗一面来了。

V. 叶尔米洛夫的这册书写得不错，一点没有那种八股调。很容易看下去。他的确是乞科夫[①]的很好的读者：精细，实事求是，也肯用脑筋。只是，作者怎样创作，怎样从他的立场观点出发去浸入生活，他思想感情中的矛盾，以及他思想感情和生活本身以至和表现出来的生活之间的矛盾，——总之，作者的创作中的这些问题，这位研究者还体会不到。因之，还流于浅。（他看到了乞科夫的反 Vulgarity，而拿真正的 Beauty 来对照，来显示矛盾和冲突，这实在是个肤浅的看法。）

然而还是一部好书。要是有懂俄文的把它翻译出来，给青年们看看，是有益的。

×

俩出外散步。购普列汉诺夫的《论西欧文学》，收入了论易卜生的那一篇。

① 即契诃夫。

七月

一日 星期一 有阵雨 复郴县第一中学一信。

到《人民文学》编辑部一谈。出丛刊、调干等问题。

下午开大会：薄一波、张鼎丞同志的报告。

二日 星期二 晴 上午开小组会。腹泻。下午大会请假。[①]

三日 星期三 晴 下午开大会。晚，劼老约饭于鸿宾楼，十二人。

×

《华威先生在今天》，剧本或是什么。

×

来信中有惠芬、沈静方各一信。

四日 星期四 晴 肠胃不适。下午大会请假。

牧良来一坐，午餐。

五日 星期五 阴 下午大会请假。请艾芜约王文鼎代表为我诊治。

六日 星期六 有阵雨 上午如约到巴、沙处等王大夫。开了一个方子。大会请假。《华》报纸上提供的素材很多。

七日 星期日 晴 中午开始服用王大夫方。

---

① 以下原稿撕去半页。

午睡后和宽带小张章看公公、婆婆。八时半归。

八日 星期一 间小雨 上午到大楼开党团员和积极分子的反右动员会。下午开人代大会。服王大夫方，觉得肠胃舒服些。

九日 星期二 间有雨 下午开大会。午，俞林、清泉来谈《人民文学》组稿及反右座谈会事。看能不能约请代表作家们找个时间叙一叙。

×

《华》素材很多了。注意，不要为这些真人真事所限，以免搞得浅而仄。表现形式上不要拘于现有的话剧舞台的限制，以免不能恰如其分地表现这个全部内容。

×

来信中有伍东的一信，并介绍他两个学生的信。

十日 星期三 间有雨 上午开小组。下午大会。大会将延长两天。

十一日 星期四 阴，晴 感到有点腹胀。睡眠不足。上下午的大会请了假。服王大夫第二方（附子理中丸）。得以群信。

十二日 星期五 阴，间雨 上午开大会。下午请假。不适。不知是否着了凉。理中丸晨服一丸后，停服。晚服益气丸。

牧良来一坐，在此晚餐。

十三日 星期六 晴 头涨。疲乏。上下午大会请假。也为明日上午的小组会请了假，准备参加明天下午的文艺界座谈会。

十四日　星期日　晴　下午在紫光阁开文艺界座谈会。饭后归。

十五日　星期一　晴　上下午都开会。大会结束。左背筋疼。

十六日　星期二　休息。看《人民文学》七（月）号，打个电话给俞林，希望能有几位诗人如克家、艾青对李白凤一文的批评驳斥。

晚颂棣之子文骞来，很像他父亲。详细问了颂棣夫妇的近况。令人悬念。

文骞在青年出版社工作，是党员。本在浙大教政经学，去年冬调京，曾来两次，未遇云。后辈如此，诚可嘉。并谈及姚文元。好几对父子代表了两代——两个时代的印记。而时代进展得这么快！中国历史上还不曾有过这么多的跨灶子。跨灶成了这个时代的典型了。这比任何“父与子”“两个标骑兵”都有更深刻的意义。只有现在我们才会有乐观主义的全新的两代典型。

十七日　星期三　晴　把《华》开了个头。五时许和宽到大楼看大字报。看到了所揭露的二唐情况，真气愤。哪里还像党员！尤其是一唐，简直是叛变！订藤躺椅一把。饭于森隆。

十八日　星期四　阴　改《华》头，并布幕。五时荃麟邀谈。想约一些人组织批驳右派的文艺理论。初步商定《人文》编委名单。其中尚有一二人不能确定。决定由俞、葛参加党组。

看到以群给荃的信。还得请起应同志打个电去。

晚一起看陈伯华演的《二度梅》。很好。

十九日 星期五 晴 写《华》。只一点点。下午到人民编辑部，和葛洛谈了昨天所谈各事。

沙汀来一坐。昨与沙、艾和宽散步。想买药，至则已打烊。

×

复陈中宣。复惠芬。

二十日 星期六 阴，晴 写《华》一点点。

晚沙汀来谈宽稿事。继而文井、白尘先后来。谈右派一些情况，由此又扯到一些变节者的丑态，如 M. 之流，可笑又可鄙。

二十一日 星期日 晴 上午俩带小张章上公园玩了一下。姐来，亦同游。午睡后携张章到荣处，饭后归。

×

宽买了半斤补中益气丸。

×

王淑明来信谈对《人民文学》意见，当转去。

×

汇母款已交姐。

二十二日 星期一 晴 上午写。二时半以后，俞、葛、李、秦来，同到公园，谈七月号及编辑部事。都同意丛刊不如出丛书。

在公园遇慎垒先生。已七十六了，正和许多老者喝茶，说是每星期一一聚。他说住大阮胡同三十三号，家里还有爹爹遗墨，是一付集陶对联。

晚与沙、艾散步，到王府井，遇立波，到冷饮店喝汽水。曾过树理处，不遇。

二十三日 星期二 晴 写。下午五时许友梅来，说《北京日报》登市文联有党员向右派分子投降，提到了他。他感到沉重。

谈对他平素露出的一些文艺思想，自由主义的倾向，对思想改造，写真实等的看法。指出，登报是小事，思想上的问题是大事：反右一开始，就想到要和他谈的。

要解决的问题是：你为什么要写作？为什么要当作家？

劝他沉住气，彻底检查自己。以后注意在政治品质方面锻炼自己。

×

文井来，同看沙汀未遇，到中山公园一坐。

×

关于《华》一剧，已摆脱了现成的真人真事，人物自己形成了。情节也就能自行发展，从过去到现在：思想、品质、性格，等等——必然性通过偶然性的形式。

二十四日 星期三 阴，雨 写。得陈中宣信。理发。在舒群处一坐。

二十五日 星期四 晴 写改。白羽来，并沙汀、立波同到荃麟处一谈。下午开党组扩大会。开得好。晚与沙汀、康濯散步，访树理。在冷饮店小坐。

二十六日 星期五 晴 写，修补。晚文井邀同沙汀、立波饭于西观音寺。外文出版社来电话，告以《宝葫芦》修改稿已交出版社，并由君武找插图人。

舜田来，未遇。留学前读物二册，很好。宽关于流沙河的文章又根据《文汇报》的新材料加一些补充。

二十七日 星期六 晴 上下午开党组扩大会。有进展。戈发言提供了新的东西。

说有电话约我们明天上午九点半带小张章上北海，在门口等。大概是惠芬打来的。和宽出外买了一些糖，以备明日之用。

二十八日 星期日 晴 九时，同带小张章到北海公园。维季、雨芳，继而栗子。等一会，余人尚未见来。张章跑进门，我们只好跟进去。少待，她们同庆兰一路进门。问，则惠芬在开会，清琦赴颐和园，越俊处写信去未得复。估计都不会来了。

在仿膳茶桌小坐，遇王杰、芝华。

维季她们都考过了。维已取（人民历史学系），余估计都有学校进，是否能第一志愿则未必。她们都选物理、电机、水利、航空（清琦）诸系。谈了谈她们学习反右的情况，以及升学后处在较复杂的环境中的思想准备，等等。

晚沙汀饭于此。饮黑啤酒。

二十九日 星期一 晴 在文联大楼开会，由周扬同志说明党组扩大会的几个问题，定明日下午开，还要扩大些。

和俞林、葛洛谈了一下《宣教动态》所载有关秦的一些情况，要开一次支部会。

下午申述已派人来把《动态》取去。请他和白羽接个头，了解一下和秦谈话的情形。补看日来报上未及阅读的部分。找沙汀，在菡子处，李纳亦在，一谈。

三十日 星期二 晴，阴 上午看丁、陈材料和党组扩大会记录。白羽和艾芜来一谈。下午的会扩大至二百余人，包括党外文艺界各方人士。方纪同志发言，揭发陈、柳关系，骇人听闻，不胜愤怒。陈态度恶劣。晚与沙、艾各谈些看法，准备明日作一联合发言。

三十一日 星期三 晴，时雷雨 上午准备发言提纲。

下午开会。发了言，指斥陈，并批评丁昨日的发言。

晚与文井散步。

八月

一日 星期四 晴 下午开党组扩大会。柳溪控诉了陈的罪行。血泪的控诉！虽然大部分已听方纪同志揭露过，但仍惊心动魄。

晚与沙汀、文井散步，在公园小坐，谈到有些反党分子的心理究竟是怎么回事。

二日 星期五 晴，阵雨 上午写改。午复霭如一信。宽到大楼看大字报，约何镕、湘一，同饭于森隆。

购到《心理学的哲学基础和自然科学基础》，系斯·阿·彼得鲁舍夫斯基在师大讲授译稿。

×

《中国少年报》曾来人问关于陈子君活动刊物情况。

三日 星期六 晴 保姆害病。上午带小张章，她很闹。宽十时余归，接管。外公来，并打电话请婆婆来照管。宽颇烦。

下午的会人更多了。陈开始交代。看出是有诚意的？？他自己说立场一改变，就想起来了。但丁态度不好，吞吞吐吐。陈明恶劣。大家不满意。的确是胜利的开始。都对企霞看法立刻不同，感情亦不同了。大家想亦心同此理。散会上车后，都问："还有陈企霞呢？"很想看他的时候和他握握手。他究竟开始转过来了？看出他是下了决心的？？

收到第七、八次会议记录。

×

《人民文学》编辑部关于唐、吕点火的揭露新闻稿已看过，交给申述。白尘亦已过目。

四日 星期日 上午大雨，下午晴 下午开党组扩大会。在车上遇陈企霞，说："企霞，我们握握手吧。"大家笑了，他也笑了（轻信）。

丁发言，仍徘徊原处。小川指出她貌为诚恳，哭哭啼啼，但极不老实。大家同意这看法。十六个字：逆来顺受，避重就轻，迂回曲折，蒙混过关。回来下车时，和企霞都谦让。

×

约组缃、卞之琳明日下午去看他们，和沙、艾、井同去。

五日 星期一 晴，傍晚大雨 上午想了想剧本开头部分的修改，像宽所提出的，要让观众知道什么事将要展开，不只是写性格。

和沙汀、菡子谈昨天的会。菡子正准备一个发言，揭穿丁的东扯西拉是一种进攻手段。按新情势应有新的大字报，拟了一个，菡子执笔。饭于菡子处，沙汀、黄其云、李纳。

二时半与沙、艾芜、文井到西郊。访翔鹤未遇。到组缃处，谈起昨日的会，冯的发言，等等。饭于一个食堂。同访之琳一谈。

六日 星期二 晴，傍晚雨 上午改写开场的部分。下午开党组扩大会。昨天所谈的大字报已贴出。《文艺报》将报导此事，约稿。后问光年同志，知是要登几个发言。与沙汀谈及，晚饭后并同访光年商谈。并看到记载这些会议的新闻校样，大概明日可见报。

七日 星期三 昙，傍晚雨 和沙汀、艾芜讨论发言记录的修改。由沙汀动笔。我写附记。已写就，下午交沙汀。

下午开党组扩大会。

×

丁、陈问题已见《人民日报》。

×

晚在廊上散步，遇康濯一谈。沙汀旋自外归。大家谈今天的有些发言。

八日 星期四 晴 上午改稿。下午党组扩大会。丁的发言仍如故。发言记录已改就，交去。晚与宽饭于吉士林。

九日 星期五 晴，夜大雨。改稿。下午党组扩大会。

晚和沙汀、文井散步。

十日 星期六 阴，晚阵雨 改稿。

在沙汀处一坐。

十一日 星期日 晴，晚大雨 下午四时余，我俩到公园小坐。面包啤酒当晚餐。归后大雨。北窗漏水，室中半成泽国。

十二日 星期一 晴，晨大雨 改稿。晚，约沙汀、菡子、文井饭于吉士林。

十三日 星期二 晴 上午和沙汀、艾芜商谈就冯的发言做一个联合发言。谈次，夏景凡来，谈出几个杂文题目。

下午开党组扩大会。荃麟、天佐、俊瑞发言中已摄我们拟谈的各点。而荒煤又邀沙汀、立波就抗战前沪组织事作一联合发言，这很好。对沙谈了要注意的一二点。

×

发言校样改后交《文艺报》，又曾索回改一二处。

十四日 星期三 晴 晤草明，她是昨天到的。下午开党组扩大会。听夏衍同志揭发冯在沪事，群情激奋。有临时的几个发言。写一简单发言，艾芜连署，小川宣读。

二十几年来文艺界的纠纷问题，矛盾斗争，现在才真相大白。

×

《文艺报》也出了几个杂文题目。

十五日 星期四 晴 上午改稿。复新华书店京所宣传科一信。

得《文艺报》所送舞剧《宝莲灯》票，晚与沙汀、草明同看。

十六日 星期五 早晚雨 上午我俩携小张章到儿童乐园一看。这时适放暑假，十天，二十八日假满，当再带她去一次。归次，即在东四联合诊所为之检查身体，填表。

下午开党组扩大会。冯发言极令人不满。质问他几点，要他交代。根据十四日所提问题而写的大字报，已贴出。

×

得陈中宣一信。得茅公信，附复胡丹沸一函，已转俞、葛、李。

十七日 星期六 晴 上午改稿。下午开党组扩大会的小组会。

得惠芬信，一苇信。后者带交金玲。

十八日 星期日 上午雷雨 午饭于白尘家。晚饭于芝荣家。

十九日　星期一　晴　上午改稿。下午四时同沙汀、草明在中山公园一坐，约宽，同饭。

二十日　星期二　晴　很疲乏。上午休息，为艾芜看了他的发言稿，谈了点修改意见。中午俞林来，送阅一篇稿子。下午开党组扩大会。李希凡想约一篇《我在霞村的时候》的稿子。总得把那篇“作品”找来看看。

二十一日　星期三　晴　动手写一篇杂文，关于所谓“一本书主义”的，没搞成。每逢要写杂文，总是东西太多，方面太多，而这些是早就有的，一遇到题目，就全都冒出来了。那就得组织，整理，颇费时日，字数也多。绝不是半天以内，千字上下所能办。我不会写那样的东西：抓住一面，一点，发挥几句，成篇。也许是没碰到这样的机会。

写，而不成，很耽误工夫。还不如进行手头的稿子。加之两次找书报没找着，费时间，而且烦。《霞村》等，倒想找来看看。有个现成东西，有的放矢，生就的有个范围。

×

看了关于苏中历史问题的材料和结论。以前我们支部的确太姑息，太温情主义了。到《人民文学》编辑部找到俞林、申述，就此事交换了意见。同意了党委会的意见。申述说葛洛亦然。他还须找清泉一谈。

×

晚饭后我俩携小张章到儿童照相馆照相。吃了冰激淋：小张章是第一次吃，很喜欢。

×

大概因为上、下午都用脑过度，很疲乏。上床久久始入眠。

×

购《毛泽东同志的初期革命活动》，李锐著，即以前连载于《中国青年》者，编书时略有修改云。

二十二日　星期四　晴，晚雨　上午改稿。复惠芬、清琦各一信。

得明、后日党组扩大会通知，中宣部星期六上午开会通知。

二十三日　星期五　晴　上午写。下午开党组扩大会。

晚饭后与沙汀、文井散步，饮啤酒。谈到《人民文学》，一些方针性思想须好好贯彻，批判表现在稿件取舍上的右倾思想与非党性。

二十四日　星期六　晴　上午在中宣部孑民堂开会。下午开党组扩大会。晚与沙汀、文井散步，在煤渣胡同遇树理、君武、杨刚。

想写一则关于作家的个人主义与自由的短文。还得组织一下。

二十五日　星期日　阴，雨　晚饭在森隆。

二十六日　星期一　雨　把工作室与卧室对换。几乎搬了一个上午。偶想起写关于“算旧账”的东西，又未搞好。仍是东西太多。又回到谈作家的个人主义与自由的整理，组织。只怕写起来又啰嗦。沙汀亦谈起写杂文不易。看了他的发言校样，中有较重要的个把字要改。

×

昨上午牧良拿回来一篇短篇。当时读了，谈了意见。拿矿山缺饮水，要合作社的一口井水用，农民中因此有不同意见：有肯有不肯（要用这水灌萝卜田）。事情是如此。看采取哪些方面、情节、场面、人物的活动等去表现。这篇用几个农民的谈话，从对立到说服。只是谈，谈道理，因此无说服力。同时，整个矿山与农村的总貌没有写出，读者完全不知道矿山要用这口井的必要和重要性——只有作者自己知道是不行的。

牧良说："我是想写人物，主要的不是写事情。"

对，出发点可以是这而不是那。但这两者在这里是分不开的。事情没写清楚，没选取事情的主要点（最足以表现这事情的）来写，则人物性格亦无从表现：读者看不出这些人物的分野、矛盾，以及何以会如此，而且不相信这矛盾就此真的解决。

他答应改一改。但整个骨架——谈谈解决问题——则无法改：改，就是重新写过。但我总觉这骨架本身不是这题材的恰当表现手段。

今日傍晚他又顺道来此，仍谈到这骨架问题。他有点紧张似的。说要想一想。

他是急于想要发表出去。又想到久未发表作品，一旦露面，总得站得住些的。这两者有矛盾。因此不免急躁。我力劝他先摆一摆，写点别的，再回头检阅这一篇。他并不是没有别的题材可写。

沙汀说：假如想到自己是个老作家，一写就得不弱于人，这就反而写不好。——诚然。而这样所造成的紧张、矜持，甚至急躁，也都是因为从“作者”自身着想，而不是从读者群众出发之故。

作家是为了读者群众——一定的具体的读者群众，而不是抽象的读者群众——存在，而不是读者群众为了作家而存在的。

二十七日 星期二 阴，时雨 试了试《作家个人主义与创作自由》。要使人看了有点用处，有点益处，就得写清楚些，不是拿一点化开，之乎者也一通所能了事。还是归到文艺思想斗争的战场里去。

看《我在霞村的时候》（书是宽从她编辑部借来的），札记数条。等《丁玲选集》借到时，再看看要不要扯到《莎菲》之类。扯一扯也有好处，更可看清作者的思想和作品里所表现出的作者这个人。

晚开支部会，十一多钟归。

二十八日 星期三 阴，时雨 起得较迟，仍感睡眠不足。累。补了些关于《霞村》的札记。从资料室找到了《在医院中》，殊出意外。看了，札记数条。这篇比《霞村》那篇更为露骨，更看出作者对革命事业的看法、感情、态度，等等。装做卓立不群而实卑劣，装做风雅而实庸俗。实际是心中有鬼，政治上的自卑感，却把自己吹胀，好像比任何人都高些。

下午开党组扩大会。

晚清琦来，并带一同学张永西。清琦谈到一些关于交友的事。谈了她们将进大学在精神上应做的准备。

她们都考取了，但都不是第一志愿。惠芬是钢铁学院。清琦自己是地质学院。

×

从康濯处借到雪峰《论文集》第一册。看了《丁玲选集后记》。其赞《霞村》的真真数语，令人想起他们的“检讨”，——大帽子，实际空洞，没有事实。不过这里是美丽的“纸冠”。

二十九日 星期四 雨 写稿。本来宽要带小张章到儿童乐园去见习一下的。因雨未果。

三十日 星期五 晴 看《莎菲女士的日记》，札记。上午六局来两位同志，谈一些材料。

晚和沙汀、草明同赴苏联大使馆招待的电影场，伏老访华的纪录片。

×

整风办公室送来发言记录，看要否修改，因为要复印成册。已改就。至第一次发言，与沙汀商就，即用发表在《文艺报》上的，唯取消“附记”。

《中国青年报》送来关于刘绍棠报道。先是来一同志，谈起要一些教育青年作家修养的文章，这可以作为参考资料。

宽取来小张章的照片，很好。今天她满三周岁。本应带她上儿童乐园，宽因开会，未果。将以明天。

白尘为我们订座，商之沙汀，还是明日下午七时好，散会后就去吃饭，了此一愿。

宽曾接惠芬电话，想星期日来。宽说不如到公园去，约好上午九时，天雨再议。

我俩谈起这孩子将来从事钢铁业，不知体力能胜任否。

三十一日 星期六 晴 宽和阿姨携张章到儿童乐园，十一时归。比较《霞村》两种版本，有改动处。批评文字开了一个小头。

下午开党组扩大会。荃麟告我俞事。想和葛洛谈谈看，能否留住。散会后和沙、艾，三家约白尘夫妇、牧良、文井，饭于全聚德。尚余十元余。

九月

一日 星期日 晴 九时，我俩携小张章到公园，和惠芬玩了一个上午，谈了些进大学在思想上要做好的准备。

荃麟转来外交部关于俞的材料。阅后封还黎辛。并就《人民文学》问题写了一封信给荃麟、白羽，转周扬同志。还有一封信给荃麟、白羽、小川。

写了一封信给儿童乐园刘主任，明日由阿姨带去。小张章明日开始上学。

×

惠芬进的是物理化学系，是做研究工作的。

二日 星期一 晴 批评文字开好了头。

荃麟转来一封读者对七月号《人民文学》提的意见，以及批评文章一篇，转给葛洛。致小川一函，告以《在医院中》已找到，如即须付印，可找人来抄。

×

张章第一天上幼儿园。去时很乖。听说在那里曾哭。但归时情绪很好。晚饭胃口亦不错。只是时把脸在人怀里擦，像小狗样地撒娇。晚上玩得很欢。

三日 星期二 雨 腹泻，里急后重。姜大夫给开了药。

沙汀、立波、艾芜来，商谈一联合发言，针对艾、罗的“检讨”而发的。文井亦加入联合。由沙汀代发。

下午的会请了病假。听说丁、陈明曾检讨，大家不满意。我们的联合发言临时加进批驳丁的一段。评文开头加了些东西。

四日 星期三 雨 上午和艾芜到大楼校阅昨天的联合发言稿，修改数处。下午的会仍请病假。

×

评文开头部分谈创作问题太多，不必要，可另写专文。想了想，还是只谈《霞村》一篇。《莎菲》批评或另写，不必硬挤在一起。

如此则开头部分愈简单愈好。

×

在大楼遇剧协一同志，交给我一份关于“小家族”的材料。正找青年文艺工作者们开辩论会。想要我去发言。

×

昨晚张僖转来海伦同志整理的关于冯的材料，待校阅。

五日　星期四　晴　感到脑疲劳。想了想，那篇评论文字还是三篇都涉及的好。重新开了一个头。下午和沙汀、立波在公园小坐，饭后归。收到君武送来苗地所画插图。可用。但太呆板了。

六日　星期五　晴　上午在周扬同志处开会。海伦同志所整理的材料已校阅送去。

×

肠胃病仍未好，里急后重。姜大夫的药已服完。临睡服七宝妙灵丹一瓶。

×

和宽去订了冬大衣。归途购《红旗飘飘》一二三册，《古希腊罗马哲学》，马克思《致库格曼书信集》《经济学哲学手稿》，恩格斯《〈资本论〉第一卷提纲》，并在旧书摊买得 W. Durant's *The Story of Philosophy* 一册。

七日　星期六　晴　仍里急后重。很累。写了一点点，疲极而止。

找姜大夫，拿了一点药。补了一点《莎菲》的札记。

《宝葫芦的秘密》插图已取去。接杨犁转来黎阳所摄晋祠雕像之一。

八日　星期日　晴　中秋　夜间曾起来大便一次。晨起，已不感后重，只是有时作气。不敢吃油腻，只吃蔬菜。

小张章时而很闹。大概总是在饿的时候，例如下午三四时许，幼儿园中这时有一顿结实的点心，而今天在家里没有。同时，也有点不舒服，试表 37° 6′。

×

很疲乏。宽亦然。午睡后较好。晚间在前院看月，和沙汀、艾芜谈天。早睡。明、后日想好好休息脑筋一下。沙汀想到八大处小住，他去时或与他同去玩一天。

×

重读一下托翁的《论莫泊桑》。他把道德观念看成固定的、绝对的。好像是个客观真理，真正的艺术家会不管当时的美学理论的影响，在创作时自然地有个正确态度。

其实，艺术家之所以不得憎其所应憎，爱其所应爱，仍是社会影响，仍是有一种思想指导着他。这思想或来自人民，或是根据一些公理式的道德律，或是属于那些并不直接妨碍阶级利益的问题——他对这些的正义感。只有这样，他的道德态度会不自觉地正确的，也就是合乎历史要求的，有进步意义的。

九日　星期一　晴　大便已趋正常。唯仍作气。休息脑筋。与沙汀、文井在公园小坐。下午与沙汀到王府井，购《巴乌斯托夫斯基选集》上下两册。致海淀区委会翟林栋信一封。

沙汀原拟明日赴八大处小住，我拟同行一游。旋得通知，定一同志明日下午三时约谈。

小张章发热，38° 8′，宽抱看祁大夫，抓药归。

十日　星期二　晴　八时携小张章到儿童医院，曾验大便，是肠炎，非痢疾。十一时半配药归。疲劳不堪。

下午赴中宣部定一同志处的谈话会。复剧协整风运动小组信，星期四大会请假。沙汀延期，明日赴八大处。到文井处问他明日能去一看否。未遇，留条。金近来一谈。

十一日 星期三 晴 和文井送沙汀到八大处秘魔岩。一游二、三、四大处。饭后小睡。归途经一处，顺道一看。

向图书馆借到冯沅君的《卷葹》。晚饭后读竟。

中午祁大夫来为小张章把脉，开一方。将配丸药调理肠胃云。

十二日 星期四 晴 评文接写了一点点。很疲乏，工作效率低。下午在《人民文学》编辑部开整风会。市委介绍明日到石景山参加工厂的辩论会。

十三日 星期五 晴 上午到石景山钢铁厂，听党委会谈“鸣放”情况，并看大字报。八月二十三日以来“大鸣大放”，大字报每日多至五百余张，现每日尚有二百余张。边整边改，工人生产情绪高涨。

下午写评文。晚我俩散步，买白糖。

×

小张章今日复课。

十四日 星期六 晴 写评文。还是东西太多，不知道要怎样安排，时时遇到这样的阻碍。晚靳以、罗荪、欧阳山、艾芜来一坐。

十五日 星期日 晴 上午我俩携小张章一游公园。下午看姐姐、芝荣。同饭于全聚德。归，见葛洛送来的批评七月号《人民文学》的文章。

十六日　星期一　晴　上午在首都剧场开二十六次党组扩大会。二时始归。午睡后，持联合发言记录找沙汀，同访文井，看有无修改意见。稿在沙汀处。晚与宽去试大衣。并购得皮领。

十七日　星期二　晴　上、下午在首都剧场开第二十七次党组扩大会。会后与艾芜约巴、靳、罗荪、以群、唐弢、而复、家宝、沙汀饭于东来顺。

十八日　星期三　晴　很疲劳。休息脑筋。补充一点剧稿人物材料。下午开书记处扩大会。晚荃、琴为沙汀饯行，约白尘、白羽、我作陪。见白老师给宽信，述小张章在幼儿园有时哭，饮食较少。或是新小班都爱哭，受影响之故。

十九日　星期四　小雨即晴　上午开书记处扩大会。下午一会请假。很疲劳。沙汀明晨飞蓉。草明为之饯行，饭于森隆。

×

上午宽携小张章至中医院，仍为肠胃问题。约星期日到祁大夫处取丸药。宽并到儿童乐园，老师颇细心，可放心。

二十日　星期五　晴　上午写评文。刊物检查会改明日上午。葛洛送来“编者的话”。有一处略改，送回。下午到王府井买茶叶，关于教育、音乐小册子数本。晚与宽饭于荃、琴处，陪以群、罗荪。

函周扬同志，谈商调以群事。若而没松口，此事可成。

接而复送来《黄浦江边》打字稿。

二十一日　星期六　晴　上午开刊物检查会。晚与宽访肖殷、陶萍，同散步。接季埜电话，约明日十时来。劳动人民文化宫孙以智同志来洽，约开座谈会，日期、办法另议。

二十二日　星期日　晴　上午季埜父子来，同到北海一游。在于刚处午餐。季埜明日回穗。

二十三日　星期一　晴　本想到肖殷家去写，但叫门不应。只好回家。写了一点。中午《收获》请客。曾与而复一谈调以群事。

得惠芬一信。今天正式上课，开始大学生活了。

晚葛洛来一谈。

二十四日　星期二　晴　写评文。晚与宽散步，购补中益气丸半斤、“永生”金笔一支、《中国古代神话》一册。

二十五日　星期三　晴　写评文。进行仍极慢。

二十六日　星期四　晴　评文。下午整理抽屉。晚舜田来一谈。

二十七日　星期五　晴　评文。四五时许荃、琴邀往公园散步，饭后归。

二十八日 星期六 晴 评文。四时余友梅来，谈起他的思想检查。

《人民文学》增加篇幅的报告，送来签字发出。

得李希凡信问稿事。午饭后在艾芜处一谈，他明日赴苏。

二十九日 星期日 晴 迈进来谈。同在白尘处午餐。见一苇来信。

芝荣、季方邀张明养一家晚餐，我俩亦去，在森隆。

复李希凡信。

三十日 星期一 晴 宽今日休假。同到陶然亭一游。饭后归。

为《人民文学》向雁老索稿，发一信，附若干材料。

×

上午《中国青年报》肖枫来谈下月六日开批判刘绍棠的会。约开两天。得《青年报》所送关于刘绍棠的材料及其检讨。

十月

一日 星期二 晴 到天安门广场观礼。前一天把胡子刮了，把皮鞋上了油（今年还没有上过），准备好节日要穿的衣服。像小时准备过年似的心情。

游行完毕的时候，散会的时候，主席到楼角上向我们致意，——这是大会的高潮。他向我们笑。

晚上和宽，同白羽一家、立波一家、树理和他两个孩子，并带欣强、杨菊，到天安门看烟火。

看到任何角落任何人，都是过年过节的气概，心情。是第一个五年计划完成了，反右派斗争胜利了的我们的节日。

今天一天的情绪和感受很难用散文表达出来：该用诗——不是，该用音乐才能表现得出。

×

晚上我们是坐大车去的。一路大小车很多，在东华门路上有时停顿，一走，丹丹说："汽车爸爸走，汽车孩子就跟着走。"

树理说这是童话语言，大人简直无法代说的。

二日 星期三 晴 上午我俩带小张章上东单公园，金近带小鸭子也去到那里。十一时归。

三日 星期四 晴 八时半开党支部会。下午写评文。晚与文井散步。

四日 星期五 晴 评文。白羽来一谈。到《人民文学》编辑部一谈。

五日 星期六 晴，有风 上午在大楼开批判李清泉的会。午后写评文。葛洛来一谈。

晚我俩散步，买得《畸人集》一册[①]、砚池一方。

六日 星期日 晴 上午我俩带小张章出城豁口散步，她玩得很欢。

傍晚出外买补中益气丸、《唐音癸签》《艺舟双楫》等。晚

① 《畸人集》，张天翼短篇小说自选集，1936年1月，上海良友图书印刷公司出版。

饭后收听达·费·奥伊斯拉赫数曲。

七日 星期一 晴 上午开批评李清泉的会。下午写评文，完成初稿。沪作协哈宽贵来一谈，了解王若望情况。

晚散步，买凡士林大、小各一盒。

这几天报上登苏联四日发射人造卫星消息，令人兴奋。斥社会主义科技不如美说，又斥科学不要计划说。总之，各方面都令人振奋，科学成就方面、军备方面。应很好地宣传一下。

八日 星期二 晴 评文收尾略改。抄校至半。宽阅过一遍。

牧良来，和我俩一起出外，在闽江饭馆晚餐。取大衣归。

雁老复信，身体不适，又值找不到保姆，无法执笔。李希凡来信催评文。

×

购恩·德·列维托夫的《青年初期心理学》、施斯金的《共产主义道德概论》、卫生小册《为什么》。

九日 星期三 晴 评文写就。取去。这种工作对我太吃力了。首先是计划大小不定，又想谈三篇，又想只谈一篇。其次是想到的触及的问题太多，取舍间大费周折，不断易稿。再就是搞条理，孰先孰后，写写改改（例如用眉批办法，就不费事了）。再次，用词遣句的恰当和准确性，尤其是下判断的地方。又还得简练，但又要令读者读懂。假如一般看过《莎菲女士的日记》的都能看懂，并多少有点益处，则吃些苦头也是该的，要不，就太冤枉了。

宽阅过一遍，说可以令人看得明白。

晚在大楼看川剧《乔老爷吃酥饼》，演得很好。

宽则参加团总支所组织的批判高瑛的会。

十日 星期四 晴 休息。

十一日 星期五 晴 上午在大楼开批评李清泉的会。下午在中宣部听三中全会传达报告。晚与文井散步，购所谓“原子笔”一支。

十二日 星期六 晴 上午九时在中宣部开关于三中全会传达会。一时半归。

十三日 星期日 晴 上午在八大处开一个关于作家生活的漫谈会。饭后归。我俩一访何镕、湘一。晚在大楼看川戏。

十四日 星期一 晴 拿出关于《华》剧的笔记来看看。陶萍来一谈。看“小家族”揭露材料。下午开关于三中全会传达会。

十五日 星期二 晴 上午开关于三中全会传达会。很疲乏。午睡起，看“小”材料。

十六日 星期三 晴 疲乏。有点感冒，身酸疼。下午怀仁堂苏保代表团的报告会请了假。明日批评韦君宜的会也请了假。

《人民文学》决定由白尘来负责。俞林、李清泉或可各负责一组。编委不必太多，要真能管点事的，如加进艾芜、水拍。

葛洛致党组书记一信，说如工作需要，他可留下，但要求给他一定的创作假。信已转，并附一信，同意葛的办法，但须做一些安排才行。

×

《华》剧想加一场开场之类的东西。大致已想完。

×

躺着休息时，读 *Dialecties of Nature* 的“Introduction”。从自然科学史的发展说明 Dia 思想的发展，这个写法好极了。对文艺复兴期，十八世纪唯物论以及自然科学的发展的各阶段，其成就、进展和缺点——全面，历史观点。这点最该好好学习。

重读《青年同盟》，觉得浅。

得柴毛一信。吉首一教师一信，询问教育一个犯偷窃的儿童问题。

十七日 星期四 晴 休息。思索《华》剧。做笔记。休息时重新翻阅 *Dia.of N., The Remeqade KamTsKy* 及一些作品。

葛洛来一谈。

服甘草合制剂。喉痒稍愈，似已化痰。

宽开会归，谈会中情况。她的发言提供了一些情况。

×

关于人与作品，主要是作者政治道德品质的好坏与其作品的好坏之间的关系，许多青年读者搞不清。应好好讨论一下。就人、就作品谈，才顶事。如《桑干河上》及其他。

作者自己思想上的矛盾，起伏消长，等等。这与所处理的题材，生活的方面等的关系：作者态度，作者所表现思想感情的大小深浅（题材方面的限制），表现机会，等等。社会需要，要求（题材主题的方面），党对作者的督促，领导与保护，以及由此而有怎样的舆论，舆论与作品的实际，等等。要实事求是。

十八日 星期五 晴 思索。安排开场的人物，其性格，思想。历史，命运，活动。音声笑貌。

重看易卜生。《社会支柱》之类是这么一种型的作品：现实性，"真实"，也生动。但思想太浅薄，甚至有点庸俗，这么着影响了这个剧的现实性和真实性。

晚白尘来。《人民文学》编委会该怎么搞。谈出了一个方案，如可行，或不致令参加这一工作的人视为畏途。

十九日 星期六 晴 读了《关于整风运动的报告》，又来了文件，正好对照读。

仍腰酸。痰转浓。续服甘草合制剂。喉头仍涩。

下午葛洛来。他同意白尘方案。拟约荃、羽一起谈谈这事。

晚我俩为张章购毯。买罗森塔尔的《马克思资本论中的辩证法问题》、汤用彤的《魏晋玄学论稿》各一册。

二十日 星期日 晴 宽到儿童乐园开家长会议，一时归。

晚看川剧《乔老爷奇遇》。与第一次看的有所修改。改得不错，但有个别地方把原有重要的台词也删去了。

×

荃、琴来一谈。荃不同意白尘所提半年主编制。

二十一日　星期一　晴　重读并比较报纸上和文件的小平同志报告和总结。文件两件已封转葛洛。

下午在大楼开关于作家下去生活的漫谈会。明日续开。

来信中有越俊一信，她也参加了工作。朝闻一信。

二十二日　星期二　晴　《华》开场的开头。复朝闻信。下午开关于作家下去生活的漫谈会。

二十三日　星期三　晴　九时在荃麟处与葛洛、白尘商谈《人民文学》编委以及其他问题。下午在中宣部开关于作家下去生活的问题的座谈会。晚饭后文井、金近来一谈。

二十四日　星期四　晴　上午续开。下午白尘、葛洛来，讨论工作计划。晚和宽看川剧《芙奴传》。

二十五日　星期五　晴　续开。下午召集支部党团员，谈刊物方针问题。

二十六日　星期六　晴　续开。后又想把后面的移到开场。送还“小家族”资料。复新华书店北京分店一信。复一个读者的信。

收到人大办公费。

×

小张章从幼儿园回来时，头上有一根很滑稽的小辫竖着，怎么也不肯让人碰它，因为这是老师给她打的。老师已建立了威信。

二十七日　星期日　阴转晴　和《人民文学》编辑部的同志郊游，到香山。晚，看川剧。看了李文杰的《醉隶》。

二十八日　星期一　晴　续开。复惠芬信。晚看川剧折子戏，未全看，即归。

二十九日　星期二　晴　上午到大楼开批判韦、黄会。疲倦不堪。

《人民文学》编委会党组已决定加入树理、立波。这样就好了。

三十日　星期三　晴　续开。雁老来信嘱写封面字。

下午在大楼开整改动员大会。很疲倦。给XXXX祝贺十月革命电稿交邢也，请外委会代发。

三十一日　星期四　晴　续开。中午重庆川剧院李净白、李文杰来，谈《乔老爷》一剧修改问题。

复雁老信。附封面字。编辑部嘱写信向雁老约稿，遂又发一信。晚看川剧《焚香记》。

十一月

一日　星期五　晴　起得很迟。续开。得惠芬信。

下午看了批评韦、黄会议的记录，很疲劳。

想起《人民文学》以后应多发现工人中较好的文章，记了几条可行及应注意的事项。

晚我俩为小张章买袜，购得新排印的《红楼梦》、车尔尼雪夫斯基的《美学论文选》，以及《明清民歌选》。

二日 星期六 晴 续开。下午读了些书，看了考涅楚一个剧本。晚看《乔老爷》，根据一位戏剧家的意见，要保持“喜剧”样子，宁愿把人物性格搞得不对头。

得雁老复信。

三日 星期日 晴 姐来。一起携小张章到中山公园一游。下午我俩为小张章买娃娃，购书两部，其中一部是《一年》[1]。饭于森隆。

四日 星期一 晴 续开。想想。外公来，带来一包花生。葛洛来。

下午在《人民文学》编辑部开批评路福增的会。

×

苏联昨又发射第二颗人造卫星，重 508.3 公斤。还载了一个爱斯基摩狗。

五日 星期二 晴 续开。把晏、闻二人摆在开头，但这两个人还没摆好。还须好好想一想。下午开批评路福增的会。

六日 星期三 晴 感觉脑疲劳。眼睛发涩。

《华》剧又重开。去掉一个人物。看是否好些。

---

① 《一年》，张天翼长篇小说。1933 年 4 月，上海良友图书印刷公司出版单行本。

下午在《人民文学》剧本组，同白尘一道，和川剧团的李净白、李文杰两位谈《乔老爷》脚本修改意见，不赞成现在那种形式主义的搞法。

和白尘同找立波，把编委会事提起一下，并约稿。

晚参加体育馆的庆祝十月革命四十周年的大会。

七日 星期四 晴 休息。疲劳少祛。傍晚敬之、冯恺来，留饭。

收听红场游行的录音报道。收听中苏合奏的交响音乐会，听了 Dvorak 第五交响乐全部。

八日 星期五 晴 休息。看 Hemry Esmond。找菡子谈关于立波长篇事。申述来信，商定后日开第一次编委会。并排定《人民文学》编辑部一连串的会。

明日儿童乐园庆祝成立日，约家长去看表演，宽或可去参加。

×

接切尔卡斯基一信，送外委会请代译。

九日 重开。晚俩谒仰翁。

十日 星期日 阴 组缃进城开会，顺道来一坐。卿陀来。荃麟来。留饭。《乔》剧修改部分已看过，并注修改意见。

致靳以一信谈立波稿事，并送白尘、葛洛一阅。访菡子一谈此事。XXXX 寄来一信，并附画片，经卿陀译，系小丹娘所写。

切尔卡斯基信已译来，谓俄译本已出，付邮。

十一日 星期一 晴 续开。下午在颐和园听鹂馆开第一次编委会，并邀荃麟、白羽、文井出席指导。会后聚餐。进城后看川剧《幽兰记》。

十二日 星期二 晴 有点疲。鼻膜发言。服橘红丸及甘草合制剂。

续开少许。下午牧良来，同到王府井一走。买了三本关于反右派的书。另外《第一次国内战争简史》《少年儿童的纪律教育》《红旗飘飘》（第四册）。切尔卡斯基译本已寄到。

×

报上登了作家要长期下去生活的新闻，真是功德无量。

十三日 星期三 晴 续开一点点。所移到前面已可与第二段衔接。适夷来。谈及《文集》和《选集》事。还是先搞“选”，作为青年读物。他走后，即开一目录，拟原“选”减一篇，补入九篇。

白尘、葛洛来，谈一月号。下午在大楼开关于刊物问题的整改会。晚俩看苏联片《天职》，很动人，好。

×

来信中有惠芬一信。

十四日 星期四 晴 续开。接。还有些要改。致适夷一信，附目录。复惠芬。下午到西单商场找书，未找到。只为宽买到一部《国音字典》，编得还不错，此种工具大可重印。

十五日 星期五 晴 续开。九时余，到《人民文学》编辑部讨论一月号，发言的时有触及方针问题方面的。晚开支部会，讨论整改中的重要问题。

和白尘谈了一下下乡的事。他希望等刊物稍稳定后我再下去，毛估约在明年二月初。又闻白羽说，一月恐将开人大会。

×

得《读书月报》一信并一稿，修改后，即复。

×

托图书馆代购《续资治通鉴》，书店门市部说已卖完，要找一找。

十六日 星期六 晴 续开。下午一时半在《人民文学》编辑部谈一月号问题及整改会议问题。晚承书来，留饭。何镕、湘一来。

十七日 星期日 晴 小张章有点咳嗽，她想上公园，告诉她等她咳嗽好了，假日带她去。

整天在家休息。疲劳稍恢复。晚到长安戏院看川剧几个折子戏。

十八日 星期一 晴 续开。改，尚未改就。修改送来的十三日发言记录，送还。

十九日至二十三日 病。又冷。躺在床上几天。现鼻膜仍发炎，有时头疼。

卧床上翻阅《聊斋》、Henry Esmond 等，没多大味道。古典作品无论诗或散文，纵好，但其感情、趣味、观点等到底与我现在的不合调。屈骚、杜诗、二李词等，亦然。可见这些作品对现在的有些人是很少或不引起什么共鸣的。假如当时的劳动人民读得懂，恐亦极少共鸣，或所感与士大夫所感者不一样，与作者感情亦不一样。当然，现在也还有人对这些很能引起共鸣、同感，于是以为这共鸣同感是有普遍性的（人往往从自己角度来推测普遍），于是遂有古典文学上的一些争鸣如李词有无人民性等。

×

病中，葛洛、白尘、荃麟、葛琴都分别来过。有两个好消息。一是《文艺学习》将与《人民文学》合并。这样《人民文学》可输入新血，无论版面或人力。而且负一部分《文艺学习》的任务，将使我们所拟的刊物方针更易于贯彻。一是作协与邮电部谈好《人民文学》可不增加篇幅，不加价。这样，刊物的群众性、质量等庶可求保证，只要干得好。

二十四日　星期日　雨雪　穿上所有的冬衣，在院中散步。和小张章玩。

黎阳来一谈。她此次回京整风。略谈太原专师事。没有谈及她生活上的事。白尘来，谈《文艺学习》和《人民文学》合并问题。编辑部将讨论。干部问题应与君宜、麦青具体商谈。

转来总支对处分“丁、陈反党集团”问题的建议，阅后转清泉。明日起开始中直机关第六次党代大会，开一个星期。明日作协党组召开的批判秦的会不能出席了。明晚支部会讨论总支草案。

二十五日 星期一 阴 下午在中直俱乐部开中直机关第六次党代大会的预备会，在大楼开代表小组会。晚在《人民文学》编辑部开支部会。

开始生炉子。

×

上午夏蕾，新闻电影厂一同志先后来一谈。买到《续资治通鉴》。

二十六日 星期二 阴 非常困倦。把剧稿拿出来看一看，疲乏得很，未进行。读送来的《不同的世界观，不同的道路》稿，看后当转立波。未读毕。中共办公厅通知日内将讨论此稿。

《文艺学习》和《人民文学》编辑部组织看苏联绘画展览，同去一看。余辉玲来电话，拟一谈王蒙问题，约明日上午十时。

二十七日 星期三 晴 《文艺报》两位同志来，询关于两个宣言的感想。余辉玲来，谈王蒙问题，并携来一些材料，留饭。

读完《不同的世界观，不同的道路》，传给立波，并在他那里小坐。读完送来中直机关党委会向代表大会所作关于整风运动的报告草案。

复新文艺出版社一信。晚在文井处一谈，并为明日要开的关于批判徐懋庸的会请了假。

二十八日 星期四 阴 鼻膜炎仍很厉害。疲极，大概是病后未好好休息之故。到姜大夫处去看过，取了药。

向侯金镜请了假。躺在藤椅上休息，翻翻书，《反对哲学中的修正主义》等。

二十九日 星期五 晴 休息。点药。鼻膜炎似稍愈。送来作家对二宣言的宣言、签名，并提两处修改意见，供参考。

读马恩共产主义联盟活动的史料。

三十日 星期六 晴 继续点鼻药，休息。下午紫光阁一个会请了假。致白羽、白尘、葛洛、申述并转党组、总支一信，述健康情形，除《人民文学》方针问题与改组问题外，十二月拟稍事休养。

晚稍散步，为半月来第一次。

×

看蒲列罕诺夫[①] 批评伯恩斯坦，批评得学究气，尤其是评伯恩斯坦否认“科学的社会主义”一点。不尖锐，斗争气不够，因此就不够深刻。好像舍不得打中修正主义真正的痛处似的。

读读列宁诸作看。真是针针见血，每个批评的论点皆触及本质。党性强，才会触及问题的本质。

×

葛洛来一看。他谈起《人民文学》编辑部同志大多主张《文艺学习》仍单搞。何故？怕合并了人员大调动？拟怕《人民文学》办得群众化？——思想问题。

---

① 即普列汉诺夫。

十二月

一日　星期日　晴　携小张章到中山公园走一趟。

二日　星期一　晴　上午改，续开。本想下午去开党代会总结会，谁知改为上午。

白羽来，说《文艺学习》编辑部开会宣布合并方案。我亦出席一谈方案。会开得很好，搞通了。

晚饭后访白尘，商谈明日下午《人民文学》编辑部是否亦开此会。白尘谈今日下午编辑部讨论下放问题，有意外发展，几个从不暴露思想的人开始露了头，看是否明日趁热打铁，仍续开。他将与葛洛一商量，明日中午来知会。

×

午前牧良来，一谈。他是来开支部会的。留饭，下午续开。

×

来信中有惠芬一信。

三日　星期二　晴　改开。

下午出外，购恩格斯《德国古代的历史和语言》、叶尔米洛夫的《陀思妥耶夫斯基论》《教育诗》《伊索寓言》《拉封登寓言选》《历代笑话集》。又访得《蜜蜂》一册[1]，价二元五！

《文艺报》送来二十七日访问谈话记录清样，简直要不得。

---

① 《蜜蜂》，张天翼短篇小说选集，1933 年 5 月上海现代书局出版。

四日 星期三 晴 复《文艺报》信，谈记录意见。太草率，意思走样，不同意发表。改开。读宽写评介《原子站》稿。

白尘来，谈上周六紫光阁会详情。谈《人民文学》编辑部在讨论下放问题中所暴露几个人的思想情况。极值得重视。

适夷来一谈。宽听报告后，回家一看。

晚文井来。周扬同志总结报告稿征集意见。明上午当一谈。

五日 星期四 晴 九时，在白羽处谈周扬同志《不同的世界观，不同的道路》的意见。文井，光年。谈后一起到王府井买书：《司法精神病学》《达尔文生平及其书信集》，以及几本关于动物学的书。

中午白尘、葛洛来一谈，关于合并后的干部问题。

晚七时与白尘、葛洛同访茅公，九时余归。

六日 星期五 阴晴 八时半在《人民文学》编辑部开关于合并的会议，白羽、小川公布党组的决定。谈了一下方针问题。极累。

下午的总支大会请病，假条上写明关于开除丁的问题如付表决，我投一票。

七日 星期六 晴 续开。白尘来，谈一个月几个问题。并谈《文艺报》拟报道几个刊物方针问题。答允下午三时来谈。届时一同志来谈，此次记录较详，并有一提纲。

八日 星期日 晴 仰翁约饭于森隆。小张章咳嗽，请姜大夫诊视。打了针，服药两种。晚七时烧稍退。

×

报载美国发射一公斤多重的试验卫星失败，数英尺火箭即爆炸。可编一相声:《月亮美国的好》!

九日 星期一 晴 续开。致信白尘、葛洛，商两编辑部留用人员联合开会事。拟关于贯彻方针的几个问题。

晚白尘来。拟“征稿启事”一则。

×

小张章气管发炎。祁大夫来诊视。抓药三副。咳甚剧，睡不安。有点发烧。仍续注射青、连。

十日 星期二 晴 上午在大楼开会讨论两部干部问题。下午在《人民文学》编辑部开对合并方案意见的会。改刊物整改消息清样。录一份。

小张章咳嗽稍愈，玩得很好。宽曾往儿童乐园了解了一下情况。阿姨无暇做饭。在外面晚餐，东来顺。

十一日 星期三 晴阴 改开。

下午整拟方案提纲，以备起草方案提送中宣部讨论，并写关于刊物改进的文章。晚饭后送交白尘。

十二日 星期四 晴 改开。送两社合登的广告稿，修改送还。

晚发现小张章又发烧，宽带她上刘大夫处诊视。打了针，并带药两种回来。得母寄父为六叔所写扇面，辛丑年（1901）的。

十三日　星期五　晴　改开。幕。宽打电话问祁大夫。仍用原方。为小张章抓药。她傍晚体温 37° 5′ 。

白尘所拟方案稿，送来改，带给葛洛，并一谈下放人员问题。

宽与《文艺学习》同志聚餐。一人晚餐。金近来一谈。他明日动身赴浙。

十四日　星期六　晴　看一遍剧稿。改。二幕中间还须改写。

金近一家今日动身。去看看他，送行。

十五日　星期日　晴　上午巴波来一谈。下午四时看姐。母信，代笔，说现不能作字，唯睡觉看书——看《保卫延安》，颇感兴趣。即饭于芝荣处。

十六日　星期一　晴，夜大风　想就二幕中途要改的地方。买书。《马加连柯全集》（三卷到五卷）、《一年级学生心理》《做母亲的艺术》。

晚葛洛来。党组已讨论白尘所拟方案草案稿，补充意见，改就明日送打印。文井来一谈。

十七日　星期二　晴，大风　夜来工作室一窗吹掉，只好在卧室工作。改二。

买书。《恩格斯传》《列宁在伏尔加河流域》《普列汉诺夫的哲学观点》《古代东方史》《世界近代史文献》《柏拉图文艺对话录》《克雷洛夫寓言》《哥尔多尼戏剧集》《包哥廷剧作集》

《中国植物图鉴》《植物学》。

十八日　星期三　晴　改二。散步，买维他命 B1、B2、C 各一瓶。

×

上午组联科一位同志来为出版社了解各人写作费的问题。

申述发来总支对陈、艾、李处分决议草案，征求意见。

十九日　星期四　晴　看了总支的草案，写了几条意见，送回。

改二。散步。

二十日　星期五　晴　改二。下午的会请了假。会中做了陈、艾、李的处分。晚散步。我俩饭于北京餐厅。所写一二，宽看后提了意见。仍要改。

二十一日　星期六　晴　审阅所作全部《华》剧札记。剧二中间改写的部分仍要改写。

从图书馆借到《百丑图》。散步，购得《列宁传略》《世界近代史文献》（卷二一分册）、《布谷鸟又叫了》，等等。

二十二日　星期日　晴　看了一些关于首都高等学校反右派斗争的材料。和宽出外交部街口，买几样冷菜。

晚小张章又发热，38° 7′。宽带她就姜大夫诊视，是出水痘。

×

姐下午来一谈。携潘隆华信。叙母生活情况。脑力虽已不行，但身体较前健旺，且略发体。隆华照顾颇细致，深为可感。

二十三日 星期一 晴 续看材料。做人物笔记。

艾芜回国，来一谈。广播电台一同志来，谈新年播词，辞以病。葛洛以“编者的话”稿，商谈修改事。

晚饭后小琴偕一同学，触及学校“鸣放”中一些思想问题，提出几个：“红”“专”问题，政治品质与作品的好坏，等等。文井来，白尘来，谈至十时。

二十四日 星期二 阴晴 看材料，做笔记。

购书：《莫斯科会议的宣言》《毛主席在苏联的言论》《汉语拼音课本》《常用汉字拼音表》《北京话轻声词汇》《在反右派斗争中吸取教训》。

同到大楼看电影：《战胜洪峰》《水》《奥赛罗》。与萧三、文井同车归。

二十五日 星期三 晴 思索。决定重开，那还是必要的。已想定。

下午大扫除。晚和艾芜到小经厂看《百丑图》。

二十六日至二十八日 二十六日上午，写了一点，即觉体力不支，畏寒。姜大夫来诊视。验体温 38° 8′ 。未进午餐，即睡。热更高。大汗。汗退，则 38° 2′ 。注射盘尼西林二次。并服药。

二十七日。退烧。困倦，头晕。请中医李辅仁，服药一剂。

二十八日，仍觉困倦。改方，服一剂。

《人民文学》为国外文艺刊物发贺年片，签名。

小张章水痘已结痂。二十六日祁大夫为之开方，服犀黄丸。

这一向《人民文学》编辑部曾开两次批判秦兆阳思想的会，闻其检讨啰唣（两次当未完），且有为自己辩护的地方。葛洛二十七日来谈，秦有检讨决心，唯思想根挖不深，许多事未能联系起来。“编者的话”清样已看过。

二十九日 星期日 晴 穿上大衣试在院中散步，不久即回房。仍疲软。卿陀抱小仁仁来。小仁仁长得很好，像她妈妈。饭后才走。

承书来京，给宽电话，约到王府井为仰翁定大衣。宽出门后偕承书来，在此晚餐。

小张章有时颇闹。试体温，未发热。

看了考涅楚克两个剧本。宽晚开支部会。

三十日 星期一 晴 仍疲软。需要休息。到医疗室洗眼睛，恐是结膜炎。

打电话给《中国少年报》，告诉他们我已看了他们所寄关于陈子君检查批评的记录。他们想来一谈，但未来。

致中国少年儿童出版社一信。

琪树来一谈，她下月四号即下放。

接苏联不知谁的明片，转请张白看看，托秘书科长代发一贺年片。得惠芬一信。

支部送来关于党委改选问题征求意见的信，签注，即转艾芜。艾芜已编入《人民文学》支部。

三十一日 星期二 晴 复慧中、越俊各一信。白尘转来一苇的信，陈映病故。拟拍一电吊慰。新英来，谈陈子君问题。饭后去。

晚《人民文学》《文艺学习》二编辑部同志联欢，酒会，九时余散。文井、白尘在此一谈，至十二点多。谈了一些关于《人民文学》的计划，越谈越兴奋，不知不觉度过1957而进到了1958年。[①]

---

① 1957年写过的作品：《文艺怎样表现人民内部矛盾的问题》（论文），载1957年3月19日《人民日报》；《你要不要重新做人》（论文，与艾芜、沙汀合著），载1957年8月18日《文艺报》半月刊第20期；《关于莎菲女士》（论文），载1957年10月15日《人民日报》；《学习的学生时代》（散文），初收于1957年新加坡星洲世界书局版《作家的学生时代》（合集）；《致苏联读者（序跋）》，俄文版《张天翼选集》序言，报刊未发表，苏联国立文学出版社1957年版。

1958

一九五八年

一月

元旦 星期三 晴 舒强、李畏来一谈。下午韦君宜来一谈。

松阿姨病了。小张章倒很乖。我带着她玩，宽弄饭。

小张章嘴贫，不断地讲。一住嘴，就让别人讲故事给她听。

二日 星期四 晴 《文艺学习》与《人民文学》编辑部今日正式合并。去看了一下，并讲了一下关于方针的问题，及其所涉及的编辑思想问题。十二时余散，下午一时半又续讲。以后将由各组讨论。

归后稍休息，出外散步。购得方志敏同志遗著《狱中纪实》，以及黑格尔的《历史哲学》。

上午我们开会时，松阿姨亦出外看病，而儿童乐园送小张章归，因为怕她水痘疤会传染（其实不会）。被大车叔叔丢在床上，趴在那里一个人待着，只等十二时半阿姨回来才知道。小张章倒乖，没有闹。这几天看出她懂事些了，开始在培养自制力。

宽打电话请了婆婆来帮忙，晚即憩于此。

×

收到文化部寄来《稿酬条例草案》，征求意见。这新办法我看可行。只是说明的理由有一二点，恐将引起著作家的误解与不快，至少措词上要改。

和白尘同发一电给一苇致唁。

×

《参考消息》今日开始送来，阅后送白尘、葛洛。

怀仁堂今晚有一联欢晚会，疲倦，未能赴会。

收到靳以寄赠新作《心的歌》《江山万里》各一册。

三日　星期五　晴　昨夜没有睡好，大概日间太累之故。

发一信给刘雯卿院长，述小张章送回家以后的情形。小张章有点咳嗽，阿姨为她问了乾元丹。我上王府井买了钙克斯，实名 Calcex，让小张章服了一片。

下午又为之买饼干。顺便买了《回忆马克思恩格斯》，并在旧书铺中买了 *The New Hudson Shakespeare* 的 The Nerchanf of Venice, Sterenson's Thavcls with A Donkey, ete.

白尘来，带来一本一月号的《人民文学》。

四日　星期六　晴　改开。下午散步。晚白尘来，谈至十一时余，累极。

五日　星期日　晴　昨夜睡得太迟，没睡好。一醒即听见小张章哭闹，起来一问，大概是闹脾气。试表，未发热。搞得紧张了一下。

疲倦得很。怔忡。上呼吸道发痒，大概又要发气管炎了。服钙克斯、甘草合制剂、橘红丸等。

午睡亦未睡好。四时许白尘、金玲来一谈。人艺所送《带枪的人》戏票两张转送白尘。因金玲看过，其中一张让宽去看。

×

接友梅一信，表示要重新做人。但有怕见熟人等语，这情绪不健康。这种思想情况也是有一般性的。他似摇摆于有信心又无大信心之间。

六日 星期一 晴 脑疲乏。咳嗽。姜大夫来诊视。躺着休息，翻阅莎剧。

七日 星期二 晴 写了一封信给白尘、葛洛。

下午突发烧。姜大夫来，注射青、链霉素。晚请李大夫诊视，服了他的药。口苦、头晕、疲软。

八日 星期三 晴 发烧。38° 5′。比昨天高。打针。验血。

白尘、文井、艾芜、葛洛、组缃来一看。编委会今晚如期召开。

闻决定艾芜到山区去写特写。

九日 星期四 晴 烧退。仍打针。晚口授一信给白、葛及评论组。

李大夫下午来诊视，开方。临睡服第一剂。

翻阅莎氏喜剧。想起两个剧题。其一是由《美国小月亮》想起的，又一是从《下次开船港》这题目想起的。

十日 星期五 阴 想起关于《人民文学》二事，记下，给白、葛。

服姜大夫药。停止打针。但腹泻，有时隐痛。另配药。晚自灸神枢。

十一日　星期六　阴　整天无大便。不想吃。用暖水袋捂腹部。

晚李大夫来诊视。临睡服药。

十二日　星期日　晴　续服李大夫药。大便正常。吃饭时感到了饿。唯仍倦，无力。松阿姨今日又病。婆婆来。闻姜大夫亦病。

十三日　星期一　雪　服李大夫第二剂药。仍疲软。休息。晚公公来，饭后走。宽为张章问药，因为她有点咳嗽，鼻涕多。

大楼今日开总支大会，改选总支委。

十四日　星期二　晴，大风　休息。翻阅旧书。疲倦，咳痰。

今日下午大楼开总支大会，处分罗白。白尘来一谈。

十五日　星期三　晴，大风　躺着休息。倦而闷。翻旧书。

十六日　星期四　晴　睡得不好。泻。晚荃麟、文井来一谈。并谈小汤山疗养院或合适。在家里颇累人。松阿姨又病。宽心力交瘁。如此休息，心也不安。

晚写一条让宽明日带给白尘，想设法具体了解一下疗养院的情况及条件制度。

临睡开始服补中益气丸。读 W.S. 什剧。

十七日　星期五　晴　仍腹泻。姜大夫开了药，每四小时服一次。小孟说要休养必须医院介绍，因此要检查身体。

接人代会开会的通知，中国少年出版社一函。

×

近来有点闷而烦。要注意。如果人家要找你，麻烦你，那是不知道你有病，或不知道你疲倦到什么程度（这只有自己才知道），不能怪。应忍耐些，替别人设想一下。不要不耐烦。

不要悬虑。预先怕事情不能照计划做，预先怕小张章会有什么病，等等，因而紧张不安，这最没有道理了。于事无补。

不要使人因为我的缘故而不安。病中不负有此，颇觉自疚。不要嘀咕自己的病痛，这于己于人都无益。（十八日上午记）

我的忍耐、自制力哪里去了？要注意，别让它退转。

一个人生活的时候能忍耐些。有了家之后，就放松了这一点，老要把自己一点点儿的不舒服、病痛，或是生活上的不如意或悬虑，随嘴说出来，似乎要发泄发泄，——有时似乎是要在亲爱的人跟前撒娇。这样，会增加人的精神负担，甚至痛苦。人们常常折磨自己所亲爱的人，妈妈、爱人、子女、好朋友，就是由于这一点。也要自制才好。不耐、脾气，都是被照顾被体贴惯了的人的毛病——惯出来的。

个人生活上的一切——忍耐、自制。

有关集体的、有关群众的利益的问题——决不放松。

个人的东西不忍耐，就是自居于群众之上。（又记）

十八日　星期六　晴　仍服姜大夫药。泻已止。下午特别感到倦而冷。

×

邹韬奋很欣赏梁任公这句话：以出世的精神入世。

如这出世指的是诸法无我，无所术行，恰好对治我执我见，那确是有益的。这样的入世，庶可成为自自然然的共产主义者。知识分子最好由此途径着手改造。

至若无产阶级自身，本无我执，则不需这种对治，则亦无所谓“出世”。无产阶级只是由自在转化为自为的“入世”。

十九日 星期日 停服姜大夫药，开始服补中益气丸。

这几天有时穿上大衣试在外散步。仍倦乏。下午锅炉封火后，室内极冷，颇能体会“凄冷”“凄凉”诸词，——这么一冷，即有点“凄”感。

二十日 星期一 保健局开了一封介绍信，以便到小汤山去了解一下。今日风大，未能去。

写信给人代会请病假。立波来一谈，请他明日报到时将此信带去。

南吕来，约明日白尘、君宜、葛洛上午来一谈。《宣传通讯》最末四期送总支，至是全部收回。下午坐床上，因倦而且冷。

看了考涅楚克的《翅膀》。不错。比其他诸作强。

二十一日 星期二 上午十时白、葛、韦来，谈编辑部讨论方针问题中的一些问题。约明日上午开编辑部会，一谈。

下午和宽到小汤山疗养院一看。宽觉我这样的病人住在那里并不合适。确是问题。

二十二日 星期三 有风 人代秘书处来电话，希望仍去报到。

十时在《人民文学》编辑部开会，谈了谈。

下午二时到前门饭店报到。领到第一季工作费。

复雪驹信，并把他的来信转适夷处理。复中国少年儿童出版社。复李希凡。

沙汀、文井、艾芜来一谈。

晚宽去开支部党团员积极分子讨论怎样开好评秦的会。

二十三日 星期四 九时，在首都剧场看彩排。《战斗的星期日》《高等垃圾》《黄谭探监》《哎呀呀美国小月亮》。不错，可惜演得还不够熟练。

宽在大楼开会时问总支我的关系有没有转统战部，则本以为我大会请假，故未转。明日即去信。

白羽约明天十时和陈、葛、韦一起一谈。

二十四日 星期五 十时到大楼开会。下午看关于秦的材料，阅后即转白尘。约定在第三次评秦会上作一联合发言，总揭露。

下午大楼有党组扩大会，批判秦。

总支已致信统战部，党的关系转去。

试散步，至群众书店，购《文学译丛》等三书。晚在院中散步若干时，尚不觉乏。唯鼻膜又发炎，有气味，上鼻通数次。

二十五日 星期六 上午开人大党组会，下午开人大预备会。

二十六日 星期日 荃麟、葛琴邀我俩午餐，陪俞仲武。刘院长来一谈。傍晚天津人民出版社柯玉生来一谈，留饭。

人大常委会办公厅来电话，已知照小组我身体不好，小组讨论请假。有特殊必要参加者再通知。

二十七日 星期一 睡得不大好，梦多。大概太累。鼻炎亦是原因。

在姜大夫处配了药。

《处女地》一位同志来一坐，意欲索稿。见我有病，未强拉。

下午试散步。《曲艺》一位同志来一坐，并送刊物两册，希望评价云。

晚文井来一谈。他送下放同志到逐鹿，昨晚归。谈了一些情况，极可喜。

二十八日 星期二 鼻孔仍继续点药。适夷来，重署茅集封面。傍晚康濯来一谈，他明天十时车走。

考虑《华》搞成电影，庶较不拘束。

东单区推销公债委员会分会向已认购过的居民劝购。我们又认购 50 元，并附一信，指出这个办法不妥，应早有所布置，或与机关取得联系，联合布置。这样两头搞，一先一后，将影响以后的公债推销工作。

收到第二期《文艺报》，有再批判。补看了前此未看到的"奇文"，如艾青的那篇。真是十足暴露他自己的"精神状态低下"。

二十九日 星期三 午饭后和宽到白尘处一谈。晚荃、白、葛来谈《人民文学》事至十时半。得郑荃信、越俊信。

三十日　星期四　勤点鼻药。

申述来一谈，关于联合发言事。

还图书馆《考涅楚克剧作选》《右派百丑图》，借《大学生》《三个穿灰大衣的人》《乡村女教师》。

《华》题不限于舞台面，去想，就想像得生动、丰富些。主动。得中少出版社复信。友梅信。

三十一日　星期五　续配鼻药，浓度更大些。

记了些《华》的笔记。

宽约明日访树则同志。拟同去一谈。

收到关于秦的言论第二辑。宽曾到团市委，通过王蒙了解情况，有一二关键问题已搞清楚。

二月

一日　星期六　上午与宽同访树则，谈关于《棱角》的评论的事。

下午第五次人代大会开幕。晚白尘来一谈。

二日　星期日　书记处今日下午开扩大会。请假。

札记一二。

沙汀来一坐，是开会休息时来的。

鼻什么炎的已稍愈，没那么气味。但仍有涕。晚我俩散步到闹市口。却忘记了买补中益气丸。小张章耳下稍肿，明日当请姜大夫一验。

三日 星期一 下午开大会。

晚吴天，还两位同志，忘了名字，来一坐。

宽曾到《中国青年报》了解秦的一些情况，并询之刘宾雁，所答与秦信所表现的不一致。

四日 星期二 下午开大会。和陈舜尧同志谈关于清华反右斗争的事，以后想找几个学生谈谈。

葛洛来条说园林管理处的同志告诉他，香山有房子可住。但与其住那里，还不如八大处。后忽想，是否到组缃处小住，顺便亦可了解一下那边几个学生在反右中的情形。

申述来条，拟星期四上午八时半开支部会，讨论俞、李的处分问题。

×

大会发言中接触到各方面的大跃进，革命干劲。工农科教，都是力求有更大的成就，对人民有更大的好处，来迎接第二个五年计划。

作家、艺术家们呢?

一想到当作家——毫无专长，真是惭汗。

要是不能做只有通过作品才易做通的工作——通过作品真正来帮助改造思想，培养共产主义道德——那么作家就成了废物，至多不过一个奢侈品或是装饰品。

必须做有用的事。小有用不如大有用，间接的似有似无的用处不如直接的明确的用处。

不要写不痛不痒的文章。不要写只有作家自己感兴趣而不知道为什么要写，写了给人有什么好处的作品。不要追求品种，不要为建筑“纪念碑”，想望有“艺术的永恒价值”，或是为博得国外的惊奇赞美而写。

目下青年有许多思想问题，有的用说理不如用作品来解决。那就得写。哪怕只起一时的作用，哪怕写出来只有一年或几个月就已成为过去（就已解决了问题，现实跑到前面去了），——那更好：这样的工作正要做。

这样，如今还存在一些作家，那还说得过去。否则，作家的存在是不合理的，和现在的现实不协调的：作家不过是一种寄生虫，光吃闲饭，享好待遇，还要发脾气，——这就得加到四害里面去，让大伙儿来除五害！

各界的右派分子以文艺界为最多。知名的青年作家里很多（据说 80%）是右派——历来右，或是越变越右。

应当坚决、干净、彻底消灭这一害——这种只要当作家，只为要当作家而写东西，而从不考虑作品是一种革命教育工具，不从读者群众打算，不为读者群众设想的有害动物及其思想流毒！

专业或职业作家——一无所长，一无用处，只是兴会一来就写几笔的——是阶级社会遗留下来的不合理的怪物。但愿后代生生世世不要有这样的怪物！应当有所专长，好好做好岗位工作，行有余力，再来写。

五日　星期三　下午开大会。田君亮的发言谈到贵州的民办学校。一件新事，发展起来大有希望。三穗县有个展明小学，1951 年就开办了。谈到独山县三捧民办小学，施秉县黄泥罄小学。还有民办中学——仁怀县桑木区“七碗架”山地去年夏季办了一所农场业余初级中学，工读并重。

支部会改星期五上午。

晚白尘来一谈。

×

夏景凡同志曾来约稿：迎春曲。凑凑热闹是可以的，也可以鼓舞人，但究竟写不出对读者群众有多大益处的文章。写给——例如华侨，或是资本主义国家的关心新中国的朋友看，倒还合适。写给咱们在这生活在这斗争中的群众，就有点不够，甚至不痛不痒，可写可不写了。

辞以病。但主要还是不想写空东西：实的，则又不合这个题目。曹禺这篇倒写得不错。

×

草明谈起写工人之难。车间以外，活动场所不多，看不出多少表现。

这还是不熟之过。还不只是生活接触得不够，主要还在于作者与工人之间有没有共同的情绪、兴趣、盼头、看法、想法、看问题的角度与出发点等，有没有同等的热情，具不具有那种对生活、对劳动、对事业的态度，——有没有那种品质。

写任何种人物也都是这个问题，工、农、战士、儿童。

有了这，有了内在相同合调的东西，才易所谓“共鸣”，而于是泡——才泡得透。

一个是阶级意识（阶级思想、感情，以及阶级敏感、直觉、本能，等等）。一个是在生活里泡。两者不可缺一。只有后者，屁股不移，虽泡百年而仍白搭。只有前者，而脱离生活，脱离群众，那真只有所谓“主观战斗力量”，而这“力量”必然会因失了基础而变质——或不如仍守着原来的非无产阶级的基础。不是歪曲，就是公式化、概念化。

六日 星期四 下午开大会。

晚荃、羽、白请巴、沙等外地来京诸友，被邀作陪。

七日 星期五 上午开支部会。处分俞、李的议案一致通过。下午开大会。晚到白尘处，告诉金玲转告白尘，稍迟再访郭老。

八日 星期六 上午大会请假。下午出席。大会恐将延期。

九日 星期日 上午我俩携小张章上公园。遇姐，示母短简，写得清清楚楚。下午白尘来一谈。姐来、婆婆来。晚饭后沙汀来一谈。

十日 星期一 有一天，大概是上星期五，我对草明谈起各方面现在都有干劲，明显地对人民、对社会主义事业有贡献，而作家——尤其是党员作家，要是不能写点对人有益的作品来，真不像话。应当明确为谁而写，为什么而写。

草明说：“怎么，难道党员作家连这一点都不明确？”

我立刻感到我实在没有更好的能力和办法来帮助这样的朋友。

我还谈到，作家，专业化的作家是一种旧制度遗留下来的东西——要是对社会没有贡献，不想想自己的责任，只是一无所长才去写几句，就号称作家，就自以为了不起，与众不同，就更要不得。党应当严格监督作家们。

草明说：“在下面倒没有这种作家的优越感，反正谁也不知道你是什么人。我曾经写过一封信给党组，因为有一次有一件事——我在从前一定会闹情绪，现在有了点修养了，不会有情绪了，只是当做一个问题提出来。就是有一次鞍山有一个报告，规定行政十二级以上去听，可是他们不让我去听。”

她说她再三交涉，到会场找到第一书记。

“可是他们说：‘你评的什么级？’我说我是文艺一级，总是在十二级以上了。连 X X 都去听了——他的级别一定比我低。后来他们商议很久，才让我进去。在下面就是这样的：谁也不知道你是干什么的。什么作家——他们才不管哩！”

这样，就不好谈下去了，况且也到了中午要休息的时候了。

我说：“你对作家看得太简单了，好像每个人都党性很强。其实作家都该好好警惕自己，检查自己，让党严格要求和监督。”

她曾说过这样的话：有的作家变了，有的不变。

我问：“这变是指什么？变好还是变坏？”

“我是说变坏。”

“那么你认为凡为作家，本来就是好的，后来不知怎么变坏了？”——我认为，一为作家，则本来是好的也可能变坏：凡为作家都最容易有个人的东西，凡为作家都应当好好进行思想改造。“假如一切文章都不给稿费，不署名，还会有多少人愿意当作家——可以考验一下。”

“那还是一样的有人写。”

“你呢？”——我想。每次听她谈的，我都想这么问。

×

这几天读了电影脚本《政府委员》《带枪的人》，并比较话剧本《玛申卡》《夏伯阳》。

《带枪的人》有的地方改得好，有的地方改得庸俗。

还是以《夏伯阳》为最好。比书更集中。

看了《大学生》。几个人物也还写出来了，但不深。评者谓写缺点人物生动些，但其实也只是表面的生动，没挖进去。全篇都（是）一些片段拼凑的，许多片段可要可不要（对人物性格思想、生活、事件的发展没多大关系，对所要表现的东西没多大关系）。只是舍不得那些素材，才写进去的。——又不能说是若干短篇摆在一起的，因为各个片段要独立成为短篇，又太没意思。而且凡是大学生活中所该有的花头，这里毫无遗漏，上课、考试、社会活动，等等，固不必说，就是滑雪、赛球，一直到五一大检阅也无不具备，只是为写这些东西而写这些东西，令人腻味。

但是基本上还是好的对人有益的作品。

（上午记）

下午开大会。会后辽宁组一谈对决议草案意见，迟十余分钟出，车已走，雇三轮归。恐受凉，临睡服羚翘解毒二枚。

晚白尘来一谈，传达六十条纲要。

十一日　星期二　下午开大会。大会胜利闭幕。

看了申述所拟联合发稿，注意见数条，并附一投稿者的“诗”，送白尘。稿还得好好整理修改才行。

十二日 星期三 国务院召开文教座谈会，总理讲了话。

×

等三月号稿发完，当催一催各组的计划、制度和方法的讨论等。

×

看了一些秦兆阳的言论。其可厌不在刘绍棠之下，反动而且狂妄。但更较为狡猾。

×

剧人物重新安排，更易展开，更集中。

十三日 星期四 看秦、刘等材料。夏蕾来一谈，至十二时。复郑荃。下午想去买东西，而小张章被送回。姜大夫断为猩红热。已打针两次。晚为之购蜂蜜、饼干、水果。

十四日 星期五 小张章继续打针。验体温，未发热。唯面部发红，略肿。不闹。

整理人物笔记。加记。原人物间关系的安排待修改。看材料。

下午上街买本了，买阿·阿·斯米尔诺夫主编的《心理学》、普列汉诺夫的《社会主义与政治斗争》、亚里士多德《范畴篇、解释篇》，*The Philosophy of Plato*.

沈季平来，未遇，留条。

十五日 星期六 笔记一二。下午想上大楼，电话联系，而他们有会。访文井，遇于途。同看荃麟。少顷小川亦来。与文井散步，饭于北京餐厅。

归次，在白尘家一谈。九时余归。

×

组联室送来领干下去日地表。与荃、井约好四五月到四川一走。

中国少年儿童出版社送来《宝葫芦的秘密》清样。他们已打纸型。这个办法实在没有道理。有二处非改不可，如不让改，宁愿不出版。

十六日　星期日　今日各机关照常办公，明日放假，连春节假。

九时到大楼。在各组一看。批评了评论组的疲沓，关键在组长。商谈改进办法，季度计划及工作方法等。

下午再去。续谈。又找各组长谈，各组于假中当开会讨论计划。来个跃进。

下放干部回京度假期，略谈下面生活情况。如路福增、谭植仁，下去不久，谈吐即已不同。初三日晚当开一晚会，谈下放观感，并送第二批。

×

上午发一信给中国少年儿童出版社，并附要修改的两页。归后接复信，照改。又送来封面样式征求意见。

十七日　星期一　补星期日假。和宽整理书籍。巴波来一谈。

下午五时许至芝荣家。饭后归。总想再和她谈一下关于她的组织问题怎样了，迄无机会。

约姐、荣、季方明日来玩，晚餐。季方说未定。

×

巴波不下放了，因为琪树已下放。他调为记者，将到各处采访。约行前一谈他报社去年反右斗争事。今日已谈了一些。巴波近看得出在政治上开朗多了，去年表现即为左派。

×

今天是农历除夕。

十八日 星期二 白尘、白薇来。陶萍、雷奔来。小林来。文井。树理。姐、芝荣在此吃晚饭，逗小张章玩。

和树理回到白尘家一坐。约明日同访茅、舍二公。

十九日 星期三 和白尘访茅、舍。遇艾芜。一同访郭老，未遇。

迈进来。同到荃麟处。取来《宣教动态》若干册。迈进饭于此，谈其近况甚详。

宽和陶萍访刘院长，未遇。

二十日 星期四 儿童乐园刘院长来，还带给小张章一包水果。麦青来。

下午各组开会。卿陀和慕良带小仁仁来，慕良下放泰山，明日走。到文井家一谈。

晚举行茶话会，谭植仁、路福增谈了些下放几天的情形和观感。十一点多才散。

二十一日 星期五 看《动态》。打电话给文化宫、广播电台、白尘。

雷加来一坐。同到立波处一坐。

傍晚接六十条草案。晚饭后白尘来一坐。

二十二日 星期六 惠芬、慧中来。谈了些她在大学中的情况。慧中饭后先走（要看戏）。问惠芬入党事，并叫她每周记日记二三次。

湖南人民出版社两位同志来，询青冰生平情况。

晚在大楼看俞振飞的昆剧。

秦兆阳批判会将在下星期一召开。

二十三日 星期日 松阿姨回家。我俩看小张章，她倒乖。

午饭时白尘携来葛洛所拟联合发言修改稿。阅注后即送回白尘处。晚又收到第二部份稿，阅后改一二处，送回白尘。同到白羽处一坐，遇君武，荒煤，文井。后康濯亦。十时，我先归。

二十四日 星期一 札记。看《宣教动态》。仰翁来。沈季平来，饭后同到大楼开会。联合发言已发。另涂光群等联合发言，康濯发言。散会后我俩与白尘夫妇、葛洛饭于森隆。买蜂蜜。宽选购古典选本数册。来信中有肖雨芳一信。

二十五日 星期二 九时，和康濯同到北京医院。取复诊证。牙科没挂上，约明日下午二时。看《文艺界的一场大是非》，注意见。

下午看荃麟，并送回《宣教动态》（除155尚留此外）。正有会，被邀参加。饭后归。

《人民文学》编辑部会议定明日下午。和白尘通电话，改后日。

二十六日 星期三 札记。谈第四期《文艺报》，亦答关于文风问题的几条。接南吕电话，会期改后日上午。

下午到北京医院拔牙，并约明日下午修整假牙。晚约葛洛来一谈。关于黄秋耘及葛对黄、秦看法透露的不适当等问题。姐转来二哥来信及姐复信。同意发。

二十七日 星期四 《人民文学》诗歌组陪几位诗人参观十三陵水库工程，他组上有人参加。宽参加。我昨晚闻讯，亦约定去。

七时半出发。到指挥总部，听介绍情况。登小孤山一览全景，并看坝工地。本拟饭前乘小车归，而车待修。一同进午餐，和公木、沙鸥、蔡其矫乘吉普回城里。到家洗脸，即又上北京医院，做牙模。宽七时半归。

二十八日 星期五 上午在大楼开《人民文学》编辑部会议。

补读《人民文学》一月号未看的文章。文井来，邀出散步，并约淑华和宽，饭于吉士林。购《简明音乐辞典》、克罗奇《美学原理》、蒲列罕诺夫《艺术论》。

三月

一日 星期六 补读《人民文学》二月号未读篇。下午二时在文艺茶室开编委会。

二日　星期日　我俩携小张章到公园一游，遇姐。下午到文井处一坐。

三日　星期一　试写关于深入浅出问题的短论，开头数次，不成。

洗宁来，明日约上十三陵水库工程。树理亦去。后陶萍来电话，沙鸥亦约同行，他将写一长诗云。晚与白尘访郭老，九时归。

×

得友梅一信，说行政上他免予处分，组织处分尚未定。

四日　星期二　和陶萍、洗宁到十三陵水库工地。沙鸥也同行。树理带全家另车。

看到王芝兰，八十三中的孩子，和他们的教导主任。到指挥部、宣传处、工地指挥部、广播室、报社各处一谈。洗宁将留在那里工作一个星期，然后轮班。以后可以随时找到线索，组织人去。五时许，夏蕾来一谈。

×

日来越看越感到作家之赶不上：思想赶不上，劲头赶不上，脱离群众。四月号的《人民文学》送到了。读了各地农村来的歌谣快报，再看诗人们的诗，简直看不下去。

这几期的小说特写有动人的，如阮章竞、杜鹏程诸作。少。有些作品不知道作者有没有想到给谁看，干么要写这号玩意儿给人看。而只因为“写”得还好，在文艺界颇有人欣赏。如骆宾基的小说。肖平也有走向这条路的危险。有手，但没有头脑。有“作家”，没有读者。只是因为要写（不写当不了“作家”），才写。

承宽去找了吴伯肖。伯肖谈起中学老师中以语文老师最落后，“真想脱离文艺界”。组缃也说，北大中系许多学生想当作家，不好好学习。物理系、化学系也有学生拼命写“长篇”。“作家”＝政治落后。而又有那么多人想当“作家”！……

真得赶快抓紧批判工作，好好整一整！救救“文艺青年”！

×

作品，该考虑用那种最容易到群众那里的传达手段。戏剧就比小说强。

×

四月号上黄树则同志那篇评论文章真写得好，文风也好。接着是草明那一篇——八股腔，装腔作势。一个是医生，一个是——作家！

五日　星期三　整理修改添写笔记。

丁宁和另一位《新观察》的同志（不知道名字）来一谈。

下午遇文井，散步。购哲学研究编辑部所编《现代资产阶级哲学批判》。走过东单公园，见有售票的动物园，去看了一下。如能经常有流动的动物展览，倒很好。

六日　星期四　上午到北京医院试装牙。下午在大楼开反浪费、反保守动员大会。会后即开支部会，改选支委，李、南、申。

晚申来一谈布置学习六十条事。

×

曲斌给看一怪信，试作推测。

七日　星期五　下午在大楼开书记处扩大会，讨论作协工作跃进三十二条。晚开支部及小组会。

上午曾看《青春之歌》彩排，两幕，即归。

八日　星期六　上午记关于王芝兰（青）。下午开文学界讨论卅二条的会本拟请假，而荃来电话，叫发言。与艾芜步行去。到四楼与白尘一商发言事。甫发，《人民文学》编辑部报喜，遂略谈规划一二。

旋到荃处一谈，晚餐。有杜宣，文井。

九日　星期日　十时，到文化宫参加售刊物活动，征询读者意见，收获比估计的大得多。晚到白尘处，一谈评论组工作。

写信给郭老，催稿。

十日　星期一　九时，到大楼。而葛洛在开会，讨论下午评论家跃进会问题。我也去参加了一下，谈了意见即拽葛洛到评论开会。饭后又续谈，连同组长碰头会。

总支已开了证明信。

晚饭时艾芜转来讨论六十条座谈会的通知。阅后又传文井，他明日请假。艾芜尚未看到文件，把我的借给他，约定明日开会前收回。

十一日 星期二 到北京医院整牙。搞合适了。晚开六十条座谈会。很疲乏。

十二日 星期三 宵来没睡好。起来，到白尘处一谈。十时到组缃家。宽为组稿事亦同来，她饭后归。

组缃谈了一些情况。此间每人要求写一百到百五十大字报。

十三日 星期四 组缃陪我到北大党委会。他们说要和一位崔同志联系，他会来找我。但没有来。去看了一些大字报，到文史楼。

下午中文系教员和组缃在一个整改小组的，来此开会。我亦在。又有两批学生来，皆询问中文系教授一些情况。他们感到有问题而不了解情况，看出他们很着急。

听到的，露出文学系的许多问题，从教授们的思想作风问题到教学问题。

晚接宽信。叙到国棉二厂与工人座谈，他们对《人民文学》诗歌和评论文章提了尖锐意见。

“我想提一个问题。评论文章能不能写给我们工人看？为什么过去的评论文章都那么难懂？像老太婆的裹脚布——又臭又长。一开头先来一个大帽子，然后是马克思说、恩格斯说、列宁说、毛主席说等到他自己说的时候就没话了。”

批评得好！

十四日 星期五 游国恩教授来组缃处，一谈一个上午。关于大字报。劲头足。但涉及自己部分，则多方辩解。

饭后，与陈贻焮先生找到吕德申同志，中文系总支副书记。和他谈了来意，并将证明信交给他，因党委会崔同志难找到，且反正要转到总支来。

约明日上午开可找学生名单给我。

看大字报，中文系的和历史系的。

有几批学生来找组缃。高教部周司长亦来访谈。都是发动组缃运动干劲的。我亦曾参与。

十五日 星期六 吕德申同志来，约了些学生来找我。戴耀武（新二，党员，调干）十时来谈，并一同到他们宿舍去玩了一下。姚梅屏（文二，团支委）下午二时来，还有一个同学一道，并约我明日下午七时半参加他们的党支部会。黄俊圃（文四，团员，调干）四时半来。季恒铨（文四，团员）七时半来。

发了一封信回去。

十六日 星期日 林庚来。下午二时半李懿华（文四，党支副书，调干）来一谈。吕德申、余冠英找组缃，谈中文系教学问题。

晚七时半文二支部邀我去开会。全班。涉及当前文艺上一般问题，多而散，未能深入。他们自己也说，主要是想见见面。

十七日 星期一 上午雪 组缃谈中文系事。也谈了些学生情况。

下午到文史楼和哲学楼看大字报，冒出的问题都差不多：厚古薄今，脱离政治、脱离实际，以及观点方法问题。明日拟看西语系和物理系的。

晚中二顾建国等四人送《红楼》全份来，顾并有一稿，为

《中国青年》所退回者。谈了些北大以及他处反右情况。

十八日 星期二 看到所辑大字报选录，化学、生物、数学、物理各系的大字报。谈了顾建国的稿子。

下午到文史楼看新大字报。归，接宽信。星期四晚有讨论六十条的会，当归。

这几天了解了住一年也了解不了的东西，尤其是关于中文系。大问题都已冒出来了。陈贻焮几位的五千余字的大字报很好。

十九日 星期三 与组缃谈，他的非政治看法、缩手缩脚、对批评的态度等。看了他去年在《文艺报》座谈会上的发言，批评。到吃饭时他对批评的态度才迈进了一步。

饭后访吕德申同志，谈这几天观感、意见、组缃的思想情况。

到文史楼看大字报。临时关系信已盖章取回。

七时半，顾建国等三同学来，谈他的稿子及其他。

早起写一信拟寄宽。组缃说当天未必能寄到，反正菽园会电话告诉宽。菽归，说已通电话，唯未能决上午抑下午。组缃想明日上午再谈些事。可约下午来接。

二十日 星期四 上午与组缃续谈他的思想问题。宽来接，送小毛毛一些玩具。十一时同车归。

下午找文井。散步到东单广场。在群众书店购《巴尔扎克论文选》《十九世纪文学主潮》(第一册)、《劳工旗帜论文集》。晚七时开讨论六十条的座谈会，会后白尘、葛洛谈《人民文学》编辑部讨论规划情况。

二十一日　星期五　看《美丽》及读者意见。到荃麟处一谈。

原定今日下午开批判秦的会，改明日下午。

评《美丽》文开头未就。

二十二日　星期六　评《美》开头，凡数易稿。问题有了，但尚未理清楚，使然。最后开定，约一二百字。

跃进在于干劲，不留余力。不是把连自己也没搞清楚的东西，草草塞责。要注意好。还有省——精练。

下午到大楼开批判秦的会。秦检讨，仍是不老实，在闪避，招架。看了大楼的一些大字报。大楼气氛颇有所改变，许多同志都活泼起来，因此也更可亲了。

二十三日　星期日　宽和几位同志邀树理去文化宫开座谈会。

十时到葛洛处一谈，又同到白尘处。看葛洛批判秦的文章的校样。写得很好，文风亦大有改进。马寄远带全部校样来。旋宽携小张章来，同归。

下午散步，到王府井，购费尔巴哈《黑格尔哲学批判》。饭于北京餐厅。步行归。宽则购补中益气丸、人参归脾丸等归。

二十四日　星期一　八时半在大楼开编辑部会议。下午开评《美》文。

接惠芬信。中国少年儿童出版社一同志来，希望为学龄前儿童写书。颇想一试，请他们能找点学龄前读物来，以资学习。

二十五日 星期二 宵来没睡好。很困倦。写了一点点。下午左林和《中少报》文艺组一位同志来一谈。到文井处一谈。

组缃、菽园托其小保姆带来鸡蛋三斤许，并一信。

宽今日到东郊劳动，有公共汽车，半小时可到。

明晚开讨论六十条会，已通知。星期五批判秦。

二十六日 星期三 评。中午与文井饭于闽江春，遇芝寅。晚累，头疼，会请假。

二十七日 星期四 奇冷 评。下午外文出版社一同志来，谈译童话事。申述来，传来党委两文件。还来六十条草案文件。交给他长沙三中询问关于雪驹的材料（不了解，无可供给）。

来信中有郑荃一信。

二十八日 星期五 冷 风 上午准备发言。下午开批判秦的会。明日上午党组扩大会。

二十九日 星期六 上午在大楼开党组会。下午在孑民堂听传达。

三十日 星期日 宽到文化宫，为文艺讲习班请组缃讲课。

我携小张章到张僖同志处，询关于六一幼儿园的事。明日开始报名，约十五号收。约定明日宽随车去一看。

下午刘雯卿院长，谈起欧阳老有一保姆，正想找工作。

三十一日 星期一 评，改。下午访艾芜新居，同出散步。晚承书来一谈。

这几天揭露司机老郭的流氓行为。松阿姨极为恶劣。总务科主张我们辞退她。今日老郭被带走，这很好。要为辞退保姆做些安排，恐小张不习惯也。

四月

一日 星期二 评。下午在院中遇杨犁。他说这次才真正把思想问题弄清楚了。即将到滦县一个农场，十个右派分子一起去，由他领队。中有陈企霞。杨已离婚，黎阳已赴太原。

宽归后谈今天批判秦的会上，秦曾有类似企图自杀的行动（会开到中间，秦忽出门往六楼跑），后追回。适荃麟到，即与他谈话。

宽已到欧阳老家去看了聂大娘。决定后日辞退松。晚八时多，到姐处一谈，看她心目中有没有更好的保姆，——没有。

如聂大娘对孩子有办法，则比送全托好。小张章回家可以跟妈妈、爸爸玩，虽然不免会哭闹几天，感情上的刺激总不会如在全托之深。

日来各处索稿信来一大堆，很难办，亦不可能一一作复。自“影剧”消息透露后，亦不胜函电之烦。

等评文写好，稍事休息，想去看看组缃。

二日 星期三 评文写毕。葛洛送来评论组计划，看过，一二处修改送还。派出所曾来一位同志问松秀贞关于她和郭振锋的关系，她有所交代。这位董同志告诉了我这情形，并看了记录。

晚我俩上街，为小张买一玩具琴、小册图画故事、苹果等，以备她明日起会闹几天。

三日　星期四　宽请了一天假。刘国楹来，谈了些关于松的情况。等松买菜归，就和她谈，辞了她。在中山公园吃饭。二时许聂大娘来。儿童乐园张老师已和小张章谈好："你已经长大了些了，该让大娘看顾你了。"张章午睡醒后，看见小朋友的一双红鞋，她说她也要有一双，张老师就回答："你告诉大娘，让大娘请你妈妈给你买一双。"张老师在电话中告诉宽这些情形。这样安排，原是宽的主意（刘院长曾让聂大娘到儿童乐园和小张章见了面）。

由于老师的威信，聂大娘会哄孩子，今天张章没有闹，很乖。不过以后几天中可能还会要闹。

评文题作《读〈美丽〉》，并加以修改。

接通知，明日下午二时在中直俱乐部开党员大会。

四日　星期五　上午看北大中文系学生的刊物《红楼》。下午开党员大会，选新党委，周扬谈了对整改的意见。

明日下午三时开整风领导小组的会。

小张章还喜欢大娘。唯晚上表现得有点烦，上床后哭着"我要阿姨"。喂她水喝，才不哭，张着眼睛躺着，拍了她好久。

五日　星期六　很疲倦。休息。理发。《宝葫芦》[1] 样书送来。合同签字送去。饭后小睡。五时余荃麟和以群来。以群是来开评

① 童话《宝葫芦的秘密》，1958 年 3 月中国少年儿童出版社出版单行本。

论工作会议的。同饭于丰泽园。归，小张章刚要睡，未闹。

六日 星期日 宽到市文联去开关于儿童文学的会。我带小张章玩了一个上午。十二时半到文化宫。读者谈到三点。很累。

明日上午九时到孑民堂听关于成都会议的传达，高铮通知。

七日 星期一 上下午在孑民堂听传达，关于成都会议。

姐来一谈，饭后走。晚接北大文二三班刘登翰等三同学一信，并《红楼》第二期。

八日 星期二 再修改评文。整理影札。

下午四时在大楼开党小组会，评文交评论组。

编辑部今日十时到北大征询意见并另售刊物。

九日 星期三 想在工作前写几张大字报，不料只写了两张，一直写到十二点。一是回答麦青，同意他下组研究讨论文艺问题的建议。一是论老大作风之一的暮气，而在领导人身上则是由官气而暮气，等等，其实是一则杂文。下午上大楼开会时交南吕，请她找人代抄一下。

二时，荃麟谈评论工作会议的情况，周扬同志讲话。会后荃、光、川、尘和我邀以群、方纪并默涵、亚凡、张僖饭于丰泽园，罗汉请观音。

×

这几天我俩都回得较晚，小张章跟着大娘，反而乖。前几天她一方面大概是有点情绪，一方面实在是撒娇。每晚必须我拍她睡。昨晚我抱她下楼后，就走开，宽亦不进她屋子，由大娘照拂她睡，她也很高兴地就上小床睡了，没有闹。

×

影札必须做些整理功夫。准备工作做得仔细，则进行起来才会顺利。

十日 星期四 影札整添。下午一时半在大楼开党小组两组合并会，讨论划秦问题。意见一致。接着又讨论整改找出的问题。

申述约明日为侯金镜评《本报内部消息》文谈谈意见，如侯同意的话。后日开编辑部的会。

星期日下午文化宫有游园会，作协几个刊物将去卖书，征询意见。

十一日 星期五 影开，未完。下午继。侯未来。

十二日 星期六 一早访申述。因下午有党组会，编辑部的会改期。商议：还是先开党内的会。党内谈透，才好搞。

下午的党组会，议程中有划秦问题，意见一致。会后浙江一同志持仲武信给荃麟和我，盖杭市越剧团将来京表演。适白尘来，一起谈，并介绍这位同志访文联及剧协。

十三日 星期日 十一点钟吃了饭，同赴文化宫。系游园会。许多刊物摆了摊子。《人民文学》全卖完。读者拥来索签字。签一阵，休息一会，几人轮流，相当累。

十四日 星期一 影剧呢，话剧？分了场，得十一场。以群曾说先话后影易，昨白尘说不尽然。原先是从话剧想起的，方法走那条。或即从话起。

下午三时在大楼开支部会，交心。开得不错。明日上午九时再开。晚饭后在白尘处，白、葛、我谈检查刊物问题。

十五日 星期二 上午在大楼续开支部会，都谈了心里的话。决定后日下午开编辑部会，让领导表示引火烧身，烧掉五气尤其是暮气的决心。下午很累。党组召开的关于成都会议精神的座谈会请了假。在家看传达笔记，校订。本准备了一个发言的纲目，又重新看看，想想。晚开选民小组会。

张僖谈起我应列入《人民文学》编制，否则有许多不便。我亦有此感。唯列入编制即应领半薪。

会后我俩散步至群众书店。宽购《文学发展史》（下卷）一册。

十六日 星期三 用话剧形式开了一开。开两次头，都不合适。下午又开一次。柯玉生来一坐，催童话旧稿，答以没工夫，要缓一步。《宝葫芦》稿费已送来。880元。存。

得惠芬信。得友梅信，他谈他们组织曾寄一信来。但未见，不知何故。

晚我俩上街，买补中益气丸、人参归脾丸各半斤。购得《马恩通信集》（第三卷）、罗森塔尔等的《唯物辩证法的范畴》《中国工农红军第一方面军长征记》。

十七日 星期四 很累。打电话给陈中宣。他说极盼剧能在上半年写出。下午在大楼开编辑部会，领导引火烧身，除五气尤其暮气。会开得很好，以后还要开。晚开选民小组会。

十八日 星期五 上午白尘来，谈他在检查刊物会上的发言提纲。下午在大楼开检查刊物会。

十九日 星期六 打麻雀。晚饭后到白尘处，商谈会期事。张僖说三门峡旅行可推迟到廿五号。到荃麟处一谈。葛琴已归。

二十日 星期日 十时到白尘处，葛、申、麦都在。他们谈好目录编排之后，商量一下明天的会如何开，以及葛所起草的廿二条。

×

昨、今二日全市消灭麻雀二十四万余。

×

《宝葫芦》第二次印刷几千本。又送 495 来，加 5，存。

二十一日 星期一 下午在会议室开刊物检查会。

二十二日 星期二 很累。休息。理发。下午批判秦的会，请了假。

下午到王府井，买《马恩通信集》（第一、二卷）、《汉语词典》。

晚饭后申述来，出示李淑华给他的信，表示因葛洛自己没有明白表示对自己的错误的态度，她明日会上不想发言。仍希望她发言，党员必须积极参加这整改运动，这一斗争。

二十三日　星期三　下午在大楼开编辑部交心会。葛洛未发言。会后饭于森隆，看布料，未选成。极感疲劳。

二十四日　星期四　晨起，到白尘处，谈评论组加人（调陶萍）及双反中葛白向群众提保证的问题，并邀葛、申二位共同商谈。

九时余，和他们到首都剧场看彩排《美国奇闻》。

下午柴鸿逵送三门峡车票来。得琪树一信。

二十五日　上午九时半，与艾芜、光年同车到车站。乘十时余快车到三门峡。

二十六日下午一时廿分到。同行者尚有毕树棠、陈伯吹、汪巩，组联科张忠运偕行。

到站，雷加以车来接。到工程局，约廿五公里。住史家滩招待所。发一明片。到三门峡一看。晚亦出看了一下晚景。二十六日起将排参观日程。大家并打算回京时在洛阳小住二日。

二十七日　星期日　早饭后（吃两顿饭）听一位技术员报告三门峡工程概况。张局长等亦在座。

睡午觉。艾芜他们去看坝工程夜景，我因疲倦未去，光年、毕老也未去。而张局长来，让我们搬到办公室附近的房间，两人一间，较方便。

二十八日　星期一　到机械分局，听概况。下午分别和工人谈，我和艾芜一组，与谈者：叶成、潘玉凤、周欣荷。晚大家交流了一下。

二十九日　星期二　开挖分局石书记等谈情况。下午到大安他们局里和工人谈天。晚张局长和我们一谈。华山来。

三十日　星期三　到三分局，听概况。看爆破。下午张海峰书记约谈。晚看坝头夜景，到基坑。归，孙肖平来，他在此做团的工作。

五月

在三门峡　陕县

一日　星期四　发一信，贴三门峡的纪念邮票。九时一刻的小火车到会兴，住三门峡招待所。饭后到陕县。看羊角山，陕一中，宝轮寺塔。陕一中校长王荣槐述勤工俭学运动甚详。

五时归寓所，看市容。在邮局买两套有关三门峡纪念邮票，并盖三门峡邮戳。晚肖平偕其女友来。约明日一同游灵宝。

二日　星期五　三门峡　宵来没睡好，很疲倦，没去游灵宝。躺着休息，补午觉。札记一二。翻阅《水利工程概论讲义》《三门峡纪事》《青年初期学生心理学》。一个人在食堂吃了午饭、晚饭。体力稍恢复。艾芜他们去灵宝。肖平陪同，归后和我谈了他的思想情况。批评并劝告他。

三日　星期六　和汪巩、张忠运、毕、陈乘六时多的车到洛阳。交际处有人来接，还有市文联副主任胡明昕。

饭后至龙门一游，并到关林一看。胡同志亦同游。

洛阳宾馆房子太贵。本打算留两天，后决定明天走。而胡坚留。遂仍定后日车票。因此先后发两明片。

四日 星期日 参观轴承厂、第一拖拉机厂。后者适有新唐屯农民答谢厂赠万能拖拉机、送匾、猪肉、农产品。笙笛及锣鼓队。极令人感动。拖拉机厂党委宣传部长苏远谈了一些情况。惜太匆促，未能详看详听。饭后睡午觉。晚饭后一起在城内散步，看老城街道。归已将九时。

×

札记一二。补见闻杂记一二。

五日 星期一 胡明昕一早来，布置会议室。与会者陆续来，有第一拖拉机厂、轴承厂、洛阳工程局、第一高中、运输公司、洛阳师范等单位的工人、职员、教师等。谈至十二时。

下午四时余乘车。（误点）

六日 星期二 下午二时余到京，小关、柴鸿逵以车来接。

惠芬来一信。沙汀来一坐。

×

小张章看见爸爸回来了，直撒娇，要抱，要陪着她。

七日 星期三 休息。缺的睡眠还没有补足。重翻阅《人民公敌》，觉得很浅薄。再翻契诃夫剧作，感觉完全不同。

听说荃麟又病了，去看了看他。晚饭后到群众书局看了一下。

承宽带回小说散文组召开《除夕》讨论会的记录，并谈了开会的情况。札意见一二。准备星期五上午再讨论。尚须找刊物来重读一下。莫斯科列·托尔斯泰陈列馆来信已由外委会译出送回。

八日　星期四　送来二月号《人民文学》及《除夕》作者的信。下午到公园，看了这些资料，并札记。宽下班后亦到，饭后到王府井，购《马克思主义经典作家论基础和上层建筑》《马克思主义经典作家论生产关系》、杜加林诺夫的《辩证唯物主义范畴的相互关系》及《小学儿童心理学概论》一册。得瞿希贤一信。

葛琴来条，打算星期六上午去八大处，问是否可同行。而小说组《除夕》讨论会改星期六上午。晚上打了个电话告诉葛琴。

外文出版社来信，附童话介绍及小传，嘱改。改就。明日他们派人来取。

九日　星期五　整理剧札，编场号。写就复惠芬信，尚未发。

十日　星期六　上午在大楼开会讨论《除夕》。发言记录要整理修改发表。下午整理旅途中所记剧札。

我俩在白尘家晚餐，有沙汀、树理、张僖。约定明日下午到长辛店和工人座谈。后日上午到市委听关于北大教授交心情况。

约白尘夫妇、沙汀明日午餐，再同赴长辛店。

十一日　星期日　九时余沙汀来。少顷白尘来。待金玲到后，用饭。下午在长辛店开座谈会。

十二日　星期一　上午和白尘，由张僖陪同到市委宣传部开会，并与杨述同志晤谈。关于高知改造斗争，极希望能写长篇。兴动。打算先到北大待个时候，剧本可少缓。

下午到八大处。拟与荃、琴小住一个星期。

十三日　星期二　疲乏。服钙克司，甘草合制剂。并灸足三里，热敷额部，微汗。

十四日　星期三　不适。大概有点外感。下午二时归。电话约白尘明日来。

十五日　星期四　白尘来一谈。约申述，闻申述亦病，等他病好再谈。宽请李大夫来。开一方，服两剂。

十六日　星期五　服第二剂药。头发紧下午稍好。补看这几天的报，尤其是八代二的那些报告。湖北谷城县委书记沈汉民那篇真好。

文井归。来一谈，贻贝壳、红豆、杭州的小石刻，很好看。又同到他那里一坐。见赠《在下次开船港》。

晚申述来，谈有关整风第四阶段诸问题。

姐来一坐。谈朱家又迁回北京，科联盼有作家下到他们的部门。此事可一找张僖同志。

×

十五日苏联又发射第三颗人造卫星，重 1327 公斤，比第一个重 15 倍，比第二个重 1.6 倍。又一大喜讯！

十七日 星期六 休息。看 A.K.[①] 申述来。晚葛洛来一谈。

十八日 星期日 八时许，把皮鞋上了油，穿得齐齐整整，我俩和大娘带着小张章去投票。回家换衣，携小张章上公园，十一时余归。下午白尘来一坐。谈《人民文学》减价问题，谈北大情况。

我俩上街买东西，买得苏联科学院哲学研究所集体所作《人民群众和个人在历史上的作用》一册。饭于森隆。

十九日 星期一 上午访文井，光年亦来。谈三门峡工厂史事。同到公园一看。饭后归。电话告白尘，明日赴北大。

二十日 星期二 九时到北大，住临湖轩。白尘谈了些情况。和陆平同志谈了一下。

下午和白尘到党委会找到魏自强同志，他和中文系总支联系了一下，约定明日十时半谈一谈。旋又到团委会挂钩。

同访组缃，并晤陈贻焮。晚化二有三同学来谈传鹰情况。

二十一日 星期三 十时到文史楼与中文系总支挂钩。支书蓝云夫同志和我们一谈。彭兰同志希望我们积极插手中文系教学改革斗争。下午参加全校的报告会，冯定同志关于红专问题报告。

---

① 原文如此。

晚参加中文系全系关于教改运动报告会。会后组缃来一坐。

二十二日 星期四 上午参加党委会常会。下午中文系文学史教研室务虚会。谈了一下外面群众文学运动的形势。

二十三日 星期五 上午到文史楼、化学楼看大字报。

晚，在中文系总支听各学生支部汇报务虚情况。

二十四 星期六 上午开文学史教研室务虚会，周子明同志亦参加。王瑶邀午饭，除白尘与我外有组缃、周子明。

下午参加文二三班同学的务虚。后谈起要成立批评小组，叫当辅导员。得中少社信，《宝》二次印刷，495，票。回家。

二十五日 星期日 我俩携小张章上公园。十一时我携小张章归，宽到羊市大街，六时归。下午访文井不遇，知李老来，在荃麟处。遂到荃麟处一谈。晚葛洛来一谈。

二十六日 星期一 下午在中宣部听传达，主席在八大二次会上的四次讲话。

二十七日 星期二 上午继续传达。下午回北大，即参加文学史教研室务虚会。晚和白尘到组缃处一坐，同回轩，谈到十时半。组缃谈他的思想情况。批评了他。尚须详谈。

二十八日 星期三 上午十时在中文系总支听各教研室汇报。下午午睡后，文二三班的林微来，出示一评论文稿，一谈。晚林庚邀饭，有组缃、王瑶。饭后听他们开片儿会，十时半归。

二十九日　星期四　文二三班所成立的批评创作小组组长来汇报讨论情况和计划。谈了几点意见。约：下周成立时再对大家谈一谈。

党组扩大会批判秦兆阳最后一次会。并邀杨晦、组缃、林庚、王瑶同志参加，二车来接。散会已七时，食堂当已休息，遂饭于同和居。

明日下午、后日上午，当分别参加文四二三班务虚会。

文井约明日晚应文团总支之约作讲话。

三十日　星期五　上午九时余到党委会办公室听整风汇报。下午参加文四二班的务虚会。

白尘回城开会。来电话文井明日上午来（今晚有全校关于总路线的报告会）。

傍晚何乐士来，送来一部分有关反右材料。

明日上午党委常务会。已告诉文四二班同学转告三班明日不参加他们的务虚会。

三十一日　星期六　上午参加北大的党委常务会。

白尘偕文井到校。散会后已十二时半，去找文井，则已讲完，走了。只好另要车，饭后归。

宽在家，因为小张章出麻疹，从昨天开始。今日则满脸都是。倒很乖。

六月

一日　星期日　访白尘，同到荃麟处，谈作协联系大学问题。文井后亦到。同白尘到三号[①]，与葛洛、申述谈刊物如何迎接八大二次会后的新形势。布置明天开组长会及各组讨论。

下午买书：《马恩反对机会主义》、列宁《反对教条主义和书呆子习气》《矛盾论》。

二日　星期一　上午到大楼召编辑部各组长开会。然后分组开会，先听评论组，后参加作品组。饭后归。

小张章已退烧。祁大夫来诊视，开方。

白尘今日回北大，我还留一天。

晚评论组在这里开会，参加。至十时先退。

三日　星期二　在家帮着看顾小张章，并休息。服钙克斯二片。

重读《矛盾论》、少奇同志的《八大二次会议的报告》《红旗》上伯达同志的文章。腰酸背疼，似乎受了寒。午睡后较好。准备明日上午回北大。

四日　星期三　上午回北大。到总支，与蓝云夫谈作协试验田事。又同诣杨晦处开会。

下午四时半本定各班汇报，后临时改期（明日下午七时半）。与云夫谈组缃思想情况。

---

① 原小羊宜宾胡同 3 号，中国作协宿舍院。

晚饭后何乐士等四位来，出示评组计划。布置讨论会，定星期六上午。八时半同往运动场看电影记录片。

五日 星期四 上午诣组缃。谈他的思想情况，试帮他分析，批评他。他自己说双反以来思想上搞通了一些问题。

下午周僩、何乐士来，邀去看他们劳动（挖河泥）至五时半。

晚七时半听学生各支部向总支汇报讨论学习总路线情况。后又参加半截文学理论教研室讨论总路线的座谈会。

×

下午曾打电话给宽，说宽已出去。组稿？

六日 星期五 山东师范学院现代文学史进修班几位同志来谈，有关史料问题及对于文艺上的一些意见。

承宽寄来 Гамоб 序文译稿并信。拟一复稿。晚饭后何乐士等来一谈。中午何又送来一部分学生交心书面材料。

七日 星期六 上午和文二三班文学小组开会，谈组如何搞法。下午二时回城里。文井、淑华邀饭于三条小馆子。宽到市委开会，七时始归。

八日 星期日 我俩上衣店取衣，仍须改。先取裤归。

天津人民出版社已将抄本《秃》[1] 寄来。

姐来，晚饭后走。申述来一谈。白尘、葛洛来。谈中宣部批判李之琏情况。谈评《除夕》等问题。词七首问题，当拟一

---

① 童话《秃秃大王》，写于 1933 年，1937 年上海生活出版社曾出单行本。

信。谈至十一时。很疲倦。

明日中宣部如续开会，则编辑部红专座谈会将改到后天。

×

得文彬一信。

九日 星期一 上午拟信，录改贾拓夫信。题《宝》送沈、田各一。得一北大学生诗稿，转夏蕾，并复作者。

与宽约，饭于吉士林。晚白尘、葛洛来，词已查好词牌抄就。信稿亦录，明日发。

明日编辑部仍不能开会，与白尘约明日九时回北大。

十日 星期二 信由宽携编辑部 九时，回北大。临走时接宽电话，编辑部同志谓信上说每月十七日不如指明本月二十日。告以那样不妥。

北大跃进规划纲要草案已在校刊刊出。全校振奋。中文系总支讨论了中文系要提出的纲要。

午睡后王瑶来，示现代文学史中一节原稿征求意见。意欲我代为修改。未允。

笑雨、志一来。谈北大双反以来情况。

晚七时半到文史大楼，则中文系教职员队伍都在。到运动场开跃进大会。陆平同志做了报告。学生锣鼓喧天，写决心书，热火朝天。还演出四个节目，都是今天一天赶排出来的。陆平同志说，学生半夜即到印刷所探消息，得知跃进纲要内容，天未明即搞决心书，创作节目，扎灯。

十一日 星期三 写一信给姐，谈母亲事。寄宽阅交。

下午参加文学史教研室会。《解放军文艺》来二同志，嘱看稿评介，以无暇谢之。

晚饭后参加文四一班讨论规划的会。会后有几个同学同至临湖轩，谈至十时。

十二日 星期四 上午和彭兰一谈搞试验田的问题。问他们的要求。

下午二时半参加文学史教研室会。一谈到讲义问题，就为难，就紧张。但还是展开讨论了，并不得不涉及教学方法的打破陈规。

晚全系开跃进大会。文二三班成立的鲁迅文学小组已出墙报，推荐八部作品。并拟以一年工夫研究王瑶的《现代中国文学史稿》，批判他的资产阶级思想，"我们希望王瑶先生参加我们的讨论，指导我们把这个工作做好"。

还和一个社谈好，办一个农业中学，功课由文二三班和物理系包干。"后天开课。"

文三谈到要研究林庚的讲课内容，批判其资产阶级思想。

学生对每一个新跃进都报以欢呼，鼓掌，锣鼓。教授们则反应冷淡。组缃听了学生那种干劲，也只淡淡一笑，好像看孩子们的游戏似的。季镇淮坐在我旁边，却不断地向我点头："青年们干劲真足！真有办法！真快！"

会场本设在小饭厅外面，后刮风，有雨点，始移至大饭厅。黄侯兴让人递了一件他的衣服给我，怕我冷。

会后何乐士、黄侯兴送我们回屋子，又谈了一阵。

×

文三成立了一个文学评论小组，和《人民文学》评论组挂上了钩。有同学到编辑部去接谈过，回来带来宽托带的《青春之歌》《林海雪原》各一册。

十三日 星期五 看材料。周以谟来电话。约定明日下午二时半到中央团校与少年报刊代表开座谈会。

下午三时与白尘到郑昕家一坐。杨志一、甘树森来一谈。

晚七时半文系各班代表谈试验田要求。

十四日 星期六 下午二时周以谟来，接我到团校参加全国少年报刊代表座谈会。六时散，讲得很累。

归。得惠芬信。见王建连信。宽到中宣部开批李等的大会，回来谈了一些情况，并看了一部分整风简报。

北大文二三班的文学小组和评论组挂上了钩。

十五日 星期日 宽上午开支部会。芝华带小红来，饭后走。

访文井一谈北大对作协的要求。要写一封信给党组。

打电话给白尘。则一苇已来京，在白尘处。去一谈，饭后同到姐处一坐，并谈致信隆华事。

×

下午和宽去取衣，仍未改。真是成问题！他们的工作搞得很乱。

×

看中宣部“整风”。[①]

十六日 星期一 本拟上午参加中宣部批判李等的会，后闻改下午。而北大今晚七时开跃进评比大会。与白尘商定下午四时回北大。

上午写了给隆华的信及我们的委托书。让姐姐和承宽都签上名，即寄发。晚上北大的评比会非常热烈。学生的发言和教师的很不相同，从精神、情绪以至语气，都两样。十二时才散。

十七日 星期二 到文史楼看大字报。晚续开跃进评比大会。因疲乏，十时即回屋，洗澡，睡。

十八日 星期三 十时半，陈贤策同志和一位同志来，商谈当代文学的课程内容问题。写好给党组转周扬同志的信，挂号，何乐士来时交她寄发。晚在杨晦家开总支委会，讨论教学计划，至十一时半。

十九日 星期四 很累，休息。看《青春之歌》。晚参加团委召集的各系团总支书汇报会。

二十日 星期五 夜来没有睡好。

早饭后参加文二三班的团支部会。十时余散，则郑荃和一位同志来，想约儿童电影。但还没影子。并谈了关于导演深入生活的意见，她们说回去一定反映。

---

① 原文如此。下同。

午睡，组缃来一坐。晚饭后何乐士来一坐。她对惠芬所提问题谈了些看法。明日端午节。文二三班约上午游颐和园。

二十一日 星期六 端午 七时多，和文二三班同游颐和园。划船。到后山演节目。又谈了谈关于批判王瑶《现代中国文学史稿》的问题。回校已十二时。

饭后午睡不着。把《青春之歌》看完。三时回城里。

找文井。知致党组及周扬同志信已在打印。谈李案要分头在作协开些会，批判黎的，以及古、舒等。得参加几次会。文井明日将赴十三陵一周，新华社要发关于批秦的新闻稿，小样送几个人修改一下。得惠芬信。

二十二日 星期日 我俩带小张章上公园，遇姐，同坐了一阵。白尘邀午餐，因为一苇来了。饭后邀一苇来家，休息。并约白尘夫妇晚餐。新华社稿小样已送来。稿写得不恰当，不明确。晚持稿访白尘，他也说不行。访白羽，则他并未见到。稿留下，明日再商谈。最好是重写。

二十三日 星期一 下午三时在大楼开批黎的会。秦息当由葛洛重写。

二十四日 星期二 八时回北大。白尘因病，未同行。十时半和蓝云夫到杨晦家开总支会，讨论系跃进计划草案最后一部分。二时半开党委会，讨论中文系计划。

饭后与吕德申一谈组缃问题。到组缃处一谈。

×

何畏明留条，说从王史发现一些问题，饭后要来谈。继而罗炯光留条：晚开体育跃进动员大会，谈改期。

×

兰大有来了解骆秀峰情况者，留问题纸而去。约本周写好材料交作协总支。

二十五日　星期三　复文彬。到中文系总支，找到周倜，同到三二斋。沈昆朋等不在。和留在宿舍的几位谈了些评王办法。

下午回城，到大楼出席批黎的会。

晚看白尘。他腰疼，找杨大夫扎了针，较好。

×

宽定后日赴津沪约稿。

二十六日　星期四　下午开批黎的会。会后在茶座小谈一会。白羽谈对黎问题的基本分析看法。谈得很好。

同宽到做上衣的铺子，曰永安。认识一下，星期日可取。

二十七日　星期五　送宽到门口，上三轮。八时半回北大。安启说有学生来找过好几趟，大概是昆朋等。到总支。和云夫一谈。下楼遇昆朋，来轩一谈。

下午二时半到总支听各支书向总支汇报讨论跃进计划草案情况。五时回轩，何乐士、沈昆朋、罗炯光来，约饭后和他们讨论评王大字报稿论点。六时到三二斋，吕德申亦来。谈至七时半，他们要开纪念关汉卿的会。约明日再谈一下。

晚上，朝鲜留学生崔东珍来，出示所译《沈清传》。拟商之白尘，看戏剧出版社可出否。可用，再考虑修改问题。

二十八日 星期六 看完“整风”关于批李会的记录。续看罗森塔尔等的《范畴》。较以前这类书完整些，精密些，然举例亦有不恰当者。何乐士来一谈。

五时回城。晚饭后带小张章看白尘，交《沈清传》给戏剧出版社。抱小张章归，等她睡下，又到文井处，未遇。九时许文井来，谈在十三陵水库劳动之乐。

二十九日 星期日 上午携小张章到公园。遇姐。十一时归。饭后她颇闹，不肯午觉，强迫她睡，睡了一个小时即起。

函俞仲武，为《沈清传》剧本事。挂号发。晚文井、章竞来，本拟出外散步，旋大雨，坐屋里谈至十时半。

三十日 星期一 取上衣。一元四。九时回北大。到中文系总支，商谈新订课程。决定“当代文学”为文选，而另辟“评论实习”。

吃饭时遇崔东珍，告诉她《沈清传》已交白尘，并函询浙文联。复惠芬。复王建连。到三二斋。沈昆朋等约明日上午和他们全体谈一下评王中的问题。

晚伯达同志做报告。听播音，一半。想洗澡，没水，又听完那一半。回轩，水管有水了。

七月

一日 星期二 上午到三二斋和文二三班的文学组谈批王问题。接着他们果然暴露了些思想情况。这很好。可以在批王的同时，也批判了自己隐伏着的某些不正确、不健康的思想。

下午到总支一坐。看了三年级文学组批评林庚的大字报。

晚，中文系举行党的三十七周年纪念会，各教研室及各级、各班都有献礼。文二三班文学社的油印刊物出来了，《新兵》，上午题的字。

×

接高铮电话，明日下午在光年家开党组会。

二日 星期三 一早，高铮打电话来，党组会议在上午。九时，车来接，在光年处开了会。

得宽信。有一段是写给小张章的，念给她听了。她一面听，一面当时作答。

晚到文井处，适其云、海珠在座，谈她们准备的发言稿。旋与文井散步，谈了一下黎之为人——亦是一典型。

三日 星期四 给宽信，复《文学青年》。下午在大楼开中宣部召开的批李会。晚陶萍来，同访白尘。约定明日九时邀葛、杜都到白尘处一谈刊物问题。

四日 星期五 上午在白尘处谈刊物问题。葛洛、陶萍、麦青、申述、张白。下午三时在大楼开会。李曾做“检讨”，如故。晚在文井处一坐。

×

默涵要就李的“长诗”发言。让我看了那东西，交换了一些意见。

五日 星期六 下午开批李大会。晚到百货大楼想买线裤，没有。

接宽信，自沪发。

六日 星期日 带小张章到白尘处（她一早就闹着要上扬扬家）。午饭后归。在那里看了华嘉一篇稿子，编辑部好些同志签注了意见，我也同意。接宽自沪电话，要星期三四才能回来。

七日 星期一 得宽自沪信。她已接到了我的信。

白尘要看病，下午才回北大。安启说有学生来找过好几次。

到文史楼一看。到三二斋，则他们班上正在开批评自我批评的会。听完才走。

一苇留条，已来北大，住16斋224，电话150，打电话，已出。晚饭后同白尘去看，仍不在，留条而去。

晚沈昆朋、罗炯光来，谈昨晚和王瑶开会的情形。旋一苇和另两位同志（名字没听清楚）来，谈至十时。

何乐士来，索去两份材料，并出示她爱人的信一束。她见屋内有蚊子，和刘月华送两顶帐子给我们挂上——幸而有此，不然又得给蚊子闹得睡不好了。

×

下午《人民文学》编辑部送八月号封面样子来，决定了一个，并提修改意见。南吕信上说明日下午三时开大会，以车来接。

八日 星期二 看李等材料。饭后何乐士、刘月华、林微来，文学社想与新华印刷厂挂钩，为了写介绍信给王建连。

下午到大楼开大会。明日下午续开。会后回家，小张章很高兴。饭于白尘家。回来看小张章洗了澡，上床，才让我走。

×

接宽寄到北大的信。

发薪。给大娘交大车叔叔的幼儿园及车费。

九日 星期三 下午三时在大楼开大会。明日不开。

七时多回家，小张章发烧。大娘说姜大夫来看过。断定是因为打过什么防疫针，并有点中暑，打了针。曾热至 39°儿。八时试，37° 6′，十时还须打针。

本与白尘约明天上午八时半回北大，现决在家里再留一下。

十日 星期四 小张章热至 39° 6′，后出汗，烧退，37° 6′。打了两次针，姜大夫断为扁桃腺炎，目前正流行云。

得宽信，又要推迟两天，星期六回京。

傍晚张老师来看小张章。

十一日 星期五 得宽明片，明日下午五时许可到京。小张章已完全退烧。看李案材料。

下午到王府井买范著《中国通史简编》修订本第二编、鲁译《死魂灵》、宇同的《中国哲学大纲》等。晚，小张章睡后，到文井处一坐。他们已搬到北屋，宽敞多了。

十二日 星期六 看李案材料。下午到车站接宽。大雨。雇街车归。

×

接通知后日开党员大会。

×

今天报上登出批揭右派分子秦兆阳的消息。第八版有评介《人民文学》八篇特写的文章，是个对照。

十三日 星期日 下午我俩到王府井，想买线裤，未得。买补中益气丸半斤，人参归脾丸四两。饭后归。陶萍来。同访文井，路遇白尘，一道去，坐至十时。

得通知，明日上午开党员大会，在三座门大街3号礼堂。

十四日 星期一 上午开大会。李、黎已划，全场鼓掌。

十五日 星期二 八时半回北大。到三二斋，正辩论普通劳动者问题。饭后陈贤策同志来，谈中文系课程问题，主要是当代文学。

下午陆平同志邀参加游泳池开幕典礼。谈《青春之歌》。

到组缃处一谈。留饭。何乐士等曾来，但文学史教研室正与文四开会，听取意见，我去参加那个会，约明日再谈。

×

打电话给一苇，不在屋。

承宽来电话，约星期五上午与文三讨论《红豆》[1]。已约。

十六日 星期三 上下午都参加文二三班的普通劳动者讨论会。本约定文学社今晚与一〇一中学文学组联欢，后因一〇一另有会，未开成。

×

早饭后，到三二斋之前到十六斋一苇处小坐。

晚饭后马适安同志来，谈中文系教改问题。旋一苇来。

同一苇散步，到组缃处，未遇。

×

重看《红豆》。白尘留条，到颐和园访家宝经此，带来李案材料及读者对《红豆》意见。

×

昨日报载伊拉克共和国宣布成立。今日报载美帝干涉黎巴嫩事件。

×

晚九时余何乐士、沈昆朋等来，谈至十二时。

十七日 星期四 党委布置今日参加反美干涉黎巴嫩示威大会，通宵。

×

看完关于李案材料。晚饭后到十八斋[2]在一苇处小坐，同去

---

① 短篇小说《红豆》，作者宗璞，创作于1956年12月，并于1957年在《人民文学》上刊载。小说发表后当即引起读者注意。"反右"开始后，被《人民日报》《中国青年报》载文批判。

② 原稿如此。但前文所提"一苇处"在"十六斋"。

散步，访组缃。组缃谈了些教改中游、王等态度。

十八日 星期五 早饭后陶萍、宽，和崔道怡、冯宗璞，还有一位速记同志来。八时半到俄文大楼出席文三海燕文学社讨论《红豆》的座谈会。大致谈透了。

下午午睡后到中文系总支。吕德申同志和我谈专题讲座及文学评论实习问题。沈昆朋来，始知文二三班下午并未劳动，在讨论普通劳动者问题，去听了一下。

散会后和何乐士到她们宿舍一看。

×

宽谈明日开会批评古。下周批评舒，张僖希望我能出席并发言。

×

在中文系总支拿到赠阅的《文学批判》和《赤卫军》，大都曾在大字报上读过的。学生进步快，干劲足，搞出许多“双反”以前绝搞不出的东西，而且相当有分量。

×

八时余何乐士来，谈1956年以来班上思想情况，并留下工作笔记簿一册。谈至十二时。

十九日 星期六 没有睡好。下午三时何乐士来续谈，至五时，车来接，归。晚饭小张章闹着要上扬扬家去。我俩带她去玩了一会。白尘谈编辑部近况，有些问题应开会谈一谈。

访文井。光年、章竞在座。旋白羽来。我们四人（除光年）一同到英国代办处门口一看。

二十日 星期日 闷热。休息。翻翻书。宽上午出席儿童乐园的家长会议。下午校样。

小张章闹着要上公园，到晚饭后我俩才带她去走了一趟。仍是热。回家已九时余。想收点关于中东的消息广播，没有。

×

看了魏金枝稿的校样。打电话给葛洛，主张抽出来。稿样送给他看，看还有意见没有。约好：明日作协如无会，当于下午开编辑部的会。

×

上午适夷来一谈。关于作家出版社，催选集。

二十一日 星期一 为下午开会事打电话给白尘，给编辑部。葛洛来电话，下午他仍要下印刷厂。

二时半开编辑部的会，关于群众创作问题，以及和地方刊物关系问题、编辑方针性问题。晚刘德凤送来“编者的话”的清样，看，校改。今天比昨天更闷热。

×

报载赫鲁晓夫向美、英、法、印建议立即召开首脑会议制止战火。阿伊签订共同防御协定。

二十二日 星期二 下午开党员大会。古“检讨”。会后党组略一谈。

明日下午仍开大会。星期六的会，准备就古的材料做一分析。材料明日可送来。这样，本周抽不出时间回北大了。

×

宽说，邱康财[①]皮肤肌肉已长好了。脚不必锯。他希望快点好，参加生产，支持黎（巴嫩）、伊（拉克）。

二十三日 星期三 上午看公、古材料。下午开党员大会。

林绍纲交来一些关于古的材料，明日上午看完后当送还。

按今天开会形势，星期六发言当重新安排，先由公、舒检讨。

×

外文出版社送来《宝葫芦》为外国读者所做必要的删改。看过，同意，送还。

×

晚光年、章竞来一谈。

二十四日 星期四 赶看关于古的一些材料，即送还总支。记下准备讲的要目。有点累。晚饭后我俩散步，到大街上。

×

为小张章买了一盒蜡笔。先讲了一个故事，蜡笔不可放在嘴里，才给她。她非常喜欢。

二十五日 星期五 上午开党员大会，通过开除秦兆阳党籍的决

① 应为邱财康。邱为上海钢铁厂工人，1958 年 5 月，因事故严重烧伤，上海第二医学院和广慈医院（上海瑞金医院前身）派出四十多名顶尖专家成立救治小组，还有人数众多的护理团队，克服重重困难，将邱财康治愈。邱在治疗过程中的每一步，都通过报纸、电台广播传递开来，此事遂成为当年家喻户晓的大事之一。值得一提的是，邱财康病案意外地推动了我国整形修复外科的发展，从此建立起居世界领先地位的危重烧伤救治系统。

定。会后支部谈了一下批判舒、古、公的会的问题。

上新华书店买了几本书：马恩《给美国人的信》，瓦·斯卡尔仁斯卡亚的《马列主义美学》、关锋的《否定之否定的规律》，以及《阿拉伯各国近代史》《全力支持伊拉克和黎巴嫩人民的正义斗争》、说唱集《艾克犯病》。还为宽买马恩《批判机会主义》、列宁《批判修正主义》。过崇文门大街旧书收购处，买到从前光华出版社所印《新哲学社会学解释辞典》一册。

晚，各家都燃六六六[1] 熏蚊子。小张章很困。

二十六日 星期六 下午开党员大会。古、舒“检讨”，极不老实。下星期二下午续开。会后已七时。我俩到市场，吃了饭，冒雨归。

二十七日 星期日 给乐士一信。写信时《文艺报》的周明为小张章拍照。刘雯卿园长来，留饭。

午睡后找文井，文井谈了些关于舒的材料。大会改星期三开。

晚饭后我俩携小张章到白尘家一坐。八点十分即抱小张章归。她先不肯就走，白尘亦留。我说她如迟睡，明日大车叔叔来接她时她还没起来，就耽误时候。于是她也肯了。大人问她还待一会不，她摇头，并把我说的理由学舌了一遍。

---

① 六六六，杀虫剂，全名繁复，此处只用俗称。主要用于防治蝗虫、稻螟虫和蚊、蝇、臭虫等。由于对人、畜都有一定毒性，20 世纪 60 年代末停止生产，禁止使用。

二十八日　星期一　拟要讲的几点。再参看古、张等的材料。傍晚，关于舒的一些材料送到。

宽晚到一个厂里去开会，没回来吃晚饭。

等小张章洗澡要睡了，出去找文井，未遇。到王府井，买补中益气和人参归脾各四两。

×

接到仲武和浙江省文化局关于崔东珍所译《沈清传》剧本问题的复信，附致崔信打样。

二十九日　星期二　拟发言提纲，对材料。还有一点没弄完。

上午文井一来。晚饭后我俩携小张章出外散步。

三十日　星期三　把提纲搞就。下午在大楼开党员大会。发言多半是揭露张。章竞揭舒，述（19）55 年批判经过。

会后党组就明天的会交换了意见。

×

小张章发烧。宽带她上中医院，祁大夫开了方。下午烧高，至 39°，找到姜大夫来看，断为扁桃腺炎。注射青霉素。

姐来，走时我俩陪她走到西观音寺路口。

×

得乐士信，惠芬信。

三十一日　星期四　上午修补提纲。下午发了言，比预计多一小时。晚饭后宽准备发言稿。与文井散步。共饮啤酒一瓶。

×

小张章已退烧。姜大夫说扁桃腺炎亦已愈，明日再休息一天。

八月

一日 星期五 早饭后，两位湖南来的同志找关于郑文龄的材料。《中国青年》两位同志来，谈大学文学教学及青年阅读古典作品问题。下午在周扬同志处开会。晚饭后宽谈发言稿，谈意见。写关于郑的材料。

二日 星期六 上午九时在大楼开党员干部大会。对公木继续有所揭露，并质问。下午北影的陈海之来访，谈组剧本事。湖南调查郑文龄材料的同志又来一谈。本想今晚去照相，因雨未果。

三日 星期日 小张章有点发烧，旋退。大概是消化不好。

四日 星期一 校改发言记录，搞了一整天，很累。记得很糟，等于重新搞。上午白尘来一谈。

×

宽请了祁大夫为小张章看病，开了方子。本来打算让张章休息一天，但她闹着要上幼儿园，再不然就要“上扬扬家去”。只好让大娘送她上学。下午宽接她回家看大夫。

五时我俩出去，照了相以便寄人代常委会。买了几本关于美国的书。饭后到大楼看电影《祖国在召唤》。

×

报载毛主席和赫鲁晓夫自 1958 年 7 月 31 日到 8 月 3 日在北京举行了会谈，发表了会谈公报。3 日赫鲁晓夫离京返国。

五日　星期二　下午在大楼开党组会。亚非作家大会及舒、张、古问题。

六日　星期三　上午开编辑部检查刊物会。下午开党员大会。

乐士他们在门口等，一同进来一坐。

×

白尘已与北大党委会电话联系，约明晚和陆平同志一谈。

七日　星期四　南吕送来党委会关于李、黎、张、崔处分草案，征求意见，同意。阅后转白尘。

下午五时与白尘同到北大。饭后与陆平同志一谈。

何乐士等来，约明日谈。遇陈贤策，约明日一谈。

八日　星期五　何乐士一组上午来谈。下午与其余二组谈。晚饭前陈贤策来一谈。饭后乐士来一谈。

九日　星期六　乐士来谈。十时半，文二三留校同学都来，照了两张相。十一时归。下午二时半在大楼开党员大会。会开得很好，斗争情绪高。

宽叙编辑部检查审稿标准问题，揭露了张白许多情况，是品质问题。

十日　星期日　八时，携小张章到动物园。遇何镕，他带着他两个小孩。同车归。

下午乐森兄弟，饭后走。乐森长成个青年样子了，经过“反右”，“双反”，变成一个懂事的孩子了。

晚饭后携小张章散步，到白尘处，谈编辑部开会情况和问题。打电话给葛洛，未遇。向南吕约葛洛明日上午来一谈。

洗脚时听了几个广播剧，那讲话发声别扭得很，不像人话。剧本也别扭，应好好学习工农写的东西。

十一日　星期一　八时半葛洛、申述、白尘来，谈关于编辑部会议的问题。

本决定下午开会。午饭后申述来电话：开了个支部会，大家认为还是要整理一下情况，准备准备，改明日上午开大会。

整《红豆》发言记录，很麻烦。宽偕陶萍归，交换了一下意见，还是用报道形式好。谈了一下要点。由宽整写。

×

少社 462，存（《大小林》）。

×

带小张章买袜和绒衣。买 1958《世界知识年鉴》。

十二日　星期二　上午八时半在大楼开编辑部全体会。张白态度有所改变。下午开党组会。

×

宽今日把高柄武事反映给总务科。

×

编辑部会后日上午开。后日下午在中宣部讨论大学文艺[①]

① 原稿如此。但下文多处用的是“大学文学理论”。

理论教学问题，已接通知，及大纲草案两份。

十三日　星期三　上午杨志一来，谈至午饭后。下午开党员大会。舒“检讨”极恶劣。会场中适夷约编书，可考虑。高铮通知：大学文学理论教学问题的会改明日上午。编辑部会改下午。

十四日　星期四　上午在周扬同志处讨论大学文学理论教学问题。下午编辑部大会。对张白继续揭露批判。会开得不错。

×

这几天想了一下《闻》剧。背景要改。今日忽得启发，女主人公还是与“闻”关系更密切些（例如爱人关系）则问题更突出些，人物性格思想感情更表现得道地些。场景须重排。

十五日　星期五　把《红豆》座谈会发言的部分修改好。

想了想《闻》剧。到资料室找出《文艺怎样表现人民内部的矛盾》。下午抄了一部分，修改数字。姐来，谈隆华信。

晚在大楼听曲艺代表的说书，共四个节目，第三是王少堂的《飞云浦》，第四是韩起祥的《翻身记》。非常动人。起祥是个真正的诗人。

×

收到文彬的《刘连仁》。

×

下午看完了《光明日报》提供的关于张白的资料。

十六日　星期六　抄校《文艺表现人民内部矛盾》。未竣。下午开大会。会后党组交换意见。很疲乏。

十七日　星期日　看申述所编写关于《除夕》的意见。访申述，谈了一下。取回白羽文清样，看，改数处，改回葛洛所删数处。这篇评论写得很好。下午四时我俩携小张章到中山公园一游。

晚写就给人大常委办公厅的信，附寄所需照片四张，明日当交发。

十八日　星期一　在颐和园听鹂馆开了一天会，听几位回京的作家谈生活和创作情况，群众创作情况。芝荣送来关于万隆会议资料数件。

十九日　星期二　上午在中宣部孑民堂开会，关于群众文化和创作问题。晚光年约饭，有希贤、艾芜、雷加。谈《三门峡合唱》。

二十日　星期三　上午开支部会。对陶萍提了一些意见。晚又在22号开。谈出了一些同志间存在的思想问题，也暴露出了一些思想问题。明晚再开。

×

看万隆会议资料。不知那篇杂文又该如何下手。到文井处一谈。想看一些阿拉伯作品，只有报上零星一二则。没有资料。不知怎么办。要么，话极多，当然有许多可谈的，但在《文学报》上则不得体，不合适。要么，只有一句话：作家和反殖民主义。

等《译文》出了看看再写？

×

接到肖三同志送来李老第三部分稿。

林辰来信，想一谈出童话事。

二十一日　星期四　下午开党员大会。晚支部会。开得很好。

林辰来一谈，关于童集事。

二十二日　星期五　编评集。很疲乏。尚未竣工。

×

小张章消化不好，嗓嘎。请祁大夫来开了方。

二十三日　星期六　评集全部编好，送出。下午休息。到崇内大街中国旧书店访得李石岑的《人生哲学》等书。晚我俩到民主剧场看《红霞》。有光年、希贤、艾芜夫妇。遇肖三与马尔柯娃。

二十四日　星期日　阅“编者的话”清样，改数字。打扫，整理，累。

二十五日　星期一　上午在荃麟处讨论大学文学理论课。下午在白尘处讨论主任碰头会事宜。晚继续搞扫除。

二十六日　星期二　整童集。

二十七日　星期三　偶哼【沁园春】，得一二乐句。遂凑成一曲，写出初稿。下午在孑民堂开务虚会。适夷邀饭于砂锅居，同车者文井、光年。饭后到羊市大街看《上海姑娘》《不夜城》——准是荣毅仁之流导演的。归已十二时半。

二十八日　星期四　极累。下午开党组会。抄曲寄瞿希贤。

二十九日　星期五　开始童[1]序。下午在孑民堂开务虚会。

×

决定小张章下月起改进培新幼儿园。宽写信给刘院长及张老师，准备明日托大车叔叔带去，并将卧具取回。

复作家出版社。得希贤信。

×

晚送来党组致中宣部报告稿。访文井，就稿添改一二处。

三十日　星期六　上午开党员大会。结公、舒、古的批判会。下午在孑民堂务虚会。得乐士一信。

三十一日　星期日　上午我俩携小张章到北海一玩。下午四时余芝荣来。偕姐，四人到全聚德吃饭。在西单商场一看。八时半归。明日上午党组开务虚会。碰头会当改下午，已与白尘电话联系。

九月

一日　上、下午都开会，务虚会。晚上开支部会。疲极。身痛。

---

① 儿童文学短篇小说合集《给孩子们》。

二日　星期二　疲极。本要与荃麟、文井到李老处谈他的第二部的一部分稿，不能去了，宽打电话给了葛琴。上午补了觉。下午白尘、葛洛来开碰头会。

三日　星期三　写童序。惠芬来条，她列席世界学联大会，住贡院西街。六时许来，选宽数衣，并携面盆一只去。明日即开大会。

芝荣、季方来。晚饭。文井来，谈作家自给等问题。

乐士来一信。

四日　星期四　童序写就。

五日　星期五　校阅《宝葫芦的秘密》并修改。下午竣工，连同《不动脑筋的故事》及序送出。脑疲乏。晚饭后一个人到方巾巷南端工地上一看。

×

中型会批判蔡其娇，今天为第二次。皆因疲乏，请假。

编辑部开张白的会今晚为第二次，已抖出他的反动政治历史。

×

中宣部的大学文学问题会及党组会皆临时改期，集中在明天开。下周三起闻将开始第四阶段，排在党组开会的共 29 人。

六日　星期六　上午党组会。下午在中宣部开大学文学问题讨论会。

七日 星期日 昨晚临睡服羚翘解毒丸。今服两次钙克司。宽早接电话，赴大楼。下午参加反美示威游行和百万人的群众大会。

×

小张章微咳。宽购得丸药清新解毒丸，以及治肠胃不调的小儿香橘丹。

八日 星期一 昨晚睡得很早。今天好好休息，只看了关于徐水的通讯。下午到市场，买旧书两部：C.Gamut 译的《战争与和平》，A. France 的 *On Life and Letter*s 一二两卷。关于京剧的话[①] 及剧本三册。

九日 星期二 到徐水参观。同行者二十几人。看了大寺各庄的丰产田和商庄。

十日 星期三 到大王店人民公社。又到谢坊村（遂城人民公社）。四时归家，睡觉。晚回京，车误点，二时多始到永定门，回家已三时多。

十一日 星期四 休息。

十二日 星期五 上午听传达，北戴河会议。下午会中不支，发冷，归就姜大夫诊，则烧至 39°。打针，夜大汗，烧退至 37° 2'。

---

① 原文如此。

十三日 星期六 继续打针。腹仍时而涨痛。轻泻。开始送来《内部参考》。

十四日 星期日 腹仍涨。卧床休息，略翻翻书。

下午水泻。

十五日 星期一 宽找李辅仁大夫来诊视，开方。上午葛洛来一谈。下午惠芬来，携来她的日记。她明日即回校，因学联大会已于今日闭幕。入校后即参加劳动——学校里的厂。

十六日 星期二 惠芬来，送回所借宽衣及面盆。约国庆节来。

上午爬起来抹了楼下的窗门。仍无力。坐在床上翻翻书，间为《闻》剧札一二。

×

接中宣部开文艺创作座谈会的通知及入场证。不知开得怎么样。大概还要开几天。

十七日 星期三 服李大夫药第二剂。

下午淑华、陶萍来谈申述问题，以及其他问题。晚饭后电约葛洛来一谈，并商定数事。

×

有时仍腹胀胃疼，无中气。

十八日 星期四 姜大夫来听。腹部仍作水响。嘱续服合霉素。

下午友梅来，饭后走。他的处分已定，说有时情绪有波动。批评他，并劝他定个做人的目标：做共产主义的人。他本曾写了一封信，亦已携来，留去。晚葛洛来，谈与总支谈的结果。文井来，谈至十时。

今日来似中气稍好，唯仍疲软，心跳。

十九日 星期五 接惠信。看了她的日记。一、她的胃病并未全好；二、她工作与学习的矛盾仍未很好解决。等她来时当好好谈一谈。

看了宽的思想检查总结，深刻。翻翻书。笔一些札记。

腹仍涨。说话气力仍短。还应好好休息，恢复。

二十日 星期六 札四阶检大意。用点脑筋，即觉很累。躺下，翻阅书。乐士、侯兴、登翰来，留饭。谈了他们最近下去劳动的情况。侯、登两个是调回来参加搞文学引论讲义的。乐士一直在校，党代会才结束。

二十一日 星期日 上午我俩携小张章到公园。适夷来一坐。白尘来一坐。晚购补中半斤。

二十二日 星期一 仍困乏无力。下午荃麟来一坐。很担心他身体。

宽说闻徐水回来患腹泻者都困乏无力。或是这种痢疾的一种特征吧。

二十三日 星期二 以群、黑丁来一坐。休息。晒太阳。天津美术出版社来一位同志，谈至十二时，累极，气都接不上了。

下午试散步，到方巾巷南端看工地。晚饭后又与宽同散步一次。昨日腰酸，今日走一下，稍愈。

二十四日 星期三 葛洛来一谈。谈起应招待以群、黑丁诸同志一下。下午试散步到大街，买旧书数册。腹又泻，涨。

二十五日 星期四 这几天常常想到《闻》剧和小说的矛盾。今早和宽谈了一谈，决定专搞小说，这样，准备的人物都好安排。是否仍以“闻”穿线，则尚须想想。总之，这样一决定，心里也踏实了。

收到《夜读偶记》。理发。晚饭后我俩携小张章散步，到方巾巷南端，看修路工程。

葛洛来一谈，文井亦来。安排了海珠的工作问题。文井谈到后日中宣部的会，当由艾芜、立波、我作一联合发言。

今日仍腹涨。体力比前几天好些，唯仍觉“气虚”。

×

总支下周一当为申事与党委一洽。暂不令申外地去组稿。

二十六日 星期五 艾芜来，商谈明天的联合发言。下午，艾芜拿来拟好的发言稿，商议后，还是集中一个问题，稿费问题。蜻蜓点水不解决问题。文井来，示秦所写关于G的材料。阅后即转光年。这件事得好好讨论一下。

二十七日 星期六 白尘来信附其剧本第二、三幕油印稿。

札一二。晚携小张章到方巾巷南端看推土机操作。

二十八日 星期日 上午携小张章到公园。遇君武。午睡后荃、琴来，又同携小张章到公园一坐。晚白尘来，谈他的剧本。约明日开三人碰头会。明日下午开党组会。

二十九日 星期一 九时，文井来一谈G事。而葛洛亦已到，旋白尘来，开碰头会，讨论编辑部务虚及其他问题。并谈了所阅白尘第四幕的意见。

下午开党组会，荃麟检查。晚与文井就G事交换意见。

建议减低稿费的发言今日登出。

三十日 星期二 宵来没有睡好。休息。看看书。下午买了几本民歌，我俩饭于森隆。

十月

一日 星期三 观礼。晚上俩走到方巾巷南端看烟火，遇白尘一家。

×

默涵谈起《红旗》要组短篇小说和诗歌稿的事。已告诉白尘，编辑部应选最好的短篇，并做好修改送去。让作品组思想打通，做好这个工作。

二日 星期四 下午文井来，谈布置G会事。交来秦所写G材。

惠芬来。惕之来。和惠芬谈了一下她目前还存在的思想问题。她的日记取回。

我俩同惕之携小张章到姐处，晚饭。归途一访白尘，约他来取G材。访淑华，文井在座，谈了一下秦写材料事，约明日邀党员积极分子来一谈。顺便跟淑华谈了一下她和陶萍、南吕对尘看法问题。

三日　星期五　上午写整风第四阶段的检查，没写完。下午开党组会，讨论十周年献礼规划。忽然关露也到了会场，高铮问她，她说是收到了通知。其实是写给立波的。高铮问她要信封看，她没有带来。扯了一阵，让她走了。不知怎么搞的。

×

早晨白尘来。把秦所写材料交给他，请他看完转海珠。

晚海珠、淑华、陶萍、小涂、南吕、许以、寄远还有宽在这里开了一个会。把秦所写材料由海珠念了。大家都认为那材料是可靠的。批判秦后的葛的思想情况，按葛平素思想言行看来，也可判定材料中所述是大致可靠的。

谈了一下党组的意见。会中交换了一些意见，关于批判会的开法。看来，大家都心情舒畅的样子。大概是早有意见，而见葛貌为服从领导，不知要怎么样才好。现在则明朗了：原来如此。希望他们由此而能发挥党员作用。

有的党员如麦，虽无大过，但不起个党员的作用，而又担任一部分领导工作，这也给党带来不少损失。得好好解决一下这类问题。

×

希望经过这次批判斗争后，编辑部党的生活和刊物工作能纳入正轨。

四日 星期六 上午开整风领导小组会，讨论舒等几个人的结论。

下午党组整风会，文井检查。

晚与П.安徒柯尔斯基饭于新侨饭店，除译员外，还有沙鸥。П.安带来Гамоб的礼物及《林》译本[①]，插图就是П.安画的。谈得很愉快，惜语言不通，译者未能尽译。

×

适夷交来《杂评》校样[②]。

五日 星期日 十时到荃麟家与文井、亚凡共同和葛洛谈话。

下午在首都剧场听音乐会，有《三门峡大合唱》，票系希贤所赠。乐曲作得好，惜歌词唱不清，应打字幕。其他节目有说唱等，这个形式颇可发展。

×

晚打电话向荃麟请假，明上午讨论《译文》的会要缺席，以便续写第四阶段的检查。

六日 星期一 上午的会请了假，准备第四阶段的检查。下午的党组会作了检查。文井、白尘、葛洛、荃麟都发了言。张僖、笑雨也都谈了些意见。很愉快。

×

报上登了彭总告台湾同胞书。告台澎金马军民同胞建议举

---

① 童话《大林和小林》。

② 文学评论集《文学杂评》，作家出版社 1958 年 10 月初版。

行谈判实现和平解决。署的日期：1958 年 10 月 6 日上午一时。

七日 星期二 上午校《杂评》，未竣。下午党组整风会，光年检查。闻葛洛感冒，总支定明日下午他检查，不知果否。晚淑华来，谈总支意要葛洛勿拖延，葛表示亦可以云。

×

表忽停，拿去修理，一星期可取。宽表亦在修理中。颇不便。

定做一套夹衣，半成品，一星期可取。

八日 星期三 葛洛不果检查，期以明日下午。续校《杂评》，竣工。送出。

草明（昨晚来一谈）饭于此。

午姐来，谈吴二哥来京；想一晤谈。适今日有暇，姐遂邀吴二哥来，饭于北京餐厅。他是中医，湘乡买书不便，饭前遂同逛书店，选购数部赠之，将由姐明日取来邮寄湘乡。

饭后与宽到王府井买书：H. 柏格森的《时间与自由意志》、狄慈根的《人脑活动的本质》、梅林的《论历史唯物主义》、北大哲学系所编《十六—十八世纪西欧各国哲学》《黑格尔的哲学》《古印度哲学中的唯物主义流派》《西方名著提要》（自然科学部分）、《判断及其种类》等。

九日 星期四 幼儿园通知，九月十八日曾举行一次普通检查。星期六（十月十一日）将做白喉预防注射。

×

上午在大楼讨论北大现代文学史教学问题。下午总支大会，葛检查，简单而不深刻，态度如故。晚支部交换了一下意见，明天的会如何开，对葛问题看法，等等。

十日 星期五 寄乐士一信 下午总支大会，批揭葛洛，发言者肖德生、郝芬、承宽、光群。主要问题已揭露。尚有报发言者未及发言。这样，还须开一次群众参加的会。

本拟明日下午开党内的会，但因党委布置炼钢，要投入劳动。开会当期之下周。宽和同志去参观炼钢。麦青到石景山借焦煤。

×

晚饭后携小张章到贡院西街看砌炼钢炉，送她回来，又去看了一下。约十一时可烧炉。

十一日 星期六 上午开支部大会，讨论公木、舒群、古立高的处分问题。继又讨论蔡其矫的处分问题。

下午到贡院西街钢炉一看。昨夜四炉未成，坩埚裂开。今日两炉初步炼成，唯成分尚未化验（要晚间十二时才能告诉我们）。但坩埚及耐火砖都融化了。张僖同志说这也许是阳城无烟煤含硫之故。已在炼焦，当再试。我到王府井找关于这方面的书，未找到，只买到关于不锈钢的土法冶炼及平炉焦炉等书。

十二日 星期日 宽忽腹痛甚剧。到协和检查，是肠胃病，泻后疼止。仍卧床休息。未处方，因为不能断是否肠炎。

×

晚在陶萍家开碰头会，支委与主编。讨论明天的会如何开、群众意见、葛本人态度，以及其他。决定把申暂调离评论组织，否则很别扭，且不利于工作进行。

会后同到炼钢场，与张僖商谈此事。僖同意，拟调申资料室。明日当商之亚凡。看坩锅放料盖盖后，始归。今天又向石景山讨得若干焦炭，是立波跑一趟要来。看样子，这一炉可以成功。

十三日 星期一 上午准备发言提纲。下午发了言。听说葛有点紧张。或可能使他好好想一想。

×

报载国防部命令对金门炮击再停两星期。

×

晚又到炼钢场一看。表已取来。得雪驹信。

×

总支意要把申调到怀来。这样更方便些。

十四日 星期二 上午与白尘接见意大利《现代杂志》主编沙里拉利，意共党员。译员比苏，在北大学习中文的。谈《人民文学》、百花齐放政策，以及《现代杂志》情况、意社会最近分化情况等。

下午总支整风会，南吕、淑华、许以、亚凡、白尘发言。葛表示愿意老实检查，唯仍说限于认识云云。

晚开一支部会，至十一时。批判、揭露、劝告葛。葛表示决心向党交心，唯就一二问题作了解释。他要求在下次大会上第二次检查以前，再开一次党内的会。说星期五可准备好。届时再安排会期。

十五日 星期三 访荃麟。谈葛洛事、《人民文学》事。葛在党内检查后，支委当开一次扩大会，讨论大会中结论性的发言。

下午取衣，买丝棉背心。宽先归。我去买了几本书:《中国共产党历史简编》,《社会主义阅读文件汇编》(第三编), *Les Miserablen*, *Notu Dame de Paris*, *By Stander*。

出门遇淑华、陶萍，谈了几句。她们担心葛态度仍未改善，当开一次党员会一谈此事，看如何帮助葛。

葛的那种疲劲，实令人着急。

十六日 星期四 上午同荃麟、白尘、金镜到北大与三四年级开座谈会。休息时乐士谈文三已分专业，今日公布。党内已知道。乐士修语云。午睡未成，因长沙市委来一位同志（袁健美）了解关于沈君逸的材料。到炼钢场，帮助搪模底。

晚开支部会。讨论整风总结草稿。会前淑华、陶萍，谈了一下葛洛党内检查的会如何开法。

×

今日曾与荃谈及，长篇人物概括及结构等，日来真无暇思索。待葛事告一段落后，刊物事尚须好好讨论，检查。编辑思想问题亦当趋势抓起来。

十七日 星期五 思索一下几个人物。到炼钢场。与张僖等同志同到文化部看反射炉。忽遇马适安同志与丕模，盖出国乘飞机阻于气候，临时在文化部食堂午餐。丕模告我，他结婚二年，而爱人成了右派（在农机技校教政治）。今年七月已离婚云。问起得伶。她去年自苏归国，在师大任教，极忙。

回家，适余辉玲来。谈了她下放在京西矿区工作情形，因患坐骨神经痛（关节炎）回来医治。理发。

到炼钢场，老翟试坩锅，未破，但不知炼出否。

晚与宽同草明访艾芜，未遇。留条，请他写稿，对9月30日《人民日报》社论发表意见。此是大事，申述不听意见，不动手组稿，实在是个政治错误。

十八日　星期六　七时半到炼钢场。与老翟清炉。而行政室组来炼，遂未能试。结果坩锅漏水。砌低温炼钢炉，试炒钢。开组长现场会，参与。下午开支部会，葛洛第二次检查。

适夷来一谈。留饭。饭后与宽携小张到炼钢场献铁。

十九日　星期日　明日为宽三十初度。仰翁邀饭于森隆，午餐。

购《马恩通信集》（第四集）、中国革命史参考资料《第一次国内革命战争时期的统一战线》、《原始社会史》《李大钊同志革命思想的发展》《什么是语义哲学》《论人性和人道主义》。

白尘来，谈编辑部事：申、张调离，海珠工作，淑华工作，等等。晚饭时文井来，他咋口回京。谈起昨日飞机失事消息，中有郑振铎。不知丕模、马适安等同志在内否。心里很不好受。

同到文井家，与淑华一谈明日支部会事。草明旋来，谈至九时余，归。

二十日　星期一　报上登出我国赴阿联文化代表团乘“图104”

失事遇难消息。马适安、丕模都在那架机上。《人民文学》准备登郑振铎的遗照，并请叶老写挽诗，这期发。

×

上午与白尘和海珠谈编辑部情况，以及她的工作问题。下午开支部会，帮助葛洛，但他的态度仍令人担心。晚在陶萍家开支委扩大会一谈此事，决再由几位同志（包括支委）再和葛谈一次，让他把想不通的、不服的，都讲出来。由总支召集。

×

收到牧野所寄《历代笑话选》。

二十一日　星期二　党组会，上、下午。传达有关国际斗争一问题，关于资产阶级法权思想讨论的情况（荃）。亚非作家会议情况（白羽）。光年、文井、荃麟报告武汉、上海、天津各地卫星计划情况。炼钢问题。整风总结修改问题。报载国防部命令恢复对金门炮击，示惩。晚七时半到青年艺术剧院看《纸老虎现形记》彩排，看后小谈。

二十二日　星期三　宽六时去炼钢。本定晚班开炼，陶萍叫我带讯，叫宽今晚不必去，明日上午到大楼集合到天安门，参加拆屋劳动。

×

下午二时把作家、翻译家都召集来炼钢。用坩锅。出钢良好，唯尚有熟铁未融尽。锅完好。看火花，质量当还可以。

炼钢场已修建两座反射炉。参加了反射炉的炒钢。

等坩锅出钢时才走，荃麟为立波饯行，有家宝、白羽、葛琴。离工场时，今天已出钢八百斤。千斤当可完成或超额完成。

×

表昨日起又停，真麻烦。想另买一个。

二十三日　星期四　上午札一个人物，“如Ge”。

午睡时陶萍来，问今日下午是否能与葛洛谈话，因为亚凡说本周只有这一节时节可安排。遂同往。葛说有两件尚未认识好：1.爱谁憎谁。2.两面派。——仍是未能认过。很担心。再谈？恐亦无用。

晚到炼钢场一看。正建筑火焰炼钢炉。昨日坩锅所炼，不成钢。那么火花大概是铁花。到底不会看。

计昨日已炼出一千二百斤。今日原料缺，只修炉。只有一个反射炉在炒钢。

×

宽一早到大楼集合，在西单参加工地的劳动。六时归。

二十四日　星期五　上午札葛会结。下午到孑民堂听传达。晚艾芜约饭于北京餐厅，陪艾德林、马尔柯娃同志。

二十五日　星期六　上午到大楼开整风总结大会。下午到炼钢场，和雷奔共同搞风箱滑车，试验一下，可节省劳力。

二十六日　星期日　和宽携小张章到八面槽国际书店订“林格风”，买补中益气丸半斤。下午炼钢。六时到丰泽园参加招待被邀来中国的几位亚非作家的宴会。同桌的客人有Gruz,

Andrade，安哥拉作家。——n · o，巴西美术家。

二十七日　星期一　上午札葛问题。下午本定开葛会，临时改期，因为周扬同志召集北大课程会议，谈至六时半。

二十八日　星期二　上午总支整风会，葛洛作第二次检查。仍含糊。南吕、小涂就其检查态度作了简短发言。我就其根源略作分析。下午在白尘家开碰头会。邀葛未便，遂未邀。

下周起编辑部一切会议当恢复，纳入正轨。支部会亦经常化。

明日起检查刊物，结合前此之务虚，开他几天。

×

今日体育馆举行欢迎志愿军回国的大会，因有会未能去。

×

到炼钢场。因料未来，停炼。修三眼反射炉。只有一低温炉在活动。

二十九日　星期三　上午看了或重看沙汀四个短篇。下午编辑部会。

三十日　星期四　上、下午开编辑部工作检查会：务虚，由 9 月 30 日社论所提的问题谈起。关于普及提高已告一小段落。

陶萍、淑华告诉我，支委已讨论过葛的处分问题，初步意见是留党察看一年（有主张两年的），须与总支交换意见。

葛的政治结论本周争取做出。

×

晚上和宽携小张章上百货公司，为她买棉鞋。

乐士、刘月华进城参观文字改革展览会，抽空来此一坐。

×

“林格风”英语部分已取来。

三十一日 星期五 上午葛洛来一谈，仍是解释。批评了他。下午炼钢。有非洲作家 Diop 等参加。

十一月

一日 星期六 上午开刊物检查会。林心、周耕报告到滇、黔、川活动经过及意见。下午开党组会。白尘说一苇约晚饭后会到顶银胡同。去。一苇未来。谈至九时余。

二日 星期日 肖殷来一谈。我俩携小张章到公园一游。

下午到荃麟处一谈。他四号赴粤。谈成都、重庆作家情况。

晚饭于白尘家，一苇在。南吕来谈支部布置学习事。

三日 星期一 刊物检查会。东北作家座谈会。作协宴东北作家于萃华楼。饭后与荃麟、文井、小川、光年到周扬同志处汇报工作。

四日 星期二 极疲乏。上午刊物检查会请假。写了总支转要的关于王士达、汪再春的材料。昨送到《杂》十册，封送雁老一册。得乐士信，盖下去劳动前所写者，补寄。

五日 星期三 编辑部的一个班今天上午炼钢，曾去一看。十时，与白尘、海珠开碰头会。谈昨上午刊物检查会议情况，改进工作要点，等等。

和适夷电话联系，下星期一二下去。张僖说让张忠运同行。

买毛衣、闹钟等。表又停，明天当拿去修。

六日 星期四 想去找文井，文井适来22号，与马加、天心等同志谈话。邀去一坐。还有小川、张僖。

适夷来一谈。约定星期二动身，先到武汉，坐船到重庆。

下午拟刊检总结发言提纲。

晚饭后与宽到大华看《黄宝妹》，很好。

×

表已修好。

七日 星期五 中少出版社一同志来谈学前读物事。十时，白尘、海珠来，开碰头会。

下午把沙汀近作读完，有两篇没找到。并读了群众对《牛棚里》及《风浪》二篇的意见。关于后者的来信有好几封，意见都差不多。

晚携小张章到炼钢场，正停工。访张僖，问张忠运——约明日可从津回京。

八日 星期六 八时半刊物检查会，作结论。白尘、海珠亦就十二条及工作制度问题发了言。

下午诣文井一谈。晚与文井到王府井买唱机针，并小饮。

葛政治结论稿看过，提意见，交淑华。

九日 星期日 我俩携小张章到日坛公园一坐。下午携小张章到肖殷、陶萍家。张章要在他们那里吃晚饭。她和萌萌、葵葵玩得很欢。译文社译的《新世界》编委会给帕斯捷尔纳克就《日瓦戈医生》所提意见的信的前半部，已由编辑部抄了几份编辑部传阅。从这里大致可看出此书内容。

十日 星期一 适夷来一坐，谈旅川事。本约买明日的票到汉口，不知已买就否。张忠运大概到徐水参观去了。下午到怀仁堂听恩来同志报告“台湾局势与我们的反帝任务”。

十一日至十二日 星期二至星期三 十一日七时五十分车，十二日八时十分到汉口。分会有同志来接。住江汉饭店。十五日才有船上重庆。

黑丁来。此间正开文艺创作会议。

约定明日看长江大桥、武钢、东湖。后日约作协诸友谈心。

发一明片回家。

十三日 星期四 九时余，昨天接我们的罗时劬同志来，陪我们参观武钢。适出铁。这第一号高炉提前九个月投入生产，于“十一”以前出铁。此外投入生产者还有第一、二号焦炉。

在厂里吃了饭，访赵寻同志。回到东湖一看。

晚饭后在适夷房间与张忠运、杨耀宗谈天。阴雨。否则可以上街看看。

十四日 星期五 八时余罗时旸同志来，接我们到作协分会。与赵寻、李冰等十余位同志谈到十二时。黑丁邀饭于老通成。偕黑丁、适夷同访李尔重同志。晚黑丁来旅馆一谈。

十五日 星期六 上船，荆门号。罗时旸送行。船六时半开，阴而冷。

十六日 星期日 午后在沙市一停。晚十时半经宜昌。仍极冷。间有小雨。整天躺在舱里看书。

十七日 星期一 夜过西陵峡，没有看见。晨起，晴。过巫峡，瞿塘峡。景是奇，但凡是未加人工的，我看着总觉不大舒服——好像人力无奈它何。三峡工程进行以后，成功以后，才有真正的美。只有为我们征服了的自然才真正有自然美。“神女应无恙，当惊世界殊。”

一路山景很不错，开出一层层的梯田，种了东西。山上时而有标语：“乘风破浪，奋勇前进”、“毛主席万岁”，字与字之间相隔有数里。看了感到亲切。

出峡到奉节稍停。建筑上写着“热爱山区支援山区建设山区”。听船上有人说，重庆下放干部来此者甚多。

晚十时半小泊万县。这里江面复宽。

十八日 星期二 过涪陵。晚九时半到重庆。曾克、柯岗来接。寓重庆宾馆。曾、柯谈了谈此间文艺活动情况。

十九日 星期三 发一明片寄家。发一信给沙汀。到作协分会。晤邓均吾老。与在渝作家诸同志一谈。下午曾克、柯岗、邓老同我们到西区公园及鹅岭公园一游。饭于粤香村。

二十日 星期四 游南温泉。

二十一日 星期五 参观重庆乐器厂。十一时到作协分会，与曾克、柯岗一谈。下午发一信回家。与王觉同志约明日一谈。五时，曾、柯邀吃毛肚火锅。看南充川剧团五个小戏，很好。

二十二日 星期六 上午与王觉同志谈重庆分会领导问题。下午和适夷在街上散步，看一看。乘七点廿五分的夜车赴成都。

二十三日 星期日 六时余到达成都。沙汀来接。寓永奥巷招待所。

常苏民、李累二同志来。李谈成都作家一些创作思想，以及工作上的一些问题。留饭。下午访刘莲池、刘沧浪、李茂章诸同志于四川省人民艺术剧院，李累、适夷偕。谈剧本创作上的一些问题。晚与忠运、杨耀宗散步，到提督街春熙路一逛。

×

发一名片。

×

在川人剧院遇肖锡荃。

二十四日 星期一 沙汀以车来。邀如稷，同访劼老。留饭，谈至三时。到如稷处午睡，到望江楼一看。晚八时亚群同志来，谈至十二时。

二十五日 星期二 文联派车九时半来，与适夷同诣沙汀。谈他的深入生活问题。午时如稷如约来。饭后谈沙的创作问题。

沙接受我们的意见，但有点紧张。好在关于生活工作问题已有眉目，他同意我昨晚向亚群提出的办法：每年下去专心工作三个月左右，可采用省委派工作组下去的方式，但要负责，认真工作，不是为了采取写作材料。

×

本约今晚看川剧学生所演戏，因疲倦，夜来又未睡好，在旅馆休息、洗澡。适夷他们去看戏。如稷告诉我：这附近即张冠英从前医寓，现已改为第三招待所。

×

回旅馆时苏民同志在适夷房间，林山亦在。谈明日旅行灌县事宜。

二十六日 星期三 本拟今日游灌县，常苏民同志来，说沙汀要去听报告，遂决定改为明天。

发一信。

适夷和我谈了他的思想问题，掘根。怎样克服改正，当从这三方面着手：

1. 忘我，真正关心群众。

2. 坚持政治学习，尤其是唯物辩证法的学习与掌握。

3. 培养和增强自制力。

×

沙汀听报告后来此，饭后小睡。与沙汀、适夷、忠运到草堂及武侯祠。六时如稷夫妇邀饭于成都餐厅，有劼老、亚群、苏民诸同志。如稷将四八年所赠诗写笺见惠。

到灌县车费太贵，而文联车不能走长途，因作罢论。约沙汀明日访两路口。

×

已访到冠英大夫旧居，曰暑袜北二街，第三招待所。

二十七日　星期四　九时，文联车来，到沙汀处。车西行，过土桥，到犀浦。问两路口，许多人不知道。知道的，说从土桥或犀浦去，都有十一二里，须步行。出北门，往车站，则可直达两路口安靖乡党委会门口。

改道北门。走梁家巷，道狭，车挤，问路亦不得要领。后遇一同志，说仍要走车站过，往洞子口，可直达。这位同志正是同他爱人上两路口去的。于是邀他俩上来复回至北门豁口，经洞子口，抵目的地。

乡政府出纳黎大章同志接待了我们，一面打电话给乡党委书记兼乡长陈先×[①]。谈了东风社的情况。安靖乡一个社，四月并社，八月成立公社：是四川省成立最早的一个。伙食、理发、

① 原文如此。

洗澡、教育、衣鞋缝工（布自理）都供给。另按工分六级发工薪，每月一元余至五六元。缺工则降，多做有奖。

学生全体住校。有普中、农中各一所。另有红专大学。公社拨地 150 亩给学校种植。

并社后农民满意，不愿“收缩”。八月改公社时，一切准备已有，只要处理一些零碎问题，如生猪扣价、竹林等（暂不动），牲口处理等。

幸福院亦同时成立，突击三天搞成。

男、女集中分住，只限于野战军。一般不尔。

×

在乡政府午餐。陈书记亦归。他廿五岁，本乡人，与鲁绍先颇熟。鲁绍乔闻讯来，陪同去狗腿弯一看。那里成了食堂。访问了幸福院（有七十余人）。三时余归。

×

问起熟人——最使我怀念的何太婆、神仙，都问不出。陈幺娘则仍健在，住某乡，有一子，劳动不好。

鲁绍先在减租退押时表现不错，后在成都县文化馆工作。乡拨归郫县后，工作亦归郫县，先是行政科副科长，后是文化科长。工作积极。但去年鸣放时翘了尾巴，划成“右派”，第四类。陈书记说划右派后，鲁态度还好，认识自己的错误。

鲁绍铃住某地，成了社员。未婚。绍乔说他劳动很不好，有时仍发横，曾以刀劈自己的脸，——盖神经仍不正常。

鲁绍乔自己在安靖乡农村中学教算术。其母其姊住成都，其妹进初中。

他们的姑丈吴某则被镇压。

他家的长工“旧太爷”已去世。鲁××（不记名字）打听不出。

住在狗腿弯的一位小学教师，小土地所有者，解放后既不好好劳动，工作又贪污。

×

在幸福院问何老婆婆，也打听不出，或已谢世？

她，还有神仙，是当时农村生产者的典型人物，勤劳、乐观、坚强。不知以后如何。

没打听到这两个老朋友的下落，是今天这次访问旅行的缺憾——除开这一点，都好。①

×

晚在锦江剧场看四川省川剧院第二团的戏，有競华的《思凡》。

二十八日　星期五　上午看如稷的电影剧本稿。下午到文联开座谈会，涉及的有语言问题，老干部写作问题，评论文问题等。《成都日报》文艺副刊的同志提出有关编辑的三个问题：

1. 怎样辅导帮助群众创作，即提及问题。

2. 工人作者的政治思想问题，个别作者的文艺思想、态度，发表一两篇即翘尾巴，等等。

---

① 1942年，张天翼突发肺结核（已进入第三期），生命垂危。1944年，带病随湘桂大撤退，艰苦跋涉，历时数月，由湖南抵重庆。1945年9至10月间，经陈白尘、巴波介绍，在成都附近的郫县农村养病，住在当地乡绅鲁绍先家，直到1948年离开。此间受到鲁家细心照顾，并延医治疗，身体大大好转。文中提到的何太婆、神仙、陈幺娘等，皆当地农夫农妇，都曾与“天翼先生”很谈得来。

3. 编辑工作者如何提高，如何与群众结合，如何提高业务水平，等等。

×

散会后邀如稷来旅社。送羚翘解毒丸及橘红丸给常苏民同志，由老曾带去。与如稷、适夷、忠运尝小吃，当晚餐。回寓与如稷谈他的剧本。

×

得宽信，极喜。

二十九日　星期六　十一时许如稷来，赠诗一首，是林老伯写的。又见如稷所存诗钞。如稷邀吃水饺，而只有面，下午二时才“开堂”。于是到隔壁“湘善”吃鱼羹米粉，很好。

亚群同志二时半来，谈至五时许，沙汀夫妇来。留饭。和亚群谈到群众创作提高问题，工人创作态度的两种，编辑工作者提高问题，和沙汀的生活和创作诸问题。

三十日　星期日　乘六时多开车的重庆—北京快车。沙汀、李累送到车站。

十二月

一日　星期一　在车上。适夷与张忠运、杨耀宗在西安下车。

二日　星期二　八时三刻抵京，老曹以车来接。到文井处一谈。亚凡亦来，他定明日赴东北——沈阳、哈尔滨。

下午到文井处。白尘来谈关于工厂史诸事。并讲了一下关于郑州会议，武汉会议，教育、宣传问题的传达概要。

×

宽中午回来吃饭。小张章似瘦了些。更懂事了些。今晚她腮边作痛，或者是乍腮。

×

看到母亲给姐的信，系请人代笔。看到济生的信。姐已复。母事转托她。她信上说潘熹已服毒自杀。

三日　星期三　看《苏联社会主义经济问题》三章，今日下午讨论第一章。晚在会议室由总支和葛洛谈关于他的政治结论与处分问题。出席者张僖、淑华、陶萍、南吕。辩论数点，修改一二处，葛签了字。

四日　星期四　上午和编辑部全体同志参观全国工业交通展览会。晚上买了几本书：《1959—1965年发展苏联国民经济的控制数学》、卢克来修的《论物性》、马列主义经典作家《论逻辑》《唯物辩证的工作方法》《中小学学生心理学概论》《儿童性格与意识的发展》，以及德、法语法各一册。

五日　星期五　上午读乐士的日记（共十二册，读完第一册）。

下午到大楼开组长碰头会。晚本拟我俩在外面吃饭，后开支部会，未果。支部会通过了对葛洛的处分。发言中都批判了葛的态度。

×

得如稷信及散文稿。楼爱信。

六日　星期六　阅乐记。给乐士信，写就，尚未发。下午参观“青年社会主义建设展览会”。

七日　星期日　小张章闹着要上公园，但她腮腺炎未全消，尚不宜带她坐电车。只带她到草厂胡同看看工地上的机器，她很高兴。上“扬扬家”，都出去玩去了。

登翰来，谈他们近来科学研究情况。留饭。给乐士的信尚未发，托他带去。

午睡后我俩上街买东西，补中益气丸四两及小儿咳嗽药。

八日　星期一　读《苏联社会主义经济问题》。

下午给编辑部谈下去情况。北大三年级来一位同学，带来鲁迅文学社信，约谈左翼作家论问题。下周内许可抽空。

看了雷奔、林心所写群众创作读稿，明日下午开会，当一谈。

九日　星期二　小张章咳嗽。姜大夫诊断为气管炎，注射了连霉素和青霉素。上午 37° 5′。晚七时半 38° 6′，服退烧药一片。

下午到大楼讨论编辑部的“卫星”。

晚饭后到文井处一谈葛洛工作问题：本已交换过意见，这回更明确一下。至具体安排，要等荃麟回京，开党组会解决。

×

得乐士信。

×

忠运来一谈西安作协工作情况。

十日 星期三 上午参加作品组工作会。

饭后倦极，躺着，半睡状态。许钦文来一谈，他是来京开民进代表会的，明日回杭。

晚饭只吃一碗。不想吃，疲乏，有时头微痛。大概是出去本疲劳，而回京又不断开会所致。没有好好休息一下，舒散一下。

×

在大楼遇张僖，问可以加租一间屋否。可以。这样，就可以告诉姐姐，芝荣处拆屋迁移时她也不必担心房子问题了。

×

张章今日仍打针。咳已稍愈。不知尚发热否，问姜大夫没给试表。

十一日 星期四 得高铮电话，十一时有紧急传达。届时往，文井一早在中宣部听到传达：八届六中全会昨日闭幕，决议同意主席不在二届人代提为国家主席候选人，这样可以使他更集中精力处理党和国家的方针政策路线问题，同时也有可能使他腾出更多的时间从事马克思主义的理论研究工作。

下午一时半在编辑部作了传达，并讨论。大家都认为这样对，但有些人觉得不习惯，在感情上转不过来。明日各组还可以谈谈。

×

四时许访姐，告以房子事。归次购补中益气丸半斤，人参归脾丸四两。晚潜九来，留饭。谈《哲学研究》诸问题。

宽买了两本《杂评》，题赠如稷、沙汀各一册，明日付邮。

十二日 星期五 很疲倦。看完英译《哥达纲领批判》。白尘的社论稿送来。打电话给他，可不作社论，而就其中几个问题分论，发挥一下。晚白尘来，一谈此事，以及评论组工作等问题。

×

下午出去买了几本旧书：德华、法华字典各一本，《两地书》，高尔基剧本未完成三部曲，龚察洛夫的《悬崖》《一个平常的故事》。

十三日 星期六 休息。补选看离京时的《人民日报》上的重要文章及《内部参考》。札数条。

午时姐来。傍晚与姐步行到北京餐厅，宽已先到。叫不到什么菜，然已吃得很满足，因为这一向吃得太寡了。

×

得惠芬信。

×

在美术服务部宽看中一幅“跑驴”印花布，买归，张之于门上，很好看。店中人云，是张仃设计的。

十四日 星期日 阴而冷。什么地方都没去。只是下午带小张章到方巾巷南端看看马路。

晚饭后张章说她腿疼，“骨头疼”。宽和大娘带她到儿童医院去检查一下，断为仍为感冒的影响，打了一针青霉素。

十五日　星期一　读乐士记。看了李希凡的论文稿《评扬风的〈巴金论〉》。下午特别累。

宽打电话回：祁大夫自己也病了，未能出诊。

小张章今天有些闹。问她腿还疼不疼了，说不疼。玩得很有精神。仍有疲。服儿童医院所携归药，临睡服小儿安肌丸一丸。

十六日　星期二　看林心执笔的读稿随谈。下午到大楼与七人小组谈这个。很累。消化不良。

十七日　星期三　上午评论组的同志来谈评论工作问题。

下午听说要表演作家炼钢，为的拍片子。昨日即闻张僖、文井谈及。我不想参加。届时出去走走，到旧书店买了一本 H. Lefebvre 的《美学概论》，在牛奶店喝了一杯酸牛奶，买了四两酪干。晚到中宣部听关于六中全会的传达。

十八日　星期四　张章上学。八届六中全会公报在今日的报上刊出。

发昆朋一信。下午夏景凡来。《中国青年》两位同志来，谈青年工人及学生对《青春之歌》等书的意见。鲁迅文学社同学来，谈左翼作家论的几个问题。

十九日　星期五　《关于人民公社若干问题的决议》今日报上登出。

×

昨晚闻编辑部将“与作家联欢”，定在星期六，约有五桌多。今早即访白尘，知请帖尚未发，即令中止。这样铺张浪费，要不得。且在副食品供应紧张之时，这么请客尤其不好。下午开学习讨论会，谈到文艺工作中如何顾到文艺特殊规律诸问题。

散会后海珠谈了麦青处分撤销问题，交来麦青的前后检讨及《文艺学习》支部对他的结论。

和宽到王府井换鞋。腹饿，即饭于吉士林。

归，见《红旗》编辑部杨德、郑公盾二同志所留条。

×

姐来，说明日搬家，地点在建国门外。借行李袋去。

二十日　星期六　看关于麦青的结论，处分和他自己的两次检讨。下午到中宣部大楼《红旗》编辑部开会。巴金评论还是要搞，但可以慢一点。

二十一日　星期日　我俩带小张章到公园一游。晚饭后葛洛来，谈至九时半。仍是说要帮助他，关于两面派和交坏朋友问题他不知要如何想，改正起来应如何注意，etc。

弄得很疲乏。但望对他多少有点用处，但望他能真的把自己的问题好好想一想，对自己要求得严格些，责己严些。

二十二日　星期一　上午白尘、海珠来，开碰头会。乐士与二同学来，看见上午我没工夫，下午二时又来，谈他们研究语言的问题。

二十三日　星期二　下午开七人小组会。晚康濯来一谈。

二十四日　星期三　复惠芬信。看《现代资产阶级哲学批判》。

到文井处一谈。日来感觉疲劳。

二十五日　星期四　在旧书店买得冯友兰的《中国哲学史》一部。午餐时，民间文艺委员会来人，要为儿歌选本搞一小组，却之。刚要睡，昆朋等来，他们是去找文学研究所，便道来看看的。时已两点，评论组来开会，至五时余。

六时在大楼开支部会，讨论撤销麦青留党察看一年的处分问题。大家提了意见。同意撤销。

二十六日　星期五　看了关于存在主义、现象学等的批判。今天好好休息了一下，疲劳稍祛。

二十七日　星期六　看了宽在整理的周扬同志在北大关于建立中国马克思主义美学的报告记录。宽这两天咳嗽，服姜大夫药。上街时为我买了一件呢外衣，在室内冷时可穿。文井打电话来，说荃、琴昨日回京。问去看《烈火红心》否，因疲乏，未能去。

二十八日　星期日　九时半访荃、琴。荃十时要访周扬同志。与琴谈至十二时。归。下午惠芬来，留饭。谈至七时。

二十九日　星期一　看关于新康德主义的批判。下午在大楼开党组会，荃谈昨日文化艺术体育卫生问题漫谈会所谈问题。散会后遇寄远，请她通知主编及组长明日上午在白尘家开碰头会，拟一谈这些问题。各部门也将在明日找负责党员干部一谈。

晚饭后到白尘处一坐，准备明日的会及其他一些事情。

到永仁堂为宽取所煎药，并购补中益气、人参归脾各四两。

三十日　星期二　九时在白尘处开组长碰头会，传达并讨论昨日党组会所谈的诸问题。

×

宽昨夜咳得厉害些，今日请假，去看了李辅仁大夫，抓药两服。下午睡得好，疲倦稍祛。

三十一日　星期三　上午在大楼四楼会议室举行欢迎下放干部的茶话会。毛承志讲自己下去的体会，在劳动中，在与群众的接触中，逐渐解决了立场问题，尤其是六月九月两次，体会很多。谈得很好。苏中谈了些《公社史》中的素材，几个人物。

下午二时半开党组会，讨论如何转。第一，肯定成绩，不泼冷水。在积极上做文章。第二，两条战线上的斗争。不要因此收蓬。仍是发展，推动，肯定群众创作，问题是如何提高，培养队伍。两条腿走路，但对专家们要讲群众化和民族气派。

和小川谈了一下《人民文学》编辑部干部问题，下放干部回来的，本来要回编辑部的两个，收容“右”一个的原议仍不改动。

×

传来武汉会议《讲话》记录三份。荃麟论二革[①]结合文章的打印稿。[②]

---

① 革命的浪漫主义和革命的现实主义。

② 1958 年写作作品：《读〈美丽〉》（论文，载 1958 年《人民文学》月刊 5 月号）。《我们建议减低稿费报酬》（论文，与周立波、艾芜合著），载 1958 年 9 月 29 日《人民日报》。《给孩子们》（儿童文学集序跋）作于 9 月，1959 年 9 月人民文学出版社出版。

1959

一九五九年

一月

一日　星期四　读《讲话》记录稿。宽咳嗽稍愈。张章又有一点，并淌鼻涕。宽为问药，仍为解肌安嗽丸。

下午慕良、式基、式彬来，留饭。式彬是来参观教育劳动生产展览会的，今晚八时多的车回大连。

二日　星期五　上午到大楼开刊物检查会，因为有几个问题要讲一下。而十时半总支召集十五级以上党员干部开紧急会议，散会后支委、主编、组长又找诗刊沙鸥来一谈。

下午一时半续开刊物检查会。结束时讲了三个问题：1. 怎样看待读者群众来稿来信所提的意见。2. 主观与客观的问题。主观能动性与客观法则：工作中要注意这一对立的统一。3. 两条腿走路的问题。专家与群众的创作。

三日　星期六　广播新闻报道了苏联发射一颗宇宙火箭的消息。是昨天发射的。今天莫斯科时间十二时即北京十七时，火箭已达距月球的半程，约明日中午到达月球区域。

把传来的一大叠传达文件转给艾芜。

小张章又咳嗽，发烧。姜大夫诊视，配了咳嗽药。上午37° 5′，晚 39°。服了至圣保元。稍迟当服退烧剂。

武汉会议《讲话》又看了一遍，送还高铮。

四日　星期日　昨晚九时半，张章烧 39° 7′。打电话给姜大夫，派车接来。验了血。断为有炎症，外呼吸道感染。打针。今日八时又打针。烧退。下午李大夫来诊视，打了方。晚 38°。

介甫、式苍来一坐。式苍在湖南化工局工作，是到北京来开会的。晚饭后到白尘处，布置一下检查工作和改进工作方法的讨论事宜及其他。

五日 星期一 到荃麟处，谈君宜工作问题及其他。旋光年来，谈荃论二革那篇文章的初稿。

下午奇倦。瞌睡，但冷，不能入睡。晚饭后，稍好一点，暖气管也稍为热了一点。

宽在家照顾张章。张章热度最高时为 39° 5′，仍打针。九时余，李大夫来诊视，开方。

六日 星期二 张章仍打针。上午未发热，晚 37° 5′，咳嗽，有点像宽日前的咳法。

宽中午归，带回李大夫处方的药，饭后仍上班。本拟今日下午开生活漫谈会，临时改到明晚。极疲乏。看威尔斯的《实用主义》。

下午到王府井买了几本书：斯宾诺莎的《伦理学》(贺麟译)、《高尔基文学论文选》、卢那察尔斯基《论俄罗斯古典作家》、谢·托尔斯泰的《往事随笔》《教育诗》(第二部)、《易卜生戏剧集》(三)、《十六—十八世纪西欧各国哲学》《知觉心理学研究》《十八世纪外国文学史》(上)、《十九世纪外国文学史》《科学和宗教论心理现象》《列宁在 1917》、陈旭麓著《邹容与陈天华的思想》。

×

得柯岗给适夷和我的信。

交来支委总结草案，明日上午淑华要来一谈。

七日 星期三 姜大夫诊断，小张章是出麻疹。然则今春是风疹了。李大夫也这样断定，并说日前两方对这还是有好处。

谢老师来看张章，叫她听话，别闹。

×

下午在荃麟处开党组会。谈了今天上午在中宣部和文化部几位同志开会的情形。讨论一下如何转的问题。星期五中宣部还要讨论，大家提了些意见、看法，以备荃提出。

晚饭后和宽同访张僖，想谈房子问题，未遇。访郝科长谈了一下。

八日 星期四 一早，暖气停，因为大楼上的暖气管坏了，要修。大起恐慌。宽上街买炉，买不到。后问葛琴借了一个，拆下厕所的炉子，马二满送来装上。楼上赶紧生炉，把张章抱到楼上，到八点钟才抱她下楼，那时暖气管已热，炉子也生好了。

张章身上已见红点，热在 38° 至 38° 5′ 度之间。很烦躁。

×

下午二时半在这里的会议室开书记处会议，谈了各地文艺工作情况和问题。

九日 星期五 张章面部亦见红点。38° 多。姜大夫说屋里不够热，因此把炉子生起。得惠芬信。

看 J mames, Dewey 之流的批判。看英译的《大小林》，中有一二译得有问题的。宽谈了一下明日评论组会议要讨论的问题。

×

札一。

晚购补中益气丸半斤，归脾丸四两。

十日 星期六 上午在白尘处开主编碰头会。下午开评论组会议。中宣部放映《共产党人》，未能去看。

晚饭后我俩出外交部街口为张章买食品。好久好久没有这样散步过了。

十一日 星期日 张章比前几天有精神些了。晚上还大唱其歌。翻翻书报。得通知，明日下午荃麟将做传达报告。

我俩去西总布胡同口，想买酪干，没有。

十二日 星期一 在大楼开传达报告会。关于六中全会工农生产的决议。有关文化艺术的几个问题。

十三日 星期二 看完《实用主义》。还清楚，批判得有不道地处。

下午到大楼开组长碰头会。

晚饭后文井来，一同到王府井，喝了一杯五粮液。

十四日 星期三 开党组会。

十五日 星期四 开党组会。

×

致周扬同志信。

十六日 星期五 昨晚临睡服羚翘解毒丸二枚。今日时而头疼，偏头疼。极疲乏，但午觉睡不着。已经准备好今晚支部会的发言，而不得不请假。

李大夫来为张章诊视，开了方子。

十七日 星期六 头痛。疲乏。躺着休息。上午在院子里走走，晒太阳。下午中宣部召集的会请假，由白尘出席。

十八日 星期日 休息。张章又发烧。姜大夫来诊视，是感冒。打了针。宽开始打扫下面装电话的那间屋子，并消毒。

下午文井来一谈。今晚作协请广田等，未能去陪。为明日的党组会请了假。

十九日 星期一 上午开主编碰头会。

仍很疲乏。午睡未成。市公安局一位同志经人事室介绍来一谈。然后介绍他去找海珠一谈。

义娴交来一包湘乡来的信及她复济生、志恒信。姆妈示寂，一月二日上午一时半。

二十日 星期二 看乐记，毕第一册。札一二。文井来一谈。

二十一日　星期三　仍疲乏。这几天荃麟也病了，党组会未能开。

小张章烧已退，今日仍注射青霉素。

看何记。札一二。休息时翻翻书报。下午想出去散步，出门不远，即倦，又回来躺下。柯玉生、徐柏容来访，谈了一下天津百花出版社的情况和意见。

二十二日　星期四　访荃麟，谈至十二时。李希凡稿取回，根据星期六中宣部那次会的精神，此稿不拟在《人民文学》上发。

看何记第三册。札几个人物。得雪驹信。

二十三日　星期五　看刊物及来稿有关写英雄人物问题的小说及独幕剧，共八篇。看何记。札一二。

到闹市口永仁堂购补中益气、人参归脾各四两。那里已拆房屋了，唯路西的尚未动工。布置楼下西屋。

二十四日　星期六　何记读毕第四册。札一二。

下午开创作谈片儿会。在楼下西屋，颇暖和。

×

晨潜九来一坐，谈一苇找对象事。

二十五日　星期日　休息。翻翻书。BuM，儒林，等。前者的 Th. Y. Crowell Co 译本究不如 M 本有味。惜 M 本字太小。G 本也有其长处，但本子太重。

宽带张章就诊于祁大夫，开了方子。

二十六日 星期一 上午开主编碰头会。文井来一谈。关于文学研究所找陈伯吹搞“十年来的儿文”而不得不吹的事。

宽晚去看《上海姑娘》《花好月圆》。前者我看过。

二十七日 星期二 何记。札。人物逐渐形成，完整。

二十八日 星期三 何记。札。下午开党组会。

二十九日 星期四 何记。札。看了几篇创作谈所提材料，包括王愿坚《后代》中的几篇。

×

牧野来一坐。似闻他在“肃反”中把问题闹清楚后又入了党，问他，是的，但在五七年“鸣放”时他同情右派（甚至认为黄绍竑的话对），又撤销预备党员资格了。话是这样开头的：

“是不是你重新入党了？”

“你指的是哪一次？五六年我入了党，又完了……”

他这回在遵化生活一个时期，正要写长篇。又听说上海科影把他支援西安。因此他考虑要做个职业作家。听我告诉他这方面的情况，看法，才“哦……”。而对公社史则不感兴趣。

三十日 星期五 看何记，毕第五册。札一二。

下午林微还有一位同学来。还书，并谈了一下他们在研究工作中要注意的几点。

晚在大楼开党小组会。

三十一日 星期六 宵来没睡好，困倦。腹泻，在医务室讨来一点药。晚我俩散步到王府井，为张章买香橘散。购《哲学史》（第一卷）、北京师范学院历史系所编《中华人民共和国史稿》。

二月

一日 星期日 赫鲁晓夫在苏共第二十一次非常代表大会上的报告全文在报上登出来了。一直读到吃晚饭的时候。

×

胃有时作痛，消化不好。

二日 星期一 何记第六册。札。

得惠芬信。下午开党组扩大会，传达中宣部会议精神。

三日 星期二 下午开创作谈片儿会。见惠芬留条，说要到车站去，再来。但未见来。她想到沪看她父亲，或因问不到车票，不果行耳。听宽说海珠身体亦不好，应让她注意。

四日 星期三 看何记。下午开组长碰头会，谈中宣会议精神及刊物检查会的准备等。前宽带回关于申的材料，已交还淑华。

得知金镜、海珠都到中医院去看过。

五日 星期四 何记。下午在大楼开会讨论北大、师大编写《文学史》的问题。归次购北大编《文学史》，以及《黑格尔美学》（第一卷）。

得惠芬信。睡得很晚。异常疲劳，心烦。

六日 星期五 宵来没睡好。乏极。中午为葛洛饯行，组长以上参与。他春节后要到河南去（小川和他谈过党组对他工作的决定）。

在文艺书店购师大编《民间文学史稿》、克·集·斯维尔德洛娃著《斯维尔德洛夫传》《现代主观唯心主义》《中外历史年表》。惠芬想要俄华字典，只见一种极小的简明字典，一种极繁的两巨册，未能决定。等她来了再说。

×

宽不在家晚餐，去参加大楼的春节联欢会。

七日 星期六 今日为农历除夕。何记毕第五册。札。得乐士信。

下午开党组扩大会，由荃麟传达富春同志与陈毅同志的报告。

八日 星期日 九时在大楼茶座行春节团拜。

下午惠芬来，她还是要赴沪省父，给了盘费。

我俩到白尘家，看金玲。傍晚迈进、白尘来一坐。

九日 星期一 迈进来。旋白尘来。留饭，谈至四时。与白尘同到三号访诸同志。

十日 星期二 同到大华看一匈牙利电影。

下午困倦。儿乐剧院送票来，未能去。

十一日 星期三 葛洛来一坐。他后日赴豫，刘国楹来说车票已买就。琪树来，留饭。下午何镕、湘一来，留饭，谈至八时许。文井来一谈。

十二日 星期四 姐来。下午开主编碰头会。得迈进信及歌词谱。白尘交来小七一信。雁赠《鼓吹集》及《夜读偶记》精装本。

十三日 星期五 上午在大楼开组长碰头会，谈改进工作，领导方法作风，领导与被领导及党群关系等问题。下午的书记处会议请了假。

十四日 星期六 倦。眼睛发涩。下午在大楼开党组会。

十五日 星期日 下午公公、婆婆来玩。饭。婆婆她们的缝纫合作社因手艺不够好，劳力过多而收入不够支出，停办。

十六日 星期一 开始何记第六册。札一二，以及其他联想。

支部汇报对待及使用余的办法。批注应注意的两点。

下午三时荃、琴邀往北海一走。

得惠芬信，则已自沪省父归，颇悔此行。那天固知其有此，但不能禁耳。

张章今日复上学，很高兴。一月余假中很念谢老师。上学时带去宽写给谢老师及黎先生的信。

十七日 星期二 复迈进。下午在大楼开作品组会，谈来稿中所表现的思想问题。

十八日 星期三 宵来没睡好，疲极。今日开始的创作工作会议请了假。本定为编辑部支部政治学习谈学习问题，亦未果。

晚我俩到闹市口为张章购保灵丹，并补中益气。

宽今日在家执笔创作谈。

十九日 星期四 札文思一二。想了一些问题，浏览马列论文艺及普列汉诺夫论易卜生。看了创工会议情况汇报。

疲乏。下午思睡，而不成寐。荃、琴来一谈。

张章咳嗽，请李大夫来诊视。

二十日 星期五 上午在大楼开创工会，周扬同志发言。下午想乘空开评论组约写评文问题的会，而他们有别的事，只好定在明日下午。姜大夫为张章诊视，是气管发炎，注射青、连霉素。

二十一日 星期六 下午评论组开约稿会。肖殷来一坐。

二十二日 星期日 下午到大楼开会，讨论"五四"纪念文章问题。

晚和白尘通电话告知此事，以及编辑部派人帮助杨之华同志写秋白同志回忆录问题。

二十三日 星期一 复雪驹。下午钟洛、文井如约来。文研所二同志应邀来，谈十年来文学之儿童文学部分，以及儿童文学中两条道路斗争的情况，等等。

雷奔送来编后记及刘思慕文清样，看过，即携去。

宽又感冒咳嗽，服羚翘解毒丸及施今墨咳嗽丸。明日当一访李大夫。张章仍打针。

二十四日 星期二 晚雪。准备要在创工会上的发言。晚参加作家出版社的联欢晚会。

×

戏剧出版社来一位同志问崔东珍情况，不得其详。他们将向朝鲜大使馆征求意见。

二十五日 星期三 大雪 创工会上、下午大会发言。下午在会发了言，关于少年儿童文学工作及两条道路的斗争。休息时与文井同归。有点累，中气不足。

二十六日 星期四 上午创工大会。下午讨论小结。晚看京戏。

人、作二出版社在和平宾馆招待午餐，遇林辰。谈了一下关于选题中儿童文学部分的意见。亦与林山谈了一下儿歌组的意见。都是文井和我的共同意见。

二十七日 星期五 人文出版社送来《罗》[①] 校改本，问是否我改的。复信，并送还改订本。选题草案征求意见表亦已填送。下午开创工大会，小结。晚作协及文化部招待代表

① 短篇小说《罗文应的故事》。

饭于和平宾馆。并访代表中诸友。九时余归。

得惠芬信。中少社征文稿，送来征求意见。

二十八日 星期六 在大楼听陈毅同志报告。下午中宣部召开的讨论文研所中国十年来的文学提纲的会，请了假，当由文井谈一下我们共同的意见。

得惠芬信。

张章咳嗽复又加剧。宽与姜大夫通电话。说百日咳有此迹象。

三月

一日 星期日 宽和大娘携张章就诊于祁大夫。不是百日咳。开了方，三剂。已服一剂。

×

这一向一休息就翻翻这些书：Mehring's K. Marx， 通鉴，世说， 李、杜、韩、白、苏、陆诸家诗、杂志等。时而也翻翻儒林，WdP 等。

要认真看一下的，Hegel 美学， 经济下卷三版， 普列汉诺夫《论西欧文学》等。但无暇细读，只偷空一浏览耳。

二周来忙于开会，何记遂疏，札亦趣。生活正常后仍当继续。

×

和宽谈了一下关于评论组出试题事，最好由片儿提出。

二日 星期一 准备刊检会上的发言，明日发。下午开刊检会，明日续开。接通知，明上午开党组会。与白尘通电话，明日刊检会我在休息时间以后到会。

三日　星期二　上午在荃麟处开党组会。下午三时半，到大楼开刊物检查会，就普高、二百、改进工作，提高思想诸问题谈了一下。

散会后与宽饭于吉士林，到永仁堂取药。

×

得希凡信，索发言稿。但此系对工作而发，登在报上并不合适，当复之。晚收到发言记录打印稿，中有一个较重要的误录，致信组联室望更正，让宽明日带去。

四日　星期三　疲乏。看了宽所执笔的创作谈，记下意见。

复希凡。复《草地》社，并寄还关于《新校长》评论资料，辞以无暇。

胡德华来电话，约日晤谈，未能定，期以明晚再用电话联系。罗炯光来电话。晚到白尘处，谈编辑部及王的工作问题。

五日　星期四　上午开片儿会。下午因疲乏，党组务虚会请假。

得金近信。

六日　星期五　睡至九时才起床，仍觉休息得不够。

上午看关于申的材料，下午在总支讨论他的问题。

晚宗诒来。他是来京开会的。下星期一他有空，约好上午即来，再谈谈。他谈起文彬，在整风补课受了批评，她做了检讨，对错误亦有认识，只是情绪低落云。

七日　星期六　上午看田汉的京剧本《西厢记》打印稿，及一篇评论沙汀近作的稿件。下午开主编碰头会。

宗诒留条传达室，说星期一下午来。

八日　星期日　上午惠芬来，谈她赴沪省父情况及学校中友谊问题。她祖父寄给她钱，她还上次所取盘费。叫她存着，以备不时之需。她留 25 元。下午到芝荣处，谈至九时归。

九日　星期一　上午准备政治学习辅助学习所需的提纲。宗诒本约今日下午来，而未来。大雪，继以雨。晚在大楼开支部大会。

十日　星期二　何记。札一二。昨日艾芜约今日下午去看川剧。一时半他来，说下午不演了。接张僖电话，四时到荃麟处听一传达。嗣荃麟亦来电话，嘱先去，看一文件。则是郑州会议的讲话。接着开党组会，由荃传达今日上午小平、彭真同志的报告。

十一日　星期三　宵来未睡好。浏览 M's K. M.[①]，想去理发，店里客满，要等，未果。

午后小睡。三时半到大楼参加政治学习座谈会，谈了辅助学习辩证法的问题。

接人大常委办公厅信，关于视察问题。打电话给荃麟，问去否，则以家里只留下三个人了，走不开。

---

① 原文如此。

十二日 星期四 中少出版社来一同志，谈关于民间文艺研究会所拟儿歌选组人选问题。何记。札一二。叶逵来一谈。

复人民文学出版社信，关于《宝》前记事。

十三日 星期五 复人代常办信。

何记。札一二。下午三时余到白羽处，荃麟、小川先到，谈文艺及作协工作，至七时。明日上午当续谈。

十四日 星期六 在白羽处开党组会。下午白尘他们另有会，主编碰头会改星期一。宽谈她的文章改写问题。得贺宜信。复人文社，答以未研究过《一千零一夜》，无法写序。

十五日 星期日 上午荃、琴来，谈至十二时。姐来，玩到晚饭后。

大娘请假回家一趟，七时余回来。张章倒还没有闹。

十六日 星期一 因要搞巴评，札一二。下午开主编碰头会。送到党组给中宣部及中央文教小组关于创作工作座谈会的报告及工作计划草稿。明日下午当讨论。

十七日 星期二 看巴作。下午开党组会。

十八日 星期三 上午补充对立的统一问题提纲。下午讲。

回寓，潜九在。谈至八时。知丙千已逝世。其家属当有所安排。送来《宣教动态》1—19，中缺 8、11、15 三期（尚未收回，收回后再送云）。

十九日 星期四 张章又咳嗽，未能上学。为她抓药，仍用祁大夫方，三服。巴作。札。这个工作很乏味。思情皆浅。

文井来一谈，他昨日自闽归。

二十日 星期五 巴作“爱三”。札若干，较重要的。

晚饭我俩在森隆吃，购日用品，并为张章选中一个娃娃，最好看的一个。

二十一日 星期六 张章今天太闹，不听话。娃娃没给她：要给，得好好跟她谈一谈，当做乖的奖品。看完巴作“爱三”，札。

下午葛琴打电话，问有空否，去玩玩。至，则荃正又不适，谈谈，至五时半归。告宽以张章闹脾气事，训她。不跟她玩，给她留点印象。

×

从荃处拿来巴编《俄革命史话》及克二书译本。

刘德凤亦将刊物上有关巴作的评文送来。

二十二日 星期日 札。看巴所编俄革史话。校阅宽所执笔的创谈清样。

晚饭后白尘来一谈，并交来几份文件。

二十三日 星期一 准备“质量互变”的讲纲。

适夷来，谈作家出版社出儿童文学作品问题。下午出版社又一位同志来谈此事。

小川来信，关于总政宣召集几十位小说作者座谈短篇小说问题，要让荃麟和我去讲一讲。复信：因巴作，因疲乏，却之。

二十四日 星期二 备“否定之否定”讲纲。姐来，偕朱君，借小儿车。姐饭后走。师大曾恬和一同学来，说要写电影剧本，叫提意见。劝其写短篇。

晚开党小组会。宽经手交来高铮封送中央文件一束。

明日党组召开老赵谈农村情况的会。政治学习讲话改星期四上午十时。

二十五日 星期三 看巴作《家》，这与“爱三”颇不相同，不似一人手笔。跟张章说好关于爱护娃娃的故事，把上星期五所买的娃娃给了她。她非常爱。

下午在大楼开会，由树理谈农村情况，晚与荃麟、文井饭于北京餐厅。

二十六日 星期四 谈“矛盾统一律”续。从十时到十二时。

张章今日复学。早、晚仍服橘红丸。

二十七日 星期五 把十四份中央文件看完，及《宣教动态》。

宽今日参加义务劳动。

×

陈亚丁和另一位同志来一谈，关于总政宣座谈会事。

二十八日 星期六 巴作。札。想复贺宜，未就。下午开编者座谈会。晚作协宴杨济生大夫，作陪。高铮交来中央文件数件。

二十九日 星期日 我俩携张章到公园一游。下午午睡后，把拆下的炉子送还葛琴，携张章同去，晚饭后回。

今天报上登出西藏叛乱及平乱消息。报未送来，到传达室去找，亦不见报，亦未见人。消息是在荃麟处看到的。晚，广播新闻中公布了达赖喇嘛与谭冠三同志往来的信件。

三十日 星期一 巴作。札。下午开主编碰头会，邀麦青列席，关于编者座谈会所谈诸问题。

三十一日 星期二 巴作。札。

《解放军文艺》送来几篇短篇及信，约三四号座谈。

下午到大楼开编辑部会，谈七人小组的业务学习即片儿讨论的总结及意见。接着分组谈上周六编者座谈会所谈的问题。

晚饭后外文出版社来一同志谈翻译鲁迅选集及写序问题。辞以无暇，可请荃麟或唐弢。

何路及另两位同志来一谈，关于《中国文学》登童话事及其他。

×

收到所赠《湖南省志》第一卷《湖南近百年大事纪述》。

四月

一日 星期三 今日上午党组召开的讨论出版社工作的会，请了假，因为一天两个会太累。巴作。札。下午讲质量互变律。

二日　星期四　疲倦。致卿陀信。复贺宜。

札因果范畴。《中国文学》一同志来。吴洪侠同志等来。北大校刊两同学来。夏蕾来。从二时至六时。

三日　星期五　巴作了《家》。札。下午与部队作家开座谈会。

四日　星期六　开始札《春》。下午开编者座谈会。

五日　星期日　上午我俩携张章到公园一游。下午访白尘未遇。

六日　星期一　编辑部全体郊游，在颐和园玩一天。榆叶梅、碧桃、连翘、迎春正盛开。白玉兰盛期已过，开始谢，而辛夷则刚含苞欲放。游人很多。昨日为清明。

七日　星期二　札。巴作。札。下午到中直俱乐部听张经武同志报告西藏问题。与部队作家座谈改明日。晚小组会请假。

八日　星期三　巴作。札。下午与部队作家开座谈会。

晚荃麟、葛琴来一坐。

九日　星期四　昨卿陀打电话给宽。原来她和慕良都下去劳动去了，回来才看到我的信。告诉了王鹏飞大夫的地址。今午宽和大娘携张章就诊于王大夫，开了方。

×

看了长辛店工厂史数篇打印稿。

下午搞“因果律”讲稿。

×

荃麟转来巴金信、组缃致白尘信。

十日　星期五　张章的幼儿园令她检查一下看是否百日咳。昨日姜大夫春游。今日检查，为呼吸道轻微感染，无传染性。已开证明。

×

上午在编辑部谈“肯定与否定的规律”。下午开党组会。

十一日　星期六　巴札。今日编辑部全体上长辛店。我和海珠留下来参加编者座谈会。唐弢来。

十二日　星期日　宽携张章就王大夫复诊，开方，抓三副。

下午与荃麟到前门饭店报到，领取代表证。

十三日　星期一　上午到大楼开主编碰头会扩大会。李季来。午与白尘邀季饭于康乐，张僖陪。人文出版社送来《给孩》[①]校样。

晚光年、文井来，同出散步，至王府井。

十四日　星期二　校改《给孩》校样。还有一点没搞完。晚崔道怡，示1958年短篇选目。和白尘通一电话，交换选集不由编

① 《给孩子们》，儿童文学选集。

辑部署名等意见。

×

《中国青年》来一电话，说青年对《野火春风斗古城》颇有各种意见，想讨论一下云。袁静来。请为序。婉拒之。

十五日 星期三 人文出版社送来的《给孩》校样，除《大灰狼》外皆已校就，送出。并附一复信及《狼》改订本，希望他们按之再校一遍。最后校样仍请送来，当再校阅一遍。

下午到编辑部谈范畴“因果”。

×

适夷来一谈 1958 年短篇选集事。

得任叔信，人文出版社五四文学组一信。

十六日 星期四 整风第四阶段的检查要写成书面的，写就，待抄录。晚在怀仁堂开人大党组大会。

×

得小淘气一信。

×

宽和大娘携张章到王大夫处复诊，开方。

十七日 星期五 复华中师范学院中文系。复人文出版社五四文学组。上午到工人俱乐部开四川组小组会。下午在怀仁堂开大会。皆预备会。上午散会后与艾芜、树理到前门饭店巴金处一坐，并访劼老。

荃麟邀参加晚会，川剧。因疲倦，未果。

十八日　星期六　上午看了荃麟的《关于五四文艺的历史评价问题》的印稿。下午开大会。总理的《政府工作报告》。

十九日　星期日　上午、下午开小组会。晚作协在萃华楼宴巴金、劼人等，两桌，归已十时。荃麟的文章已改好。

×

晚饭前在前门饭店一坐，和巴金谈起有关“巴金作品讨论”和他自己的态度问题。

二十日　星期一　上午开小组会。下午请假。

晚白尘来电话，荃麟文章据周扬同志意见还要做些修改。

二十一日　星期二　上午未去开小组会，休息。看“范”，下午大会。

晚八时余白尘偕一苇来。

二十二日　星期三　上午小组会缺席。下午大会。

宽携张章就王大夫复诊。

二十三日　星期四　上午分场的大会讨论请了假。札范“可与现”。下午大会。喜饶嘉错的发言很好。

二十四日　星期五　大会请假。与艾芜、白尘和劼老谈他的创作，游颐和园。得贺宜信。

二十五日　星期六　上午小组会。下午分场大会。晚约巴、劼、沙等饭于丰泽园。沙是昨日飞来的。

二十六日　星期日　本拟携张章出游，因大风，未果。

二十七日　星期一　上午大会分场讨论请假。札范畴毕。下午大选。

二十八日　星期二　上午大会分场讨论请假。抄了一份整风第四阶段自我检查。下午大会通过各项议案，结束。全体照了相。

会后与白羽、艾芜到书店，购《蔡特金》《黑格尔关于辩证逻辑与形式逻辑的关系的理论》《分析批判罗素哲学的纯客观主义态度》《鲍参全集》，为宽购《史记选》，编得很好。

二十九日　星期三　录四阶段自检文第二份，明日将由宽带交高铮。

下午沙汀来。邀沙汀、白尘、艾芜饭于全聚德，宽偕。饭后在白尘处小坐。

三十日　星期四　休息。浏览。下午在前院遇揭祥麟。杨耀宗为我们介绍了一下。肖殷来一谈。宽归。言作协已电话问陶萍。我俩携张章访肖殷一谈此事。

五月

一日　星期五　观礼。休息时与家宝一谈。他在创作上有苦闷。

荃麟也和他谈过。有机会还得再跟他扯扯。

一苇、蒋燕约好下午到白尘处来。则七时始到。我们两家请他们两口子，饭于丰泽园。

二日　星期六　上午到大楼开文联全委扩大会。归次与君武等一看书籍装帧插图展览会的陈列品。

午睡后荃麟、葛琴来一坐。他们来看揭祥麟，未遇。

晚在国际俱乐部陪外宾，法 Marcel Cohen 夫妇。

宽说陶萍已归，平安。

三日　星期日　上午文联的会缺席。下午四时原定《收获》编委会扩大会，后改期。因趁此开个主编碰头会。

晚文井来一坐。约沙汀明日下午在荃麟处一谈。

四日　星期一　起得很迟。札"本与现"。下午二时半到荃麟处，与沙汀谈他的创作问题。有文井、白羽。会后饭于森隆。

五日　星期二　续札并整理"本与现"，竣。下午四时在丰泽园开《收获》编委扩大会，会后晚餐。宽买到贝奇柯夫的《托尔斯泰评传》及《马恩论艺术与共产主义》。对外文委研究室来函问是否仍需阅读《国际文化动态》。复信。

六日　星期三　整札"必然与偶然"。下午开发议论会，在北海。评组，荃、默、井、白尘。饭于漪澜堂。张章昨晚呕吐，今晨发烧。又呕。姜大夫诊视，系感冒，打了针。

×

今日报上登出了《西藏的革命与尼赫鲁的哲学》。连读了两遍。

七日 星期四 整札“内与形”。下午在大楼开党组会。晚小组会请假。白尘明日起请假一星期，将寓颐和园，改稿。白尘来一坐，述此。

开会回来，一苇、灵君在起坐间坐着。灵君说要请喝酒。时已迟，遂买啤酒数瓶，且谈且饮。旋他俩走访荃、琴。

沙汀来一谈。他明日飞蓉，今日未能起飞。

张章已退烧。上午仍打了一针。又续服王大夫药。玩得很好，唯疲。问姜大夫仍主张让她休息两天。

八日 星期五 整札“可能性与现实性”。全部札竣。

白羽、光年来一谈。下午参加作品组的来稿问题汇报会。

九日 星期六 巴作。札。下午开党组会，继讨论作家出版社问题。晚饭于荃麟处，陪一苇。

十日 星期日 宽携张章就诊于王大夫，开了方，服两剂后，服丸药。下午我俩到王府井抓药，并在旧书店买得《牛津简明字典》一册。晚小涂、肖德生来一坐。

十一日 星期一 巴作。札。肖殷来一谈。揭祥麟夫妇来一谈。

下午四时访肖殷，约宽、陶萍饭于吉士林。在旧书摊购得

1955 年及 1957 年的《人民年鉴》，以及《悲多汶传》[①]《音乐美学》等。

十二日　星期二　上午在大楼开总支召集的批判沙鸥的大会。下午续开，请假。晚宽反映了一下李淑华所谈作品组工作情况，分工问题等。

十三日　星期三　昨收到人文社所送《给孩子们》校样。今日上午校阅，至饭后竣工。下午三时半到大楼，讲“本质与现象”。

十四日　星期四　复任叔，关于选集编辑事。看看编辑部所选退稿以供讨论的。下午二时在大楼开组长碰头会。腹泻。

十五日　星期五　巴作。札。下午三时在大楼开党组会，讨论《世界文学》问题。

看到总理关于文艺工作十条两条腿走路的讲话记录。当由小川总的传达一下，然后各部门讨论。

又谈陈毅同志所述主席对“二革”的看法。极重要。得跟编辑部的同志谈一谈。出版社及刊物提高质量问题，要好好讨论。《人文》来稿质量不高，选载难选，大是问题。

×

晚芝荣偕姚天珍来。姚天珍已廿余年未见，头发虽白，身体倒是好了。她这回是参加记者代表团赴捷克的。

---

① 即《贝多芬传》。

×

上午黑鸡忽大叫，很吵人。宽在家赶稿，也给吵得心烦。知道是小黄鸡占了窝之故。宽早几天就主张把这小黄鸡宰了，因为她不下蛋，白养着费粮食，说不过去。而大娘舍不得。

“宰了吧，宰了吧，”我也主张。“今天就宰，要不然，吵得出版社的同志都不能工作。就宰！”

大娘说：“现在逮她不着。明儿吧。我哪儿是什么舍不得……”

后来宽告诉我：小黄鸡占窝，原来是下蛋。

大娘一瞧我回家就说：“那小鸡儿下了个蛋，说要宰要宰——她倒下了个蛋。多可怜！”——一面笑着，一面眼圈儿一红。

十六日 星期六 巴作。札。休息时浏览《红》。

和海珠通电话。白尘明日下午可归。后日当碰一次头。

晚饭后我俩携小张章散步，购补中益气丸五两。

十七日 星期日 上午我俩携张章到动物园一游。

十八日 星期一 上午九时，在孑民堂开文教工作会议。下午三时开主编碰头会。得惠芬信。

十九日 星期二 上午讲“必与偶”及“内与形”一部分。下午开党组会，讨论刊物问题，作品质量及作家的生活与工作诸问题。

二十日 星期三 复惠芬。诣白尘，一谈昨日党组会所讨论的问题。

巴作。札。闻今日上午《诗刊》有座谈会，乔木同志亦参加。本想去一听，因太疲乏，未果。昨日取来《动态》八份，下午看完。

二十一日 星期四 巴作。札。

二十二日 星期五 疲倦。身上发酸。上午总支召集的讨论冯牧政治结论的会，以及编者座谈会，都告了假。早上约白尘来谈了一下上次党组会上我发言的内容及此次要提的。

晚上本定开支部大会，因下午有会挤在一起，改期。

×

巴作。毕“激三”。札。

晚饭后文井来。张章正闹着要去小羊宜宾胡同，遂一同散步。回来又小坐，谈至十时半。

×

这几天好几次上楼去看揭祥麟，皆未遇。今日又不在，门却未锁，因回家写一条留在那里。不知医生对他的病如何讲法。

二十三日 星期六 看完冯健男《谈沙汀的短篇小说》，以及三期刊物上的一些作品。浏览其他。

下午在市场购得 F. Baeoin “Essago and New Aflantis” 冯友兰的《四十年的回顾》、第·博尔《伊斯兰哲学史》、B. 兰博编《西方心理学家文选》、陆志韦编《北京话单音词词汇》。

×

上午揭祥麟送一条来。跑去看他，又未遇。

二十四日 星期日 上午我俩带张章到公园。荃麟、葛琴也找来了，一同喝茶，坐到十一点多，同车归。得惠芬信。

二十五日 星期一 今晨开始听见黄莺叫。正看巴作，祥麟夫妇，谈至十一时余。晚在大楼开支部大会，交换对沙鸥处分意见。

二十六日 星期二 补看三期刊物。晚赴《新观察》编委会，在萃华楼。得乐士信。

二十七日 星期三 补看刊物。

《解放军文艺》社同志来，给看所整理座谈会记录，校订。

晚饭后贺宜和少社一同志来一谈。杨朔来一谈。

×

昨晚未睡好，困倦。

二十八日 星期四 下午二时在大楼开刊物检查会，荃麟亦出席。

晚我俩携张章到市场儿童照相馆，让她照了两张相。在旧书店买得“Anfi-Dühring”及 Spinoza’s Ethics.

二十九日 星期五 上午开党组会。下午开刊物检查会。

三十日 星期六 把《和平的日子》及《如愿》看完。下午编辑部约请几位同志游天坛，饭于丰泽园。谈了些文艺工作情况及问题。归已十时。

三十一日 星期日 我俩携张章到公园一游。出西门，访李季，李季已赴陇，只小为在家，谈了一阵。

午睡后拟编辑干部业务学习书目。宽复乐森信。我在信尾写了一段。

六月

一日 星期一 上午谈"内与形"的未完部分及"可与现"。至是全部"规与范"已竣工。昨所开书目也已交同志们，看后再修订。

困倦。《北京文艺》来一同志，对他谈了对这刊物的搞法的意见。

×

复小淘气。

二日 星期二 把文井送来的一部金近的稿子看完。意见不易提。和文井谈及，他也如此想。人物及其生活都没有写出来。写了许多事，每件事都是直综到底，且只有叙述而少描写。这些话怎么提呢？提了也无法修改。

晚到总政后勤部礼堂看沈阳部队前进歌舞团的舞剧《蝶恋花》。很动人，很好，若一二处再加以修改，就更好了，可以献礼了。同去看的有文井。宽自大楼去，同看，同车归。对这个舞剧都相当满意。

三日　星期三　给乐士写复信，未写完。约文井一谈金近的稿子。文井来，谈至十二时。

下午在大楼开书记处的会，由茅公、老舍报告出席苏作代大会第三次大会的情况，及其他问题。

拿回《宣教动态》两份。

四日　星期四　复乐士。浏览。札关于巴。

晚饭后与白羽同到文化俱乐部，拟看电联的电影。谁料是露天的。恐下雨，冷，与白羽同归。承书来。

五日　星期五　看《论西欧文学》。札巴。

下午在大楼开党组会。荃麟定十日赴北戴河，十年小组八位同志亦同行。我决定与白羽、文井留京，开会时去一下。或在颐和园小住，把巴评搞出来。

×

午饭后忽胃疼，服七宝妙灵丹一包，亦未见好。后稍止。文井介绍保健丸，在他那里拿了九粒，每次服三粒，已服一次。临睡前当再服一次。宽访解玉珍，未在家吃晚饭。

×

中央文件一份，《宣教动态》两份，开会时送还高铮。

编辑部送来李希凡稿一篇和查对过的进修书目。

六日　星期六《论西欧文学》看完。札巴。浏览。

下午在荃麟处与白尘、君宜谈长辛店工厂史问题。

承书来。谈至九时。

×

胃疼稍愈。腹泻。续服保健片。

七日 星期日 上午携张章到白尘处一坐。胃又有点疼。疲乏。仍服保健片。白尘予胃病丹一包，尚未试。晚承书邀饭于文化餐厅。归途经王府井，宽发现美术服务部有那套磁猫，购一套。

八日 星期一 肠胃仍不适。极疲乏。上午开主编碰头会。下午评论组约冯健男谈他那篇稿子。本想参加，因不适，未果。

九日 星期二 仍腹痛。服七宝妙灵丹。

十日 星期三 肠胃仍不适，上午的党组会请假。姜大夫听了一下，拿来了药。

下午白尘来一谈，谈上午开会的情况。星期六尚须续开。

×

看了送来的《总支关于作协各单位劳动和学习的安排》草案，写就致亚凡、张僖一信，提两点补充意见，明日当送出。

复惠芬，附张章最近的照片一帧。

×

晚上的党小组会亦请了假。

到永仁堂购七宝妙灵丹十包。

十一日　星期四　续服七宝妙灵丹。晚李辅仁大夫来诊视，开方。休息。浏览。

十二日　星期五　胃仍微胀。服李大夫药。

收到星期三党组会讨论文学批评的记录。

草就编辑部业务进修书目的说明十条。

十三日　星期六　续服李大夫药。休息，浏览。下午散步，吃酸奶。购《教育诗》(卷三)、《安吉堡的磨工》《定命论者雅克和他的主人》、人文版《桃花扇》。

晚荃、琴邀到北海一走，宽、章同游。张章从来没有晚上出外玩过，很兴奋。

×

得惠芬信，"我已经有了足够的毅力……我再也不会像以前那样懦弱了"。如真能坚强而持久，就好了。

十四日　星期日　胃仍间微痛。服七宝妙灵丹。编辑部业务进修书目，宽已完全抄就。又校改了一次。晚饭后带给白尘看看，未遇。将于明日交海珠，看是否要修订。

十五日　星期一　本定今日下午开党组会，后改期。札人物。晚文井来一谈。

×

书目由宽带交海珠。

×

傍晚罗光炯来一谈。

十六日　星期二　下午开党组会，讨论文艺批评问题及《文艺报》问题。

十七日　星期三　上午到大楼参加评论组关于《在和平的日子里》的讨论会。还要开一次，约在星期六下午。借来《蔡文姬》剧本，看完。长辛店厂送来厂史目录及部分样品，要讨论一次。

晚与宽看电影。

十八日　星期四　下半夜没睡好。疲倦。长札。

下午开主编碰头会。葛琴来电话，后日上午九时在荃处约小川谈。

十九日　星期五　写七月号的编后记。晚与宽携张章诣白尘，把“记”稿给他一阅。遇张兆和、崔道怡。

×

从光年交转来郭小川长诗《八个与一个》打印稿，即前年冬编辑部所退者。不知道他为什么想起来要写那么个东西，令人诧异。

×

葛琴来电话，明日上午在荃处会谈。

二十日　星期六　在荃处与小川谈，尚有白羽、光年、文井。上午未谈完。继以下午。原定下午开批评组的关于《在和平的日子里》座谈会，改期。

二十一日 星期日 很累。午觉睡不着，躺了几小时。傍晚草明来一坐。散步，买补中益气、人参归脾及七宝妙灵丹。

二十二日 星期一 疲极。没有睡够。疲劳。下午马列学院召开关于美学研究干部培养问题的会未能去。

裴毓苏和中少另一位同志来一谈。

二十三日 星期二 仍疲倦。眼涩。下午四时余白尘来一谈。

二十四日 星期三 长札。下午在荃麟处开党组会，讨论《诗刊》工作。晚饭后我俩散步到大华附近。

二十五日 星期四 巴札。闻荃麟又不适，原定星期六赴北戴河，当延期。小涂来一坐，问十月号能否写出人物谈。星期六上午讨论《在和》时当说明此事。

二十六日 星期五 巴札。十一时诣文井一坐。晚与宽到王府井购牙膏等。宽乘车归。又到书店，买《五四运动回忆录》，为宽买诗选数种。

二十七日 星期六 上午评论组在此开《在和平的日子里》讨论会。下午与朝闻在文艺茶座谈关于美学一些问题。

晚饭后文井来，同到王府井散步，购《唐戏弄》及李诗。

二十八日 星期日 张章昨晚起发烧，姜大夫断为扁桃腺炎，打了针。今日上午稍退，不到38°。下午又略高，过38°，继续打针。

复中国青年出版社信。致《解放军文艺》社一信，并附中青社信。

下午到荃麟处一坐，遇愈之夫妇。后默涵到。一起谈了一阵。

晚荃、琴来一坐，谈至十时。

二十九日 星期一 上午荃麟来电话谈书目问题。下午开主编碰头会。

张章已退烧。扁桃腺仍红肿有白点。上午打针。服含片。

三十日 星期二 上午诣荃麟。则周扬同志自北戴河来电话，那边气候不好，作协去的同志有的病了，劝荃麟缓行。他本定明日动身，当作罢。

下午五时参加作家出版社约美术家讨论装帧插图的会，开得很好。以后作家、美术家当多接触，加强合作。

和邵宇谈了他为陆俊超稿作插图的问题。最好能有一幅彩色整页，以便作插页。他说试试看。

荃麟交来文化部党组给中央的报告稿，明日上午要交换一下意见。

七月

一日　星期三　上午在荃麟处谈文化部党组的报告稿。下午午睡后浏览。札。

二日　星期四　读卢论。札。马寄远来，示油画数幅，送了一张《井冈山杜鹃花》以备制版。但如纸张困难，可作罢论。

夏蕾来一谈。和荃麟通一次电话，问他做早操没有，以及北戴河的电话打了没有。他说白羽今晚回京，再商量。

三日　星期五　读卢论。札。诣文井，同到王府井购凯德洛夫的《论恩格斯的自然辩证法》、伊格纳契也夫等著的《绘画心理学》。

午饭时，杲向真同两位市文联的同志来，谈他们要召开一个儿童文学座谈会的事。晚接青年出版社一信，即复。

四日　星期六　卢论。札。

五日　星期日　我俩携张章到白尘处一坐。

六日　星期一　上午九时乘车来颐和园。文井与偕。中午在听鹂馆吃饭，晚饭则由老刘打回来吃。和文井沿山路走了一转。

闻家宝也住园中，设法打听，终于由老刘找到他的住处。晚九时他打了电话，约明日来看我们。

跟宽通了一次电话。

和白尘通电话，约主编碰头会的日子。

×

这两天没有用脑，光玩，已不感觉那么疲倦了。明天拟还休息一天，园中走一走。

七日 星期二 上午九时许，到长廊迎家宝，怕他找不到云松巢。到他住处，则正出外早餐。后遇到。来此谈到十一时余。谈了他的病状。他爱人姓邓。

下午午睡后和文井诣家宝，在后湖走了一转，小坐饮茶。

晚出散步归来，知宽曾来电话。

八日 星期三 开始工作。卢论看完。札。家宝夫妇晚饭后来一谈，坐至九时半。

宽来一次电话。主编碰头会要挪到下周一。

九日 星期四 看巴所译《面包与自由》，真幼稚。晚饭后与文井散步。访家宝，则已进京，始忆昨天他是谈起过的。

×

和宽通一次电话。

十日 星期五 看评巴诸作。札。

十一日 星期六 看评巴诸作。札。晚间散步时见排云殿门前灯火辉煌，唱片子以备跳舞。大概是管理工作人员的周末娱乐。

十二日 星期日 夜来大雨，至晨不止。本约定宽和淑华等来，通电话，决定稍迟。九时与文井迎之于门外，接到。沿路逛逛看看，至云松巢。稍稍休息，访家宝夫妇。下午游后山后湖，至谐趣园。晚家宝夫妇邀饭于介寿堂。

张章非常高兴。家宝一女方方是她的同学，不过是在大班的。起先不好意思讲话，但一转脸就说：“我要到方方家吃饭。”吃饭时几个孩子在一起玩得很好了。

回到城里已九时余。

十三日 星期一 上午开主编碰头会。下午诣荃麟一谈。遇叶心清大夫，给我把把脉，说宜服三七。琴炒了一点让我带回。

荃即将赴北戴河休养并看书。约明日碰头谈谈关于创作问题如何讨论法。而晚上接他电话，说北戴河来长途电话，邀我们去谈这个问题，去住三四天。我因看巴作巴评正已进行，暂时不去。仍拟明日回园。

十四日 星期二 看王瑶所作巴评。札。十时打电话问家宝，则已回园。一同去游泳了一下。

晚饭后与家宝夫妇散步，遇广平先生，在湖边小坐。

×

管理科电告老刘，以后进城往返得叫街车。

×

今日开始服三七。

十五日 星期三 看巴评。札。下午看《人文》六月号。

编辑部寄来秋耘论史记稿，读过，拟约他一谈，星期六或下周一。已与小涂电话联系。

×

晨宽来一电话。

×

整天雨。下午看书看得实在累了，穿上雨衣，上排云殿，从东边上佛香阁。下来到长廊茶亭喝了一瓶啤酒。晚上老刘谈他过去的生活。

十六日　星期四　看巴评。札。

下午与家宝在松亭小坐，本想谈谈他的思想情况及养病问题，而夏景凡来，谈了些约稿的事。

晚在长廊遇家宝夫妇，到他住处小坐，一同在山上散步，到智慧海，沿下山大路到谐趣园。归已十时，月色正好。

×

晚饭后打电话回家，宽外出，大娘让张章接了电话。

十七日　星期五　所集巴评皆读完。札。出外散步，从铜亭上佛香阁。晚饭后与家宝夫妇散步，谈。

×

早晨接宽电话。晚打电话回家，大娘接着。告以明日回家午餐。

十八日　星期六　雇车归。下午四时秋耘来一谈，关于他所写论史记人物描写的文章。晚小涂来一谈。

十九日 星期日 我俩携张章诣白尘。晚到北海一走。

二十日 星期一 上午开主编碰头会。晚作家出版社美术组的同志来谈插图事。疲乏。

二十一日 星期二 大雨。拟暂不回园。打电话给老刘。看马恩列关于无政府主义的批判。

宽携回肖德生、冼宁文章各一篇，并评论组计划，预备讨论。

二十二日 星期三 看关于巴枯宁的资料。开列参考书目。

下午到王府井买药。购《中国通史简编》(第二册)，英译本《玄奘法师传》，对原本梵音颇有用。

仰翁来，留饭。文井自北戴河归，来一谈。同出散步，谈此次北戴河会谈情况及作协工作安排。

二十三日 星期四 补找有关 Anarchism 批判文献。札。

二十四日 星期五 上午看列宁文章及近代史有关部分。札。

下午到大楼开党组会。高铮交来《内部参考》。

二十五日 星期六 上午在家开评论组的业务学习讨论会。高铮遣人送来《宣教动态》。下午看“动态”及“参考”。为总支处分沙鸥的决议草案注意见。晚我俩携张章散步。

二十六日 星期日 休息。

二十七日　星期一　上午主编碰头会。下午刊物检查会。晚小组会请假。

二十八日　星期二　上午续开刊检会。讲了几点意见，及与地方刊物关系问题。

二十九日　星期三　七时半复来颐和园。看巴作未尽部分。和家宝游泳。午睡后写一信给文井、小川，附作协干部业务学习参考书目的补充书目。打电话与文井谈此事，信随发。晚在家宝处一坐。

三十日　星期四　巴作。札。游泳约一小时。

发惠芬、乐士各一信。

三十一日　星期五　巴作。札。看书看累了，出去走一下。总感到闷、寂寞。家宝一家昨日下午就回城里去了，即在，也不能时时找他，他要休养。

能于闹中取静。但不能在静中取静。一静，脑筋反而没有休息的时候了。与鸥鹭为友，我还没有这个修养。我要有人，尤其要有青年和小孩子。像这么"静"法，无法写东西。

八月

一日　星期六　巴作。札。小川、徐迟等招待韩北屏、陈残云，并邀水拍、敬之。同饭于听鹏馆。午睡后在廊子上听北屏讲他五四年在海上飘流九天的故事。时正大雨，雷鸣不已。晚饭后在长廊上遇家宝一家回园，到他们住处小坐。家宝将以星期二出园，要到青岛疗养院去。

×

宽来电话，约明日同大娘携张章来玩。宽还拟在此住几天，把她那篇写完。

二日　星期日　宽同大娘携张章来。访家宝一家。两家的孩子一起游后山，绕谐趣园而回。邀家宝一家饭于听鹂馆。下午五时半大娘带张章雇车回城。宽住此。晚饭后同出散步。

三日　星期一　巴作。札。主要资料已看完。

午时家宝夫妇带方方、欢欢来，谈至二时。晚饭后我俩散步，又相遇于鱼藻轩。遇广平先生，谈次，乌云盖天，将有大雨，各归寓。

四日　星期二　浏览。札长。下午打电话问家宝，知尚未走。我俩走访。和他们出门，拟一游后山。然又大雨。仍回家宝寓，打电话让老刘把饭打来，合餐，家宝并到食堂端两个菜，几瓶啤酒。饭后各送饭盆回，又会于鱼藻轩，谈至十时，回寓。

五日　星期三　我俩回城里。下午访文井，问作协近来工作情况。到王府井买书，《费尔巴哈哲学著作选集》（上卷）、列宁《论国民教育》、马恩列斯《论文艺》《论人民民主专政》《科学和宗教论心理现象》《中国通史简编》（第一编）。

×

家宝夫妇来，未遇。

六日　星期四　十时许与文井同访家宝。他今晚赴青岛。

浏览。札。

七日　星期五　与彼得罗夫和谢列伯里亚柯夫会面，谈。在座有文井、宝权、孙琪璋。饭于康乐。

浏。重阅巴编《史话》之巴枯宁章。

晚访白尘一谈。

×

复切尔卡斯基信，交琪璋托外委会代发。

八日　星期六　将巴札编号，唯尚未对号。复金近信，就他的中篇稿《一面小红旗》提意见，用文井和我两人名义。将给文井阅签，即发。

晚白尘宴杨大夫，邀我俩作陪，有姜大夫、张僖、陶萍，饭于丰泽园。

九日　星期日　带致金近信诣文井，未遇。留条。下午宽出取三七。携张章诣文井，同来家一谈，留饭。谈至九时。复金信已寄发。

十日　星期一　整理巴札。下午开主编碰头会。

十一日 星期二 将所有巴札对号，全部编整竣。晚，出版社邀黑丁、北屏、康濯诸友饭于萃花楼，作陪。席间还有一位维族作家，不知道名字。白羽的哥哥。

×

今天工作得过于紧张，感到疲劳。午觉也没有睡着。

十二日 星期三 浏览。把巴札零资部分钉在一起。下午开党组扩大会，传达中央关于反对右倾思想的文件，及工业、手工业、粮食问题的指示。并讨论。高铮交我中央文件四件，携回。

送到支部代购的《马克思主义哲学原理》。

×

淘气来了一次电话。

看了秋耘论史记的第二次稿。

十三日 星期四 看中央四文件，下午高铮派人来取回。白尘送来海珠所拟《十月号计划》及《工作改进计划》，提意见后，仍送白尘，看尚有补充修改否。札几条明日要讨论的。

×

浏。札。

十四日 星期五 浏。札。补关于巴枯宁资料参考书目。下午开党组会。对文化工作的意见。晚康濯来一谈。

十五日 星期六 浏。札。巴评开头没开就。下午秋耘来，和他谈他那篇论史记的文章，宽也提早回来参与。

十六日 星期日 浏。札。关于文艺，关于上层建筑。看见文彬给编辑的信，关于《傲慢与偏见的剖析》的质疑。

×

晚饭后我俩携张章到东单公园散步。

十七日 星期一 浏。札。关于文艺，巴作。下午理发，顺便买了几本书，《唐语林》《唐国史补》及《因话录》(合订本)、《梦溪笔谈》。购人参归脾丸。

晚上看到宽携回的关于沙鸥最近犯事的材料。虹虹送来白尘一简，附《工作改进计划》第二次稿，以及路福增、毛承志各一信。

十八日 星期二 浏。修改《工作改进计划》草案。下午开主编碰头会。晚原定开支部会，因大雨，改明日。

看宽所写评茹志鹃文。

×

送还潜九英译本《资本论》三册。

十九日 星期三 拟中心组进修书目，哲学、心理学、历史、基本文艺理论，中国古代及世界的文艺理论批评等。拟就送交文件，一谈。浏。巴评试开一头，未定稿。

致朝闻函。晚在大楼开支部会。

二十日 星期四 浏。补巴札一二。看了白尘送来的马可稿。晚与白尘通电话，告以处理意见。

×

接乐士自哈尔滨来信。

二十一日 星期五 浏。补巴札。与文井商定编辑部业务进修书目。同到中国书店。购《明通鉴》一部。

下午原定开党组会。到大楼，则文井、小川往中南海听报告，改期。与白尘同车回。

在大楼茶座购得影印《巴尔底山》[①]及《十字街头》，颇感亲切。及《元遗山诗集笺注》一部。

晚，作协请默涵、其芳、水拍、光年即将出国者。有白羽、小川、文井、白尘、亚凡、适夷、张僖。在丰泽园。

×

得金近信。

二十二日 星期六 晨与文井通一次电话。十一时许一谈。

下午开支部会。

×

宽今日感冒，在家休息。仰翁、婆婆来。姐来。谈至晚饭后。

×

得朝闻复信。

二十三日 星期日 我俩携张章到中山公园一游。下午芝荣来，

---

① 《巴尔底山》，早期革命小报。1930 年 3 月，中国左翼作家联盟在上海成立，尔后，李一氓与部分“左联”成员发起并编辑出版了这份文艺旬刊。“巴尔底山”系英语 Partisan（意为“同党人”）的译音。鲁迅亲笔题写报头。这是一份政治上带讽刺性的刊物，发行不久便被查封。

留饭，谈至九时余。

二十四日 星期一 本定上午开党组会讨论刊物，临时改期。改明日上午。而晚得通知，又改期。上午遂开主编组长碰头会。

写致郭老约稿信。复乐士。

到王府井买药。并购二王帖三种，礼器、孔宙各一册。

二十五日 星期二 浏。札。下午在孑民堂听关于庐山会议的传达。

二十六日 星期三 上午在荃麟处开党组会。荃麟是前天下午回京的。下午在中直俱乐部听庐山会议录音报告。

八届八中全会的公告今日广播，明日即见报。

二十七日 星期四 上午开党组会，讨论几个刊物的十月号计划。

《人民文学》要搞一篇带“总”性的评文，或编者的话。当一征意见，晚与麦青晤面时曾一谈此事。让作品组酝酿一下。白尘亦已和组长谈了一下。

晚在中宣部放映室由党委会宣传八全两个决议案。

二十八日 星期五 想了想那篇评文。晨与宽交换意见。看了几篇革命回忆录。宽让通信员送来一些资料。下午在中直俱乐部听主席的录音讲话。遇麦青，谈起评题，他觉得可以。

二十九日 星期六 一连几天没睡好，疲乏，腹泻。今天有会，请了假。看宽所集资料。札。晚，纳嘉来。谈了好一阵。

三十日 星期日 我俩携张章一游公园。遇姐。同回，留饭。晚到白尘处一谈。

×

泻止。仍间腹痛。胃不适。服藿香正气丸。

三十一日 星期一 续服正气丸。与白尘、寄远选画。看宽所集评文有关资料。今日又送来一些。下午在中直俱乐部听录音报告。树理、雷加、邢野诸同志皆已回京。

九月

一日 上午开主编组长碰头会。下午在中直俱乐部听录音报告。

《诗刊》收到主席近作二首，并信。晚荃麟、葛琴来一谈。

二日 星期三 晨诣白尘一谈。浏。海珠信，并附舍稿。看后注意见，下午上大楼时交给她。下午开党组扩大会，荃麟传达文教组开会情况。旋又开党组会。同白尘与树理一谈。关于他要写的一篇东西。

三日 星期四 看资料。札。下午在中直俱乐部听录音报告会。

司机老王出车时中风，不治。听了很难过。时草明、适夷、黑丁、康濯正在车中（我本乘车，因中途修理轮盘，改乘老谭车）。

×

晚与宽携艾中信油画诣白尘，决定用于十月号。须略改，宽携访作者。

四日　星期五　浏。想那篇文章的范围。不要太扯大了。晚我俩携张章到闹市口买药。

×

宽说外委会要叫我为苏教师报写什么十年来的什么儿童文学之类。既无知，又无暇，身体又吃不消，写条复之。

五日　星期六　浏。札。文章开几个头，都没合适的。下午到王府井买书。第四版增订版的《简明哲学辞典》，有些修改，对照前版来看，很有意思。日丹诺夫《论文学与艺术》。马恩列斯《论哲学史》。《哲学研究》第 8 — 9 期，中有朱光潜论黑格尔美学一文。《苦难的历程》第三部。

六日　星期日　终日阴雨。在家休息。浏。文章开头开不好，别扭。明日上午有录音报告，已送券来。

七日　星期一　听录音讲话。下午翻翻书，试开那篇文章的头，仍未就绪。还是没有想定之故。理发，散步，看旧书店，颇感脑疲劳。

晚在荃麟处开党组会，至十一时。

八日　星期二　极倦，头痛。下午大睡。文章又开个头。还是不行，疲极而罢。

匆匆抓个题目，没想好就要动笔，而又要几天之内交稿，这到底不行。只凭一条感想，一则札记，就要铺成一篇文章，不是办法。于人于己都有害无益。文章须有益于人。反对唯篇幅主义！

1. 没有想成熟的，自己没有把握的，不写。

2. 限期太促的，不要写。

切记！

九日 星期三 也许也有一点感冒。老是头痛。上午卧床。白尘、海珠来一谈。下午的学习会请了假。

十日 星期四 昨临睡服羚翘解毒片，今日上午续服。头痛稍轻，而疲劳加甚。报载总理复尼赫鲁的信。下午陶萍来一谈。

十一日 星期五 头痛稍止，但疲乏。浏。长札若干。

党委办公室送来袁靳同志准备在党代会上的发言稿，征意见。复，急密件送出。

午睡不能成寐。宽省外公、婆婆，晚饭不在家。大娘为张章问得一贴十香暖脐膏，已贴上。

九时许葛洛来。他下午自河南回京，将住到国庆节。谈公社情形，抗旱情形。

×

看了一件中央文件：主席对P九月九日信的批语。从中可以学到如何正确对待一个犯错误的同志。非常感动人。

×

报载今日人大党委会讨论中印边界问题。

十二日 星期六 下午开了一个会，谈十月号“编后记”及关于俞摘帽的问题。晚我俩携张章到天安门广场一游。今晚准备预演，特别热闹。广播新闻报今日苏联又放一星际火箭。

×

今日感到病后的疲乏，困倦。

×

长札一二。

十三日 星期日 仍倦。

十四日 星期一 除脑疲劳外，余渐复原。接到中直党代会文件。会请假。来信中有一封云南来的匿名信，给国务院的，送荃、井、川考虑处理。长札一二。

广播苏联第二宇宙火箭已于今日苏联时间零时余即北京时间五时余到达月球。

十五日 星期二 休息。有会请假。浏。长札。

晚我俩携张章散步到新车站广场。

十六日 星期三 休息。长札：主要人物的各种关系已初步确立。

×

报载昨日主席邀各党派团体负责人等举行会议，谈了关于反右倾，鼓干劲，坚持社会主义建设总路线的问题，关于在中华人民共和国成立十周年期间对确已改恶从善的各种罪犯实行特赦，以及对确实表现改好了的右派分子摘掉右派帽子的问题。

报载赫鲁晓夫启程访美。晚广播：已于当地时间三时余到达华盛顿。

×

宽说今日在公共汽车站遇尹以璋。她已有四个孩子了。王新坡转业，在浙江工作。

十七日 星期四 浏。札一。午饭时白尘写的“编者的话”稿送来。改。三时送出。困极。睡至五时。

小川来电话，谈关于俞摘帽问题。看打印的罗白给党组的信。

十八日 星期五 下午到大楼开中心组的学习会。雷加、文井发言。荃麟谈了对学习会的意见，及中央一个文件。

晚光群、德生来一谈。复杭第十中学一信。

今日报载特赦、右派分子摘帽问题，以及任免名单。

十九日 星期六 浏。札。准备学习会的发言，尚未竣。仍倦。午睡后躺了一阵，散步到王府井，买旧书，英译黑氏《历史哲学》、Thilly's History of Ph. 及《鲁迅诗研究》（即广东出版的那一本）一册。我俩饭于吉士林。归次买药。

二十日 星期日 携张章到公园。宽带着借来的摄影机，给她照相。遇芝延携大林。

韦君宜来一信，为工厂史一事，看明日是否能一谈。找白尘一谈此事。都无工夫。打电话给君宜两次，都没找到。

《文艺报》送来荃所写《十年来的文学》打印稿，约明日上午讨论。看完，注一二意见。晚作协邀来京作家饭于萃华楼时，见荃一谈此稿，明日上午的会就不去了。明日下午还要开党组会。

从饭馆出来，与白尘同荃、琴一来，又在荃处小坐。

×

下午午睡后看了君宜所提工厂史的两篇，都不大好。另读了几篇，发现一篇很好，很感动人。即写一信致白尘、海珠、麦青、淑华、南吕，推荐此篇，将信附稿带交白尘。

×

饭次见李季，他身体也好多了。胃病已愈，唯心脏病仍要注意。华山则瘦甚。

二十一日 星期一 准备学习会的发言。复韦君宜。来电话，下午的党组会改明日下午。午睡不着。脑疲劳。数日以来都这样。和荃、琴到北海一游。跟荃谈了副主编问题。

宽未回家晚餐，大概是开会。对张章就昨天的问题讲了一个故事。

二十二日 星期二 长札。关于这，这一向想得较多，那些人物萦回于脑中不能去，梦寐思之。下午开党组会。闻金镜丧父，会后往致唁。

二十三日 星期三 看评论组前所出题。看竹眠的稿《老管家的》及来信所提问题。有个题目可谈谈。看白尘昨日交来的陈其通歌剧《柯山红日》稿，未竣。

下午到中直俱乐部听录音报告。主席对民主党派的谈话，在军委扩大会上的讲话。

二十四日 星期四 送还有关中直党代会文件。尚留二件以资学习（二决议案，有关庐山会议文件）。看完陈其通剧本，注意见，送还白尘。

长札。解决一个主要人物的关系问题。

下午到中直俱乐部听录音报告：少奇同志在军委扩大会上的讲话。

×

人文出版社送来《给孩子们》样本三本。

二十五日 星期五 长札。浏。下午在大楼开学习会。发了言。三个问题：1. 党内的资产阶级革命家；2. 对总路线、大跃进的错误看法；3. 如何对待犯错误的同志。

二十六日 星期六 起得很迟。昨约今早去参观民族文化宫的，竟忘了。写好复张晓球的信。下午开主编碰头会。晚与编辑部的同志一起看川戏《白蛇传》，在吉祥戏院。

二十七日 星期日 休息。张章要求上公园。告诉她，因为上星期日她无理取闹，发脾气，这个星期日不上公园。

二十八日 星期一 下午在人民大会堂开庆祝建国十周年大会。

二十九日 星期二 下午二时半，在人民大会堂续开庆祝大会。晚文井来，同出散步。

三十日 星期三 今日收到的《红旗》19 号，登出《马克思列宁主义在中国的胜利》。收到《红旗歌谣》。

×

长札一二。收到贾拓夫贺片。

×

日来接到小川所赠《月下集》、文井所赠《小溪流的歌》、闻捷所赠《生活的赞歌》。

×

宽将与张兆和出差赴沪一行，已买好四号的车票。

十月

一日 星期四 国庆节。观礼。

×

前天在大会堂遇迈进，他说正要抓普通教育问题，准备年内下去看看。届时我也想同他去走走，做他的帮手。今日相遇，又谈起。

×

草明赠《乘风破浪》。

二日 星期五 写好给乐士的信，及书，明日发。尹以璋来。新波已转业，在浙江，任宁波专员。她则在初级党校。送孩子来看病，将把三个孩子都送培新。

饭后白尘、翔鹤来一谈。

晚饭后宽携张章同草明往北海看烟火，同车去的尚有韩北屏。我因疲倦，在家休息。

三日　星期六　我俩携张章到王府井，为她买袜，取衣，购《普列汉诺夫哲学选集》第一卷。饭于吉士林。张章是第一次上馆子，第一次使刀叉，很高兴，“又好吃又好玩”。

得惠芬信。

×

购人参酒两瓶。试服。

四日　星期日　宽乘九时特快车赴沪，与张兆和同行。送至车站。

承庆、晴暄携小雄来，留饭。

×

宽汇家款及赠乐士书，今日已寄出。

×

长札一二。晚广播：苏联今日发射第三颗宇宙火箭。

五日　星期一　评文开头。还要改。晚，作家出版社邀饭于北海仿膳。

六日　星期二　评文开头。中途常要岔开去，几次拉回，修改，进行极慢。下午荃、琴邀赴公园一坐。

晚饭前接到购表单，饭后即往取，151 元（工薪恰巧今天送来）。在旧书店购 *Miderm Classical Philosophus, The live Great Philosophies of Life* 各一部。

七日 星期三 评文重新开头。韦君宜来，谈工厂史稿问题。此稿昨日送来，作家出版社拟拿去先看，月内发稿，则年内可出书。君宜同意，稿取去。后记一篇，让她送给厂党委看看，并送荃麟审阅。

八日 星期四 写评文。仰翁来，问宽沪通信处。得乐士信，说八日即赴南京，到她婆那里去。

×

给宽信写一段，待接信再写下去。

张章有点咳，鼻子发堵，为她在永仁堂问了一点药，时疫清瘟丸。

九日 星期五 作协组织游十三陵，看地下宫殿、长陵、水库。大娘病，发烧，胃疼。打了针。张章今日七时余才回家，因为据说车轮打气，搞迟了。她仍有点咳嗽，续服清瘟丸及橘红片。

得宽信。

十日 星期六 发给宽信。发后又接八日航空信。言约稿已就绪，十一日可能赴杭。续写评稿。小涂来了一下。晚携张章散步。大娘胃痛已止，烧退。

×

取 100。

十一日 星期日 草明邀几个熟朋友饭于丰泽园。午睡后姐来。留饭。为张章买药及糖，回来，姐才走，怕她冷，让她穿了承宽大衣。

十二日 星期一 续写。下午开党组会。晚会后看立波、林兰。他们因患肝炎，回京就医。

×

上午白尘来一谈。葛洛来一谈，他今日下午返豫。

×

发宽信。

十三日 星期二 续写。荃麟请立波夫妇于仿膳，邀作陪。

下午在大楼开会，听默涵作报告。

晚在北京展览馆剧场看乌兰诺娃的《吉赛儿》。

十四日 星期三 续写。竣工。明日尚须修改。有卓别林的《摩登时代》等几个片的票，想看，但又将弄得很晚，且几个晚上都没有跟张章玩了，遂在家休息。晚饭后婆婆来，八时走。

“我跟爸爸玩儿得可好呢。”张章告诉大娘。

×

上街，购得《性格心理学问题》及 1956《人民手册》一册。

十五日 星期四 评文改就。下午到大楼看文件。稿交白尘。小涂来过一下，告以稿事。晚饭后与文井散步，到王府井，购得1959《人民手册》。九时，宽归。

十六日 星期五 下午到大楼开党员大会，听荃麟作八中全会学习报告。会后党组一谈学习方法等问题。回家时到淑华处一谈，关于明日开支部会事。并电话约白尘明上午开碰头会。

十七日 星期六 宵来未睡好。上午开主编碰头会。下午在大楼开支部会。书记处的会请了假，白尘出席。麦青交来李希凡论宋江稿一篇。

十八日 星期日 疲乏。休息。中青社寄来稿费，大概就是那篇座谈会记录的，不收，寄回。札一。

十九日 星期一 上、下午都在孑民堂开会。关于八中全会学习问题。

晚饭后散步，购董译《战与和》。宽今日在东郊劳动。

二十日 星期二 阅改麦青评马烽文清样。札一二。

下午在大楼开学习会。白尘检查。对他提了意见。一、看问题不从政治出发。二、民主人士作风。三、不大交心。根源自在于世界观。晚校改评文清样。

×

张章咳嗽，未上学。为她买气管炎丸。

二十一日 星期三 党组几位同志找树理一谈，批评他的经验主义。谈得很好。在孑民堂听传达。晚与荃、琴看陈其通的歌剧《柯山红日》。归已十一时半。

×

和小川交换一下关于人文支部开学习会安排问题。

二十二日　星期四　上午开党组会。下午开学习会。各同志续对白尘提意见。邹荻帆检查。

×

海珠谈支委会安排学习会的计划。

二十三日　星期五　上午准备检查补充提纲。下午在大楼开党员大会，听荃麟、文井、小川作检查。小川讲一半，明日下午续。会后与荃、井、川、僖、适夷，邀欧阳山饭于丰泽园，并邀章竞、北屏。

二十四日　星期六　上午开支部学习会。为昨三同志的检查提意见，海珠检查。下午续开党员大会。小川检查完。晚购补中益气丸及归脾丸。

二十五日　星期日　我俩到外文书店问慢转唱机，则已脱销。购得文具柜一具。章竞来一坐。

×

整理工作室，书籍。

二十六日　星期一　上午在大楼支部会。为海珠的检查提意见。淑华检查，未竟，下午续开。下午参加中心组会，为荃、井、川的检查提意见。晚与宽散步，购用品。

二十七日　星期二　检查提纲的补充部分。阅希凡关于宋江分析的评文。可用。注意见给小涂及评论组。下午在大楼开中心组学习会，为荃、井、川的检查提意见。

与海珠就支部学习布置事交换意见。明天主编检查后，即对陶萍进行帮助。

二十八日　星期三　上午支部学习会上做了检查。下午白尘检查。中心组的会请了假，支部散会后在中心组会上坐了半小时，肖三同志作了检查，同志们正提意见。

晚散步，在外文书店购得英译本《资本论》第二卷。

二十九日　星期四　大概昨天受了凉，喉头痒涩，头沉。临睡服羚翘解毒及橘红丸，今早又服。上午开中心组学习会，适夷检查。

下午原定支部会由陶萍检查，嗣中宣部召开现场会，改明日。因不适，中宣部的会请了假。南吕对陶萍贴了大字报。淑华、林心、小涂、承宽等也都贴了。陶萍对此次运动表现不好，暴露出一贯的思想问题。应好好帮助她。

各支集中对高炳伍贴大字报，揭露批判其富中本质的富农思想。其次对冯振山、王谷林。

×

下午卧床休息。看整风学习情况简报。

晚仰翁来，留饭。收到整简第8期。

三十日　星期五　上午陶萍作检查，吸收团员列席。检查态度不好，好几位提了意见。下午支部召集群众，动员。讲了半小时后，参加中心组。出版社几位同志对适夷提意见。揭露他的许多思想情况。回想一下适夷在成都跟我谈的那些，则远未触及他思想中真正的问题。今天他情绪较好，表示决心改变自己。

大字报中有涉及国外问题者，发现后改以 ×。如此则反而欲盖弥彰，外宾易注意，不如撤换或改写：将此意告海珠。

晚支部谈沙鸥问题。本拟只谈开除其党籍事，现在则可作一重点，以教育大家。开始对他贴了许多大字报。这个会请了病假。

×

昨晚临睡服羚解毒及施今墨气管炎丸。今晨服橘红丸。穿上了呢大衣。

三十一日　星期六　上午在大楼开党组扩大会，支书皆出席。讨论整风学习问题：形势，下周步骤，排队等。昨下午至今日，已进入高潮，唯尚未至顶峰。下午中心组会。为适夷提意见。他补述对大跃进看法。态度仍未端正。对他的问题作了些分析。出版社已贴出对他的许多大字报。

十一月

一日　星期日　宽上午到大楼，写关于沙鸥的大字报。

适夷来一谈，表示决心向党交心，但想来想去，关于昨日所谈有关大跃进问题，再想不出什么来了。而对党关系问题、团结问题、干部政策问题等，仍然找了些枝节的偶然的原因，未触及本质。

下午文井、光年来一坐，稍及适夷问题。晚又访文井，谈了一下适夷思想问题症结所在，以及出版社一般同志对党组决定的出版方针问题的看法问题。

×

文井来时交来金近寄赠的茶叶一包。金近近亦投入学习云。

二日　星期一　上午到大楼开主编组长碰头会，计划十二月号及转载问题。接着开个核心组会，听关于陶萍材料汇报。

下午开中心组学习会，为适夷提意见。

×

此次大字报比以前提高许多，无论就政治水平还是形式而言。对高炳伍、冯振山贴的关于农村问题的图表，实物展览，摆事实，讲道理，能教育许多人。

有关于沙鸥全部丑行的介绍及“陶萍五更叹”等。

开始有对白尘、小川的大字报。

×

下午支部本拟开陶萍的会，嗣陶请病假未果。两位同志去看她，则并无大病。态度仍极不好云。定明日开支部扩大会。

三日　星期二　上午开陶萍的会。她做第二次检查，吞吞吐吐，引起全场的愤慨。

下午中心组。为适夷提意见。告一段落，让他写书面检查。会后，问他情绪，他说很平静。以前历次运动批评得轻，他总不免发神经病，这次批评得重，反而清醒，“饭也吃得下”。我说，这是有了转机，这是好的。会后党组又谈了一下情况。

×

高铮送来发言记录稿，大须整理。

四日　星期三　上午整理发言记录，实按发言提纲重整，至十二时。

下午在大楼开农村形势辩论大会。布置得很好。贴了关于高炳伍生活史的廿二幅连环图，表现他对党的忘恩、忘本，看了酸鼻。张僖说高看了哭了一场。

高检查还不深。关木琴所代表的联合发言极好，摆事实，讲道理，有说服力而动人。

王鸿谟的检查，把地主父亲对农村大跃进及人民公社的评论与攻击复述一通，未毕即引起公愤，轰下。发言稿中有这些污蔑事实但是不全面云云（后来荃麟看了稿子念给大家听的），则王竟是地主立场。

发言大都很好，有斗争性，水平大大提高了。只是《新观察》支部两个发言调子太低、太温和。会后党组与《新》支交换了一下意见，提出了这一点。

小川发言谈王仍是资产阶级立场，不谈及封建阶级，未妥。

五日　星期四　上午在大楼茶座由作协及文联招待文艺界先进工作者大会特邀代表，茶会。认识了郭风等同志。十一时散，与文井到新华书店，购得苏科学院编《世界通史》(第一卷)、人大党史教研室编《中国革命史讲义》、南大编《中华人民共和国大事记》(第一、二册)(至一九四六年)、《马克思的青年时代》。

下午开陶萍的会。检查仍吞吞吐吐，遮遮掩掩。大家提出许多问题，她都支支吾吾。海珠中止她的检查。我发言。

晚我俩携张章到王府井，给她买棉鞋。

六日 星期五 存钱。理发。

打电话给荃麟，谈对葛、冯与王鸿谟思想问题的看法。一是农资，一是地主阶级意识。

下午开大会。冯振山检讨。批判。宽并批评《文艺报》支部对冯的温情主义（后知是《文艺报》支部要求海珠做此发言，以引火烧身的）。

王鸿谟续检，许多同志不满。《新观察》同志亦将调查所得摆事实，讲道理，很有力。

小川最后发言，讲清王鸿谟的阶级性。我亦插话，关于农村资产阶级与地主阶级的本质不同，而在现阶段反我们，则是同路人，是统一战线，——只是他们反动的最低纲领；至地主阶级的反动最高纲领则不同。

会后党组就今天的会交换了一下意见。

七日 星期六 上午开党组会。

文联作协招待先进工作者文艺界特邀代表，饭于全聚德。

下午开农村问题辩论大会。挂出关于王谷林生活史的连环画。王检讨时态度异常恶劣，令人愤怒，把他轰下。批判揭露中，叫他答复问题，他仍顽抗到底。

×

在大楼得靳以噩耗。沪分会来电，靳以于今晨零时零八分逝世。闻之震惊，怆然久之。商谈了一下治丧事宜。作协派白尘赴沪，参加星期二的追悼会，已购就后天的飞机票。

和麦青商量了一下组悼文事。

八日 星期日 有风，奇冷。病了。下午的整风领导小组的会请了假。

晚白尘来一谈。他明日飞沪。

九日 星期一 胸、背仍作痛。晒太阳，休息。疲乏。随便翻翻书。

十日 星期二 休息。今日的农村形势问题辩论会请了假。

浏览。送到中央文件一份，朱德同志在军委扩大会上的发言。

十一日 星期三 宵来气管开始发炎，服橘红丸。休息。浏。札。

下午大楼开党员大会，决议开除沙鸥出党。向宽请了假，表决时为我投一票。

十二日 星期四 续服橘红丸。浏。关于苏文学界最近的一个论争的会，请了假。看了老赵给伯达同志的信及《公社应如何领导农业生产之我见》稿。

十三日 星期五 上午中宣部有录音报告（昨总支通知），下午支部会批判陶萍，皆请病假。

中少出版社一同志来谈出书情况。谈几句话后，极感疲乏，始知体力仍未恢复。

宽今晚去听中德合奏的《第九交响乐》。我在家全部收听，八时起，至九时二十分左右。

十四日　星期六　整风领导小组的汇报会及支部批判陶萍的会，请了病假。暖气管出了毛病，又受了寒，肩、背又复作痛。

十五日　星期日　肩、背作痛。咳嗽，服气管炎丸。只有客室生了火，终日躺在那里。

上午白尘来，系昨日飞回。谈沪事颇详。靳以家属已作安排。下午海珠、淑华来一谈，整风运动中的工作安排问题。

姐来，留饭。谈起卿陀近来病了一场，体虚，正服中药。

十六日　星期一　休息。长札。续服气管炎丸。姐来。傍晚荃、琴来一谈。看了扬风（杨俊）致荃信检讨他自己所写《巴金论》的错误及荃复信。将由宽带交编辑部一阅。卧室装了炉子。

十七日　星期二　下午到大楼开中心组整风学习会，对树理的公社问题纲领提批评，发言者有笑雨、金镜、光年。明下午当续开会，由老赵答辩。

宽在食堂吃了一种什么鱼，头痛、身软。病此者颇不乏人，在医院里检查，说尚无中毒现象，只是过敏性反应。

晚淑华来一谈明日上午支部大会（以及群众参加）批判陶萍的问题。札评赵一二。

十八日　星期三　宵来未睡好。仍咳痰，续服气管炎丸。上午准备对老赵思想问题的发言，下午在中心组扩大会上发言了。会后党组交谈了一下会的开法，归已七时余。

饭后散步，腹仍闷胀。

×

得沈竹眠信。

十九日　星期四　痰多。续服气管炎丸。浏。散步，在中国书店购得中华书局标点本《史记》。又，《丸散丹膏集成》一册。

下午本定开中心组会，对树理提意见，临时得通知改期。

×

长札。札关于经验主义论点。

二十日　星期五　气管炎丸早晚续服。昨晚加服羚翘解毒丸。头胀稍轻。休息。把列宁的 M. d. E. 第五章读完。

上午适夷来一谈，表示改正思想的决心。

海珠寄来简报发言的部分，校订，由原通信员送回。

二十一日　星期六　札杂。傍晚适夷来一谈。

晚饭后在荃外开党组会（肖三、小川、亚凡未与）。

二十二日　星期日　宵来咳痰较甚。除服气管丸外，尚服橘红丸二次。姐谈近日生活情况。日来姐每从公园出来后，即在此起坐。

×

下午在大楼开十二级干部学习会，仍续对老赵批判。较前严厉。荃麟作了全面的总结性的发言。树理表示他的纲领基本错了，“全部缴械”。前天闻尚不接受（那次我请假，未听其发言），昨则对亚凡表示考虑。今日如此说法，不知是否感到压力之故。这表示是好的，但恐思想要转过则不那么容易耳。还须做许多工作，才会使他真正有所改变。

二十三日　星期一　浏。下午到新侨饭店听周扬同志在文教会议上关于文化艺术问题的发言。会后，白尘在家等我，一谈。淑华来，一谈支部整风学习问题。

二十四日　星期二　浏。札杂。关于经验主义。

下午开十二级干部整风学习会中型会，由适夷作第三次检查。较前二次有进步，唯仍不深刻。出版社几位同志提了意见，并有所揭发，则知此次检查仍是避重就轻。都认为这仅是开始，以后仍当由他自己就几个主要问题挖一挖。会则暂告一段落。明日由小川检查。

二十五日　星期三　上午开追悼靳以的会。散会后与文井、白尘同到外文书店及东安市场购书：英译列宁《论工农联盟》、马克思《经济学哲学手稿》《恩格斯传》等，以及《车尼雪夫斯基选集》（下卷）、1958年《人民手册》。

下午开十二级干部整学会，小川检查。此次较全面，真接触到一些基本问题，态度亦较诚恳。唯真要理清具体思想问题，尚须帮助。

晚淑华来，为文井取所摘周扬同志在文教会上的讲话，文井当为几个编辑部做一个传达，取几个摘记凑一凑。并与淑华谈支部整风会的安排。

×

十二级会后开了个党组会，讨论即将召开文化工作会议问题。

×

今午抽空把刘真投寄的小说看了。淑华签注的意见很好。此稿不能用。读后极感不快：党员作家写出这样的东西来！将送交《文艺报》打印出来作资料。

二十六日　星期四　上午支部会，麦青检查。下午十二级整学会，同志们对小川的检查提意见。重读小川的《八个和一个》，札。

二十七日　星期五　札《八个和一个》。下午开十二级会，对小川的检查提意见。白羽做了个全面的发言，批评小川四年来的工作态度，作风，对党的关系不正常等。

二十八日　星期六　睡至九时才起床。补札。

下午开十二级会，就《八个和一个》发言，挖一挖小川的思想，世界观。

二十九日　星期日　上午八时半在出版社开支部会，吸收全体群众参加，海珠检查。几位同志提意见。开至一时。晚淑华来一谈。

三十日　星期一　上午休息，很疲乏。支部本拟安排今日上午由白尘检查，改期。明日上午党组听取各组整风汇报，则白尘检查将推至后日。

下午十二级干部扩大会，续对小川提意见，重点发言有光年。会后交谈一下文化工作会议筹备中的问题。

高铮交来中央文件一份（中央批准军委总政关于划右机标与处理办法）。

×

得竹眠信，曾未之信。

十二月

一日 星期二 上午党组听取各支部整风学习情况汇报。下午十二级干部会，续对小川提意见，重点发言有文井。

闻沙汀将被派赴苏参加契诃夫纪念会。

晚在中院散步，立波谈近服中药有效。前一向尚赶改长篇，因为出版社催得紧。肝部时作痛，实在不该。今日起完全休息，痛止。

×

白尘电话述牧良有信给出版社，已下乡，患高血压，服中药，稍愈云。艾芜近又不适，未出席十二级干部会。不知情况如何，应劝他去休养一下。

二日 星期三 上午支部扩大会（全编辑部）听白尘检查。下午十二级干部会，荃麟对小川检查批判做总结性发言。

三日 星期四 上午开党组会，讨论文化工作会议筹备工作。

下午编辑部支部扩大会，对白尘的检查提意见。三时周扬同志邀去谈文艺各方情况及问题，准备文化工作会议的报告。与谈者光年、亚丁、巍峙，至七时。

四日 星期五 倦极。睡至九时余，仍困。淑华的检查的会未能出席，闻并未开，将等海珠。札。

外委会告诉宽，Гамоб 来京，明日邀饭，问能陪否。因此打算送点礼物，由宽购就托孙琪璋带去。若体力能支，即陪饭。

五日 星期六 宽物色了送 Гамоб 及其女儿的礼物，由孙琪璋带至萃华楼，午餐时赠之。同桌者有出席塔式干会议几位同志。Г. 赠关于木偶戏的俄文书一册，匹诺曹一个——张章一看就认得，并很欢喜。晚饭后宽与淑华、南吕找陶萍谈话，仍不得要领云。

得通知，明上午开党组会。

×

读了《马克思主义者应当如何看待新生事物》《马克思主义论群众、政党、领袖的关系》，编得很好。

晚间补读了三日报上《赫鲁晓夫在匈牙利社会主义工人党第七次代表大会上的讲话》，前半反复读了两次，有些词句又反复重读了几遍。

×

下午白尘来一谈昨组长碰头会情况。谈了一下明年刊物目标。并札。

六日 星期日 上午在大楼开党组会。

七日 星期一 休息。浏。购《台尔曼传》《一个布尔什维克的道路》《从九一八到七七国民党的投降政策与人民的抗战运动》，北京市委宣传部编的《好人好事》（一、二两集）。

宽说俞林摘右帽问题将于明日开会，已在群众中酝酿，群众中有中肯的意见。经过这次运动，群众政治水平显然有所提高了。

八日 星期二 上午的文化工作会预备会，通知颇迟，不及赶上，下午四时听文井传达了一下。沪诸友访大楼。

会后与文井、白尘、张僖到新侨访各地代表。

晚在民族文化宫看舞剧《鱼美人》。

九日 星期三 看大会文件，以及《世界文学》编辑部所编《苏联文学界最近时政重大论争》、列宁的《反对修正主义》等。

札。下午服橘红片六片。晚，牧良来一谈。

十日 星期四 上午在中直俱乐部听录音报告。看文件。

晚，和肖三同志通电话，为评《望星空》事。并电告白尘。

续服橘红片。

十一日 星期五 续听录音。作社铁一来一谈。晚与宽散步。

十二日 星期六 上、下午在新侨饭店开文化工作会议，周扬同志作报告。会场上晤沙汀。晚承书来一谈。

十三日 星期日 宽与承书约宁家。

淘气来电话，想下午来，告以下午有会。

宽二时归。三时评论组会，并邀淑华、南吕。

沙汀来。与白尘留饭。谈次荃、琴来，谈至十时。

十四日 星期一 上、下午在新侨开会。

十五日 星期二 上午在大楼开党组会，讨论荃麟的发言，大会发言问题，关于作家生活建议草案，以及整风有关问题。

下午在新侨开文化工作会议分组会议。中南组分为三组，我闯进河南、湖南分组。五时半散会。

十六日 星期三 上午的小组（会）请了假。想了想发言题目，札。

下午到新侨，谁知只读文件。遂在牧良房中小坐。要回家，不见老曹。只好又回牧良处休息，谈湘中情况，至五时半。

出门时遇沙汀，略谈了一下四川组讨论的题目。

十七日 星期四 咳嗽较剧。除服气管炎丸外，尚服橘红片。

下午的小组会请假。续札提纲，补充。

×

十时许惕之来。他患肝炎甫愈，又患臂痛，说是一种关节炎，将赴沪按摩医院就诊。

×

晚白尘来电话，商碰头会事。并说小七来信，寒假前结婚。

十八日 星期五 咳痰。补札。小组会请了假。白尘来电话，约碰头会。晚牧良来一坐。

×

得王建连信。

十九日 星期六 宵来咳嗽，睡不好。躺床休息。上午开主编碰头会。姜大夫来诊视。晚李大夫来按脉，开方。

二十日 星期日 卧床休息。承书傍晚来，留饭。沙汀来，宽告以我病，未上楼。

乏极。服李大夫药。

二十一日 星期一 今日大会请假。函荃麟、文井，告以病情及约作家谈话并大会发言事。

躺椅上休息。从大会简报摘出一些问题，为发言之用。

续服李大夫药。姜大夫来听肺。

二十二日 星期二 续服药。姐来。高铮来问发言事，告以近况，并写一条致周扬同志。

楼上很冷，移躺客室休息。姜大夫来听肺。

×

宽中午回家取电影票《聂耳》，并携回《文学评论》（第一及五号）。看了毛星的文章。札一二，补发言提纲。

二十三日 星期三 夜来痰中带血。上午又有。姜大夫诊视，服止血剂。

李大夫药又服一剂。

二十四日 星期四 整提纲。续服姜大夫药及气管炎丸。

和马寄远通一次电话，问大会情况。得惠芬信。

二十五日 星期五 昨夜咳剧，出汗。大概是昨日太累之故。

函荃麟转周、林，告以病情，不能在大会发言了。信送白尘处请他先看一看再便交。躺着休息。极困倦。

二十六日 星期六 休息。浏。札。

续气管炎丸。得默涵信。晚白尘来，谈至十时。

二十七日 星期日 昨夜未睡好，出汗。休息。日间在前院小走。早晚服气管炎丸。

二十八日 星期一 日来腹右侧时隐痛。请姜大夫一看， 是阑尾痛。夜间睡不安，给了安宁片。

休息。浏。札。陶萍来，见我病，未谈什么。

晚文井、沙汀来，谈至九时半。

二十九日 星期二 今日改为腰痛， 略如平时开会时坐得发痛而稍夸大一点，往右弯则拧住似的。改藤躺椅。

×

昨宽得尹以璋信，谈想写东西。

×

牧良来电话。告以病况。

晚白尘来电话，谈今日下午中宣部开会情形。刊物是否要冻结一下，要听讯。

三十日　星期三　海珠来信，并附一报告稿。修改后，复信。就姜大夫诊视，则是神经痛，给安神片一瓶。仍极疲乏。时而肩痛。

宽为购鸭绒被一床。为张章写贺年片给她的谢老师和安阿姨，教给她写自己的名字，写得很像。

×

闻刊物可照发。

三十一日　星期四　昨晚临睡仍服 mepsobamate 二枚，睡得还好。今日疼痛少愈。看完大会的发言。

昨晚宽携回何汉仁一信，今日复。复王建连。得乐士信，附她小孩的照片，块头很大，取名小松。

宽晚饭后到人民大会堂参加联欢会[1]。

---

① 1959 年写作作品:《在创作工作座谈会上的发言》(论文), 载 1959 年 4 月《作家通讯》。《和部队作者的谈话》, 载 1959 年《解放军文艺》7 月号。《代邮——谈题材和写作品》(论文), 载 1959 年《人民文学》月刊 11 月号。

1960

一九六〇年

一月

元旦 星期五 维季来，茹志鹃来。谈至饭后。晚李大夫来诊视，并介绍一种新药胚宝，宽上街抓药时购两瓶。札一二。

二日 星期六 续服李大夫药。神经痛稍愈，但仍发酸。疲乏。

傍晚韦君宜来一谈。浏。札

三日 星期日 上午开主编碰头会。续服李大夫药。

四日 星期一 续服李大夫药，及橘红丸。浏。札。

五日 星期二 续服李大夫方。文化工作会议结束，收回简报等文件，高铮来取走。

六日 星期三 续服李方。姜大夫来诊听。

复乐士信。发人事科一信，送回一密件。金玲来，示所购赠蒋燕、一苇婚礼物。和牧良通电话询湖南代表何时起程，拟托带此项礼物。

闻白尘已向编辑部党员传达了周扬同志在文化工作会议上的报告。

七日 星期四 上午牧良来一谈。与白尘通电话，告诉他和牧良同房间的韩罕明可带礼物给一苇。浏。札。

编辑部送来 1960 年编辑工作计划草案。

八日　星期五　浏。心理学。札。昨晚起恢复服补中益气丸。今日开始服胚宝。

晚文井来。旋贺宜来。谈至九时余。

宽看《降龙伏虎》，未在家晚餐。

九日　星期六　浏。札。下午三时在荃麟处开党组碰头会。

晚金玲陪一苇来。他是来听清华总结经验的会的。谈至十时，赠书面交。

十日　星期日　上午访白尘，谈昨日碰头会所决定的关于人文编辑部人事安排问题。白尘又患腰痛。

张章发烧，38° 2，姜大夫来诊视，断为感冒。

十一日　星期一　上午的党组会请假。白尘出席。下午开主编碰头会。

×

姜大夫为张章诊视，发现喉头有点白，为扁桃腺炎。上午、下午都打了针。

十二日　星期二　上午编辑部开刊物检查会，未能出席。昨决定由白尘去。麦青、淑华任部副主任事亦将在会上宣布。

浏。心理学。札。携张章到医务室诊视，则喉头白点已退。

十三日 星期三 浏。札。心理学。新华印刷厂来一位同志，核对《苏中友好》一文中的关于论契诃夫在中国的引文。

家宝来一谈。天津电影厂来一同志，谈了一阵儿童片的事。

十四日 星期四 休息。浏。《毛选》一。张章今日恢复上学。房里安了一张单人床，从婴儿床提升了，她很高兴。

×

政协寄来一张文化俱乐部的出入证。

十五日 星期五 雪 浏。张章晚又发烧，38° 4。请小孟来看，发现扁桃腺有白点。打了针。

十六日 星期六 雪 张章在家休息。又打了一针。浏。

下午在走廊遇文井。他不赴苏了，因为契诃夫纪念会并不邀请作家。谈次，来家一坐。

十七日 星期日 雪 幼儿园今日上午召开家长会，宽出席。与谢老师谈了张章在家情况。浏。《毛选》。

十八日 星期一 阴，间有雪 浏。札。

晚宽为述几个报告。携回刊物检查会记录及海珠一条。

十九日 星期二 雪 看刊物检查会记录。拟结论提纲。

×

幼儿园来电话，张章发烧，送归。姜大夫诊视，打了针。

×

惠芬致宽信，问近况。复，明日寄发。

×

宽晚在大楼开会（毛承志的检查），未在家晚餐。但中午回家一次，看张章。并拟电话约李大夫。迄未打电话回家，大概未约到。

×

昨日起，右背肌疼痛加剧。昨晚又服安神片。今日大娘上街时，嘱带天王补心丹，未买到。

二十日 星期三 转晴 刊检结论提纲草就，准备提付核心组讨论。

李大夫来为张章诊视，则为风寒未尽，开方清理。宽为抓药，已服一次。

×

送来“编后记”，改就送还。

二十一日 星期四 风 浏。札。编辑部送党组所要的评论组稿对象名单，白尘看过，送来，阅后由宽带回编辑部。

二十二日 星期五 严寒 浏。送来《文艺报》，有社论及默涵文。

高铮来电话，默涵处开会，问能去否。不能去。

海珠寄来评组计划、评奖名单等，提交明日的碰头会。

×

报载苏联 20 日发射落回太平洋的火箭。

二十三日　星期六　上午开主编碰头会，讨论刊检总结。麦青、淑华第一次参加这个会。会后始知惠芬来过。她没有等，留条。

张章又有点热，姜大夫来，打了一针。

下午访文井，则正在家开会。晚饭后他来，谈至十时，谈了昨晚默涵处开会的内容。

二十四日　星期日　宽携张章就诊于王鹏飞大夫，开了方，抓三剂。

下午仰翁来，留饭。牧良来一谈。

我俩携张章到西总布胡同买了两贴暖脐膏。

二十五日　星期一　上午在大楼开会，作刊物检查的总结。各支听录音报告的意见记录，已还总支。

二十六日　星期二　函惠芬。想理发，走到东单理发馆，试试腿力。至则人山人海，走回来。脑疲劳，或是昨日讲话太累之故，或是这几晚服了安神之故。

浏。札。

二十七日　星期三　农历除夕。浏（心）。札。下午午睡。文井来，未上楼。与之通一电话。

二十八日　星期四　九时作协在大楼茶座举行酒会，作为春节团拜。玩至十一时余。还参观下放干部劳动成绩展览会。

下午我俩携张章散步。傍晚吴文新来一谈。杜慧和《光明日报》另一同志（没有介绍名字）来一坐。

二十九日 星期五 上午宽携张章到文井家看电视节目。下午葛洛来一谈。牧良来，留饭，谈至七时。白尘来一谈。

×

浏。札（长）。

三十日 星期六 小涂、肖德生、俞林来。翔鹤来，谈至饭后，又有《少年报》二同志来一坐。

下午我俩携张章诣白尘。翔鹤也在。留饭。

三十一日 星期日 忽腰际筋酸痛甚剧。敷坎离砂，亦不见效。拟请教杨大夫，宽与金玲电话联系一下。说姜大夫下午会来。

下午荃、琴来，谈至饭后。姜大夫来，注射罗甫卡英。杨大夫处明日再联系。默涵携小林来，一谈。

婆婆携小雄来，留饭。张章和小雄玩得很高兴。

二月

一日 星期一 翔鹤赠墨四锭，“道光辛丑年造”。

姜大夫来，继续打针。下午白尘来一谈。姜大夫来电话，说已与杨大夫家约好明日下午四时去就诊，如改期，再行通知。

二日 星期二 整理前所准备的关于“创作自由与世界观”的发言提纲。想抄校一下，但腰疼坐不起来。

打电话给小涂及黄寅。《人民日报》党委会来电话，为定做少先队日三面红旗教育事，拟来访。告以因病，待背痛稍愈再联系。姜大夫续为打针。下午三时，姜大夫陪同就诊于杨大夫。晚饭后服第一副药的头一遍。

三日　星期三　续服杨大夫方。浏。札。

姐来。说因化雪路滑，故久未来。陈义娴患胃病休息，无人掌厨，姐可每日来此。下午疲劳时，上楼临礼器、孔宙数张。此实一极好的气功疗法。

四日　星期四　续服杨大夫药。浏。札。

五日　星期五　续服杨大夫药。到姜大夫处打了一针。并取安乐神一瓶。浏。札。下午惠芬来，晚饭后回校。

六日　星期六　浏。札。下午整“创与世”。这个工作尚须花些工夫。

×

续服杨大夫药，至是已四副。姜大夫续为打针。仍疼痛，唯转动时较好。昨今未用躺椅，累则平卧。

七日　星期日　夜间腰肌酸，多梦。札。

八日　星期一　上午开核心组会。白尘交来《武则天》剧本，下午看完。

姜大夫续为打针。

九日 星期二 整“创与世”。条理须重新安排。问题的提法亦当与发言提纲不同。

十日 星期三 上午整“创与世”。白尘来一谈。下午看二月号《上海文学》。可选者有唐克新的《种子》及工人赛诗会诗选中一首。

×

得六如老一信。

十一日 星期四 “创与世”须重新开头。另拟，问题的提出。看二月一号的《萌芽》，选唐克新的《第一课》及诗数首。关于二月号《上文》一篇泄密事，另注，使各组注意。可供内部刊物。

十二日 星期五 稍整“创与世”。坐久身痛，即停笔。下午有党组会，电告荃麟请假。看送来《长江文艺》上的《啥都管和只管己》及其评论。

十三日 星期六 上午宽在家帮同整“创与世”，理清一些问题。

十四日 星期日 上午我俩携张章到公园。遇老任。遇姐。同归。傍晚荃、琴来，留饭，谈至八时半。

十五日 星期一 幼儿园昨日来电话，水管坏了，待修，今日停课。上午携张章到美展馆看动画录制过程展览。到王府井买补中益气丸二十包，为张章买读物三册。

札。四时余编辑部送来工作计划草案，以备明日核心组讨论。看完，即送白尘处，遇金玲，谈了她的病情。

×

闻沙汀来京，住八一厂，系为电影剧本摄制事而来。

十六日　星期二　上午本召开核心组会。已到齐。而中宣部召开教育工作座谈会，非去不可。遂要车到孑民堂开会。家里由白尘主持。晚与海珠电约，明日十时到大楼一谈。曾电白尘，不在家，告金玲，海珠亦已电告。

编辑部送来李准的《李双双小传》清样。读毕。写得很好，极为可喜。

十七日　星期三　十时，与白尘到大楼，谈昨日会中未了事宜。下午三时在荃处开关于批评及学习的会，晚饭后归。谈了些有关建立自己的文艺理论基本问题。以毛泽东文艺思想为纲，并贯彻到实践等问题。

十八日　星期四　上午在人民大会堂听陈毅同志报告。晚荃、琴邀沙汀、白羽、我饭于丰泽园。白羽因艾芜养病问题谈及宾宾病情及小百穗病情，令人难过。回来跟宽谈起，我们社会主义革命后，人类开始掌握自己的命运。但这个别生命现象里的一些问题，医学及卫生学尚未发展到可以掌握自己的（生命问题方面的）命运。应多加努力。

十九日　星期五　白羽来一信。白尘转来长辛店厂文艺刊物《红花》及改编话剧本《红色的风暴》，看后即送回黄寅。又，编辑部计划草案修改稿，阅后转麦青。下午在大楼开整风会。

二十日　星期六　昨下午的会以为将讨论整风总结，殊不知仍为检查会。接通知今日上午十时讨论总结草稿，当即告诉高铮，亚凡以将赴长辛店事。会不能出席，只将草稿修改意见注出，今日送出。十时半始来车。与宽、白尘同车到长辛店。而淑华、黄寅、南吕、许以、周明乘公共汽车先到。

饭后与文学小组部分同志交谈。晚稍扩大，谈至十一时。明日星期，厂中将大搞技术革命运动，决定改变原定日程，星期日稍讨论《红花》即归。

此次算是挂上钩。至于座谈，则准备不够，没有预告安排好，以致大家忙而累，收获是有的。

二十一日　星期日　昨晚寓厂中。早饭后与《红花》编委座谈。会后即回城，一时到家。相当疲劳。

二十二日　星期一　整“创”札。沙汀来，午餐。二时半艾芜来。谈到四时余，与沙同诣荃、琴，留饭。

二十三日　星期二　上午开党组会。与海珠接头，布置明日开核心组碰头会。下午的会请了假。

机要室送来《内部参考》2968 期至 2986 期。

二十四日　星期三　规定思想检查总结月底前交。上午拟，尚未完。

下午二时在大楼开核心组碰头会，至三时，开十二级干部会。

二十五日　星期四　思检总结已草就。惠芬寄来她的日记。

×

宽今日参加劳动。

二十六日　星期五　上午看《萌芽》，选。下午参加评论组务虚会。

晚文井来一谈。

二十七日　星期六　上午在大楼开党组总支联席会，讨论整风运动总结。看作品组所提的几篇来稿。读毕送交白尘。到中国书店购《三国志》《先秦寓言选》《按摩新编》等。

二十八日　星期日　上午我俩携张章到公园一游。张章遇见了小同学，一起玩得很欢。傍晚仰翁来。宽前天曾到羊市大街，了解一些事情。今日续谈一些，有所获。

二十九日　星期一　看作品组所提艾明之的一篇小说。读毕送交白尘。下午开党员大会，作整风总结。

三月

一日　星期二　上午开党组会。下午开支部大会，申述检查。晚续开支部会，讨论昨日的总结，则请了假。

今日起办公时间下午改为二至六时。

二日 星期三 上午开核心组会。下午开《文艺报》《文学评论》召开的左联座谈会。晚文井来一谈。

三日 星期四 看作品所提稿一篇，两个刊物上的两篇。诣申述一谈。下午开作品组务虚会，讨论所提作品中的问题。

四日 星期五 头痛，胃痛。打电话给文井，无人接。诣适夷，谈冯金堂事。后适夷来一趟，说已与河南省委宣传部通了一个长途电话。

×

宽在大楼开三八节纪念会。并有戏看。

五日 星期六 腹泻。下午的学习讨论请假，并函小川。

看了《政经》三版第一章。

×

昨临睡服羚翘解毒丸。头痛不如昨日之甚。但疲劳。

六日 星期日 晚承书来一谈。

七日 星期一 到医务室就诊，配了药。下午白尘来一谈。

八日 星期二 仍腹泻。续服姜大夫药。上午的党组会请了假，由宽带一信致荃麟，并谈及白尘为上影写鲁迅传事。下午白尘为此事来一信，并附上影电报。

文井来一谈，述上午党组会所传达的几个问题。晚白尘来一谈。

×

惠芬来一信。复信，写了一半。

九日　星期三　文井昨谈起党组会上决定理事会发言事。关于儿童文学要搞一个。前天曾条列几个问题，今日补充一些。找些材料看了一下。

下午本定开核心组会。临时来通知，到新侨听报告。核心组改明日上午。

十日　星期四　上午在大楼开核心组扩大会。下午看了一些有关儿文资料。诣文井，借一些有关这方面的书。同到王府井购书，《大事记》第三册等。

十一日　星期五　看有关儿童文学资料。下午牧良来一坐。

晚审改致地方文艺刊物信，为帮助培养工农作者问题。

十二日　星期六　整儿文提纲。上午白尘来一谈，他乘下午的车赴沪。

×

复惠芬信寄发。

十三日 星期日 我俩携张章到美展馆看妇女美作展，并购药。儿文提纲札。

十四日 星期一 整儿文札。并为宽录这方面的材料。

下午到王府井，购《十八世纪末—十九世纪初德国哲学》。

十五日 星期二 上午开党组会，下午开书记处会。会前抽空和组长开了个碰头会，传达上午党组会的内容。

十六日 星期三 看中宣部关于批判现修问题向中央报告草稿，注修改意见。札儿文纲。下午在教育部开关于中学语文课本问题的会。

十七日 星期四 看三版经济。下午在大楼开评论组的一个片儿会，讨论儿童文学批评问题。

十八日 星期五 上午学习讨论会。下午“实”札。

十九日 星期六 上午开党组会，讨论中宣部送中央的报告草稿。下午“实”札。

二十日 星期日 携张章散步，买药。

二十一日 星期一 “实”札。下午在大楼参加评资动员大会。

二十二日 星期二 上午开党组会。宵来未睡好，倦极。

二十三日 星期三 上午讲“实”。下午休息。得惠芬信，他们要下厂劳动去了，地点在上海。现已停课。这好极了。

二十四日 星期四 上午到大楼开核心组会，讨论评论所拟批判修正主义文艺思想计划。十一时到前门饭店报到。

二十五日 星期五 下午参观二龙路居民公社。陈书记谈了组织经过及情况。看了食堂，综合工厂，和一个幼儿园。惠芬来电话，她们班上留七个人教书，她是一个，因此不下厂了。

二十六日 星期六 看三月号《天山》。下午与张僖、周增勋、肖三、杨朔诸同志到和平街看房子。

二十七日 星期日 携张章看妇美展。购暖脐膏，茶叶。

维季来电话。前天回京，后日即恢复上课。

二十八日 星期一 看《青海湖》，选稿一篇。下午本定开总支大会，后改期。访文井，一谈儿文情况。嗣光年亦来，略谈《文艺报》这方面组稿情形，并交换意见。晚在怀仁堂开人代党组党员大会，会后看京戏。

二十九日 星期二 上午开党组会。下午开人代会预备会。收到文件。白尘来电，廿九日回京。

三十日　星期三　看一二有关儿文的东西。下午开人代会，《关于 1960 年国民经济计划草案的报告》及《1959 年国家决算和 1960 年国家预算草案的报告》。在会场晤沙汀、劼老。

晚打电话问白尘，要晚间十一时才能回京。

三十一日　星期四　看儿文资料。十时许白尘来一谈。下午开总支大会，作总结，选新总支委。会后看电影《为了六十一个阶级弟兄》，极动人。

四月

一日　星期五　看儿文资料。荃麟交阅上海市宣关于《鲁迅传》电影剧本创作情况电报一份。下午到大楼听天津会议的传达。遇式基夫妇。旋式基来，谈至九时。她将下放安徽肥西县，星期一动身。

二日　星期六　送还荃沪宣电，并附一信。饭后得复信，即诣文井，商发言事。旋张僖来，谈生活组织问题。

三日　星期日　沙汀与文井来。旋章竞来。谈至十二时，沙汀另有约，未留饭。下午打电话给荃麟，谈昨所谈经济生活事。

晚作协邀饭于四川饭店，谈理事会问题，来开人代会和政协会的作家皆参加，共两桌。饭后与文井、小川同劼老、巴金、沙汀到前门饭店一坐。并看了一下柯老。

四日 星期一 上午看儿文资料。下午到怀仁堂开会。沙汀同车来，留饭，他去访白尘。

×

白尘送来计划草案及意见。意见很好，请他就草稿修改。

五日 星期二 上午开党组会。下午开刊物检查会。会上确定儿文发言由文井执笔。

六日 星期三 上午看儿文资等。下午人代会。关于我在印农展会，关于农业纲要。

七日 星期四 儿文资。下午开核心组会。

八日 星期五 大会仍为分场发言。请假。儿文资。白尘交送老舍剧本，看完。下午买书，《列宁家书集》《资本论》第三卷英译本等。晚文井来一谈。

九日 星期六 儿文资。下午开大会。关预决算四文件已交还。

×

今日编辑部与《解放军文艺》联欢郊游，因开会未能参加。

十日 星期日 上午大会。总理报告。下午大会，通过决案。晚饭后归。

十一日　星期一　抽看四月号《长江文艺》，未毕。沙汀来，谈及他准备的发言并创作中一二问题。

腰背肌肉又作酸痛，在姜大夫处注射了普罗卡因。文联有委扩会，未能去。宽携归一些儿文资，准备交文井参考。

编辑部送沙汀一份有关批判现代修正主义等的拟题一份。注上数语。

十二日　星期二　注射普罗卡因。下午开党组会。

十三日　星期三　文井今日到八大处小住，准备儿文共同发言。与之同车去，并交一些资料给他。就发言内容交换意见。饭后下山，同到二处一游。原车归。

腰肌仍酸，但似不如昨日之甚。

十四日　星期四　看抽查的《长江文艺》和《奔流》。注射普罗卡因。

"创与世"札。晚淑华来谈与青年作者通信事。

十五日　星期五　今天的学习讨论会请假。注射普罗卡因。浏。札。找白尘未晤。把要谈的告诉金玲。下午麦青来一电话。晚党员大会请假。

十六日　星期六　看党委总结，送还。浏。札。文井来电话，谈他读儿文资后的看法。

十七日 星期日 浏。札。

宽购得膏药一贴，贴酸处。并购虎骨木爪丸若干，当试服。

十八日 星期一 整“创与世”纲。晚文井来一谈。他今天回城与少先工作者代表讲过话了。

宽携归本期几篇评文校样。阅，略改。明日尚须加工。

十九日 星期二 改评文校样。白尘来一谈。关于刊物，关于鲁迅传，等等。下午开党组会，讨论1960年《人民文学》工作计划草案，儿文资思情况，等等。

二十日 星期三 晨到八大处，与文井谈发言事，论点、看法、措施，等等。饭后同到云松巢，晤默涵。晚白羽、光年回园，同饭。归已将十时。

二十一日 星期四 补看昨日报《列宁主义万岁》及今日报上有关哲学笔记的一篇论文。下午到大楼开核心组会。

二十二日 星期五 《人民日报》上发了社论《沿着伟大列宁的道路前进》。下午在人民大会堂开列宁诞生九十周年纪念大会，定一同志作报告。

二十三日 星期六 大娘病。张章上楼睡，整宵咳嗽，今日看姜大夫，服药。《文艺报》送来《驳陈伯吹的儿童本位论》校样，阅复。浏。札。

二十四日 星期日 浏。札。婆婆来，谈他们那里的食堂情况。

二十五日 星期一 “创与世”札。竣。闻文井回城，访，一谈。

二十六日 星期二 上午编辑部开儿文片儿会，少儿社一同志亦参加。

下午开党组会。杨朔曾汇报亚非会议情况。宽本决定今日赴八大处劳动，行李已托文井带走。而总支了解一下情况，皆重活，恐体力不支，不让去。将参加幼儿园的劳动。

二十七日 星期三 上午笔“创与世”。下午开核心组会。

二十八日 星期四 笔“创”。开头很难。

二十九日 星期五 笔“创”。很难进行。是否如此开头，还可考虑。

三十日 星期六 崔道怡、路福增来谈他们要写的一篇文章。至十二时。闻小百穗不救，为之恻然。得文彬信。

海珠寄来许以所拟致青年作家通信稿，须修改。

五月

一日 星期日 各处普遍庆祝。晚与宽携张章并欣久到方巾巷南口看烟火。

二日 星期一 宽上午在四十六号值班。九时半携张章上四十六号，并与淑华谈编辑部事。下午牧良、灵君来，留饭。

三日 星期二 原定今日开的党组会改明日。原约二时到作品组一谈信稿问题的，因淑华病假，并改明日。浏。札。

到王府井购书。笛卡尔《哲学原理》、斯宾诺莎《知性改进论》、卢骚《论科学与艺术》及《人类不平等的起源和基础》《回忆列宁》《儿童时期的认识兴趣及其形成条件》《哲学研究》（第二号）等。宽上羊市大街，九时归。

四日 星期三 “创”另开头。下午开党组会。

五日 星期四 重笔“创”的开头。文井来。他是昨天回城的。携来所拟儿文发言稿。当时看了一下，谈了几点，留在此处待改。四时到大楼，开中心组会，邀各组长参加。

晚与宽携张章访文井、淑华。淑华日来有病，今日较愈。旋与文井在白羽处谈至将十时。

六日 星期五 笔“创”一节。晚开支部会，座谈五多五少。

七日 星期六 笔“创”二，未就。

八日 星期日 读编辑部送来的巴波稿。下午与宽携张章到荃、琴家，晚饭后归。宽就琴学炒三七。

×

白尘今日与《鲁迅》创作组赴粤。午后曾来一谈，送他回家，又谈少顷，关于电影与编辑部组稿事。

九日 星期一 笔“创”，未就。一节，问题的提出仍须重理。又觉此节太费事，为原计划所无。细想一下，这后加的关于“自由”论，竟成了包袱。与宽讨论结果，还是搁下，仍依原提纲进行。则须重写。晚文井来一谈。

十日 星期二 复文彬。访文井。下午同文井到颐和园与白羽一谈，并划船。晚饭后回城。

×

下午的党组会改期。

十一日 星期三 看选载抽看之《延河》。下午二时在大楼开核心组会，组长参加。四时参加关于稿费问题的座谈会。

张章发烧，38° 1。小孟为检了温，并给药丸二粒。我俩到王府井为她买药，妙灵丹，临睡服一丸。

十二日 星期四 张章未上学。就姜大夫检查，烧退。服丸药及妙灵丹。上午看《文艺报》所编有关“写真实”等资料。下午看《工人文艺》，有一工厂史可作备用。

十三日 星期五 张章仍请假。姜大夫没有来。拟仍让她休息一天。

宽与淑华、林心上长辛店，与工人座谈工厂史作品。

上午看资料。白羽送来露菲的中篇，下午即送交编辑部，并致信海珠、麦青、淑华。旋海珠她的评论文，晚上送到。下午唐弢介绍张一帆等二人来谈左联资料。

十四日 星期六 看海珠的评文及资料。适夷来一谈牧良的中篇事。晚海珠来一谈。

十五日 星期日 下午我俩携张章上王府井，买玩偶，取洗衣。购得英译本恩格斯《德国农民战争》《法德农民问题》，列宁《反对修正主义》《东方民族解放运动》等选集，马恩《第一次印度解放战争》等。晚报载苏联今日发射宇宙飞船。

十六日 星期一 重开“创与世”。下午为理发，费了将近三小时。得通知，明日的党组会改期。白尘自穗来信。

十七日 星期二 “创”又僵住了。中午金玲来一坐。白尘已赴沪，寓锦江饭店。傍晚访荃，谈《人民文学》转载泄密事。晚麦青来，就此事一谈。

十八日 星期三 上午开党组会。下午开理论批评座谈会，谈历史主义问题。晚作协邀袁、马诸同志饭于四川饭店。

十九日 星期四 看麦青送来校样，改儿文发言稿。晚在大楼开支部大会。归次，购布鞋一双。得文彬信。

二十日　星期五　看麦青送来的第二批校样。

得惠芬信。下午首都三百万人开反美援苏大会。

二十一日　星期六　重开“创与世”。看刘德风送来的校样。

惠芬信中说的赠送的日记本，今天寄到。这是她用劳动所得的工薪买的。她第一次得工薪。

午后诣文井，把修改的发言稿交给他。得白尘自沪所发信。

下午到王府井，买了几本关于儿童心理学的书。

晚金玲来，带来一苇的信。他脑病又发，拟来京就诊。

二十二日　星期日　我俩携张章到公园一游。下午看校样。

放翁来一坐。

二十三日　星期一　开“创与世”。看六月号最后一批校样。晚一苇来，金玲偕。

二十四日　星期二　“创”。下午开党组会。麦青已将两篇转载稿改就。白尘来信，述及“吹”事。晚访文井，示信。相与大笑。

二十五日　星期三　“创”。复巴波，信交编辑部。下午开理论批评座谈会。会前与海珠一谈工作事。

二十六日　星期四　整“创”稿及札记。读资。将问题更理得清楚明确些。荃麟转来“吹信”，即又转文井。傍晚文井为此事打来一电话。六时许一苇、蒋燕同来一坐。

二十七日 星期五 读资。札。复惠芬。

二十八日 星期六 整札。张僖来一坐。同到一号及四六号看机件。

牧良来一坐，带来腊鱼三条，其中一条送白尘的。

二十九日 星期日 惠芬来。谈至午后。晚我俩携张章到美术商店一看。

三十日 星期一 写“创”二节，未就。札。

下午在荃处讨论茅公报告稿。晚小涂来一谈。

三十一日 星期二 “创”二未就。碧野来一谈。

下午的书记处会，讨论茅公报告稿，因腹泻请假。在廊上散步时遇白朗。牙痛。擦白清胃散，服牛黄解毒丸。

六月

一日 星期三 腹仍泻。牙痛稍愈。疲劳。

和文井通电话，关于修改发言问题。札。下午四时在家开中心组会。

二日 星期四 “创”。晚淑华来一谈。

三日 星期五 “创”。整札。下午开党组会，讨论荃麟报告稿。

晚一苇来。他是前天从济南来的，因医生已来京。将在此就诊。荃来电话，谈“吹”事及约稿问题。

四日 星期六 致白尘信。致汶石，约稿。下午编辑部检查泄密问题，以及五多五少检查动员。晚小涂一来。

五日 星期日 与一苇约上公园。遇沈季平夫妇。遇姐。姐、一苇偕归。与一苇谈至晚上。

×

荃麟来电话：文代会延至七月十日开。

六日 星期一 整“创”札。晚一苇来一谈。他开始北大医院的综合疗法。

七日 星期二 上午开党组会。老西来。下午欢迎日本文学家代表团的会，因太累，未去。

八日 星期三 笔“创”补。

九日 星期四 “创”补。下午四时半开核心组会。晚文井来一谈。

十日 星期五 “创”补。下午开评论组会。

十一日 星期六 “创”二。并整一二。

晚小涂来一谈。淑华来一谈。林心来一谈。

十二日　星期日　休息。看宽所写评茹文。

下午克生来。他一向在南京，在经济科学研究所。留饭。

十三日　星期一　腹泻，涨。就姜大夫诊视，取药。

“创”三甫开，未就。疲倦。

上午作协与文教群英会代表的谈话会，未能参加。

十四日　星期二　腹仍涨，泻。姜大夫给合霉素。

“创”三略写一点。麦青所拟泄密检查报告及检讨信。改。批。

十五日　星期三　很疲乏。小涂送来迎文代会文稿。无力改。电话约麦青、小涂来，谈修改意见。下午有党组扩大会，请了假。

傍晚仰翁来，留饭。

十六日　星期四　腹涨稍愈，但泻。在医务室取药。

休息。浏。札。得白尘信。

×

前天自来水笔尖落地折坏了。换后，颇不惯。

十七日　星期五　晨海珠来电话，谈反官僚主义会议布置情形，约稿情形。小涂来，携来迎文代文稿，当时阅改就。致汶石信，表示谢意。浏。札。

十八日 星期六 "创"。下午看《山花》六月号，选出几篇。晚海珠、麦青、淑华来谈整风情况及刊物工作问题。

十九日 星期日 疲乏。肚右侧触时作痛，不知何故。昨日即有此。未遇姜大夫。下午开评论组会。晚饭后李希毓一谈社况。

二十日 星期一 上午开党组扩大会，讨论机关反官僚主义运动。下午五时余，送来清样一批及野间等稿，海珠附一信。阅后与海珠通一电话，即将校改就的稿交通信员送回。

晚一苇来一谈。

二十一日 星期二 开一天党组会。上午讨论荃麟所拟报告。下午讨论理事会及刊物问题。晚在中宣部看电影。

二十二日 星期三 昨晚淑华送清样一批，上午看完，通信员取回。下午编辑部开反官僚主义整风会。

晚小涂、南吕来看宽，一谈。

二十三日 星期四 上午编辑部开反官僚主义整风会。下午原定开一个关于干部的会，改期。

看六篇清样。社论清样荃麟批了修改意见，电小涂来，携去与麦青修改。六篇清样亦取去。

二十四日 星期五 上午。传达会。关于干部的会。总支召开的反官僚主义整风问题的会。晨，小涂携来社论，改定。

傍晚送来清样一批。淑华来一谈，清样校改后请她带去。

二十五日 星期六 下午一苇、牧良来，留饭。晚淑华来一谈。

二十六日 星期日 休息。张章到小妹家看电视。去接时，与文井一谈。出门遇白羽，一谈《新观察》干部事。得白尘来信。

二十七日 星期一 上午开党组扩大会，听各支部对党组意见。下午向党员传达。开中心组会。

二十八日 星期二 报上登出了社会主义国家共产党和工人党代表会谈公报。与宽理发。在大楼买上海牌金笔一支。

复白尘。举刊物上标点错例示编辑部同志。

下午在大楼分听两组及反官整风会。

二十九日 星期三 为编辑部同志劳逸问题，写一信给主任和支书。

上午开书记处会。疲极。

三十日 星期四 八时到大楼。同海珠、麦青、黄寅与齐兰贞谈散文特写组工作问题。到小川室会商干部调动问题。又到评论组开半截子会。

下午组稿班开会。疲极，未能参加。

收到肖三转来宣动四份。

七月

一日 星期五 拟刊物检查会上要谈的意见要点。看编辑部同志所写特写。拟要谈的意见。今日午后本拟开刊检会，因事改期。送来作品组计划，已看过。今晚外文委宴请日本作家代表团。太疲乏，告外委会未能作陪。

二日 星期六 上午开刊物检查会。下午与宽到公园一坐。

晚收到总支送来书店内部购书证。

三日 星期日 与宽到敦厚里二号一看，买书，并预订书。晚七时半在《新观察》开谈话会。欢迎支援的干部。但美术干部仍未能解决，令人焦急。

四日 星期一 夜间没有睡好。到两点多钟起床到院中散步一阵再睡。今日乏极。疲。上午写信给小川、张僖谈美术干部事。

看姜大夫。服安神片。午睡片刻。

看了陈残云一篇稿子，送回编辑部。

下午编辑部续开刊检会，未能出席。晚麦青来谈会议情况。

五日 星期二 昨晚服安神片，睡得较好。今日休息。党组会改期。看了两篇稿子，和海珠通了两次电话。晚上的支部会请了假。

六日 星期三 仍服安神片。服青娥。看了几篇稿子及反官僚主义运动报告稿。

七日 星期四 上午在家开核心组会。下午开评论组会。

八日 星期五 荃交来沪宣电报，可以复。并附函扬、荃。下午在北海与《新观察》文学组来的同志会谈。晚作家出版社迎新晚会，参加一坐。

九日 星期六 看淑华送来的整风会议记录。下午看抽查的刊物《四川文学》。

十日 星期日 夜来失眠。上午把整风报告稿还淑华，并谈意见。与文井一谈。下午开党组会。归次找淑华一谈。

许以带小丰同崔道怡访宽。

×

白尘来信。

十一日 星期一 上午开中心组会，布置这几天的反官僚主义运动。下午开欢迎《新观察》合并的会。

十二日 星期二 （至二十七日止的日记，病中札备忘，二十八日补记）上午开党组会。下午编辑部反官僚主义大会。《新观察》来的同志第一次参加。从我起，海珠、麦青都做检讨和动员的发言。晚饭后携张章散步，忽不支。归，试表，则39°多。请姜大夫来诊视，打了针。

×

散步时遇苏红。

十三日　星期三　打针。烧退至 37° 3′（下午）。头晕。

写信给支部转党组总支告病假。

海珠来信。电邀淑华来，一询情况。

十四日　星期四　上午海珠、淑华来，谈反官僚主义运动情况及如何开会。今日未发烧。姜大夫还要打针，我不想打，遂止。

仍头晕。只能卧床。

十五日　星期五　晕。疲。翻翻书。宽想请李大夫，但无暇打电话。

今日有党组会讨论荃报告草稿，未能去。

十六日　星期六　下午李大夫来诊视。

十七日　星期日　服李药。便痢。在小孟处取了药。合霉素。

十八日　星期一　姜大夫来诊听。续服合霉素，李汤药第二剂。

下午白尘来一谈。晚文井、金近来一谈。

十九日　星期二　宽到西郊宾馆向作家代表约稿，见到了沙汀。

接通知，文代会延至廿二日开始。证已送来。

腹涨。疲极。服健脾丸。

二十日 星期三 腹泻。姜大夫来，仍令续服合霉素。

上午白尘来一谈工作。晚麦青来。谈次，海珠、淑华来。

二十一日 星期四 腹泻。姜大夫给了药。

二十二日 星期五 腹泻。续服姜大夫药。大楼梅花针孙大夫由宽陪同来诊视，扎。午睡颇好。下午即未泻。晚孙大夫又同柏钟扩大夫来诊视，续扎。李大夫来，开了方。宽今日下午去文代会。大会今日正式开幕。

二十三日 星期六 泻止。孙大夫来两次，扎针。

上午季堃来一谈。他住和平宾馆 211。

柏大夫晚上也来了一趟，以为孙大夫没有来。知已打，遂归。很负责。

二十四日 星期日 柏钟扩大夫来打针。下午仰翁、婆婆来，留饭。

二十五日 星期一 晚孙大夫来扎针。并为张章扎。

文井来一谈，约明日商讨发言稿修改事。试复服健脾丸。

二十六日 星期二 上午文井来，商发言稿修改法。午饭后孙大夫来。

二十七日 星期三 上午文井来，携来改好的发言稿。校改。添一些作者的名字。文井走后，再校阅一过，修改数处。电告小涂。饭后小涂来取去，将抄留一份，一份送小川。

晚孙大夫来。并为张章扎。

二十八日　星期四　补录十二日以来日记。

孙大夫晚饭后来扎针。并为张章扎。

沙汀来一谈。给他两位姑娘礼物即请他带归。小涂来，谈评论组对我们的发言稿的意见。很好。即请他们增改，并电告文井。

二十九日　星期五　评论组把增改好的发言稿送来，即托原通信员送小川。文井在晚饭时来一谈。小涂来，因又想起发言稿中还须增加的人名、书名，将电告打印处。孙大夫来，并为张章扎针。

三十日　星期六　因雨孙大夫没有来。

三十一日　星期日　收到所印发言稿，改一二处，并电告文井。

八月

一日　星期一　浏。Dia of N. IV.d.P.etc. 晚孙大夫来。并为张章扎针。宽今日赴理会扩大会听发言，故亦补扎。闻文井已发言。

二日　星期二　浏。札一二。

三日　星期三　文井来，谈今日上午在西郊宾馆所开儿童文学座谈会情况。宽归后谈下午编辑部邀请第一线工农作家谈话会情况。

孙大夫来扎针。上午大娘曾携张章就大楼扎针。

四日　星期四　浏。札。

五日　星期五　浏。札。孙大夫来扎针。淑华来，露菲稿取去。

六日　星期六　浏。札。

七日　星期日　白尘来一谈。于逢来一谈。晚文井来一谈。

八日　星期一　浏。札。孙大夫来扎针。张章昨日起发现耳后肿痛，今日就诊姜大夫，断为腮腺炎。

麦青来电话，关于约魏巍稿事。季堃来电话。宽带稿回来，为此事与白尘通一电话。白尘明日当告诉麦青关于魏近况。约稿事事先未碰头之过。

九日　星期二　浏。长札一二。试用脑，疲极不支。

开始试恢复服用三七。试站功。

十日　星期三　浏。札。晚孙大夫来扎针。

十一日　星期四　录宽所记陈毅、富春同志在文代会的报告。下午牧良来一谈。

十二日 星期五 浏。君宜来一谈。关于《新港》四月号上的一篇工厂（稿）。向资料室找来一读。颇可讨论。

昨、今二日文代会休会两天。准备沙汀来，但没有来。

晚孙大夫来扎针，并为张章扎。

张章今日起复上学。

十三日 星期六 浏。宽上午去听了总理报告。

文代会闻今日闭幕。

十四日 星期日 得朝鲜作家同盟出版社儿童文学编辑部一函，即复，附送书一册，拟由宽明日送外委会看后寄发。

金近来一谈，留饭。

宽复承书信，发时改几个字。

十五日 星期一 闪了腰，痛不可俯。只好卧床。在姜大夫处注射诺伏卡因。老西来一谈。空军一位同志来了解古渔情况。

下午沙汀携刚红来。许以陪陆俊超来一谈。沙汀父子留饭，闻捷来一坐。孙大夫来扎针。并为张章扎。

十六日 星期二 白尘、海珠、麦青、淑华来汇报工作，谈至十一时半。续注诺。晚柏钟扩大夫来扎针。

十七日 星期三 注射诺。惠芬来信。孙大夫来扎针。

十八日 星期四 注射诺。孙大夫来扎针。

晚肖殷、陶萍来一谈。肖调武汉工作，看来他情绪很好。

十九日　星期五　注射诺。孙大夫没有来，盖阻于雨。

得通知明日开党组会，宽打电话为请假。

二十日　星期六　文井来一谈。

晚孙大夫来扎针。谈及此种刺激疗法琢磨和推广的经过。

二十一日　星期日　惠芬来。留饭。二十四五日她即将出发去进修，地点尚未知，明、后可宣布。

白尘来，谈昨日党组会讨论内容及刊物工作。今日下午将续开党组会。

宽携小张章上公园。归次，买了两贴狗皮膏药。贴上一试。

晚宽接白尘电话：党组同志谈起我的病情，主张住院检查。看接洽结果如何。

二十二日　星期一　日来看了《创业史》。

孙大夫来扎针。并赠刺激疗法书一册。

文井来，告以明日起中宣部有关于反修问题的传达。听后须讨论。共约九天。我只好等以后再听参加的同志们告诉我。此次病得真烦人，耽误了许多事！

报载苏宇宙飞船安全返回。

二十三日　星期二　淑华、荃麟先后来电话，关于孑民堂传达北戴河会议。只好以后等参加的同志转传达。

晚金玲来一谈。介绍人参精丸，试服。狗皮膏已揭掉，因为贴膏药不便于按摩。

×

札一二。

×

小孟告诉：阜外医院尚无床位。

二十四日 星期三 试活动腰部，比前进步。但仍不能坐。孙大夫来扎针。并为张章扎。

×

看完《金沙洲》。要是于逢尚未回粤，倒可以谈一谈。

二十五日 星期四 宽陪同到同仁医院。住院检查及治疗。住470号。伯奇亦在此治疗。

×

已透视。验血压，偏高。

二十六日 星期五 抽血。初检。说要详细检查。下午吴大夫谈气功疗法。沙汀来一坐。他昨晚归自北戴河，明日上午回蓉。宽来一视。

×

同房病人马公仆同志，一机部的。病况差不多，住已一个月。

二十七日 星期六 做了心动电图。宽同白尘、海珠、麦青、淑华来探视。尚未断定如何诊疗。如无一定疗法疗程，则不如出院。

二十八日　星期日　和戴大夫谈了一谈。下午开始做按摩及热敷。牧良来一谈。宽来一次。

×

异常疲软。不知是否服眠尔通之故。

二十九日　星期一　上午摄胸部及腰椎透视片。按摩、热敷。

中医路（？）[①] 大夫来诊视，开方。晚服第一次药。放瞳。验。晚听聂大夫讲关于神经衰弱诸问题。

×

检查进行较抓紧。等有结论后再定治疗及自疗计划。

×

宽来。携来《新导》二册，老马要看。

三十日　星期二　按敷继续进行。札（长）。宽来。

三十一日　星期三　续综疗。长札。浏。宽来。

九月

一日　星期四　抽血，要验肾功能。续疗程。宽来，携来“列全 14”。

二日　星期五　续疗程。开始学简化太极拳。

姜大夫来一谈。宽来，带来惠芬一信，张章的两张画。

---

① 原稿如此。

三日 星期六 续疗程。中医实姓陆，似名石如。今日学拳无所得。教得太快，搞不清。作左肺夹断层透视摄影，四张。

宽来，携来刊物八月号。晚看电视所播越南潮剧《神水瓶》，颇精彩。

四日 星期日 上午看电视所放《聂耳》。很好，看了极感亲切。惜是单色的，有些对话也没有听清楚。和宽谈及，才知收尾一段是经过修改的。是该这样收尾。

下午宽同惠芬来。惠芬明日即动身赴哈尔滨。荃、琴来一谈。

五日 星期一 续疗程。宽来电话，今晚有会。姐来一谈。

六日 星期二 续疗程。检查。宽来。

七日 星期三 送验三日小便。续疗程。

姐来，宽来。宽转述白尘谈中宣及党组关于《人民文学》的决定，听了极兴奋。白尘为《鲁》剧明日赴沪，一星期。

晚骨科大夫来会诊。

八日 星期四 与孙主任、戴大夫一谈。左肺断层片发现有空洞。日来验痰，作培养。住房移 467。宽来。

九日 星期五 续疗程。宽来。

十日 星期六 孙主任查房，一谈。昭航来一谈。她在这里门诊部工作，现住产科病房，因为怀孕中血压偏高。

晚与马公仆同志到五楼看电视所放《攀登世界第一峰》。

×

今日街上夹道欢迎几内亚总统杜尔。

十一日 星期日 续疗程。下午宽来。

十二日 星期一 续疗程。腹泻。血压高。金玲来。宽来。

十三日 星期二 血压颇有起伏。续疗程。晚聂大夫续讲关于神经衰弱问题，全部讲完。

十四日 星期三 续疗程。骨透视照片。宽来。

十五日 星期四 续疗程。孙主任查房，一谈。验痰无问题。验光，配镜两副。姐来。杨愚容、赵明勤、顾光旭诸同志和她谈疗养问题。宽来电话。

十六日 星期五 续疗程。姐来。宽来。

十七日 星期六 续疗程。困倦。宽来电话。

十八日 星期日 宽来。

十九日 星期一 按摩暂停。作局部封闭。陆大夫将开丸药方，汤药暂停。

二十日 星期二 晨给宽打电话。晚宽来电话。

二十一日 星期三 与戴大夫一谈，打算后日出院。下午孙大夫告诉我，明日下午可望邀肺科专家来一谈。宽来，携来乐士信，惠芬自哈尔滨来信。

二十二日 星期四 肺科专家李大夫今日下午来会诊。如诊断报告准备得及，明日即可出院。宽来。携来九月号刊物。

二十三日 星期五 本拟今日出院，大夫说来不及，期以明日上午。与宽通电话。姐来。

二十四日 星期六 上午十时，宽同姜大夫来接。与病友告别。马公仆、顾光旭、张克夫诸同志送至楼下。

下午诣白尘。访白羽未晤，看到宾宾，身体似较好，精神亦好，但瘦而苍白。诣文井。又诣光年，并晤荃麟、金镜诸同志。

×

开始服 Rimifon。

二十五日 星期日 在院中遇毛承志、雷奔一谈。淑华、南吕、许以带小孩、张兆和带小孩，和崔道怡来一谈。

下午我俩携张章到公园走一圈。

×

今日试坐势气功，觉比站功累，腰酸之故与？

二十六日 星期一 康濯来一谈。和姜大夫一谈。下午即由宽陪同到阜外医院二诊部就诊。并访杜埃。阜外大夫嘱服蜂皇精丸，今晚起开始试服。

一苇送来的一箱帖已打开，翻了一翻。

二十七日 星期二 早饭后访白羽，他尚未起。旋白羽、文井来。一谈。与荃麟通一次电话。与姜大夫一谈，告以昨在阜外医院就诊情况。

下午到同仁医院取眼镜。到外文书店买英译本高尔基论文学、克鲁普斯卡亚论教育、插图本莫德译《复活》《塔拉斯·布尔巴》、谢德林的《故事》等。晚孙大夫来扎针，赠以书二册。

二十八日 星期三 把康濯要借的衣送给他。诣荃麟，谈至饭后。

宽带回海珠一信及整改会议记录。

二十九日 星期四 看整改会记录，计划草案。札意见。与白尘电话，未遇。电海珠，约明日碰头。后海珠来信改下月三日。下午诣肖殷，他工作地点改广东。遇杜埃，他昨日出院，寓肖处。谈治疗经过。晚孙大夫来扎针。

三十日 星期五 阅秦重三所作《气功疗法和保健》。札。

报上发表了有关《毛选》四卷出版的社论及林彪同志文章。

姐来。谈芝荣已下放。

×

气功试练呼吸，尚须请教内行。

十月

一日　星期六　观礼。荃麟谈起牧良患肝炎，已入医院。不知何时得病，什么医院。不知他的孩子们如何。

晚，在方巾巷南口看放花。

二日　星期日　下午牧良来。他是心脏病复发，不是肝炎。明日将入阜外医院，进行综合疗法。晚许雷来。

三日　星期一　下午开核心组会。听取关于整改讨论情况。

宽携张章到羊市大街，晚饭后归。接 Гамоб 贺片。

×

上午孙大夫来扎针。

四日　星期二　到王府井购关于气功的书及毛公鼎散氏盘印本等。遇老马，一路走回来，留他吃饭，坚决不留。

看十月号清样。《毛选》四卷已送来。

日本的中国儿童文学研究会君岛久子来信。

五日　星期三　宽出差赴天津。粉刷房屋，除工作室外。无处休息。

看完昨日送来的清样，有所修改。诣白尘。有诗句不妥，白尘不谓然，当再请几位同志看看。遇文井，一谈。

六日 星期四 与白尘、小川在荃处谈《人民文学》问题。

孙大夫来扎针。

七日 星期五 看几件中央文件。白尘来看。

看《毛选》四卷。札。札工作意见。

八日 星期六 札工。下午到大楼听磐石同志的报告。

上午得宽信。晚饭后宽归。

孙大夫来扎针，并为张章扎。宽归，为宽扎。

九日 星期日 札工。光年来一坐。晚阵雨。雨前极感疲劳。

十日 星期一 宵来咳嗽，出汗。体力不支，下午的党组请了假，看白尘参加否。读《毛选》四，札。

姜大夫听诊，给药。晚孙大夫来扎针。

十一日 星期二 札。午白尘来，谈昨党组会情形。

得老赵信。他在旅大疗养院，一月后将赴青岛疗养。

十二日 星期三 下午开核心组会。晚孙大夫来扎针。

十三日 星期四 上午开核心组会。讨论十一月号。下午写了四封约稿信。张章有点发烧，37° 9′，服妙灵丹。

十四日　星期五　腰酸。在姜大夫处作封闭疗法。

张章注射了青霉素。姜大夫断为感冒气管炎。

孙大夫来扎针，并为张章扎。

×

淑华来两次电话，关于精简问题。

×

姐来一谈，说起芝延住医院，尚未断出病因，发现白血球减少。

×

宽携归未八给姐姐的信，寄到编辑部由我转的。

×

开始服陆大夫所配丸药。

十五日　星期六　访白羽未晤。为稿事与麦青通一电话。许立群来电话，十一月号他无暇写稿。四卷初读了一遍。

×

在姜大夫处续作局部封闭。量血压，100/170。

张章退烧，仍鼻塞，有痰。

十六日　星期日　诣白羽一谈。今日奇冷，颇不适。

十七日　星期一　读札。姜大夫为作局部封闭。低压至九十余。

张章咳嗽，姜大夫给合霉素。晚孙大夫来扎针。

十八日　星期二　腰酸甚于昨。姜大夫为作局部封闭。

读，札。来一师大学生谈九年一贯制语文教材事。

张章续服合霉素。

十九日　星期三　作局部封闭。诣白尘一谈。下午开党组会。

晚孙大夫来扎针。

二十日　星期四　看了老西一份稿，另二稿，写了意见，诣交白尘。

作局部封闭。取药。下午白尘、海珠来一谈。

二十一日　星期五　上午，由小孟陪同到中医医院拜秦重三老先生，向他学气功。晚孙大夫来扎针。

×

看了一篇稿子，并与白尘一谈。

二十二日　星期六　读，札。海珠来信，并附作品一二组组稿计划，读地方刊物汇报等。注意见，诣交白尘。

下午关于汇报创作问题的会因腰痛咳嗽请假。

散步，访克家。复明勤。

二十三日　星期日　读，札。

二十四日　星期一　读札。孙大夫来，留饭，扎针。

二十五日　星期二　札。下午到大楼开核心组会。顺便就孙大夫扎针。

二十六日 星期三 札。下午到中宣部听录音报告，关于《毛选》四卷的学习。

二十七日 星期四 札。下午到中宣部续听录音报告。

晚小涂来一谈。孙大夫来扎针。张章 37° 5′。

二十八日 星期五 札（创汇补谈）。麦青、郝芬、周明来一谈。关于郝芬赴粤应注意事项。下午到中宣部听录音报告（总理讲关于《毛选》四卷的学习）。

二十九日 星期六 在大楼开创作汇报会。在白尘发言之后作补充发言。下午与小川、张僖诸同志到西山生产基地一看。谈生产计划。明勤托带的葡萄及冰糖并信，由大娘取来。

三十日 星期日 我俩携张章到东单公园散步。下午姐携大林来，留饭。金玲、白尘来一坐。

三十一日 星期一 拟方针任务谈话提纲。扎针。下午开创作汇报会。

十一月

一日 星期二 续拟提纲，竣。

宽到中医医院骨科检查，须调透视片。

二日　星期三　审一批清样，校改。海珠来信，转白尘。

复日本的中国儿童文学研究会君岛久子信。

×

长札。

三日　星期四　审一批清样，校改。与麦青通两次电话。续札。

四日　星期五　续札。下午开党组会。得明勤信。寄 Гамоб 贺十月革命节明片。

五日　星期六　看清样。与麦青通电话。长札。

到东安市场为明勤找书，未得。购《词林纪事》一部代之。写信，未竣。

下午开机关生产座谈会。

×

购得 M. E. 论 Britain 英译本。高尔基五剧英译本及人民出版编列宁五选本英译本。

六日　星期日　牧良来一谈，留饭。他刚出院，综合治疗颇有效。复明勤，并寄《警世姻缘》《词林纪事》《唐宋名家词选》。

七日　星期一　上午开党员干部大会，传达中央关于人民公社指示信。晚开支部会讨论这个指示。

×

就便在孙大夫处扎针。

八日 星期二 笔，开。函白尘、麦青，为封页事。旋白尘来电话，始知作协送批编委名单时未写清楚，兹已补送，下周部务会议如通过，封页即可装订。麦青送来清样及目录，通了两次电话。与刘德风通一次电话，为排目录事。

九日 星期三 整札。下午开编辑部会，谈方针任务有关问题。晚孙大夫来扎针。

十日 星期四 笔，开。未就。《诗刊》编辑部来一通报，关于泄密事。将转麦青，向编辑部传达。文艺处资料一份，亦将传主任及评论组党员一阅。

十一日 星期五 笔。下午散步。晚孙大夫来扎针。

十二日 星期六 稍笔，整。看文件。

十三日 星期日 宽往公园理拳，带张章。傍晚仰翁来。

十四日 星期一 笔。条理颇难。

与麦青通电话，谈核心组会内容（讨论作品组工作），询郝芬赴粤情况等。

十五日 星期二 读葛琴的评论稿，写得很好。注意见，到大楼时交麦青。下午开党组会。

十六日 星期三 整札。下午散步，看北大荒美术作品展览会。

晚孙大夫来扎针，留饭。惠芬来信。海珠来信。

十七日 星期四 整札稍就绪。与麦青通电话，询作品组的准备。与白尘一谈。海珠自成都来信。

十八日 星期五 上午开党组会，听传达。下午整札。晚孙大夫来扎针。

十九日 星期六 笔。重开。下午在大楼开核心组扩大会，讨论作品组工作问题。晚许雷来。荃、琴来，他们昨日自青岛归。

二十日 星期日 我俩携张章看北大荒美术作品展览会。下午，把关于世界观方法论笔记讲给宽听。

二十一日 星期一 有风 笔，重开。与麦青通电话，关于散文组事。傍晚宗寅与另一同志来一谈《红旗》组文艺稿事。即与荃麟通一次电话。叶遥来谈稿事。孙大夫来扎针。

二十二日 星期二 晚有雪 整札。“世与方”尚须考虑着眼点。看了些材料。

姜大夫来，谈补证事。致函同仁孙主任、戴大夫。

二十三日 星期三 整札。浏。海珠来电话，她昨晚回京。

二十四日 星期四 笔，重开。下午在中宣部听富春同志在计划会议上的报告录音，未完，明日续。

二十五日 星期五 上午续听富春同志报告的录音。下午听谭震林同志关于农业计划问题报告录音。

二十六日 星期六 上午听薄一波同志的报告录音。下午开党组扩大会，白羽谈太原、西安、成都、武汉分会工作，情况及问题。

二十七日 星期日 冷而倦。昨日起修暖气管，生火炉。

二十八日 星期一 整札。下午在大楼开核心组会。

二十九日 星期二 整札。致袁勃同志信，送白尘联署。

高铮送十七件合编。小孟来取同仁医证，将去问问信上所提的事。晚于岩来电话。他来京治肝病，寓民族饭店 862，不日即将返沈。

三十日 星期三 读文件。札。

十二月

一日 星期四 读文件。札。下午开党组会，讨论劳逸问题。

二日　星期五　准备下午的核心组会。读文件。札。

下午开核心组会，讨论劳逸问题。并召行政组长以上及党小组长开会讨论。晚孙大夫来扎针。

三日　星期六　整札。思索：问题的提出，起首。

高铮送来文件十五件。

四日　星期日　许雷来。小涂来，交来他所写评文的清样。

读十五文件。巴波来信，附淑芬给他的一页信。“绍先的问题”已于去年国庆节解决了，今在唐昌镇（原来的崇宁）教书，任副校长之职。家里婆媳因治病欠了些钱，绍先要做棉衣，等等。打算寄点钱去，打电话问巴波郫县地址，琪树接了电话，明午回音。

五日　星期一　看了小涂的评文，打电话给他。他来。一同到白尘处一谈。午时小涂即修改好，送来再看了一遍，可以了。

下午取百元寄绍先、淑芳，并信。晚孙大夫来扎针。

六日　星期二　读今天报上载的《各国共产党和工人党代表会声明》。评论组组稿计划二份，传阅后将讨论。看白尘的《鲁迅传》上集。未竣，而艾芜来，谈至四时。续看完。淑芳来信。

七日　星期三　“世”仍未想定如何提出，着眼点，等等。访白尘。谈他的《鲁迅传》、评论组计划等。晚孙大夫来扎针。

×

君武来一谈，关于童集插图事。

八日　星期四　考虑“世”篇。下午海珠来一谈。

九日　星期五　在中宣部听乔木同志关于莫斯科会议的报告。下午开党组会。晚孙大夫来扎针。

十日　星期六　疲乏。看三个组的第一季度计划，访白尘一谈。白尘下午拟访冰心、魏巍，编委通知书已由作协发出。

购普列汉诺夫《一元论历史观》及关于艺术的论文，恩格斯与拉法格通信集第二卷，《毁灭》《铁流》，普希金、果戈理小说等英译本。

十一日　星期日　疲乏。大风。

十二日　星期一　与海珠通电话。与白尘通电话。下午在中宣部听文教工作会议中周扬同志的报告录音。

晚荃麟以车来接，一谈。而冯雪峰找荃麟。遂归。

十三日　星期二　上午听小平同志的传达报告，至二时半。三时半开宣传会小组讨论会。

十四日　星期三　上午、下午开宣传会议小组会，读文件。

报载《人民文学》十二月号目录。但有好多篇清样未曾送来看过。找麦青一询。并翻阅其中二文，考虑是否有问题。晚麦青来，送样本来。请他送荃麟一阅。与荃通电话。嗣荃来电话，觉尚无大碍，既已印就，算了。明日尚须商谈。

十五日　星期四　上、下午开宣传会议小组讨论会。

发现海珠有浮肿现象，令其休息，好容易才说服她。

十六日　星期五　有风　上、下午读文件。晚孙大夫来扎针。

十七日　星期六　上午读文件。下午在中宣部听乔木同志报告。遇适今。

十八日　星期日　腰椎痛。疲极。未能去听报告。

十九日　星期一　下午开核心组会。

二十日　星期二　卧床，使腰椎休息，浏。看编辑部各组刊检讨论纪要及所提问题。

二十一日　星期三　翻检样刊物。写一信给白尘、海珠、麦青、淑华。看中国少儿出版社关于一本书的意见，并把那本书浏览一遍，确有问题。

二十二日　星期四　中国少儿社来两位同志，谈那本书的问题。下午开党组会、总支会、刊物调整会、核心组会。

二十三日　星期五　重开。

×

晨诣白羽一谈，拉稿。看淑华一趟，她服中药，肿消。

下午到书店买《皮沙来夫文集》英译本、汤用彤的《印度哲学史略》，并预约及托访几本书。

明勤来信，则已回通化。并托人带来冰糖及酒。所寄书则未收到，颇令人纳闷，当向邮局一查。仰翁来。孙大夫来扎针。

二十四日　星期六　重开，仍未就。看一份清样，不能用，要请作者改。写意见转白尘。

二十五日　星期日　看海珠所拟关于刊物缩减篇幅的报告。在信上注意见，即转白尘。看麦青送来清样一份，交宽明日带去。白尘来一谈。

×

想了想手头这篇东西，决计放下不写了。写了于人有什么大用处？心想解决有些人在创作上的问题，但单是文章管什么用？结果只剩下理论问题，而我又不是什么立言的角色。

如是思维，放下包袱。

×

陆大夫丸药昨日服完。今日晚开始恢复服胚宝。

×

到邮局一询所寄书，说是还要一个月才能寄到，盖东北货运忙。

二十六日 星期一 看乐记。札。下午到大楼开刊物检查会。晚扎针。

二十七日 星期二 感冒。喉头作痒。打电话给白尘，白尘下午要到中宣部开会（讨论《鲁迅传》）。本定今下午续开刊检会的，遂改期。宽调工作事，海珠已和她谈了。

×

长札。

二十八日 星期三 睡床休息。服羚翘解毒丸及橘红丸。姜大夫给了药，内有苛太因。量了血压：96/160。晚孙大夫来扎针。

二十九日 星期四 卧床休息。浏。长札。

三十日 星期五 休息。浏。长札。白尘来一次电话，关于刊物检查会的事。淑芬来信，所汇款已收到。扎针。

三十一日 星期六 休息。浏。长札。复明勤。

×

今日编辑部续开刊物检查会，由白尘作结论[1]。

---

① 1960年写作作品：《我们对当前少年儿童文学的一些意见》（论文，与严文井合著），载1960年8月5日《中国青年报》。

1961

一九六一年

一月

一日 星期日 姐来。浏。长札。服姜大夫药。

二日 星期一 浏。长札。承庆携小雄来，留饭。

三日 星期二 似又受凉，鼻塞加剧。浏。长札。孙大夫来扎针，留饭。

四日 星期三 卧床休息。浏。长札。宽今日向《文艺报》报到。

五日 星期四 读长资。札。在姜大夫处取药。文艺处《文艺思想情况汇报》一份，有关王子野一文，将转白尘、海珠诸同志一阅。

中午小川来一坐。约下午来一谈。谈作协工作、创作及评论力量、李季工作等问题。得惠芬信。

六日 星期五 资。札。张章又有点发烧。在姜大夫处就诊，取药。晚李大夫来，三个人都开了方。孙大夫来扎针。

七日 星期六 编译局来两位同志相告，芝延于今晨八时逝世。傍晚张仲实来电话，说芝延遗体星期一火葬。将组治丧委员会。

麦青来一谈。陈义娴来借被，因芝荣明日或可回京。并谈姐正赴北大医院。

八日 星期日 浏。《九三》。宽谈思想问题及评论茹作中的问题。
李大夫来复诊。

九日 星期一 资。与海珠通电话。她有病，但又无法休息，编辑部没有人顶。听了颇不安。与小川通电话，惊悉亚凡因中煤毒逝世。震动而难过。

×

在姜大夫处取药。续服李大夫汤药。

十日 星期二 读资。续服药。晚文井来一谈，他昨日归自波兰。

十一日 星期三 资，札。下午周扬、光年、文井诸同志来，旋白尘亦来，一谈。宽今日上《文艺报》。海珠来信，并一诗稿要审阅的。倒要仔细考虑一下。

十二日 星期四 看稿，注意见。与海珠通电话。金玲来，取去《六十年的变迁》第二部打印稿。
续服李大夫药。孙大夫扎针。为张章到姜大夫处取药。

十三日 星期五 资，札。下午海珠来谈工作。文来一部分清样。已审校一部分，注意见，明日当先送还。腰椎痛甚于昨日。

十四日 星期六 看清样，送还海珠。看一篇科学散文稿。下午在荃麟处开会，文井传达省市书记会议。

十五日 星期日 为那篇科散注稿签，并附信给编辑部述对此类稿件的要求，等等。仰翁、婆婆来一坐。

十六日 星期一 资札。发昨所写信。小试散步，购药。

十七日 星期二 资。札。得乐士信，即复。

十八日 星期三 资。札。

十九日 星期四 资。札。《红旗》编辑部来电话。晚，将大连退回的书再寄明勤。

二十日 星期五 资。札。在王府井购英译本车尔尼雪夫斯基选集。

二十一日 星期六 上午参加作品一组的业务学习讨论会。

二十二日 星期日 宽为写文章准备。昨天谈了一下，今天也谈了一下。下午乐士、月华同陈源来，谈至五时余。月华准备寒假结婚，爱人是哲学系毕业的同学。

二十三日 星期一 上午又试开。闻荃麟又病。遇高铮，始知其详。同往访，则荃麟已住协和。琴详谈。遇李季，一谈。周霭如来信，颇难复。

二十四日 星期二 看海珠来信及一诗稿，画页。提稿签送回。

试开。晚琴来电话。荃所患前列腺胀大已消，经过良好，不必动手术。令人放心。趁此可住院全面检查一下。

二十五日　星期三　试开。迄未就。很耽误工夫。还是放下。下午与琴到协和医院看荃，谈至五时。晚，承庆来，携来前所摄照片。孙大夫来扎针。

二十六日　星期四　宵来未睡好。开灯作札记。

海珠送来一批清样及稿。大部看了。晚金玲来一谈。文井来一谈。丁玲、陈明适要找文井，遂亦来一坐。

二十七日　星期五　札提。下午在大楼举行王亚凡同志追悼会。晚，灵君来，带来牧良二信，一致书记处者。持访文井一谈。孙大夫来扎针。

二十八日　星期六　感冒。服羚翘及橘红丸。看二稿，签，寄海珠。

下午越南留学生阮氏青云，在山大学习，研究儿文者，由外委会一同志及山大中文系一同学陪同来访，谈至五时。

二十九日　星期日　重服李大夫第一方。金玲来一谈，送一块振鼎托带的黄羊肉及黄油块。

三十日　星期一　续服李大夫药。论札。看清样。

三十一日　星期二　送去看完的清样。老舍儿童剧，注稿签，送出。

海珠来信，送《鲁》二章校样。看毕，访白尘，并谈核心组会议程。

二月

一日 星期三 试开。与海珠通电话，稿及核心组事。

姜大夫所给的治腹泻药已服完。

二日 星期四 看陆俊超的小说，送回编辑部，要请有关方面审查。试开。

三日 星期五 续开。晚，送来《鲁》三章以后的清样。致明勤信。

四日 星期六 看《鲁》三章以后的清样，与白尘通电话。致蒋燕、一苇、牧良信。灵君来电话。

五日 星期日 为牧良事与文井通电话。

六日 星期一 感冒。今天的党组会请假，后又闻会议改了期。

在姜大夫处看，取药。

七日 星期二 卧床休息。浏。白尘来一谈，关于下午开核心组会的事、刊物工作问题、百花齐放问题等。晚孙大夫来扎针。

八日 星期三 昨晚得通知，党组会改今日上午，由宽电白尘代为请假。得乐士信即复。惠芬来一谈，她是一号回京的。

九日 星期四 又腹泻。在姜大夫处取药。浏。

下午友梅来谈。他在去年摘了右派帽子，参加密云水库工程的工作。

十日 星期五 续服姜大夫药。札。浏。

孙大夫来扎针。白羽、光年、文井来看茶座，遇，一起坐一会，小试。

十一日 星期六 浏。札。海珠来信，关于本期发稿费事。

十二日 星期日 浏。札。白尘来电话，约星期二上午碰头，谈百花齐放问题。下午与宽携章诣白尘一谈。

十三日 星期一 浏。感冒以来，随便翻翻五四以来中国资产阶级学者的一些“哲学”著作。真浅薄。根基之浅，一如其所代表的阶级。

十四日 星期二 农历除夕 上午开核心组会。《解放军文艺》主编、副主编来访编辑部，邀至开会的茶座一谈。

得绍先电报，谓除夕到京。与巴波通电话，作安排。约今晚十一时余可到。与芝荣通电话。季方送还被窝，一谈。

十五日 星期三 巴波同绍先来。到大楼赴春节茶会。巴波、绍先出城访友，六时许回。晚餐。绍先即寓此，权在客室憩。晚作协在茶室举春节酒会。至十时余。

十六日　星期四　小涂、德生、俞林来。白尘、金玲来，遇绍先外出，归后同到白尘处，晚餐。

×

报载苏卫星火箭，震动资帝。

昨报载卢蒙巴被害，全世界人民异常愤怒、抗议、示威。

十七日　星期五　上午绍先谈他的思想问题。下午姐、荣来。

十八日　星期六　首都各地举行群众大会抗议卢蒙巴的被杀害。

亚非各国人民纷纷抗议、示威。

×

琪树携三个孩子来，同绍先去游动物园。宽值班。携张章看民间玩具展览会。下午张章跟大娘看动画片。我俩访艾芜一谈。

十九日　星期日　上午准备编辑部会上的发言。下午开会。会后与麦青、林心、金玲一谈创作汇报会事。

晚饭后诣文井，有白尘，谈中宣部几个会的精神。《人民文学》版面如何改得多样活泼，要扯一扯。

×

绍先已购车票，后日上午的车。

二十日　星期一　巴波来。同绍先一起谈思想问题。麦青寄来读刊物汇报。

二十一日　星期二　绍先乘 10：55 车回川。送至车站。巴波携三孩候于车站。俟车开。归。写信，未竣。下午参加作品组的会。晚孙大夫来，留饭，扎针。

二十二日　星期三　看巴波送来的小说。下午上大楼时即交小涂。续信。得小七书，雪驹因肺结核逝世，为之怆然。信交秘书室。下午开碰头会。

二十三日　星期四　与白尘、麦青谈补充计划草案。札。

下午散步买书，英译普列汉诺夫哲学选集一。

二十四日　星期五　信拟就。书记处会议下午举行。上午的党小组会遂请假。孙大夫来扎针。

二十五日　星期六　上午开党组扩大会及党组会。午睡后看一诗稿，签意见，寄还海珠。誊信，未竣。

二十六日　星期日　上午我俩携张章到公园一游。遇何镕、湘一及其孩子。下午姐来，留饭。偏头痛。宽为看信稿。

二十七日　星期一　信抄就。量血压在 110 和 170，取药。

白尘来一谈。饭后诣文井，交信。并谈邀作家交换意见事。

下午巴波来一谈。他调黑龙江工作，情绪很高。

×

星期六夜得小七电，叶紫夫人想留二千元版税。电报今晨转丁宁。在文井处亦曾商谈此事。

×

看一批清样。克家诗稿。

二十八日 星期二 上午开核心组会。

午睡后重看关于《除夕》的讨论等，宽回家后一谈。

晚灵君来电话。

三月

一日 星期三 上午开党组扩大会及总支会，传达几个中央文件。与支委会商谈编辑部传达问题。头晕。量血压，低压 100。

北大中文四年级来一同学，谈关于十年来中国文学史编写事。灵君遣孩子来取一百元。党组秘书室送还一苇函电，同意处理办法。

二日 星期四 复一苇。看清样。下午开编辑部会，谈文字及标点校改问题，保密组谈几件稿子的泄密问题。晚诣白尘一谈。

三日 星期五 看清样。麦青的一篇特写。下午开“神仙会”，除编委及作协方面文井、张僖外，端木、唐弢、葛琴都到。谈得很活泼。会后在丰泽园聚餐。

四日　星期六　白尘来一谈。看清样《找红军》等篇。下午与宽同访树则一谈。归后，收到三月号最末一批清样，看好，送出。

五日　星期日　我俩携张章上王府井，给她买了一盏马灯笼。文井来电话，说沙汀来京，即住二十二号。往访。旋文井、张僖来。把沙汀的饭取来，同餐。艾芜闻讯亦来。谈至九时。

六日　星期一　看沙汀。白尘亦来。沙今日即移居华侨大厦。

试开。散步。购书，得高尔基作品数种。

七日　星期二　到大楼开会。各编辑部汇报“神仙会”情况。白羽谈上海情况。

八日　星期三　看编辑部各组所订第二季度工作计划，注意见。

白尘来一谈。晚看川剧《绣襦记》。

九日　星期四　上午与文井、白尘访老舍一谈。

十日　星期五　试重开。看完家宝的《卧薪尝胆》。下午开了个“神仙会”，除编辑部自己几个人和文井而外，到张雷、王愿坚、浩然、林斤澜、刘厚明、冯宗璞。谈了些问题和情况。大家希望常常有这样的谈心会。晚孙大夫来扎针。

十一日　星期六　晚得微雨　上午在大楼开核心组会。白尘明日赴沪，约一周至二周回京。淑华即将赴桂。安排工作，四、五月号稿件问题。海珠拟赴高碑店参加整社工作，但她尚未消肿，大家都不放心，今天会上决定暂不让她下去，在家休息一星期再说。

×

近日来又想“世”论，数开未就，耽误了长札及构思。决暂时放下。抓一头，勿抓两头而劳而无成。

十二日 星期日 白尘今早飞沪。淑华今晚赴桂。

×

我俩携张章一游公园。遇姐。章闹着要上姑妈家去，遂由姐携去，下午午睡后送回。姐玩到七时。

十三日 星期一 浏。长札。下午开小型座谈会谈家宝的《卧薪尝胆》，会后便餐。

十四日 星期二 沙汀来，要借一提包为旅日之用。旋冰心、巴金来。看准备的旅日礼物。与巴、沙访重庆市川剧团。看麦青寄来的稿件及信件，批转。

十五日 星期三 看麦青送来的稿，校改送还。浏。札。看宽送来的刘厚明稿，晚饭后交换意见。

下午殷之慧同《中国青年》文艺组的任俊明来，谈“二百”问题。晚麦青来一谈。

十六日 星期四 看长资。札。下午金玲来，说白尘自沪来信，约二十一二号回京。宽谈《文艺报》找刘厚明来谈了一些关于儿童文学的情况和问题。

十七日 星期五 长资。札。晚申宏和她一个同学来一谈。孙大夫来扎针，授针术。

十八日 星期六 上午参加作品二组的会。下午看了三篇稿子，改，注稿签。姜大夫带来保健带一副。

赴日代表团今日没有飞成，改乘火车赴穗，齐集廿二号出发。去谈一阵，送上车站。

闻荃麟今日下午已出院。

十九日 星期日 上午去看荃麟，谈至十一时半。

二十日 星期一 找文井一下，约下午一谈。因党委有报告会，晚饭后文井来，才谈。大部分谈农村问题。资，札。

下午的会由童大林同志报告，关于高碑店整社情况，并有纪录片。令人非常激动。必须组织去看一下。宽写信申请去参加整社。晚灵君来，说牧良已由作协贷一月至三月款。闻之文井，知是湖南方面与这里商量过，要求这里管到三月份。麦青寄来陆俊超修改过的《三个小伙伴》清样。

二十一日 星期二 上午在荃麟处开党组会。下午看陆俊超稿，写签。晚与宽在大楼听相声会。

二十二日 星期三 资。札。麦青寄来曲艺作品数篇，准备选载的。阅，签注，送回。金玲来电话，白尘今晚回京。孙大夫来，授针术。

二十三日 星期四 资。札。十时，访白尘，刚出大门，白尘来了。谈到十一时半。麦青寄来一篇曲艺稿，读，注稿签，送还。要打电话给他没打通。方殷来电话问选集事，告诉他暂无暇及此。

秘书室来电话：星期六务虚会。

×

鼻子里发炎，在姜大夫处拿药。量血压：90/140。

发现理发室，已开张，理了个发。

二十四日 星期五 资。下午到广播电台与少年部座谈。晚，得雨。

二十五日 星期六 雨 资。向资料室借来几期《哲学研究》和《新建设》。

下午党组务虚会，光年谈题材问题。大家交换意见。

海珠来一信。

×

偏头痛。

二十六日 星期日 晴 下午我俩到吉祥看川戏，请白尘夫妇。散戏，遇泽浦一家。

二十七日 星期一 资。札。宽就骨科专家验看。下午参加出版社 1961 年出书计划草案的会，在文化俱乐部。饭后归。

×

麦青寄来一批清样。与麦青通电话，关于其中一篇要送总政审阅，看有关涉及保密问题。得牧良信。得巴波信。

×

前数日收到一笔汇来余雪驹遗留的叶紫版税剩余部分七千余元，转作协者。当即交文井。——当日忘记记上了，补记于此。

二十八日 星期二 麦青寄来一批清样，校阅，签还。与麦青通电话，送总政阅的稿可发。《红旗》编辑部来电话。午，卿陀来。谈安徽农村情况。

小睡后，到商务出版科订购书籍，预付十元。

二十九日 星期三 又将"世"资札拿出来，思索一阵，头涨，又放下。所涉问题多，一时谈不清，必也形象化。下午开核心组会。商务所订书已送来（黑格尔哲学史演讲录第三卷，资产阶级哲学论资料八集）。

三十日 星期四 看完一批清样，送白尘，并一谈。下午看了两稿，其一是康濯的小说，签意见送麦青。

三十一日 星期五 看白尘昨晚送来的一批清样，校改。胡淑等着看完，携赴印刷厂。看资料。晚我俩携张章诣白尘，看他们院中的榆叶梅，一谈。

宽已联系好中医附属医院骨科李祖模大夫，明日上午去看。

四月

一日　星期六　看资。宽去看了李祖模大夫，说法同王大夫。

二日　星期日　我俩携小张章到公园一游。晚饭后乐士来一谈。

三日　星期一　与宽到协和访王桂生大夫一谈。下午开党组会，传达中央工作会议，讨论公社六十条及关于调查研究的文章。

四日　星期二　上午荃麟来一谈。同访李准一谈。下午续开党组会。晚孙大夫来授针术。

五日　星期三　清明　读文件。浏。下午续开党组会，吸收各刊副主编参加。

六日　星期四　看了光年的“关于题材”稿，想找他一谈，打电话，没人接。浏。偏头痛又发，服药。

七日　星期五　资。浏。下午到中直礼堂听报告会，仍是关于中央工作会议的传达。四时散会。访光年，谈他的“关于题材”稿。海珠来信，附崔道怡自太原的来信。晚饭后访白尘一谈。他正拟《鲁》修改提纲，尚未着手。

八日　星期六　下午参加《文艺报》召开的关于祖国美学遗产的座谈会，在听鹂馆。上午即与光年、文井到园，一游，即饭于听鹂馆。

海珠来一信，询下周开不开核心组会。

九日　星期日　看世界乒乓赛的电视。晚在文井家看。男子团体赛锦标为我所得。日第二，匈第三。女子团赛日第一，我第二，罗马尼亚第三。

×

淑华下午来，刚自桂回京，谈旅途见闻。

十日　星期一　与海珠通电话，她说核心组会本周排不出时间，可移下周。资。宽去找了王桂生大夫一次，接洽入院事，要等床位。

十一日　星期二　资。浏。下午开党组会，讨论调查研究及整风问题。

十二日　星期三　上午开创作汇报会，未完。

十三日　星期四　上午续开创作汇报会。

报载苏联宇宙飞船载人上天胜利归来。飞行员加加林乘“东方号”环绕地球飞行 89.1 分钟，4 月 12 日莫斯科时间 9:17（北京时间 14:17）飞上天，10:55（北京时间 15:55）在苏联预定的地区顺利着陆。

十四日 星期五 资。札。浏。

十五日 星期六 浏。送来马恩全集第三卷。

宽到协和住院处接洽，说恐要五一以后才有床位。

十六日 星期日 张章闹着要上公园，没去成，因车太挤，又没有三轮。麦青来一谈。交来两稿，看过，签注意见。

傍晚灵君来，携来一苇的帖数部。留饭。饭后与宽携张章过文井一谈。又与文井过光年一谈。

十七日 星期一 浏札（马恩全集第三卷、马恩文选二卷、A. K. 等）。

十八日 星期二 浏（马恩三、性格心理学习问题）。札。下午开核心组会，邀组长参加，关于二文件学习问题、工作人员进修问题。

×

美帝公然侵略古巴，轰炸，进攻。15 日上午一批美国“B-26”型轰炸机轰炸了哈瓦那。17 日晨有武装干涉者登陆部队在古巴沿海各地登陆。我、苏联表示了态度，坚决反对美国武装侵略古巴。

十九日 星期三 拟党组务虚会要谈的问题，世与创。浏（性心问题）。

二十日　星期四　《文艺报》编辑部今日郊游，宽未参加，我俩同到北海一走。饭于康乐，带包子及剩菜回来，张章很欣赏。麦青寄来毛承志所写创作汇报，注意见，寄回。晚麦青来一谈，交来梅兰芳散文一篇。

×

报上登了我国对美侵古巴一事的严正声明。

二十一日　星期五　浏（性格、马恩选二、杜诗）。阅稿，注签寄回麦青。下午参加《文艺报》召开的少年儿童文学问题的座谈会。

很累。

二十二日　星期六　昨举行援古群众大会。报载古巴取得第一个回合的反侵略胜利。

×

浏。晚有外宾。

二十三日　星期日　傍晚得雨　疲乏。休息。晚仰翁来。

二十四日　星期一　浏（性格）。下午白尘来。旋海珠来，谈至五时半。

二十五日　星期二　浏（青年心理、马恩选二）。午外事活动。

二十六日　星期三　看一批清样。九时，与文井、树德到八大处，与荃谈有关创作队伍及其他问题。晚饭后归。在八大处遇闻捷、华山、陈敬容，他们在那里休养。

二十七日 星期四 看两批清样。与麦青通电话，关于梅文对口径问题。浏（教诗）。腹胀。

二十八日 星期五 腹泻，胀痛。在姜大夫处取药。晚加服藿香丸。

麦青来谈五月号付印事，并送来一批清样。审阅到晚。

晚饭后，陈芝云来。谈起她十年来在兰州的工作与生活。她已与骆秀峰离婚，今年与鲁恒敏大夫结婚。此来即陪鲁来治眼疾。谈了些思想情况。她在争取入党，曾申请过。在农场劳动两年，大有收获，改了许多旧习惯云。

二十九日 星期六 大风，冷 晨胡淑来，取走五月号未批清样。

浏（教诗、马恩选二）。

腹泻。姜大夫诊视，开药。午后自扎针。晚饭后孙大夫来扎针。疲软。麦青来电话，梅文需发否尚要听讯。

三十日 星期日 腹泻。姜大夫另处方，地霉素。又，藿香丸。

浏。（马恩选二）作协在廿二号卖酒菜，庆五一，颇热闹。

五月

一日 星期一 仍服姜大夫药及藿香丸。泻较少。姐来。浏（马恩选二）。晚八时，携张章在门口望焰火。

二日　星期二　泻较轻。停服地霉素。服参苓白术丸。仍无力。

浏（马恩选二）。下午友梅来一谈，他已调回公司。

三日　星期三　准备编辑部的业务学习会，关于二革问题。

协和通知宽，已有床位。下午送宽入院，在七楼一层。晚打电话给羊市大街，婆婆接。淑芳来信，绍先病伤寒尚未痊愈。需钱。

×

泻又稍轻。仍疲乏。续服白术丸。孙大夫来扎针。

四日　星期四　腹胀。浏（青年心理、性格、马恩选二）。札。

晚宽来电话，很好。王大夫已来看过，说要全面检查后，再决定如何动手术。

×

今日本要开业务学习会。因病改期。

五日　星期五　夜来因腹胀，没睡好。请大娘去看宽，携所需衣物。

宽来电话，碰见迈进，说北京医院有一善治肠胃病的中医，龚志贤大夫。再服地霉素，姜大夫并给土霉素以便接服及维 2 合剂。下午量体温有热：38.2 度，两小时后下降四分。小孟来一看。

晚，孙大夫来扎针，姜大夫来诊视。

六日　星期六　续服土霉素。下午 37.3 度。姜大夫来诊视。晚孙大夫来扎针。

上午白尘、海珠来，谈编辑工作有关问题。晚淑华来一谈。

宽来电话，有点感冒，要羚翘解毒丸，明日拟请大娘送去。告诉宽我的身体情况。

仰翁处钱已寄。寄淑芳百元。

七日　星期日　续服药。热退。姐来一谈。下午大娘携张章去看宽。

晚文井来一谈。交来立波所带京牧良交运画（碑帖）的运单，旋商之老刘，他说他去办。

八日　星期一　续服药。仍便稀。姜大夫一来。孙大夫晚饭后来扎针。白羽来条，送竹器一件，带来起子一个。复谢。

稍浏（马恩选二）。

宽来电话。金玲来一谈。

九日　星期二　服药如昨。札。浏（马恩选二）

下午到协和，与宽同看迈进，旋姐亦来，坐至六时。迈劝我到中医研究院看病，并写介绍信（致高干门诊部陈敏同志）。

张章听了“小喇叭”讲的故事，令其复述，讲得不清楚。

十日　星期三　到中医研究院，在赵锡武大夫处就诊，开方，取三剂药归（晚开始服）。白尘、海珠在家等我。谈各组刊物检查情况，问题。

下午《人民日报》召开的儿童文学问题座谈会，未能参加。不知讨论得如何。牧良经手交运的小七一包帖，已取来。这一批中颇多汉魏诸刻。

十一日 星期四 浏（马恩选二、教诗）。下午核心组会。

姜大夫来诊视，给酵母片。续服赵大夫药。

十二日 星期五 浏（同昨）。下午看宽。婆婆、姐姐先在。旋金玲来。又看迈进。晚访文井一谈。

十三日 星期六 到中医研究院。赵大夫开方。取药。晚服第一剂。浏（马恩选二、教诗）。得维季信。即复。

十四日 星期日 宽来电话，明日动手术，今天要好好休息，嘱勿去看。并打电话告诉婆婆。

十五日 星期一 浏（教诗）。心神不定。下午去看宽，已动过手术。访任大夫一谈，知经过良好。晚饭后打电话告诉仰翁。晚孙大夫来扎针。

十六日 星期二 浏（A. T. 历程）。下午看宽。婆婆、姐姐都来。旋迈进亦来，原来他还没有出院，医生答允他明日下午可出院。

十七日 星期三 到中医研究院复诊，取药归。仍泻。浏（A. T. 历程）。遇南吕一谈，她今晚回长春。晚孙大夫来扎针。

十八日 星期四 浏（历程二部）。长札。

十九日　星期五　浏（马恩选二、A. T. “历程”二）。长札。下午看宽。这两天异常疲乏。

二十日　星期六　到中医研究院复诊。迈进亦在按摩，同出，在他家坐到十一时半，听他传达定一、周扬同志在科学及高教教材会议中的讲话。遇北屏，他已调京。遇章竞、白羽。

今日下午的党组扩大会，因病请假，打电话告诉秘书室。

二十一日　星期日　清琪、葆安、维季来，谈至十时余。晚北屏、文井来一谈。得承书信。

二十二日　星期一　长札。浏（青卫）。文井来一谈，关于创作队伍等问题。晚婆婆来谈孩子问题。孙大夫来扎针。

二十三日　星期二　长札。浏（青卫）。下午看宽，姜大夫同去。傍晚，梅屏、登翰来一谈，他们是来参加《诗刊》召集的征求意见的会的，会后顺便来一下。谈到他们毕业后志愿问题，学习上的问题。晚饭后白尘来，旋文井来。谈了一下目前一些创作思想问题，文井要让白尘去参加中宣部召开的关于准备文工会议的座谈汇报会。白尘意颇踌躇。又谈到准备整风的问题，白尘也说怕领导不好。于是，又谈了一下。

该让白尘多注意思想政治工作。谈至十一时。颇乏。

二十四日　星期三　上午到中医研究院复诊。长札。浏（马恩选

二、青卫）昨夜未睡好，极疲乏。中午刷牙时，掉了一颗牙，早已动摇了的那一颗。

二十五日 星期四 长札。浏（马恩选二、毛选四、青卫）。接小七信。

二十六日 星期五 札。浏（毛选四、青卫）。下午看宽。

二十七日 星期六 有小雨 札。浏。下午姐来。

二十八日 星期日 上午大娘携张章到大楼看电影。长札。浏。晚文井来散步，在中间院闲谈。

二十九日 星期一 到中研院复诊，取药归。芝荣来了，在家等我。谈至十二时，到康乐，并约姐、季方。下午札，浏（青卫竣）。

三十日 星期二 札。浏（K. Φ. 早欢）。复承书。下午看宽。便中看王幼梅，她右腿已拆石膏（宽则下星期一可拆右腿石膏）。遇姐。

三十一日 星期三 札。浏（青年性格）。

六月

一日 星期四 上午到中研究院复诊。赵老五号将出差，开一常服方，仍为汤药。札。浏（性格）。

《中国文学》编辑部陈丹晨来谈鲁迅纪念专辑事。张章下午放假，带她到和平餐厅吃晚饭，祝贺他们的节日。她很满意。晚孙大夫来扎针。白尘同一苇来，一苇昨日到京，明日即拟回湘。闻文工会今日已开幕。

二日　星期五　札。浏（早欢。性格）。金玲下午来，谈一韦今日未走成，钱不够。取折去支一百元。看宽。

三日　星期六　札。浏。金玲下午来，送还折子。说一苇定今日飞湘。得微雨。

四日　星期日　札。浏。荃麟，旋葛琴来，坐至十一时余。康濯亦来一谈。

五日　星期一　整长札。

六日　星期二　续整长札，竣。下午看宽。

七日　星期三　整札，调整主要人物。今日间有微雨。

八日　星期四　长资（扬致乐）。札。

九日　星期五　长资。札。下午看宽。则日来患中耳炎，正服合霉素中。

十日 星期六 补人长札。琴来电话，她下午要开会，荃想来玩。我说我去看他。遂谈至晚饭后。

十一日 星期日 奇热。卿陀一家来，说式彬已来京开会，约来此一谈，而未遇。谈至一时许。晚，式彬来一谈。

十二日 星期一 资。整札。晚遇白尘，他是来茶座开会的，谈起他近日腰痛，无暇去扎针，令人悬心。

十三日 星期二 资。整札。下午看宽。遇姐，同在北京餐厅晚餐。孙大夫来扎针。

十四日 星期三 整理资料。

十五日 星期四 得微雨，浏。

十六日 星期五 整札。得乐士信，即复。下午看宽。晚孙大夫来扎针。

十七日 星期六 整札。札。浏。看稿。

十八日 星期日 间微雨，札浏。

十九日 星期一 札。浏（A. K.，冯友兰的《四十年的回顾》等）。

二十日 星期二 札。浏。下午看宽。王教授已来看过，说可以出院，在家休养。拟后日出院。与姐顺便看王幼梅。姐说曾遇惕之，闻白尘腰疼，晚饭后去看他，则已请杨大夫扎过针。归，孙大夫已来。扎针。

二十一日 星期三 找姜大夫，告以承宽将出院，并商量出院的交通问题。姐来，为此事去看宽，归云，可以有救护车送。

艾芜来一谈。晚文井来散步，在院中一谈。他买啤酒，即试饮一下，并和康怡泰谈机关生产及食堂。

张忠运寄来稿及信。

二十二日 星期四 协和医院来电话，即与姐去接宽归。姜大夫来一看。冯振山来，友梅来。看忠运稿，明日当约他一谈。

日来偏头痛频发，在姜大夫处取药。血压又偏高，服降压灵。

二十三日 星期五 姐以后每日来避暑。晚立波来一谈。偏头痛仍剧，做气功后稍愈。

二十四日 星期六 编辑部同志来看宽。晚与姐饭于北餐，携荣归。孙大夫来扎针。

二十五日 星期日 惕之夫妇来一谈。

二十六日 星期一 浏。荃传达中央工作会议。

七月

三日 星期一 上月廿六七以来又闹肠胃病。偏头疼。服姜大夫药。浏。昨卿陀、苏红及其母来。今日试开（长）。

十日 星期一 日来再思考长材人物关系。未能续开，重作调整，札。浏。《保卫哲学》，“Monism”等。

十四日 星期五 昨日下午开党组会，讨论整风学习问题，以及鲁迅纪念会、精简问题等。今日漫谈三年来对情势、工作、运动的看法、想法。白羽、光年都谈了一下。我也谈了一下。其中涉及我们对农村的不够了解，五九年的批判老赵及四同志（批评内容与做法等），以及作家的按劳取酬问题。

十七日 星期一 前天打电话向林心借文艺工作会议几个报告的记录看。下午她亲自跑来，传达了这几个报告。并留下冼宁的记录本，昨天详细看了。这样，文艺创作工作上一些问题可以很好解决。问题只在于作家了，如提高思想、深入生活、表现能力，等等，关键在于生活与学习，——这些，不知有人讨论到没有。十条尚未见，不知提到没有。

林心又带走《中共中央关于讨论和试行农村人民公社工作条例修正草案的指示》(1961.6.15)。其中，除关于如何讨论外，还说到调查研究问题、加强群众路线的教育问题、农村中的退赔问题、发扬党内党外的民主问题、农村整风整社问题。

今天，把这份文件和冼宁的记录簿寄还林心。

十九日 星期三 前天又借得金镜的记录本一阅，阅后寄还海珠。

今日收到《关于当前文学艺术工作的意见（草案）》。

二十四日 星期一 与姜大夫陪宽到协和复查。拆了石膏，照了相。经过良好。看到王幼梅，她告诉宽，她动手术时，腿未接长。不知何故。

八月

七日 星期一 今日报载苏联第二个宇宙飞船“东方二号”上天，航空员季托夫驾驶。美帝又不知将如何反应，好看煞人。

一苇曾来信，说患急性肝炎，住医院。牧良则查出开放性肺结核。真叫人悬念。白尘已将此信给张僖一阅。

五日，星期六，编辑部刊检小结，由白尘讲。关于配合政治问题、联系作家问题、转载问题、版面上宣扬五风问题。

刘厚明和郑延等同志来，谈儿童文学队伍问题。在京已有一支，座谈几次提出了些创作上的问题。约定星期四上午去参加一谈。地点在团中央。

十二日 星期六 十日上午到市人委会开儿童文学座谈会。谈深入生活问题及其他。昨今下午开党组会，讨论十条。涉及工作问题。

十三日 星期日 和白羽谈专家作家的使用问题。由荃麟、艾芜，以及最近牧良的健康情况、我的情况，联想到这些同志的生活方式、工作方式方法，主要力量用于哪一方面，如何用法，等等问题。下午去看荃病，白羽亦去。荃正睡着，和琴谈了一阵，仍涉及这个问题。这次整风改进工作，这些问题必须解决。

九月

九日 星期六 8.19—9.8 住阜外医院。因早跳就诊，住院。作全面检查，心脏为重点。仍为功能性的。有时有杂音，但不知原因，不能断定有器质性病变。（北京医院陶主任曾疑有风湿性的关系，但未作断语。）试过几种药，如普鲁卡因酰胺等，后试服 Digoxine，似较有效。

在医院遇何思毅同志，他是甲状腺亢进。常谈谈。前天下午谈得较多，谈到激动易怒的主观控制，生理的和思想的原因，等等。医生发现他心脏上有黑点，是急躁的原因。这说得很客观。决定的因素总还是主观方面，是思想，以至世界观。

昨日上午出院，下午白尘、白羽先后来。姜大夫亦来。

宽前日去看了王教授。已易拐为杖，走路轻快多了。

张章上学，有两个二年级的孩子和她一同上学、放学，一同做功课，一个是康怡泰的孩子，一个是刘国楹的孩子。又是同学又是小姐姐，可以管管张章。张章那班的老师王文婉，在开学前来访问了解过，很细致。

十日 星期日 昨下午惠薪来。她今年刚从医大毕业，分配作研究生。而她则想下去临床，可以多接触些人。谈了些我住院的情况，检查结果，她作了些解释，很好。随后她又对姐谈了她的看法（宽正去洗发，本来她要找“沈老师”谈的）。

昨晚文井来一谈。今日上午艾芜来，谈起病情、旅行打算，对这次文艺工作会的看法：许多同志，尤其是戏剧界的，对这次会议很满意，十条正是解决了他们的问题。

十月

十五日　星期日　一月来服杨老及陈西源大夫方。

二时与宽到颐和园小住，每星期五进城看病，星期二回园。凡二周。

曾接惠芬信，她又转为学生，在哈工大，1963 年毕业。惠薪来信，分配在北大医院妇产科。

二十七日　星期五　茅公在《上海文学》九月号的评 1960 年少年儿童文学作品一文，引起许多讨论。《文艺报》召过两次会。昨日又召集一个座谈会，茅公亦到会。谈得还不错，但仍那几个老问题。如报刊每年抓几次之说不落空，就很好了。创作问题亟需谈，实则小型座谈会亦可。

昨日报上登出了赫鲁晓夫在苏 22 大报告中关于阿尔巴尼亚的全文及几个发言的涉及这个问题的部分，也登出了阿尔巴尼亚致苏 22（大）贺电及声明。

广东行

二十七日　和宽自北京动身。二十九日晚十时三十六分抵穗，老西、肖殷来接。寓友谊宾馆。

车上一位旅伴，老刁，在部队里的，颇健谈。谈到一位他的同乡（本来也参加革命的，后回家了；现在是公社一员，生产队干部）今年自留地上的收入，芝麻、小麦、红薯、棉，由此而换到的香油、布票，等等（河北）。很满意。谈到过去的大食堂，吃一顿饭要花好几个钟头走路、排队。谈到瞎指挥风，提早种麦，长出点儿就冻死了。运棉花，掉了没人管，一路的被人拾走，等等。

这位老刁患高血压症（血管硬化）。找到一位和尚（现已逝世）开方子，有效。说那位和尚治病积极，不问政治。1957年"鸣放"时，问他有无意见，请他放。他说他不懂。无已，把儿子们（在家搞农生产）的来信贴上当大字报。那些信上尽是些牢骚，攻击党的政策的。后查明，他的儿子并不反社、反党，只是想问父亲要钱（他收入每月二百多），故意说得厉害些而已。也就没有动他。

说到车运。客车少了（客车行车一次，要耽搁五次货运车）。

三十日　晚，肖殷、容希英来一谈。

三十一日　与肖殷访华南美术学院，晤一川。到中山访乃超。荣国不在家。下午，钢鸣、庆云来一谈。

十一月

一日 到作协访肖殷。续由希英陪同访老西夫妇。访草明于医院。中午老西、残云、秦牧、肖殷、钢鸣等邀在50号吃茶点。

二日 星期四 与肖殷抵从化。

六日 星期一 草明、于逢来从化。晚与于逢谈《金沙洲》。

诸友谈起十条，都说好是好，只是太抽象，不具体。如何保证三结合？肖、周特别提到业余作家怎么办，如何进修、生活、创作。

欧阳住在爱人的宿舍，很狭仄。有意见（肖则说省委曾拨给欧三幢好房子，但他不要）。

谈到生活条件，政治待遇。“作家不会升级的。那么就该给他一个称号，或是什么。否则人家一听，‘作家’这是什么？哪一级？人家不买账。”他谈到于逢的进疗养院，因为没有担任什么职务，不是哪一级的干部，就（被）塞到一个很次的疗养所里。于逢很有意见。

“作家要么归公，供给制。要么私营，拿版税。现在两头都不是，非公非私。作家只是自己创作，没人管，没有个集体。”

“最好北京办一个文学院，作家集中在那里创作。”

“作家要给他一个社会地位。社会上一般只承认什么长什么长，不承认作家，作家吃不开。”

问起拿工薪。知道是按行政级发，一级即行政九级，“那低多了”！

“我一当专业作家，作协就把我扫地出门。”

谈到残云级别太低：文艺六级。而秦牧四级。

供应。他有特殊供应，每日肉二斤，糖若干，油若干，还有“山鸟二只”，等等。

“可是别的作家没有，这也不好。”

残云也谈：一个生活条件，一个政治待遇。

“我们不好意思提。但要解决。最好能集中全国一些重要作家，好好谈一下，都谈出来。”

谈到做文艺工作不易提级。如果做别的工作，提升就快。

韦丘说，部队把业余创作作为政绩之一，这个制度好极了。

大家都说到专业创作队伍扩大问题。好些青年作家不愿专业化。为什么呢？

欧阳：就是这些生活、地位、待遇问题（谈到房子，生活，等等，就谈到“他们怎么也不肯当专业作家”）。

肖：他们怕写不出东西来，怕没有成绩。

肖谈，欧、陈经常在党组会及支部会上提这些问题的。这些问题有的应解决。有的一时无法解决。有的则是过分夸大。

问题集中在：房子、副食品、待遇。

秦牧入党问题。省委认为可以，当然还要一些帮助。“欧阳反对吸收秦牧入党。”

《金沙洲》问题。

欧：这书出来那么久，可是没有评论，不说好也不说坏。作家的悲哀无过于此。

肖：残云、北屏对此书一味否定。甚至说作者有意树立对立面，等等。这回理论组讨论，陈说“为了《金沙洲》，要这么小题大做干什么”！根本不同意，反对。欧阳则说，谈作品就谈作品，何必岔开去讨论什么典型问题。

作协有一位群众说：于逢在党内是小媳妇。

这回理论组讨论，于逢才透一口气过来。但对于作品本身的评论，论到这作品的缺点方面，他还没有想通。

关于理论组。

抽调四人，专做调研工作。每十天向肖汇报一次。看东西，发现问题，讨论问题，写出文章。

其中有个有希望的青年，易准。

肖谈：有些青年能写一两笔者，遂提为专业：基础不够，而本人则紧张万分，怕写不出东西。

×

肖殷介绍的南天草木。

凤凰树（细叶。听说花盖满头。现在则仅见结子，大荚，坚如木质）。

攸加利（叶香）。

台湾相思。

白千层

荔枝

槟榔

木瓜（春种。秋移。次年即结实，年结四次。四年铲掉）

葵（可做葵扇即蒲扇）。

大红花

鸡蛋花（五瓣，中黄。清香，可泡茶。惜名字不雅）。

米仔兰（结小黄粒。肖殷对此花的香味极敏感，而我则简直闻不出。是则人对各种香臭的敏感程度，各有不同）。

紫荆（与北方所见者不同）。大叶，大花。有红，淡红。后者发出浓香，我对此颇敏感，而肖殷较钝）。

紫鹃

英丹（红绣球）

鱼蓟（羊齿植物）

满天星（小花，星状。根叶可治肝炎）

十日　星期五　从从化回广州。

在从化的几天，看到报纸上译载《阿尔巴尼亚》报纸社论及苏共二二大中发言关于阿尔巴尼亚的部分。二二大的议决案。苏共中委当选的全部名单。《参消》上登资报纸关于莫斯科迁移斯大林灵柩一事的评论及报道。印共《克拉拉邦》报纸关于这一件事的评论，等等。

十一日　星期六　上午与秦牧、徐楚游东湖，红花岗、黄花岗、粤秀山，上“五层楼”（镇海楼）。下午陈经理邀看出口商品展览馆。晚潘佛章来一谈。

《参》登“第四国际”要求为托洛斯基恢复“名誉”。

十二日　星期日　陈经理邀赴俱乐部看电影《51 号兵站》，至九时半。

温泉中区四号楼。服务员邝金婵，模范。我们换下的衣裳她悄悄拿走了，洗好送来，坚不取酬。有两个新来的服务员，由她带徒弟。缝被。

小朱，南开中文系毕业。分配在广州，工作未定（父亲在香港电影厂当导演）。问她志愿。“都可以。”本来有设想，现在无所谓。“本来想当记者。”现在，“连教书也愿意。”

同学们都不愿教书，但分配教书的最多。都填愿意到南方，而多分配在北方，河北最多。

“有一个同学分配到文化部，她高兴极了。工作分配到艺术学院，一到艺术学院，还是分配到附中教书。”

南开文学语气不分。①

她姐姐在文化部。“哪一部门？”

“我不知道，”她笑笑摇头。“我没有问她。”

她关节痛。在温泉治疗，有效。

“好像你屋子里还有一个人似的。”

“那是服务员陪我玩儿。”

有一次我们站在池边谈天，饭厅里的一小 × 出来喊她：“小

① 原文如此。

朱，来吃饭！”

这里有些服务员很用功，爱看书。

星期四晚上我们在桥头散步，服务员们过桥去开会。后又纷纷蹙回。第二天听说，因为首长们要跳舞，没有她们就没有舞伴，就把会改期了。

中区四号楼我们觉得很好。肖殷不满意，为什么不住翼溪四号等处，觉得亏待客人。设备不同些，买东西的买法也不同。抽烟的对此尤为敏感。

刚一到。“哦，出版社的。”肖马上说：“不是出版社……”“我知道。”——于是领航到中区。并说那边住满了。市委来开会，又有外宾。这里跟那边一样。

我们决定星期三回广州。小邝打电话去要车，等不到回音。再问，办公室就问是什么机关的。刚好宽在电话旁边，小邝问：“什么机关？”“作家协会。”

那边电话里就说：“我们这里没有车，让作协叫车来接好了。”

肖殷给弄得生气而紧张。作协汽油很少，不够用（又要算房钱，肖殷挂头）。

后来李普叫了车来送我们，星期五回穗。李普是陪小川（还有江彬、哈华）来的，他们住松园几号。

在回来的路上，司机说起路仄、不平，有时有车祸。“小汽车，他们大车不避、不让。小车是首长坐的，要是不让，就查问他是哪里的车子。”

这里宾馆陈经理称我“张书记”，我还以为是说别的什么人呢。上次在这里他叫天翼同志，这回改称呼，不知何故。

他是宁波人，在上海读书，来此已四五年。“广州话还没学会，也没好好学，思想不对头。”

服务员大都是初中或小学毕业。三分之一团员。“没有好好发展团员。”现在开外文班，全体都报了名，学英语和俄语。

这里，和胜利等几个宾馆，统一管理。工作人员一百零。服务员工作八小时，轮班。早上的清洁工作一起做。

外宾有的挑剔，要这样那样，稍不如意就发脾气，如P。苏好些，体谅人些。

“现在想把外宾都集中到羊城宾馆去，那样就好了。”

十一日上午的司机——老郭，河南人。部队转业的。“北方在这里开车的都是转业的。”他的爱人是河北人。

“我们同广东人搞不来，生活习惯不同。北方同志找爱人都要找北方的，因此有些人耽误了。有一个司机同志哈尔滨人，三十几岁还没找上对象。后来好容易碰上一个：山东人。”

“这些年北方人来的也多了。”

“那是，不过女的少。”

他有一个孩子，上幼儿园。“说什么地方话？”

“广东话。真讨厌。”“你们不教他普通话？”

“在幼儿园里都说广州话。”

谈起天气。“这儿老这么暖和，真不舒服。北方人在这里容易害风湿病。”

蔡薇莲，友谊宾馆中餐厅的服务员（代那位唐的）。潮州人。在阅读《共产党员应该有什么样的志愿》。

“你在申请入党?”“我入党有一年了。我入队、入团都是刚到年龄就入。入党也是。”她觉得很好玩似的笑着提起这个。

“服务员里有多少党员?”“只有我一个。”

她高小毕业就参加公社工作，在工作中入团的。

十三日 星期一 上午与肖殷、容希英访暨大，见到王越（第一副校长）、梁奇达（党委书记）、杜桐（中文系副主任）、周冷（新闻副主任）、张德昌（中文系主任）、文乃山（文系副教授）。留饭，吃到非洲鲫鱼。

生物系有藻类班专业，看了许多海南岛的红藻、绿藻、兰藻、褐藻等门标本。

宽在家休息。

十四日 星期二 上、下午听总理报告的录音。早饭后（出去开会等）君里、骏祥、文珠、吴天、柯灵来一坐，他们住在对面18号。晚黑丁来一谈，他住51号302。

十五日 星期三 上午续听录音报告。晚柯灵来一谈。大雨。

十六日 星期四 上午杨家文（《羊晚花地》主编）来，下午邀赴羊城宾馆晚餐。

十七日 星期五 下午到暨大，答同学们提出的几个关于创作上的问题。邀饭于华侨大厦。

十八日 星期六 上午，羊晚古同志陪我们看陈家祠。下午杜埃邀游顺德。二时四十分起程，遇以群等，趁空一访文殊、君里、吴天、柯灵。四时余抵良，寓清晖园。不料与林川相遇，多年访问未得，一旦把臂，快何如之。同游者，杜埃夫妇、肖殷夫妇。

十九日 星期日 参观干部农场。这是1958年开始搞起来的。下午看顺德县的人民礼堂（可坐五千人，连屋顶七层楼）、文化公园、动物公园。礼堂和动物公园也都是1958年搞起来的。

二十日 星期一 风雨。冷，盖即寒流。腹泻。休息。

二十一日 星期二 下午回穗。经佛山，一看，并买几个陶瓷烟灰缸。仍住友宾。佛章夫妇来一谈。

二十二日 星期三 补读《人民日报》。17日所登霍查同志报告的全文。再参看16日所登苏报及兄弟党报上关于苏阿问题的议论，特别有意思。

二十三日 星期四 于逢来一谈。

二十四日 星期五 与肖殷夫妇、希英到新会，寓圭峰招待所。遇乃超，一川。识周国瑾、马思聪。郁茹在此落户，晤谈甚快。饭后逛了逛街。

二十五日　星期六　上午到圭峰，看劳动大学及其农场，看公园。上午参观葵类工厂，看独木林（十五亩）。

二十六日　星期日　郁茹携楼丹、小熊来。同看市容。午，党蔡书记邀饭于华侨大厦。傍晚到乃超房间一坐。晚饭后与宽访一川。腹泻。

二十七日　星期一　肖殷夫妇回穗。希英赴台山。郁茹来一谈。散步，看“盆趣”。

二十八日　星期二　小雨

二十九日　星期三　访郁茹。借来新会党代会文件。

暨大。华侨学生百分之五十九。印尼的，家长是允许和同意子女来祖国就学的，他们眷恋热爱祖国。港澳的，则往往是经过斗争（和家长）才能来。有的不管父母允许不允许就走了，父母虽口称如不听话就不给钱，可是孩子既已走了，反正吓唬不住，倒也算了，仍然接济。

每年寒暑假回去，就是一个考验，看开学还回不回校。有的系支做得生硬，动员留校，反而引起紧张。有的系则注意平时的思想工作，返校的几乎百分之百（有一个物理系的，开学后因有事没有即时回来，就接到诸多质问责备的信）。

毕业后还是否在祖国工作，也是个考验。但多半是愿在祖国工作的，因为经（过）了四年的教育和生活锻炼，觉悟和决心都提高了。

侨生家常给运送东西，一篓一篓的食品。学生宿舍楼梯口和走廊里堆满了篓子——许多没有打开的。自行车摆满了一廊子，像自行车行一样。还有刚运来，夹板还没取下的。

“我们这里专门有个堆东西的仓库，摆满了就堆在宿舍里。还有些东西还存在码头库房里，没法取来——取来没地方放。有些学生，人还没有到，东西先运来了。”——最多是吃的：腊肉、猪油，等等。

宿舍八人一间，两层床，女生宿舍里几乎每个人的床上挂一个布娃娃。

杨：“咦，怎么你没有挂娃娃？”“哪，这不是？”“以后发奖可以拿娃娃做奖品。”

杜问我的身体情况。谈最好是吃狗肉：“你吃狗肉么？”“嗯，很爱。正说要想法子吃一次。”

“好哇！”杨插嘴。“这容易，一定搞一次吃。”他想了一想。“后天来的时候，就吃。”

肖：“行么？”“什么不行！”

商议后天来的时候，会如何开法。

“不要是报告会，”等等。我说了理由。

张：“今晚我们先开个座谈会，让大家提问题。”肖：“让他们发发言，怎么样？”“人多了，怕他们不会谈。”“组织几个，好不好？”

后天是星期三，有个报告会。改到星期六下午。前一晚交来了题目，题目出得很好。但结果还是一个口试会。

杜开场时略介绍几句，神情紧张而严肃。我要求让谁来

“念一念”题目，杜推张念，张也有点紧张似的。

谈了一谈。我自己觉得空洞而枯燥。

“散了会，到华侨大厦去吃饭。”肖告诉我。

“为什么要上馆子。真不好意思。还是打平伙吧。”

却原来有三桌。有中大的教授。

“暨大常常要招待华侨，在馆子里请客的。”

主要是吃狗肉。事先送来两盘生菜。然后两盘大葱。然后一盘面。

“主帅快上场了，先来了跑龙套的，起霸的。”

说着，一个炭炉搬上来了。于是大家掉过头去望——一个砂锅捧上了台。……

×

“黑丁和李尔重到我这里。黑丁不愿意留在中南。已经平反了，还有什么关系呢？我说你们两位去解决吧。”

小川告诉我：“黑丁想到作协工作。不愿意留下，坚决得很。我说，来北京我们很欢迎。我和李尔重也说过，黑丁要是不愿意，也不要太勉强。”

“可不要弄成咱们挖地方上的干部。中南可真也需要人。”

“我和李尔重是很熟的朋友，这么讲讲没关系。”

“怎么样？”黑丁来时，我问他。

他笑笑：“工作需要，没办法。我可真想上北京。我在武汉待得太久了。不过广东地方不同些。”

在羊城宾馆餐桌上。黑丁谈起会开完了，就要回去。

“什么时候来？”“年底。”

李：“怎么要年底才来。”“家要搬来，不简单。”“不是分两次吧。你一个人先来。我们都是两次。”肖笑：“我到现在还只有一次。”

×

《羊城晚报》。佛章谈，《晚报》本由省委领导，陶铸同志很关心，指示要办得活泼多样，可以不配合中心任务，要办出《晚报》的特点来。要有批评。一片歌颂声，不行：“难道工作就这么好，没有可批评的？要批评，要有斗争性。”

编辑都很活跃。杨奇，在从化见过，只匆匆一握手，没谈什么（那时他正参加高干学习）。这回在羊城宾馆，他可大放其长线。很亲切，关心。问到旅行休养计划。出主意。还叫杨家文明天陪我玩。“我明天没工夫，让他陪你。后天我们再商量。”他转向杨家文。

“对，对。”杨家文连连点头。于是也参加讨论：明天看看陈家祠，然后……

杨奇又问承宽的腿怎么样了，坐过来详细地打听着、谈着。

客人还没有到齐（还在开会）。“饿了吧？先弄点点心来吃，好不好？不要弄出胃病来。”

很会喝酒，沉着应战。

羊城宾馆。新张。工作还不很熟练。

小川住在七楼。“这里的服务员都不懂普通话。我早上发个加急电报，说了半天他们也不懂，找了许多人都不懂……电梯老出毛病，一下子开不动了。”

吃饭时，对那位服务员说什么，怕她不懂，有人用广州话来翻译。服务员笑笑说她用不着翻译。“你懂？”“我本来是北方人嘛。”“哪里人？”“哈尔滨。”

散后，她小声对杨家文说：“我知道这都是作家。”

×

陈家祠。砖雕、石雕、木雕、泥塑、陶瓷，等等。有整幅的人物群像，都是故事。有山水、花卉、翎毛，等等。有的有题字。建筑物是光绪年间的。这些艺术品则恐非一时的产物，是多年陆续制作出来的。

这些民间艺术家已无可考，也没有听说有什么徒弟。据说砖雕术只剩下一个老师傅，找不出第二个会的了。

什么地方都有雕刻，几乎全部建筑物没有一小块空白点。连不显眼的高处的黑角落里，也雕着极精细的花鸟或是图案。屋顶上更不用说了，塑着一层层的楼阁和人物——可是谁也看不清，除非搭上梯子爬上去，还得爬过瓦。

看了，不禁为那些过去的不知名的民间艺术家悲哀而且不平。

看来，地主财主们只是为了一时摆阔斗富，什么角落里都花细工，精雕细镂，却并不欣赏，也没想到怎样让人鉴赏。大概从前也没有人仔细看一看过，除非偶然有碰到眼里的片段作品。祠堂的主人并不重视这些东西。

据说后来曾驻过兵，陈济棠的兵、日本兵，等等。那更不用说了。

直到解放以后才成了展览馆，任人参观（有时在这里展出民间艺术品）。

每一件、每一段作品都有可细细玩味的地方，有自己的美处。每一件、每一段都该放在显著的地方，让人细细欣赏。——可是这都满坑、满谷地挤在建筑物的满身上，没有个主次，没有个粗细，没有上下远近，也不管人看不看得清，看不看得见，每个空隙都不放过那副手艺，——这样，你要一一欣赏，就很难了。

当然，一眼看上去，看得见全部建筑物。但精细的雕塑跟这高大的建筑物不相称（柱脚也很怪，都作状，虽然花式不同。有一种承不住的感觉）。在建筑上，这是一个恶俗的标本。

（听说佛山的祖庙亦如是，不过雕的没这么多。）

×

到顺德，来往都经过佛山。街道的确干净。每家都用水冲洗人行道。没有人扔烟屁股，抽烟的带着火柴盒之类来盛。

顺德。又是一种风味。也是水泥路。除大街以外，路边都种上菜。有些小巷仄而弯曲，很干净，好像住屋里的过道似的。大街上也极少车辆。尤其是晚上，我们出来散步，跟走在院子里一样。经过行人却很多，都趿着木屐，咭里刮刺，咭里刮刺。[1]

清晖园。招待所主任，山东人。

旅客刚到，很想休息一下。主任却把他们招待到一个“船厅”里，坐着红木太师椅——椅背上疙里疙瘩雕上许多花，硌得脊背疼。

“我们的房间怎么样？在哪里？”

“先休息一会吧。请！”——因为一盘香蕉端上来了。

主任出去了好一阵。服务员送烟来。

“你哪里人？”“顺德。我们都是顺德的，只有主任不是。”

---

① 原文如此，即叽里呱啦。

我们决计起身来四处看一看。园子不大，弄得很曲折。这里、那里一段短墙，一个圆门。有两个小池子，绿腻腻的水，上面架着木桥，然后通到一座亭子或是水榭。

我和杜埃（我们走得慢些）正走过一道回廊，主任赶来了，招招手，示意要我们慢走一步。把我引到亭子里，悄悄地说："让他们几位先吃。你们二位慢一点，在这里吃。"指指斜对面的水榭。

"为什么？""杨部长明天要回去，今天晚饭我们准备了一点……你们二位又刚来。"仍旧悄悄儿的。

杜："那么还有一位肖殷同志，也一块吃吧。""那……""一起吧。""也好。"于是又找肖来，机密地如此这般一说。

晚饭，主任自己没有上桌，而是由县委几位文教部部长陪。也邀了林川——他站起来隔着桌子和我握手："还认识我么？"

"哈呀，是你！我问了这么多年问不到你在哪里！"

饭后，在杨部长那里坐了一阵，听杜谈最近听的一次传达。

到八点钟才看见住处。杜、肖两人家住前院。我们住后面——一个三开间，大概是个厅屋隔上的，隔板上装着窗子，没有玻璃也没有糊上什么，有匾曰"养生花馆"。林川住在我们对门。屋子阴暗而潮湿。床上挂着方帐，一床挺老厚的绣花红缎被。

茅房在哪儿呢？找来找去，才发现在"养生花馆"的东北角，男、女不分地一个瓷坑，有抽水设备。茅房前面一片玫瑰，开得正盛。

杜、肖他们要是有事于此，那先得通我们的"馆"旁，而前院到这里并没有一条直路，必须弯到东面一个院落，出、进两座圆门（或者是方形的门，记不准了），——其曲折盖如此。

我们都没有睡，这一夜。杜、肖他们尤其，原来他们头顶上还有一层楼，楼梯和楼板不时发出“咚咚”声。

“好像从前在上海住的小客栈一样，”杜说。“那时候我们预备一根长竹竿，楼上一响，就拿竹竿捅天花板。”

“不行，今天要换屋子。”“前面一座楼，后面一座楼，里面有的是空间。”

正说着，司机老李来了：“他们说，早饭还像昨天一样，分两拨吃。”

我们不同意。这才一起在“餐厅”（一个六角形亭子，六面全都玻璃窗，六面通风）里吃。

肖：“我们昨天在这里，吃饭的时候晒得要命。”

菜很好。宽说：“今天一起吃，比昨天晚上的菜好多了。”

饭用过，还来一盘香蕉，有时是柚子。

第二天就搬了屋子，我们和杜埃夫妇搬到“新楼”上。这里本空着，是老李和主任他们看了几处定下来的。肖殷俩则搬到“笔生花馆”。

“新楼”，两层。屋子极高。卧室里两张床（我问：他们原先那么安排，是不是有什么困难？杜：“他们看新楼里都是两张单人床，只有旧房子里有双人床，所以那么安排。”）。卧室外一间起坐，算是一套。中间一间相当大的厅（三开间）。四面是走廊，可以散步，望望。楼梯却设在外面露天下，一段水泥，一段木板的，一下雨就得打伞上下楼，而且很滑。——星期日陶萍在下楼的时候就滑了一跤，闪了腰，找医生看了两次才没发生大问题。

周扬同志来了，给安排在船屋楼上。

“这是绣楼。”不知真的曾是小姐的绣楼呢，还是开玩笑这么说说的。极仄的楼梯，陡，没有扶手，而且曲曲折折，转弯处作幅射形，不小心就踏不上脚。房间电灯的开关装在卫生间里，大概电灯灯头也有个开关吧——这间一般的电灯都如此，因此电灯都必须吊得很低（否则够不着），在屋里走来走去就得小心碰脑袋。

陶：“我找开关，一摸，一阵麻，原是个插销。”

我们走的时候，算帐，只要伙食钱：每人每天一元。真是惊人。

杜：“我们坐的小轿车来 [Austin]，才有这样的招待。要是吉普来，就不行了。”

司机老李是哈尔滨人。“转业的？”“是，五八年转业的。”“结婚没有？”“没有。”“是不是想找个北方人？”他一笑。

干部农场。在顺峰山。也是五八年搞起来的。本来分散，也有工商业家在这里起些建筑物。后统一，并与一个农场合并。

干部参加劳动的七八十人至二三十人。其余是农场工人。种水果（沿山看见栽的菠萝）、花（看见一畦一畦的玫瑰）。开了三个大塘。养了些三鸟（几千只）。

“养蜂没有？”“没有搞好。本来有三十五箱，干部都不会搞，只剩了三箱了。”

这里本是荒地坟山，解放前是“大天二”出没之区。“动用了老百姓的地没有？”“那倒没有。只挖了些坟地，有许多坟地是无主的了。有主的也愿意，”笑了笑，“要是现在，恐怕就不肯了（办公室前的石板路，是墓碑搭的）。”

在亭子里，望着鱼塘。指指山上：“这里本想盖一座疗养院，后来下了马。”又指指远处一座建筑物：“那里原来就是要搞万猪场的地方。”指指塘：“还计划搞一些游艇。”

去年有八万上缴利润。“投资全部收回了没有？”“那还没有。”

发现两只小狗，杜埃抱走一只。浅黄色，胖胖的，小尾巴翘得像一个环。我们大家叫它小熊。

人民礼堂。七层。可坐五千人。加点椅子可坐七千。比广州的中山纪念堂还大。

设计的并不是建筑家，而是个搞水利的。五八年县委要搞：“要比中山纪念堂还大，全省第一。”敢想敢干，设计起来。当然还有人帮忙。最后曾搞不下去，请教了专家，方底于成。

“材料呢？设备呢？”“是啊，很不容易。水泥是现成。钢筋找各处支援。总之到处去跑，去设法。X市长说，我们支援你们！电灯呀、电线呀，都是广州市支援的。那时有大广州计划，要把顺德划归广州，所以他有那么大兴趣：不然怕也不会那么起劲。”

利用率倒很高：开什么大会都在这里，参加会的人可以住在这里。五楼有一间间的房间。此外每层有很宽的走廊，可以打地铺。大规模的戏也可以在这里演。

（这时候正有武汉杂技团在这里。有狮子表演。每天供给一头猪。）

“造了多久？”“一年。”

还谈到："刮了一点共产风就是了。劳动力、砖、木料。""怎么弄来的？""拆了许多祠堂。"

宽评："又可笑又可爱。"

周："好事是好事，可惜非其时，非其地。"——这是当县委第一书记的面说的。

王："这么个礼堂，搁误了多少生产！什么都投进去，百务荒废，弄个开开会、看看戏的地方！"

"报上没有登吧？""确不宜提倡。"

又谈了些别的。"咦，书记呢？"

"哈哈，你那么一批评，把他批评走了。"

陶萍摔一跤，伤了腰，请一位跌打损伤大夫来瞧。这大夫叫叶绍棠，穿一身黑衣黑裤，头戴雨帽，脚上一双半统套鞋。一位助手替他挟皮包，打伞，伞上写着大夫的名字。大夫一进门就跟大家打招呼，鞠躬，笑着露出几颗金牙。瘦瘦的个儿，白白的脸。

诊治之后。"不要紧。尾骶骨，这里，"他屈着几个指头装样子，"没问题。第二个，也没有问题。第三个，这里有点肿。我按摩过了，擦上了药（通经丹）。现在再吃点药：这药是我家里传下来的，传到我三代了。""真是家学渊源。""我祖父，我父亲，都是教拳的，会打拳。"

又告诉我们："我在人民医院。这几天我有点感冒，没有上班，所以他们在家里找到了我。"

约定，第二天请他再来看。后来想了一想。"还是一定来吧：约定一个时间。""那也好。那么八点钟我来：早点看好些。"

第二天叶大夫来了。他谈起，他祖父是个保镖的。父亲是个拳师，现在九十几岁了，“他抬起一条腿来，十几人也按它不下”。他自己呢，学了治跌打损伤，解放前有许多“大天二”专找他看病，替他们治枪伤。就因为这个关系，解放后管制了好几年。“那时候那些‘大天二’很难应付。这一帮跟那一帮要打了，这一帮先找我，那一帮也找我。答应这就得罪了那，答应了那就得罪了这。我只好避开，哪边也不去。”

现在政府很重视他，请他到医院里看。“我的薪水是最高的：一百八。别的医生都是几十块钱。”

谈到陶萍的病。他就把服务员拉到一边问：“那位首长是干什么的？”“作家。”“什么？”“Zok ga.”

“作家，请你放心，没问题。我现在再开个方子，将来太太回广州，要有点痛，就抓药来吃。要不然，人家会问：哪里医的？怎么还会痛？说是在顺德看的，那就名誉攸关了。”

“小熊”，谁都喜欢。据说出世才两个月。什么都不怕，什么人都跟。谁一逗，它就跟来了。吃饭的时候在餐厅桌子下打转转，有的旅客爱引它，一吃完饭，就把它抱走了。有时候要跟人上楼，又有点不敢，抬头望望，“咕咕”哼两声，就毅然决然上去了，屁股一蹶一蹶的。

我们刚从农场回来，周、王几位已到了（他们起先说是“杨部长”）。王听说抱来了一个小狗，就老远地喊：“好哇。好好养着，养得肥肥，好好吃它一顿。”

杜埃也计算着：“你们要是住到春天，这个小狗可以有十斤重了，刚好。”

“把‘小熊’拿来吃？”

狗肉的确好吃。那天华侨大厦一顿，舌头犹有余韵。可是要拿这个小狗养来煞馋，总觉得舍不得似的。它太逗人爱了。

“拿到别处去杀，就是了。”杜说。

回广州的路上，“小熊”起先直叫唤，后来把它抱到身上，才住了嘴。大概渐渐也习惯了。过渡的时候让它下来玩。它跑到路边地里去，跟一个三四岁的孩子走。那孩子害怕，一跑，小熊也就跟着跑，越跑越远。

“别怕别怕，它不咬人。”招那孩子回来。

一会儿“小熊”又跑到店里去了。

渡口上好多小孩子围着它看，指手划脚议论着。

肖后来谈：“这小狗在老杜家怕养不好。孩子是动物的暴君。”

县文化局副局长。听口音是苏北人。陪我们看文化公园、动物公园。“狮子每天要八斤肉。”“这条蟒蛇有一天跑掉了，把它捉了回来。”怎么捉法？“抓住它脖子就行。”不会缠人？“拿竹竿一戳蛇屁股，它就全身发软，老实了。”看见猴子闹。“嗨！”

于逢要到顺德去住些时，准备再找些1956年前后的材料，来修改《金沙洲》。

“不知道顺德欢迎不欢迎。”

怕不欢迎，是因为顺德县委对《金沙洲》有意见。“他们讨论过一次。我想参加。他们不让我参加。讨论了几天，写了一个记录，要发表。杜埃、肖殷看了，不主张发表。”“是些什么意见？”“说没有表现主流，非本质，不真实。”

肖殷也谈过，县委不同意黎子安这个人物的写法。于："对这个人，县委的估计不同，认为是好干部。"实际生活里的黎子安并没有受批评，倒是提升为组织部副部长了。"现在他们有人说，于逢当时的看法也许是对的。"

郁茹。诸暨人。一直在粤工作。本在《南方日报》，后在作协。今年让她做专业作家。

参加了一年整风、整社。一直埋头工作，解决问题，很少接触人，也没有形象感。没有什么东西可写。

现在在新会落户。家已搬来（一女上高中，一子住幼儿园）。准备到公社当一个副职，唯尚未谈定（爱人在广州一个学校教外文，是转业的）。

"我倒很想专搞儿童文学，领导上也同意。但还是叫我参加公社工作，那么写起来也得写这方面的东西。领导上说，儿童文学可以附带搞一搞。"

她也谈到生活方式。不投入工作，被照顾，做客：那不行。全投入，没有时间思索和写，没工夫看书，没有和人接触交朋友的机会：也不行。

"过去在大城市里简直没有时间看书，现在想好好补一补课了。"

新会。

种子县。城镇本有十五万人口。日帝来破坏得很厉害，居民死亡、逃亡，解放初期只有二万。现渐增至四万多。

出产水果、稻。粮不但自给，还有公粮任务。

党向民。陕北人。工作踏实。升为地委。五八年顶住了风。五九年受批判，说他落后保守，撤地委职。平反后又恢复地委职。但他仍领导新会工作（“党向民是不是典型？不是！”）。

五七年提出：把荒山变果园，把农村变花园，把河流变鱼塘，把稻田变粮仓。

关于密植。党并不反对，但要看实际，不是越密越好。“直播”，未采。五九年受批判，“这一次没顶住”：过密及“直播”一下，曾造成损失。但因过去做得稳，底子好，很容易复元。

蔡星辉：“我们也刮过共产风。”——指有些公社（座中有人谈到某县的浮夸，“亩产五十万斤”！蔡：“他们想做做试验。”）。

土专家。

梁伯南。建筑、中医。现专搞后者。

建筑工程队。专家。技术人员。工人。——固定下来。人民礼堂、劳动大学、宾馆等作品。

两个种子专家。农民出身。现不上报，培养，慢慢来，不要弄成李始美那样。

李始美，华侨子。少不务正业，父母断接济。投蚁行。看不起他，但不授技术（技术只传子，不传女。对外更保密）。李乃发愤，买药来分析，钻研白蚁习性。发现水路。县委颇做工作。清卫运动时请他，并发动群众，新会的白蚁害基本消灭。

“我的方法公开出来，我得到的东西更多。为什么不拿出来呢？要不然，我不过自己多赚点钱，将来到海外去买一幢房子住住，那有什么意思，那哪儿有现在好？”

上报后，受重视，回来就骄傲了：看不起人，出门要坐汽车。“没有好好教育，县委对这件事有意见（县委曾派一镇委与李合作，后李越骄，看不起这镇委，遂撤回）。”

郁：“李当然肯钻，有发现，可是大家帮他总结，才搞出那一套来的。”

劳动大学。在圭峰山下。五七年建成。

学员为县干和初中毕业生。学政治、农技。半天劳动，半天学习。种果木、菜、稻等。

建筑：用水泥、砖（自制）。成本低。发明用水泥砖顶，初试于小建筑，后中，后大——如劳大、人民礼堂等。

圭峰山上有个水力发电站，供全县电。

宾馆。本是公园一部分。北为原孔庙（现党校）。再北即城墙，现已拆。

宾馆北即风景区。公园、游泳池、动物园。人工河。圭峰山南，人工湖（劳大面临湖）。

公园。“盆趣”。

“盆景研究小组。”各人展出自己的作品。组长李钦，尹山小学校长。组员中有梁伯南（组员自由结合。各界人都有，政协的有好几位。也有“本组”，大概是专业的）。

街上晒谷子。女孩边走边编葵叶。

天马大队。路上的鸡、猪。恍如年画中景象。

路——两边都是水渠。道上两旁种的桉（攸加利）、香蕉等。

提琴家演奏。太太伴奏。儿子翻乐谱。儿子十五六岁，不让进学校，留在身边学提琴。“他什么曲子都会拉，只是没有感情。”提琴家提出要在本县开个个人演奏音乐会。场子：人民礼堂。只算电灯费，不要租金。票价一元、八角等。县里哪有那么多人来听呢？为了照顾专家，县里只好派票——机关、学校（怕坐不满，还送了学生几百张票），等等。那晚卖票所得，除了电费开支，净得四百余元，全归这位音乐家。

提琴家一家人满意而去，车上装满了行李、盆子、包袱，手提箱，一篓子的橙子、柑子、香肠、腊肉、腊鸭、一只活鹅，这回提琴家的旅费是公家的，住招待所不收费（每天伙食费十元，这不免是自费），因此在广州、在台州的表演，都是净赚，——不像前次来粤，完全是自己投资，结果赔了本。这次有一点儿不满意的是，在有些地方欢迎得还不够热烈。还有就是，他提出来还要到港、澳去演奏，可是省委说，在广州无论哪里演奏，都没问题，至于要到港、澳，那省委作不了主，得请示中央。

“他开一次音乐会是二八拆账，这么要钱！”李政委说。“我听了很愤慨！”谢立全院长说。文教部部长：“听众坐在前面的鼓掌，坐在后面的不鼓掌。”

在新会圭峰招待所新认识的：

谢立全（海军学院院长，写革命回忆录）
张先泽（前者的执笔人）
刘公亮（国防部的。休养）
卫南经（海南岛地委）
李声韵（乃超爱人）

新会环城公社，城南大队，一个小队。

贫农家。大队盖的屋子。屋前屋后：木瓜、白薯、木薯、扁豆等。龙眼、荔枝——大队的，分给小队，再交农户保养的。猪。三鸟。卧室之随便。床、被、席。吃的讲究。

食堂（大队的）——馆子。烧鹅、鹅杂、鱼（顿顿有）、酒、点心。

一人吃，几个碗。两餐饭（九点、五六点）、两餐早茶（天亮一顿，二三时一顿）。

十二月

二日　星期六　《羊城晚报》黄伟宗自广州来，携杨家文介绍信及在暨大谈话记录。一谈。稿留。腹泻。晚梁伯南大夫来诊视。

六日　星期三　长试开。今天的《南方日报》登了新华社哈瓦那三日电，卡斯特罗在电视演说中谈关于建立古巴社会主义革命统一党的各方面的问题，号召干部学习马列主义。“我是一个马列主义者。”

九日 星期六 由郁茹和文教局的 Lin 同志陪同访环城公社城南大队和一个小队。谈了些情况。访问了几家贫农家。看了一下食堂。

十日 星期日 晚与林里（他昨天陪《赤旗报》几位日本同志来冈的，明日即回穗）访若虹、邵宇、君武、朝闻于华侨饭店，他们是昨日到的。

十一日 星期一 函杨家文、黄伟宗、肖殷、希英。

二十日 星期三 补看 16 日的《人民日报》，上载阿报关于苏对阿绝交的社论及苏的《危险的道路》。

日来感冒，咳嗽，服苏大夫二方。梁大夫自穗回，来诊视，开方。

二十五日 星期一 杨奇来接，寓华侨大厦。散步，谈“花地”。上午，郁茹同黄庆云、紫风、楼栋爱人（她们是昨天抵冈的）来，谈儿文。

二十六日 星期二 与杨奇看西湖公园、葵林，又到五河农场，看柑桔林。主任陈述谈了些情况。晚，党向民书记邀饭，甘伟光书记陪。有杨奇、李纳、新波、张谔、余本。

二十七日 星期三 与杨奇回广州，暂寓胜利宾馆。过佛山时，在宾馆午餐（主任张同志，是以前孩子剧团的），休息后看了佛山艺术馆，看石湾美术研究社及其工厂。

二十九日　星期五　下午搬回友谊宾馆。晚，佛章、赖兰来一谈。

三十日　星期六　雨。冷。冰心、希英来一谈。冰心昨自湛江飞来，明日即回京。

三十一日　星期日　林里来一谈。

1962

一九六二年

一月

二日 到作协访肖殷夫妇、希英，以及其他同志。

四日 星期四 上午陈觉经理陪我们去参观农民运动讲习所，顺便一看动物园。下午茜菲、庆云、紫风来一谈，关于儿童文学问题。

五日 星期五 上午黄伟宗来一谈。晚杨奇、家文来一谈。晚餐邀陈经理。

六日 星期六 如约访《羊城晚报》社（家文来接）。与副刊部诸同志一谈。饭后归。傍晚佛章、赖兰来一谈。

七日 星期日 老西夫妇来，邀饭于北园。晚访林里，辞行。

八日 星期一 乘七时快车返京。陈经理送，肖殷、希英到站送。

十日 星期三 回京。白尘来一谈。

十一日 星期四 遇文井。邀来一谈。晚访光年。闻白羽感冒，过几天再看他。

十二日 星期五 寄还广东作协 200 元。晚访张僖未遇。访白尘，遇翔鹤。写信给肖殷、希英。宽下午到协和复查，晤王教授。

十三日　星期六　晚访文井。

十四日　星期日　黄侯兴和孙桂香来。旋乐士来。是昨天乐士来电话约好的。

十五日　星期一　长试重开。

十六日　星期二　到中宣部读文件。牧良来，姐来，皆未遇。函白羽，附送几件小玩意儿及牧良带给他的橘子。

十七日　星期三　续开。友梅来，他将去鞍山工作。得乐士信，鼓励创作。

二十日　星期六　牧良来一谈。病情已好转，不发烧了。一苇仍住医院。本星期承书到天津开会，来往路过北京，都曾来谈，谈及他的转正问题及思想情况。

二十七日　星期六　文井来，谈儿文会（团中央将召集）的名单，等等。傍晚光年来一谈。长札。

二十九日　星期一　看关于S的哲学及其他问题讨论的资料。晚芝华、王悦先后来，旋芝荣、季方亦来。承庆亦在。

二月

九日　星期五　有雪　上午开党组扩大会，谈工作计划、《讲话》二十周年文章及座谈会问题、轮训问题。傍晚友梅来一谈。

文件八件送黄寅分传。秘书室送来工作计划及廿周年纪念办法草案。

×

二月五日为春节（四日立春），前日有雪。

春节几天消化不好（大概三日聚餐冷东西吃多了），腹泻。服姜大夫药，泻止。有时仍气涨。少吃多餐。

昨天摘了几个题目。

×

七日，在中宣部听传达。

十二日　星期一　下午在中宣部开会，关于《讲话》二十周年纪念办法。

十三日　星期二　徐贻庭、郝芬先后来，为了组稿。在姜大夫处验血、量血压，开始注射“抗慢灵”3号。梅屏来一谈，她在人大语文系文艺理论教研室当助教。晚饭时何林天来，他说他“五七犯了错误”，下放到山西，“去年问题解决了”，一向不好意思来。谈起开沛改行为中医。何也自学了中医，替人开方子云。

十四日　星期三　在中宣部听传达，上、下午。

十五日 星期四 座谈传达的问题。以群、罗逊、钢鸣亦出席，他们住在新侨，集中来写《讲话》廿周年纪念的论文。

十九日 星期一 《人民文学》编辑部业务学习会，扩大。为讲中国小说的几个问题。芝馨携大牛、康康来，留饭。他趁假带康康来看病的。承庆来，午饭。甫自青岛回，明日即回东北。

二十二日 星期四 世创草。得西彦信。

二十七日 星期二 在大楼开小组会。

二十八日 星期三 下午在中宣部听传达，关于财经工作。遇朝闻，和他谈了一下关于最近展览作品中的印象派作风问题。以群出一个题目：关于青年作家的修养问题。这个题目太大，想了一下，不知从何谈起。

三月

二日 星期五 在大楼听读文件。文井来。

四日 星期日 续听。

五日 星期一 在大楼看文件。“抗慢灵”第一个疗程。隔十天再注射。

九日 星期五 何乐士、牟国相来一谈。这一向感冒疲软。

十日 星期六 眼病，点眼药。

十四日 星期三 腹泻。在姜大夫处取药。姐陪薛璧来，盖三十余年来第一次晤谈。新华社来照相。

十五日 星期四 “抗慢灵”第二个疗程开始。

十六日 星期五 到北医就杨老诊断开方。并挂了号（下星期二上午十一时）。有风。春寒。

十七日 星期六 到前门饭店报到。

十九日 星期一 电影厂一位同志（茵子?）[①] 来谈关于《宝葫芦》事。劼老、沙汀来。他们是昨天到的。晚，艾芜来一谈，他从云南回来已有几天了。

二十日 星期二 上午到北医就诊。原方。挂了三十日下午三时四十分的复诊号。

二十一日 星期三 上午在怀仁堂开人代党组全体会。下午到前门饭店访劼老、沙汀。巴金昨晚亦到，皆晤面。沙汀又来寓一谈。

---

① 原文如此。

二十二日　星期四　上午人大小组会，讨论议程等。下午大会预备会。

二十三日　星期五　下午在中宣部听传达，陈云等同志的讲话及中央批示。

二十七日、二十八日　人代大会。政府工作报告。

二十九日、三十日　小组讨论。

三十日下午小组会停开。到北医看病。晚一苇来，他是来看病的，不日即返湘。

三十一日　星期六　感冒，身痛。小组会请假。在姜大夫处取药，注射青霉素。抄整《世》。

四月

三日　星期二　上午开小组会。

八日　星期日　日来上午小组讨论。荃、琴前日自青岛归。今日上午与宽携章去看他们，只荃在家，谈至十一时半。下午宽谈近来思想及学习情况，至五时余。

十二日　星期四　荃、琴来一谈。同访文井、白羽。晚携张章诣艾芜一谈。《世》二节宽看了，提了意见。这几天重开。和荃麟谈及，他提及世与创有无矛盾，如何看法。这应当一提。

二十八日 星期六 人代会后即全力搞《世》，进行极慢。主要是次序问题。决将第二节重新安排。

昨上午文井来，谈第二次轮训问题。下午开党组会。

今日下午胡德华、韩叔锦来，谈儿创及出版社问题。

三十日 星期一 昨开支部会，吸收党外同志参加。作支工总结，改选。今日上午与宽携章到王府井，宽看病，抓药。

五月

一日 星期二 姐来。谈八哥、十哥皆来京。十哥寓林葆骆大夫家。查得电话，打通了，旋来。留饭。

二日 星期三 看到《词六首》的清样。

三日 星期四 拿起《世》来整札。下午到大楼听一传达。晚七时迈进来，和白尘一起，谈二十余年前旧事，对有些事情的看法。

“抗慢灵”第三疗程今日开始，每周注射一次。宽就杨老诊。

四日 星期五 《世》。下午就杨老诊。预约 15 日上午十时半。

五日 星期六 上午开党组扩大会，听杜宣、北屏谈旅行西非情形。下午钢鸣、庆云来一谈。

六日　星期日　八哥来，谈近况。下午同访孟超。晚，君武来一谈。

七日　星期一　与白尘访李季。同到中山公园。谈刊物工作。饭于全聚德。晚聚餐欢送章竞、杨朔，在新侨。

八日　星期二　《世》之难，今日与宽谈，忽悟：病盖在于《世》之"体系"。论点多，必须设法安排组织进去，遂致非常被动。决分整为零，从各题谈，从具体问题谈，则方便利益些矣。放些时再看。

九日　星期三　到北医看牙。十哥来一谈。

十日　星期四　整长札。孙大夫来，留饭，扎针。

十一日　星期五　上午开轮训（第二批）领导小组会，金镜亦参加。傍晚文井、白尘来，商谈白尘出国问题。

十二日　星期六　上午到北医取镶牙，试，修整，搞了一上午。趁中间要等一小时的时间到公园去溜了一趟。在医院遇郭一岑教授。

下午文学出版社来两同志，谈出书事。

十三日　星期日　尺楼、白心来，持赠集成曲谱一部。姐亦偕来，旋芝荣、季方来。傍晚诣白尘，谈封面字体事。如用手稿中的四个字，必须请示。《词六首》不但昨日《人民日报》转载，所有京报亦皆转载。

十四日 星期一 上午葛洛来信，送回轮训计划草案。信上说，他想到在《人民文学》编辑部所犯错误和所受处分问题，“几年以来我的思想上一直是有疙瘩的”。想谈一谈，云。这回如能敞开一谈，倒很好。下午在人大会堂听富春、先念同志作传达报告。

二十一日 星期一 第二轮训开学是十六日。次日即病，腹泻，发烧。服姜大夫药。愈，休息。

二十八日 星期一 叶大夫来诊视。服方六剂。昨黎阳来。她仍驻晋记者，此次来京学习。谈近况颇详。她已结婚，爱人名王春太，有子五岁，名小潞。她母亲已退休，亦移居太原。

今天上午冠英大夫来。现在昌平县医院。已入党。爱人亦已入党，系儿童医院护士。有三个孩子。家住在城里，两老亦在一起。下午叶大夫来，换方。

二十九日 星期二 轮训班漫谈会。下午有书记处会，请假。

六月

三日 星期日 前天开轮训领导小组碰头会。旋征求全班同学意见。昨寄到《文史资料》八册。

要汇款给绍先，因地址不明，未果。今日去信问。

六日　星期三　上午姐偕芝伦来，留饭。下午党组扩大会，听金镜关于第一次干部轮训情况的报告。会后又商谈了一下甄别问题。

十日　星期日　下午牧良来。旋十哥、卿陀夫妇、式彬来。

十二日　星期二　上午荃麟来。谈起要成立一个组经常谈古典小说。下午党组会，讨论小川请求调离工作等问题。晚，到荃处读一个紧急文件。

十三日　星期三　宵来得雨，今日又晴。昨傍晚至今晨补读中央文件（财经），即封还机要室。上午葛洛来谈五八年支部对他的批评及结论中所涉事实和他的心情。并对我提了几点意见：

1. 我不善于做组织工作。
2. 有时不听人家的意见。
3. 有时关心人，有时则不。

很对。

×

淑芳来信。汇百元。

十四日　星期四　轮训班赴北戴河。

二十一日　星期四　整长札。须重开。人物要作些调动，大致如初所拟者。

二十二日 星期五 下午艾芜来一谈。

二十九日 星期五 书记处会议。作家安排问题、创作研究室及创作座谈会问题、成立外文组（把译家管起来）问题。

金镜交给我《上海的早晨》第二部第一部分校样。而复希望几个同志看一看，谈一谈。

三十日 星期六 葛洛、剑青自北戴河归，本星期日汇报，临时因事改期。四时半在四川饭店谈古典小说组问题。茅、翔、组缃、聂、希凡，以及作协几位同志。

七月

一日 星期日 芝荣来，九时携张章偕文并携小妹同看《宝船》演出。很不错。《上海的早晨》校样读毕。

二日 星期一 下午党组会，听剑青、葛洛关于轮训的汇报。金镜交来《上海的早晨》第二部分校样。

三日 星期二 《上海的早晨》第二部分校样读毕。

四日 星期三 重装牙，上、下午跑了两趟医院，试模。十日上午复诊。

六日 星期五 《红楼梦》座谈会。组缃先谈，提出皮里阳秋问题。

日来长札。角色尚须作些调整，如Lock及小夏。这样，一些性格特征、精神品质、思想感情等当更概括。“夫子”一角则仍旧。须重为分传。

七日 星期六 下午党组扩大会，各部门汇报对工作方法及1962年工作计划讨论的意见。

十日 星期二 看牙科，取来所镶假牙。

十一日 星期三 日来宽疲软，不喜饭。协和说她肝大，验血，查不出什么。说要“穿刺”。打电话问树则意见，他主张暂勿穿刺，休息二三星期后再看。今日宽去看杨老，开一方。

十二日 星期四 “抗慢灵”三疗程已满，停个时期再看。海珠来，说她经透视，有肺结核。明日还要去检查。劝她注意。白尘回国，晚饭后一访之。

十七日 星期二 从北京医院取来益气丸20包。轮训班同学自北戴河归。昨剑青、葛洛来谈总结问题。

日来浏《红》、鲁、杜诗，其他。《上海的早晨》已谈。

二十日 星期五 轮训班总结会议。

二十六日 星期四 与冰心、文井、金近听君宜、杨立平谈所采访的儿童文学情况。下午听胡德华谈。

二十七日 谈儿文问题。袁鹰亦参加。金近谈几年来深入生活情况及问题。复日本君岛久子信，附所索照片，送外委会。

将赴大连开农村小说座谈会的同志开始陆续到京。廿八九日动身。

二十九日 星期日 寿翔鹤六十。参加者还有黎澍、白虹、艾芜夫妇、白尘夫妇、陈霞飞夫妇。

三十一日 星期二 剑青寄来轮训总结报告稿，阅改后送葛洛。

八月

四日 星期六 开始“抗慢灵”第四疗程。

八日 星期三 补中益气丸暂停服。

十一日 星期六 葛洛寄来轮训报告的附件五，阅改后寄总支。

十五日 星期三 开始服姜大夫所调王浆蜜。

二十一日 星期二 周倜、洪子诚来一谈，关于他们的工作、学习、写作。

二十三日　星期四　致隆来。他考取了北大技术物理系。劝他专心学习，勿三心二意。

二十九日　星期三　整长札。须重开。昨看杨老大夫，开一方，与药丸交替服用二星期。闻致隆考取的是地质地理系，他很不高兴，以至于泣。该好好说说他。牧良昨天来，谈到他的病情与工作。晚拟与文井一谈。他适外出。

三十　星期四　下午我俩携张章一游北海。今天她八岁长尾巴。

晚文井、金近来一坐，谈了牧良情况。

得刘厚明自北戴河来信。

九月

一日　星期六　试重开（长）。下午致隆来，劝说他一番，并请小琴和他谈了谈北大地质系情况。周偶、洪子诚寄来他们所写的十几篇短文。

六日　星期四　看《结婚进行曲》。遇迈进，散戏后在他那里一坐。

十一日　星期二　看病，原方。二十八日下午三时复诊。下午到人民文学出版服务组一看，买了些书。看病后到大楼看文件。黄寅寄来《关于S的哲学观点的一些问题》等文件，拟复阅的。

小琴谈了些她学校的情况。

十五日 星期六 报载《就美国主使 U –2 间谍飞机侵犯我国事件，我国政府向美国政府提出最强烈抗议》、社论《声讨美国侵略者》，以及消息《庆祝击落 U–2 飞机，反对美帝战争挑衅，首都各界今日举行大会》。

日来资报纷纷议论九日我击落美机事，从而推测我国的武器。各国人民纷纷抗议美机的侵略行为。

二十一日 星期五 党组会。日前感冒。消化不良。汤药停服，服羚翘及藿香丸。

二十二日 星期六 微雨，转凉。长重开。下午刘厚明来一谈，关于他的生活与创作问题。金近说，他调工作的事大致已定。

二十三日 星期日 冠英夫妇来一谈。

二十五日 星期二 续长开。下午周倜来一谈。

二十六日 星期三 晚文井来，旋一同与金近一谈他调工作以后的事。十哥来信。

二十七日 星期四 白尘来，谈金玲辞差问题。与张僖一商，最好能留职停薪。并谈暖气管事。

二十八日 星期五 看病，原方：汤药（血府逐瘀汤）与益气丸交替服用。三星期后（十九日下午）复诊。开党组会，右派分子管理委员会会议情形及本会关于此项工作的一些问题。

二十九日 星期六 沙汀来信。乐士来电话。长开还要看看。

三十日 星期日 芝荣来。得伶和她爱人王梓坤带小孩来。长重开一样式，比较看看如何。

十月

五日 星期五 致隆给宽信，言看到有些人只为自己打算，觉得“惨然”。又谈到他自己的落落寡合。这孩子是有些忧郁、孤独、不开朗。可有个好处：肯说出自己的想法、看法。要好好跟他谈谈。宽已复信。长开仍用以前那一式，唯改得简略些。

八日 星期一 下午到中少社开座谈会。

十二日 星期五 这几日另为长开，还得再开一个，比较比较。到北医，原来是算错了日子，约的是十九号，但他们也把病历拿走了，让杨老把了把脉。

十三日 星期六 整札。L 工作笔记。

十五日 星期一 听十中全会的传达。

十六日 星期二 到新华内部书店取购《文史资料》29、30 辑。

并预付 5 元。到敦厚里服务组购 A. K.、嵇康集等。

二十二日 星期一 听十中全会的传达报告第二部分。上午李季来一谈。人文编辑部请组缃讲《红楼梦》，中午与李季邀组缃饭于江西餐厅。长重开。白尘与几位剧家访日。

这几天的来信中，有友梅一封，文彬一封。

上周五中宣部召开一个文工座谈会，因病未出席，次日文井为谈会议内容，并就那几个问题交换意见。

昨、今报载印度的进攻，我已还击，并收复几个地方。同时罗（马尼亚）的乔治乌-德治“友好”访印，并发表公报。印共书记处则支持尼黑鲁的侵华战争。

二十三日 星期二 长重开。复文彬，下午宽加发一信，建议文彬来京小住。

二十四日 星期三 上午党组会。报载我对印提出谈判解决，三条办法。美帝岸然要封锁古巴。

二十五日 星期四 长开改。天马厂送来《宝》影剧本，叫提意见。艾芜来一坐。高铮拿来干部履历表，填就。

二十七日 星期六 续长开。报载《从中印边界问题再论尼黑鲁哲学》。下午党学习会，十中全会的学习。

三十日 星期二 《人文》编辑部郊游，到颐和园，晚在江西餐厅聚餐。大家很高兴。

报载卡斯特罗总理就X宣布撤除在古巴的“进攻性”武器向全世界的声明。

三十一日 星期三 党组学习会。

十一月

二日 在北医看病，预约下下星期二（十三日）上午十一时。北屏向党组汇报亚非作家会议常设局会议情况。复李淑芳。

六日 星期二 寄李淑芳二十元。长开已两章，待参。还要重新开一个。宽谈思想情况。分析。关于养病和学习的计划。

八日 星期四 长另开。晚与荃麟、光年、文井、黄钢与索白苛、札雷金谈二革问题，在全聚德。

九日 星期五 上午休息，看点书。下午冰夷向党组谈S文情况。

十日 星期六 上午党组会，讨论今冬、明春工作计划。下午出版社一位同志（始终没有问过她的名字，很熟，更不好问）来谈冰心所选儿文作选事。

十一日 星期日 张章学校开恳亲会，宽去参加。诣文井、淑华一谈。得文彬信、厚明信。

十三日 星期二 冰夷续谈S文情况。上午在北医看病。

十五日 星期四 长重开。

十六日 星期五 影协报告S影况。

十七日 星期六 下午党组学习会，北屏传达外事会陈毅同志讲话。会前党组碰头谈T事。

二十四日 星期六 长再重开。下午在中直礼堂听传达的总理报告，关于中印问题。

一周来身酸疼，一些会请了假。厚明信已复。昨林元来，谈上党课问题。

二十八日 星期三 长，人物又作了些调整，昨思索及整札。今日重开。时间起点亦有改动。

二十九日 星期四 长开。下午我俩访白尘，他参加戏剧家访日归来，昨回京。这几天张章感冒，姜大夫嘱在家休息几天。

三十日 星期五 续开。下午到北医就杨老看病，开两种丸药，一种汤药。遇辰民、逯斐，谈哈尔滨文联情况。

想起一二插话，其长之副产品与?

十二月

一日 星期六 看一些作品，整札。补充丰富那条插话。姐来，谈关山母女情况。

四日 星期二 续开。下午厚明来一谈。

十一日 星期二 下午开书记处会。饭于江西餐厅，欢迎赴印尼文代团及生活下去的作家。长已二章，须改，重开。

十五日 星期六 报上发表了《全世界无产者联合起来反对我们的共同敌人》，驳斥保、匈、意、捷代表大会中反华反马列主义的发言叫嚣。下午开党组学习会，谈了谈反修问题及国际形势。结束了这次的学习。长又重开。

二十一日 星期五 长重开。下午散步，买屏笔一支。

二十二日 星期六 上午在中宣部教育楼听传达。少奇同志在组织部工作会议上的讲话。

二十六日 星期三 重开一改写。下午柯岩、宗璞、罗英来一谈。见今日报载劼老二十四日病故，凄然久之。

二十七日 星期四 下午开党小组会，两组合开。编辑部已向成都文联去唁电。

二十九日 星期六 中午，几个编辑部的同志在廿二号聚餐。晚，康濯来一谈。关于牧良：①湖南希望他到那里安家。②出版选集事。③他的中篇，希望他拿出来发表。以及湘文代会的情况。

三十一日 星期一 报上登了《陶立亚蒂同志同我们的分歧》。

1963

一九六三年

一月

一日　星期二　《人民文学》编辑部的同志来参加崔道怡的婚礼，顺便来此一坐。李季谈召开编委会事，以及其他工作上的问题。

四日　星期五　续开，二。昨日得侯兴信。今日得《红旗》编辑部信。下午到北医就诊，原方。将1954年所作《红》札翻出来看了一看。

五日　星期六　二竣。复《红旗》编辑部。下午我俩携张章参观东风漫画展览。

六日　星期日　芝荣来，谈工作近况。

七日　星期一　核心组碰头会。

八日　星期二　抄校一二。党组会，《人民文学》汇报。

九日　星期三　《人文》编委及编辑部聚餐。

十日　星期四　改一二。下午在中宣部听传达，小平同志在组盟会议上的讲话。

十一日　星期五　修补二。下午开党组会，水拍同志谈访问越南情况，冰夷最近 S 文动态。人文出版社送来冰心所写儿选序文。

十六日 星期三 冰心序文已校阅，和她通了一次电话，旋邢菁士来交给她，请她转《文艺报》。下午党组会，《诗刊》社汇报。

友梅自鞍山来，来一谈。

十八日 星期五 三已就，但仍须另起。看了些关于《红楼梦》资料。乐森昨晚来，今日晚车赴太原。王金凤交来中央文件八件。

十九日 星期六 看文件。封存待通信员来取。下午艾芜来一谈，同过唐弢一谈。唐弢赠书二册。

二十日 星期日 成都川剧团约到四川饭店谈《燕燕》一剧改编问题，还有翰笙、艾芜、唐弢、张庚、朝闻，剧作者徐前。

二十八日 星期一 农历正月初四 春节前即已感冒了几天，服姜大夫药。大娘要到她家里去过春节，除夕走，初三回家。于是我俩携张章在新侨饭店小住，24 日即除夕下午去的，今日上午回来。

昨日报载《在莫斯科宣言和莫斯科声明的基础上团结起来》。

三十日 星期三 阅《红》资等。光群来，谈他的创作计划。下午我俩诣白尘一谈。

三十一日 星期四 艾芜来一谈。他今晚与小涂、肖德生同车赴川。沙汀则已在渝等他。下午看昨天小涂交来的端木一稿，签注封还。注射“抗慢灵”。阅《红》资。

二月

一日　星期五　文井来一谈。他昨日回来，赠椰子一个，并带来庞澍赠书及蜂皇精三盒。到北医就诊，杨老请病假，由李辅仁大夫开方。

二日　星期六　《红》资。晚，邀白尘一家晚餐。淑华送来稿两篇。约文井来喝酒。旋金近亦来。

三日　星期日　《红》资。读两稿（端木、蹇），签注，送淑华。文井不在家。晚乐森来，他昨由太原返京。

四日　星期一　《红》资。李季为白尘饯行，邀饭于峨嵋酒家。我俩与白尘夫妇先到琉璃厂参观文物展览，无意中购得石门颂拓本一，价仅二元。

五日　星期二　《红》资，札。下午携张章散步。晚饭后大娘与张章去看京剧《三打白骨精》。我俩诣文井，旋君武亦来，谈至九时余。

九日　星期六　札试开。下午散步，发现有争坐位帖，购归。

十日 星期日 复向文慧。

十二日 星期二 累，休息一天。张章感冒发烧，姜大夫给了药。

二十日 星期三 上午党组会，关于报告文学座谈会，农村文艺丛书等问题。

二十一日 星期四 换换脑筋。《詹》开。下午我俩散步，看吴镜汀画展。晚上散步时与曾献富一谈。昨日起，报载X等的报告及社论之类。

二十二日 星期五 《詹》续。下午到北医就杨老诊，原文。报载X在东德党代会上的讲话。

二十五日 星期一 大风。金近来。饭后同访冰心，谈X之流及儿文刊物事。

二十六日 星期二 上午寄杨子敏一信，急密件。下午到中少开座谈会。

二十七日 星期三 报上发了《分歧从何而来？》（答多列士等同志）。十时，作家的一个座谈会（大概已开了好几次，今天听来是结束了），周扬同志讲了话。谈形势和党员作家的责任。会上见到马烽、方纪、马拉沁夫、高缨诸同志。下午方殷来一谈。关于出版方面的事。

三月

一日 星期五 报上发表了《再论陶里亚蒂同志同我们的分歧》（关于列宁主义在当代的若干重大问题）一、二、三章。

冰心来邀饭于政协餐厅，意在带张章出去玩一下。并谈了一下张章近来做功课的粗心，上课不大守纪律的问题。饭后到三楼稍事休息，即归。黄寅寄来新订的关于社建及党的生活的文件（轮训文件），将旧发的两份送还。量血压，又略高。这几天睡眠不好。脑疲劳。当休息几天。送来《作协总支对机关干部学习反修正主义的通知》及1962年轮训总结草稿。出版社寄来马恩论艺术第二卷。昨日购得中华的平装本《汉书》一部。

四日 星期一 《再论陶》今天登齐。量血压，比上次更高。两次都是小孟量的。吃了几天降压灵，不料反而更高了，不如不管它。

十二日 星期二 这几天遵姜大夫嘱服降压灵及眠尔通，休息，只看看书报。这次承书来京，会较少，来过几次。今日邀我俩到公园散步，谈他转正时的思想，以及太原科技人员学自然辩证法的情况。饭于瑞珍厚。

《再论》发表后，机关行政部门分批在22号学习。编辑部人员仍在大楼。

闻报文座谈会今日已开始。

十四日 星期四 承书今晚乘车回太原，行前来一坐，从这里出发。光年来一谈。报上登了中苏两党关于双边会谈问题交换的信件，全文。

十五日　星期五　到北医就杨老诊，换方。

十六日　星期六　开始服杨老新方。

二十一日　星期四　函公盾。

二十二日　星期五　得文彬信，谈她的工作问题。

二十三日　星期六　得公盾复信。

二十五日　星期一　宽复文彬。到荃处就叶大夫诊。这几天仍疲乏，头晕。

二十八日　星期四　牧良来一谈，他昨出院，拟二周后赴湘。李季来一谈。

三十日　星期六　文井来一谈。同诣姜大夫，再开始抗三第一个疗程。

四月

一日　星期一　与文井、白尘同访沙汀。沙汀昨日回京，白尘昨日回京。同到北海一游，饭于湖北餐厅。沙汀出示白羽来信，谈及病状，持杖，心跳，甚念之。傍晚送到文艺工作文件。白尘来一谈游桂情形。

三日　星期三　文艺工作会议开始。定一同志讲话。《速三》[①] 封面字寄出。晚金近来一谈。

四日　星期四　开分组讨论会。

五日　星期五　小组会请假。下午看病。

六日　星期六　上午小组会。下午休会，散步。

七日　星期日　阴而冷。失眠。下午沙汀来。旋邀文井、白尘来。文井邀饭于湖北餐厅。

八日　星期一　上午小组会。下午请假。与宽散步。

九日　星期二　周扬同志讲话，上午。

十日　星期三　周扬同志讲话续，上、下午。

十一日　星期四　下午小组。晚白尘邀饭请沙汀，还有文井、光

---

① 短篇小说集《速写三篇》。1943 年 1 月重庆文化生活出版社初版，1963 年 8 月人民文学出版社出校订本。

年、张僖。

二十一日　星期日　这一向患气管炎，休息。文联的全委会未出席。服姜大夫药。昨接陈西源大夫来看，开方，今日服头一剂。

昨沙汀来电话，已移住民族饭店，拟入医院检查。牧良来一谈，廿六七日他即赴湘。

今日芝馨来，他是来京学习的。文井、淑华来一谈。出版社送来 H.Taine 的《艺术哲学》，翻翻看看。有许多好东西可参考的，也有许多可笑的东西可当镜子的。

《红》札。《世》札。

二十三日　星期二　沙汀来一谈。他说沪友约他同赴沪就诊，他尚未最后决定。如走，则在下周一。

二十四日　星期三　牧良来一谈。他后日赴湘。姜大夫来诊视，换药。

二十六日　星期五　到北医就杨老诊。草明来。她昨日到京，来看病的。张章发烧，姜大夫来看，系扁桃腺发炎。打了针，并服药。晚冰心、组缃、沙汀、金近同来一谈。他们住在民族饭店开会，明日即总结云。

二十八日　星期日　荃麟来一谈。李季来一谈，关于刊物来稿情况及编辑部近事，例如周而复对白求恩影剧资料的“意见”，等等。

二十九日 星期一 沙汀、文井来。邀草明来。饭后淑华亦来。与沙汀谈了谈白羽的病情，请他转达我的看法。他明日与沪友同车赴沪。

三十日 星期二 文井来电话，谈承志同志对周而复那件事的意见。

五月

一日 星期三 上午草明来谈，关于她的健康、工作等问题，下午白尘来一谈，他明日赴宁。晚金近来一谈，儿刊集稿情形。

三日 星期五 《世》札。拟将《红》并于《世》。

四日 星期六 《世》札。下午漠华之弟，现名应人，自沪旅京，来一谈。关于漠华墓地（现已不可寻）、家庭，以及诸潘近情。应人在沪市人委办公厅工作，与颂棣时相过从。二三日后即回沪。光年寄来《苏联的新浪潮批判》草稿，读过，光年来一谈，留饭。方殷来一信。

六日 星期一 晚九时周而复来，解释那件事，并说对小涂不满，因为小涂没有完满答复他，使他“很不好办”云。

七日 星期二 晚淑华来一谈。屋子改装暖气管，无坐写处。交来审稿一件。

八日 星期三 和李季通一次电话。昨稿阅往寄还。下午我俩携张章到公园一游。东厢拨了一间屋作这几天的起坐。

十四日 星期二 至星期日，暖气管才全部修竣。收拾打扫房间。

这一向住在22号的有伯奇、草明、罗丹、壁舟。罗丹今日回大连。与李季约今日访冰心、组缃，组关于《红楼梦》文稿。同到颐和园云松巢一谈。组缃明日赴兰州讲学，但已答允下月中寄稿来。

十五日 星期三 方殷来电话。将《华》附录及茅选封面字写就送去。复高利克，将译本序写就，另寄书二册，并送外委会审寄。

晚荃、琴来一谈。

十七日 星期五 上午在大楼开十七级以上五反传达会。下午分组讨论。

二十一日 星期二 这两天把《世》的笔记和废稿翻出来看看，拟重开，碰到了一些问题。一是牵涉到的问题太多，不谈，则他们在实践上弄不清楚。要谈，简单要写成一本书才行，这要费时费力，做一个大计划，但搞出来了该看的未必看，只有搞理论的或许对之有点兴趣，则又何必。二是写法，要使该看的肯看，就不能照原来的打算，好像谈一哲学问题似的，而必须从他们实际实践中所痛感到的问题提起，而且必须写得通俗、具体，举切近的例子，或是从一两个实践中的例子开头。本来是为他们的实际实践问题写的，如果他们不看，则等于不写。

还是化整为零得不够零。要有由头，由实际生活实践活动中的一例谈起，谈一个题目。避免术语（尽可能），避免引经据典，避免写得像论文一样。再摆一摆，看一看。先搞形象的。

又，关于《红》。一般的分析研究，该让专家去写。不必我来写。除非对象明确。青年看，应如何？我们看，如何借鉴？等等。这有时可以谈谈，但切忌先搭个多少米高的脚手架。

有时也不免隐隐对夹批评注工作有兴趣——不要搞，以免徒然耽误正事。

两种工作：一种是只对一部分专业者有用（假如他肯看、肯想、肯干）、有帮助；一种是对一般青年群众有用、有帮助（在改造思想、怎样做人等方面）。哪一种重要？当然是后者。

后者——必要，可能，也较合适。

×

今日下午在大楼开全机关五反运动动员报告大会。

二十四日　星期五　党组扩大整风会，荃麟检查。

二十五日　星期六　党组扩大整风会，文井、光年检查。

二十七日　星期一　上午开党组会。作协工作（安排作家、组织创作队伍、培养新作家、反修）、农村读物推荐书目、外文书目、诗朗诵等问题。

二十八日　星期二

二十九日 星期三 下午党组扩整风会。

三十日 星期四 在大楼看文件。

三十一日 星期五 到北医就杨老诊，原方。晚同宽与伯奇、草明饭于五芳斋，草明坚持要作东。出去时遇竣青。他已出院，但仍要小心才好。

六月

一日 星期六 党组扩大整风会，张僖、金镜检查。

二日 星期日 裴毓荪来一谈，述报社旧友近况。伯奇今日回陕。

三日 星期一 党组扩整会。

四日 星期二 党组扩整会。检查。还有肖三。上午看各部门整风汇报。沙汀今日到。闻白羽亦回京。巴金亦来，将出国，寓华侨饭店。

五日 星期三 看白羽。峻青夫妇、沙汀、家宝亦先后来。谈至十二时。下午党组扩整会，同志们提意见：

虚多于实。政治素养不够。精神上的优越感。不够实际。要敢于发言，写或讲。要对文艺界、作协、党组起作用。对一些工作问题应了解，主动提出意见。

对党外作家的了解和帮助。

及时看文件。

×

沙汀、草明来，饭后同散步。沙谈旅沪杭情形。

六日　星期四　校改《速写三篇》，送方殷。晚与荃、井邀巴金饭于四川饭店，有束为、北屏。艾芜回京，遇于草明处。

七日　星期五　下午在大楼开党小组（二组合）会。艾芜邀饭，因太疲劳，谢绝。

八日　星期六　沙汀谈，昨晚他与艾芜访荃，荃问起他的题材具体内容，以致失眠。金近来一谈，关于丛刊事。

九日　星期日　下午访文井，则在白羽处，因诣白羽，谈及沙汀、家宝生活及创作情况。文同到文井处一坐，又谈及金近所提丛刊问题。

十日　星期一　下午在大楼开编辑部整风会，李季检查。晚饭后与沙汀、文井散步，休息脑筋。

十一日　星期二　在荃处与沙汀谈其创作与工作问题，尚有文井、金镜、艾芜。

十二日　星期三　在沙汀屋里遇翔鹤，谈起他的创作计划。随后又来一坐，谈《文学遗产》改进问题。晚饭后与宽携张章访李秉慈教练，即同来，开始教章几个基本动作，又授杨家拳起式。

十三日 星期四 疲劳。宵来失眠。下午有党组会的布置工作会议，请假。

十四日 星期五 昨接公盾信，今日宽打去电话，告以病情。机室送来《中共中央关于目前农村工作若干问题的决定（草案）》及附件七。沙汀今晨飞回成都。

十五日 星期六 过白尘一谈。收到周倜寄来独幕剧稿《毕业前后》，一阅。李教练下午来授课。文件读毕。

十六日 星期日 报上发表了《关于国际共产运动总路线的建议》，为我们对苏共中央1963.3.30来信的复信，署日为1963年6月14日。

二十六日 星期三 荃叫为《文艺报》搞一篇《红》文，谈出意见，记录、整理一下，可当文章。上星期冯牧、秋耘来商量过一次。黄沫来谈过两次。本星期一二听传达及开会，搁下。今天又继续考虑初步提纲。张章星期日起又有点发烧，至今未退。宽带她上同仁医院检查喉科。

二十八日 星期五 整理《红》札。决计如秋耘所提，用问答体。着眼在思想与创作问题。下午黄沫来一谈，即以此意商之。

宽携张章上同仁医院复诊。上次验血、查肝、肾功能，无问题。须再查，看扁桃腺炎以外还有其他毛病否。

二十九日 星期六 《红》札整改出一部分，先交黄沫看看。

宽携张章到儿童医院检查。

七月

一日 星期一 热。整补《红》札。下午在中宣部听传达。

二日 星期二 整《红》札。黄沫来，冯牧、秋耘看札意见。

张章今日入队。

三日 星期三 与黄沫试搞《红》论。开了一个头。自己觉得不满意。干巴。这方式不习惯，既非写，亦非谈，未能随意发挥。且再试几天看。

这一周来张章经同仁和儿童医院检查，除扁桃腺外未发现什么慢性病。仍有微热。医生说可以上学，亦可以运动。

四日 星期四 《红》搞法要改良。还是先整札，弄成半成品再说。章今日上学。

七日 星期日 想晚上去看林葆骆大夫，不料他下午来了，谈了一阵。

看了沙汀的《一场风波》清样，写得很好。送还淑华。

八日 星期一 续整《红》。黄沫来，将第一部分札记取去。很累。不能入睡。晚文井来，谈汤真妮服药事，同访艾芜。并访荃，荃日来受凉，不适。

十二日 星期五 日来整《红》，实即是写，进行颇慢。经常失眠。疲劳，神经痛。曾就杨扎了两次针。现仍服益气汤。

星期日林大夫为张章送补血剂来，大雨，叫车送归。昨来取车，因留饭，并邀林太太沈真。又邀文井。

报上连续三天登文章揭美帝、南修、印反对中苏关系的阴谋，把关系讲得很透。《参资》说苏又有信攻击我们，并登了我 6.14 信。

二十日 星期六 报上登了苏“共”中央的“公开信”，同时重登我 6.14 信，加了个按语。并发了一篇声明。

晚与光年、文井访巴金于新侨，未遇。到北海一游。巴金适自越南回，后日返沪。《红》进行很慢。

二十一日 星期日 与宽访树则一谈。晚报载我代表团自苏回国。

二十二日 星期一 张章进同仁医院，准备割扁桃腺。

二十三日 星期二 《红》稿。下午麦青、德生来谈青年作家座谈会事。

二十五日　星期四　《红》稿。下午我俩到同仁医院看张章。晚文井来一谈。说及曹雪芹纪念或将推迟到十一月。

二十六日　星期五　张章已动手术，经过良好。宽打电话问同仁。树则也来电话告知。《红》稿。睡眠很不好。

二十七日　星期六　宽打电话问同仁，知张章已下床。改就《红》稿之八。

三十一日　星期三　报上发了《中国政府主张全面、彻底、干净、坚决地禁止和销毁核武器，倡议召开世界各国政府首脑会议的声明》。曹纪推迟，《红》稿不必硬赶。这几天休息。但仍头疼，失眠，盖已疲劳过度。昨夜稍能睡一下。

八月

二日　星期五　散文组送来立波《红》文，阅签送还。看李雪峰同志向下乡作家所作报告的记录。

下午到牙医张大夫处镶牙。到北医就杨老诊。同仁来电话，明日上午九时接张章出院。晚学拳。巩固所学第一段。

日来休息。头疼稍愈，睡眠稍好。未服眠尔通。

三日　星期六　张章上午出院。编辑部送来几位青年作家的短篇，韩统良、陆文夫、赵燕翼、段荃法、方之、吴连增、牟崇光七位的。

四日　星期日　晨操时胯骨处扭了筋，用热敷。读完昨所送来的作品。

六日　星期二　痛处热敷。并服平肝舒络丸。疲倦。晚康濯来一谈。

上午诣张大夫处试假牙，付款 45 元。

防痨协会让宽去复查，照胸片。并送痰去验。

张章又微烧 37.5 度，姜大夫说是上颌感染。

八日　星期四　大雨不止。整《红》稿。续服平肝舒络丸，并热敷。

九日　星期五　报载主席的《呼吁世界人民联合起来反对美国帝国主义的种族歧视、支持美国黑人反对种族歧视的斗争的声明》。

和麦青通电话，关于来京青年作家住处事。

牙医张大夫来电话，取牙改于明日。续《红》稿。

十日　星期六　《红》稿。到张大夫处取镶牙。

十二日　星期一　《红》稿。下午到大楼看文件。麦青说已有几位青作家报到，住 22 号，八大处屋不够住。乐森病，服姜大夫药。

十三日　星期二　续看文件。宽到防协复查，肺部阴影尚不能断定是结核抑肺炎。

十四日　星期三　《红》稿。李季、海珠来，同访已到京的几位作家：

韩统良、陆文夫、段荃法、方之、牟崇光，唯赵燕翼外出，未遇。吴连增尚未到，盖阻于水。晚麦青来，谈了一下座谈会的开法。

十五日 星期四 报载《中国政府发言人声明》评苏联政府八月三日的声明。

《红》稿。黄沫来，取去第二部分稿。

十七日 星期六 上午荃麟为来京作家谈形势与任务。下午闻吴连增到京。看昨日座谈记录。

十八日 星期日 式基、慕良携小孩，并苏红来，留饭。组缃来信谈《红》稿事，转李季。沙汀寄来短篇集。一册送文井，携去，未遇。

十九日 星期一 黄沫送来抄校好的第二部分稿。

二十日 星期二 和来京作家就他们座谈中所提问题谈了一谈。

二十一日 星期三 理改第二部分。接侯兴信。

二十二日 星期四 复侯兴，并致乐士。下午与来京作家座谈。晚文井来一谈。

二十三日 星期五 上午与来京作家谈。下午韩淑锦来，谈封面问题，选一。林葆骆大夫来一谈。看康濯。他全家明日乘车迁湘。

二十四日 星期六 书记处会，听杨朔汇报亚非作家常会情况。得乐士信。宽复查，肺部无阴影。晚我俩携张章买东西，饭于吉士林。

二十五日 星期日 侯兴、乐士、秦阳来，谈至晚饭后。

二十六日 星期一 整《红》稿。下午荃麟来，谈党组工作，明天的党组会。

二十七日 星期二 上午党组会。十一时到北医就诊。组缃来为来京作家讲话，会后来一谈，留饭。

二十九日 星期四 下午编辑部与来京作家开茶话会。

三十日 星期五 整《红》稿，十一节还须改写。

报上登了主席《反对美国－吴庭艳集团侵略越南南方和屠杀越南人民的声明》。

三十一日 星期六 上午党组扩大会，戏曲会议问题。下午与来京作家略谈学哲学问题。

九月

一日 星期日 看光年的批修艺文章，即诣光年一谈。晚与来京作家聚餐。报上登了《中国政府发言人声明》——“评苏联政府八月二十一日的声明”。同时登苏的“声明”。

二日 星期一 整《红》稿。下午荃麟来一谈，关于子野驳周论的稿件。晚《文艺报》送回来这方面的资料。文井旋亦来。

三日 星期二 看周的文章及子野稿。

四日 星期三 《红》稿。下午与荃麟、金镜同子野谈他那篇稿。晚同来京作家晚餐。饭后荃麟来谈至十一时。

五日 星期四 《红》稿。下午小涂、许以、道怡、周明、冼宁来谈儿童文学稿件问题。

六日 星期五 《红》稿。下午党小组会。晚燕翼来谈，金近旋来。又学拳。疲劳不堪，服镇静剂。

七日 星期六 《红》稿。

八日 星期日 文井来。旋金近一家来。留饭。颜学琴工作尚未调定，明日仍回杭。

十三日 星期五 报载《关于斯大林问题》，二评苏共中的公开信。日来《红》稿进行颇慢。

十四日 星期六 《红》稿。下午黎阳来谈山西农村近况以及她的工作。

十五日 星期日 我俩同乐森到公园一坐。下午何镕、湘一带孩子来玩，谈至饭后。

十六日 星期一 上午党组会。下午到大楼听总理关于舞蹈、音乐问题讲话的录音。晚与荃、琴、光年看昆剧《晴雯》。

十七日 星期二 《红》稿。下午我俩和草明到动物园一游，饭于五芳斋。

二十一日 星期六 荃召集与李准谈其创规，有文井、金镜。自下午三时至十时。

二十二日 星期日 婆婆来，旋乐森来。

二十三日 星期一 《红》稿。下午吕剑来，谈《中国文学》选稿问题。晚吴连增来一谈，他明日即回新。南吕来一谈。

二十四日 星期二 《红》稿。下午到王府井。宽与南吕到协和看郝芬（今日正出院）后晤于百货大楼，同到东来顺，并邀文井。

小涂来一谈，亦砍发座谈稿，婉却之。

二十六日 星期四 报载《南斯拉夫是社会主义国家吗？》——

三评苏共中的公开信。

《红》稿。仰翁来，连他也对老修表示愤怒。此老自进文史馆以来，思想上似有些进步。

二十八日 星期六 整改《红》已写稿。下午开儿文编委会。晚孙老师来谈张章学习纪律情况。

二十九日 星期日 《红》稿整改。高铮、王金凤来，取去清理出的不需文件。友梅来一谈。

三十日 星期一 《红》札。姐昨日自成都回京，今日来，谈及沙汀近况。

十月

三日 星期四 文井、淑华来一谈。下午芝华携二孩来。四时我俩携张章诣芝荣，今日是姐生日。

四日 星期五 《红》稿。下午黄沫闻《红》稿事。高铮来，示机关此次升级人员名单。

九日 星期三 《红》稿。晚承书来一谈。

十日 星期四 《红》稿。送还总支三文件（列论修、南、意修）。

十一日 星期五 《红》稿竣。收到人大常委办公厅关于视察通知的信。下午承书来，留饭。

十二日 星期六 《红》稿黄沫取去。下午过文井一谈。

十四日 星期一 上午诣荃麟一谈。下午黄沫来，谈《文艺报》编辑部对《红》稿意见。晚看话剧《年轻的一代》。好。

十五日 星期二 上午到人大会堂开关于视察工作的会。复乐士。致牧良、康濯、蒋燕。晚荃麟请冰心，为她新参加书记处，并谈出国及儿文事。作陪。还有文井、金近。

十六日 星期三 陈海仪稿送还，并打电话告诉她意见。和林心通电话。晚君武来一谈。

十七日 星期四 打电话给李季，未遇，遂和麦青通电话。和白尘通电话。下午君武来一谈。

三十一日 星期四 复哈华。收到出版社新出的《毛主席诗词》，收入未曾发表的十首。

昨接一苇信。[①]

① 1963 年写作作品：《略谈曹雪芹的〈红楼梦〉》（论文），载 1963 年《文艺报》月刊第 12 期。

1964

一九六四年

一月

元旦 星期三　下午党组讨论文艺工作问题（上建与基础不相适应问题）。

二日 星期四　上午党组继续讨论。下午八哥来，白尘来。接西彦信。

三日 整长札。李季、麦青、林心来一谈。机要室送来石油报告提纲二件。

四日 星期六　整长札。文井来一谈，借帖。下午党组会，关于文艺工作问题的传达。晚看科知及新闻片。

五日 星期日　侯兴来信要《文艺报》，宽已寄一份。芝馨来一谈，他调到了北京（军政学院）。

十三日 星期一　报上发表了主席对《人民日报》记者发表谈话：中国人民坚决支持巴拿马人民的爱国正义斗争。

接文彬一信。日来整长札。

十四日 星期二　整长札。看资料。购英雄金笔一支。洗长沙照片。

十五日 星期三　长开。

十六日　星期四　长开。下午与文井散步，谈及外事活动。

十八日　星期六　长开。下午开党组扩大会，整风。

十九日　星期日　上午我俩携张章看电影《朝阳沟》，好戏。

二十日　星期一　想到一些文学工作问题，札。下午党组会，关于外事。

二十一日　星期二　问题札整。下午《人民文学》核心组会。气管痒，姜大夫给药。

二十二日　星期三　下午党组扩大会。发言。

二十三日　星期四　续服药。下午荃麟、文井来，商谈儿文问题。

二十八日　星期二　报上登了主席就最近日本反美大示威发表谈话：中国人民支持日本人民伟大的爱国斗争。

发表了中国和法国决定建立外交关系的联合公报。

晚孙老师来一谈。宽复西彦信。

×

这一向又感冒，曾发烧至38° 5′，服姜大夫及陈大夫药，退烧。休息。仍闹疲。

二十九日 星期三 党组召集参加四清的作家开座谈会。因病请假。宽参加，做了记录，谈了会上情况。收到 1 · 26 的宣传提纲。

二月

二日 星期日 请陈大夫来看病。姐来。承庆携理理、小雄来。晚饭后乐森来，后日回太原，此次大考五门有三门 5 分云。

1968

一九六八年

四月

八日 稼梅七时五分逝世。杨五铭同志传讯，关于1955年东北外调，草明与胡风的材料。穆柯夫？要回忆。写材料。

528[①]，1968. 3. 9。

十一日 星期四 417，关于刘白羽丁山[②]以后的材料。要写（张开达、郑兴万同志）。

十三日 星期六 上午外调：（1）北大支部、刘树德（还要再谈。不忆）。（2）关于欧阳山。

下午学习会。主席最新指示。半途，外调欧问题续谈。要写材料。

十四日 星期日 写关于欧、周钢鸣材料。

十五日 星期一 昨写材料，交（刘小珊代收）。

十六日 星期二 外调了解欧阳山、周钢鸣的，还问及一些人，

---

① 528，下文的417，均是文联大楼房间号。

② 1937年3月，应葛琴之邀，张天翼与邵荃麟、叶以群、刘白羽、朱凡、蒋牧良、吴组缃、王惕之等人，到葛琴故乡宜兴丁山窑厂住了两个月。在此间，除个人写作和互相交流创作心得外，共同话题之一，就是如何积极投入即将爆发的抗日战争，并根据战争的需要从事新的文学创作。5月离开丁山回到上海。

都不认识。

了解北大支部刘树德的，原来刘是中国大学的，弄错了，并非北大支部。

下午学习会。续交代。大家提几点疑问。

十七日 星期三 报上发表了 1968 年 4 月 16 日的中国共产党中央委员会主席毛泽东同志支持美国黑人抗暴斗争的声明。

（《支持美国黑人反对美帝国主义种族歧视的正义斗争的声明》是 1963 年 8 月 8 日）。

十八日 星期四 学习 4 月 16 日主席的声明，讨论。

二十日 星期六 学习会。陈对张批，大家对陈的不揭，提出批评。

二十三日 星期二 外调方天翼，写了材料。下午学习会。一些事交代不清楚。“态度”。

二十四日 星期三 《关于方天翼》材料，交。

二十五日 黄寅同志叫写与胡风的关系的材料。下班后，从北屋搬到东屋。

二十七日 星期六 学习会。交代与胡关系，涉及丁玲，疑问。

外调，要补充欧阳山、钟潜九材料。

二十八日　星期日　上班。陈专传讯关于陈。

欧补充材料，交。

二十九日　星期一　与刘交往的材料及附件，交。打扫楼下。

三十日　星期二　下午杨九江同志指示假日要遵守的规则。写1968年来思想汇报。扫除。

五月

三日　星期五《人文》专案组召开会。关于历史小说，陈翔鹤文委写材料。下周交。

“1968年一月来思想汇报”写就。交。

四日　星期六　学习会。《乘胜前进》学习讨论。

斗叛大会。

六日　星期一　写交《我的社会关系》（人物表）（黄寅同志命写）。

发工资，交20元。房租交胡淑同志。党费交。

七日　星期二　学习会。《乘胜前进》。赶材料。晚，赶。

八日　星期三《与胡关系》材料，交。

下午学习。五篇社论。准备星期六讨论。

九日　星期四　外调黄树则材料。

十一日　星期六　外调黄树则材料交。

十四日　星期二　学习会。杨九江同志指示：学 5·16 通知与五个文件。批交代不老实、有问题不谈、提审还是不交代者。

反胡、反丁陈问题。交代没有？如翼，自己扮的什么角色？

十八日　星期六　学习会，交代揭发黑党组抗拒 5·16 通知的问题（张光年、李季）。

二十日　星期一　《人民日报》：已成立革委会的，有北京、上海、天津、河北、山西、内蒙古、黑龙江、吉林、辽宁、山东、江西、安徽、江苏、浙江、河南、湖北、湖南、广东、贵州、青海、甘肃、陕西、宁夏等 23 个省、市、自治区。

正在促进革委会的诞生的：四川、云南、广西、福建、新疆、西藏等六个省、自治区。

二十一日　星期二　学习会，续前。

二十三日　星期四　上午学习《讲话》。下午斗批大会。

二十四日　星期五　上午斗批大会。《陈翔鹤两篇反革命历史小说出笼的前后》，交。胸透视。

二十五日　星期六　上午斗批大会，下午学习会。《讲话》。

二十八日　星期二　学习会，续前。中途外调骆秀峰材料，下午即写交。

三十日　星期四　外调，周颂棣材料。关于黑党组抗两个批示，假整风。（1）64 年后制造“新气象”。（2）——要写材料。

六月

一日　星期六　学习门合同志，社论、决定、报导。

黄寅同志谈材料中必须写的几个问题。

二日　星期日　报载　四川革委会成立（已有 24 个省市自治区成立了革委会）。

三日　外调关于杨卓然材料。写交。五月翼汇交。

四日　星期二　下午学习会。

五日　星期三　上午加一次学习会，丁力发言（反扑），下午加开，批揭。

八日　星期六　黑党组怎样抗拒主席的批示（一）交。外调，塘田战时讲学院[①] 一般情况。谈，写交。下午学习会。

十四日 星期五 下午（红星）劳动。

十五日至二十三日

二十三日 **星期日** 下午斗批大会。

二十四日 星期一 回城。

二十五、二十六日 休息，写思想汇报。

二十七日 星期四 上班。订第三季度报纸。交麦收劳动思想汇报。

许以同志传讯。今写 1963 年读书会材料。

二十九日 星期六 发心脏病，请假。

三十日 星期日 到隆福医院看病。诊断：仍为期前收缩所引起。处方：巴氏片，Hyminal。

---

① 1937 年，抗日战争全面爆发，张天翼离开上海赴湖南，1938 年 9 月，奉湖南省委令，在国共联合创办的邵阳塘田战时讲学院做教务长。学院办学历时 8 个月，主要宣传抗日救国方针和抗日民族统一政策。学院解散后，张天翼又奉调邵阳《观察日报》编副刊。

七月

一日 星期一 户口证、粮簿交周明同志，请他代收领布票。

二日 星期二 学习会，揭 1964 年黑党组假整风。陈白尘发言，余人提意见，并补充情况。

三日 星期三 关于 1963 年读书会的材料，交。

五日 星期五 邹正贤、林心同志（在黄寅同志谈后）令写《新人新作选》材料，明日交，明日的学习会叫请假。

周明同志代领到布票。

六日 星期六 昨晚、今晨有雨。为赶材料，今日下午的学习会请了假。《〈新人新作选〉的出笼》下班前交（林心同志收）。林心同志谈，一些主要篇目要补充，要找选本来看看。

九日 星期二 《〈新人新作选〉的出笼》的补充材料，交。

下午学习会，涉及《红楼梦》批判问题（本周曾有外调，了解邓克生。记录签名）。

十三日 星期六 学习会。涉及《红》讨论问题。分组开，今天开始。

十六日　星期二　学习会。关于《红》。提问。

十七日　星期三　《炮制〈评林家铺子的改编〉这株大毒草的经过》，交。

十九日　星期五　上午，杨九江、五铭同志问白薇情况。

二十日　星期六　外调，了解周方策（约星期三交）。

下午学习会，杨九江同志令自学。

二十三日　星期二　学习会，杨九江同志宣布：以后学习会交代被揪出以后的错误思想、行动、表现等，有哪些不老实的行动。并揭别人的。

以每二周写一次思想汇报，交专政小组胡淑同志。请假，向胡淑同志。

看病，证明书，必须在规定医院，否则开证明无效。

二十四日　星期三　外调，了解关于张均。定下星期二交材料。

催抗批（二）的材料。关周颂棣材料，交。

二十五日　星期四　外调，关于陈穆。定下星期三交材料。

二十七日　星期六　学习会。李，翻案问题。

二十九日　星期一　外调，关张兆科（鲁歌），罗高之兄，但无印象。

三十日 星期二 关于张均材料交。续谈“鲁歌”，不忆，写材料一则。外调了解周而复在沪、在港情况。

下午学习会。提：读英语毛选问题。

周而复材料，星期五交。还有徐芝瑟的材料。下星期一交。

三十一日 星期三 外调，了解“57”，周扬等为两个口号翻案阴谋，材料下星期三要。关于陈穆，交。

八月

二日 星期五 下午斗争大会。批揭假整风。

周而复材料，交。

三日 星期六 上午续开斗争大会。

五日 星期一 “关于徐芝瑟的党的关系”材料，交。思想汇报，交（都交给了黄寅同志）。学习《在以毛主席为首的无产阶级司令部的领导下团结起来（纪念毛主席《炮打司令部——我的一张大字报》发表两周年）》(今日社论)。[1]

六日 星期二 外调，洪启翔。星期六交材料。

下午，指示，自学。

① 原文如此。

七日 星期三 《关于1957年的“国防文学”翻案阴谋的几件事》，交。

八日 星期四 上、下（午）开斗批大会。批揭黑党组假整风以及以“立”抗破的罪名。以纪念毛主席《炮打司令部》《十六条》公布二周年。

（《人民文学》、外委革命同志揭、批。）

九日 星期五 外调，关于塘田情况及姜璟材料，当即写交。

十日 星期六 《关于〈国际译报〉和程筇浪》材料交。

下午开斗批大会。续八日的大会。

十二日 星期一 《黑党组怎样抗拒主席批示》之（二）《抗拒六月批示》材料，交。

十三日 星期二 学习会。发。批，揭（录）。

十四日 星期三 外调：（1）关于高植及其妻，不了解。（2）关于陈翔鹤，材料本周内交。

十五日 星期四 云南省革命委员会成立。社论：《热烈欢呼云南省革命委员会成立》。

主席最新指示：

“我们有七亿人口，工人阶级是领导阶级。要充分发挥工人阶级在“文化大革命”中和一切工作中的领导作用。工人阶级也应当在斗争中不断提高自己的政治觉悟。”

十七日 星期六 《关于陈翔鹤》材料，交。

十九日 星期一 交二周来思汇。

二十日 星期二 上午。外调，关于杨荣国。定星期六交。

下午，学习会。涂发言。

二十一日 星期三 福建革委会成立。

社论:《团结起来，共同对敌》

外调：①肖平。②刘悄吾，都不了解。③马树模。当即写交。

二十三日 星期五 报载《苏联现代修正主义的总破产》，消息：苏修22夜进军捷克，占领，捷人民奋起抗击。

二十四日 星期六 外调，曾克、柯岗及所问四川省文联情况。材料定下星期二交。

报载总理关于苏修集团侵占捷克事件的重要讲话，坚决支持捷人民反抗苏军占领的英勇斗争。

二十六日 星期一 报载《工人阶级必须领导一切》，姚文元。主席指示（8.25）：

实现无产阶级教育革命，必须有工人阶级领导，必须有工人群众参加，配合解放军战士，同学校的学生、教员、工人中决心把无产阶级教育革命进行到底的积极分子实行革命的三结合。工人宣传队要在学校中长期留下去，参加学校中全部斗、批、改任务，并且永远领导学校。在农村，则应由工人阶级的最可靠的同盟者——贫下中农管理学校。

建立三结合的革命委员会，大批判，清理阶级队伍，整党，精简机构、改革不合理的规章制度、下放科室人员，工厂里的斗、批、改，大体经历这么几个阶段。

二十七日 星期二 《我所听说的关于四川省文联的事》(附关于曾克、柯岗)，交。

下午学习会。讨论主席最新指示和姚文元同志的文章。

二十八日 星期三 广西壮族自治区革命委员会诞生（8 月 26 日）。社论:《紧跟毛主席的伟大战略部署前进》。

二十九日 星期四 下午学习会，继续讨论主席最新指示与姚文元同志文章。

三十一日 星期六 下午学习会，续前。

九月

二日 星期一 本周轮到日志。上午交思汇。

三日 星期二 下午学习会。对已发言的提批评，揭发。

四日 星期三 《文艺报》行政组今日起每日下午开学习会。另组在 506 自学或写材料。

五日 星期四 上午外调。姜璟补充材料，当即写交。

七日 星期六 新疆、西藏革委会成立。全国（除台湾省外）各省、市、自治区革委会全部成立。社论:《无产阶级文化大革命的全面胜利万岁！》

下午学习会。提意见。

八日 星期日 搬家（小羊宜宾）。

十日 星期二 《人民日报》：周总理、江青同志 9 月 7 日在北京市革命群众庆祝大会上的重要讲话。下午学习会。提意见。以后转入学习主席最新指示和有关文件。

明日起，5 号公共场所的打扫，有了规定。

十一日 星期三 领导上决定：后日下午参加劳动，明日下午准备。

十三日至二十四日 秋收劳动。斗批大会。

二十七日 星期五 外调，王郁天，肖作霖。

二十八日 星期六 外调，关于民国学院，魏惕生。

《关于〈流露〉、〈中国文学〉和肖作霖》《关于王郁天》二外调材料，交。

十月

四日 星期五 《关于民国学院以及魏惕生的一些情况》外调材料交。

南京长江大桥近成式通车。九月三十日行通车典礼，国庆日清晨正式通车（今天的《人民日报》）。

五日 星期六 《思想汇报（1968 年 1 月以来）》交。

外调。林如稷。《关于林如稷》当即写交。

主席指示

广大干部下放劳动，这对于干部是一种重新学习的极好机会，除老弱病残者外都应这样做。在职干部也应分批下放劳动。

（10 月五日《人民日报》）

七日 星期一 侯金镜代买到毛选一卷本。

外调．关于 1937—1938 年长沙及《大众报》《观察日报》的一些情况（星期三写交）。

八日 星期二 学习会。国庆社论，总理讲话林副主席的讲话。

九日 星期三 《关于〈大众报〉和〈观察日报〉的一些情况》

外调材料，交。

十日　星期四　学习会（加）。几个问题，关于工人阶级、工人群众的看法、争论、批判。

十二日　星期六　学习会。续。论，批。

十五日　星期二　外调。关于金近。约定星期六交。

下午学习会。续。

通知：后日劳动。三天。请示黄寅同志外调材料延至下星期一交。

十六日　星期三　主席最新指示：

一个人有动脉、静脉，通过心脏进行血液循环，还要通过肺部进行呼吸，呼出二氧化碳，吸进新鲜氧气，这就是吐故纳新。一个无产阶级的党也要吐故纳新，才能朝气蓬勃。不清除废料，不吸收新鲜血液，党就没有朝气。

我们的权力是谁给的？是工人阶级给的，是贫下中农给的，是占人口百分之九十以上的广大劳动群众给的。我们代表了无产阶级，代表了人民群众，打倒了人民的敌人，人民就拥护我们。共产党基本的一条，就是直接依靠广大革命人民群众。

十七日至十九日　星期四至星期六　劳动（太阳公社）。

二十一日　星期一　外调《关于金近》材料，交。

二十二日 星期二 学习会。学习《吸收无产阶级的新鲜血液》。

二十三日至二十五日 星期三至星期五 劳动。

二十八日 星期一 黄寅、胡淑同志传。

①要写黑党组建党反革命路线材料。

②关于工人阶级问题的想法。

③注意外调，不同涉及者。

④生活，劳动。

二十九日 星期二 外调。关于徐昭。约下星期二上午交。

《黑党组怎样执行刘少奇反革命修正主义建党路线》，交（王朝垠同志收）。

下午学习会，发言。

十一月

二日 星期六 党的八届十二中全会公报发表。

（十月三十日至十一月二日劳动）

四日 星期一 学习会。学习讨论公报。

五日 星期二 思汇交。

《关于徐昭（徐芝瑟）》外调材料，交。

下午继续学习会。

六日 星期三 马连儒日讯，准备写沈承宽材料。

七日至九日 星期四至星期六

十一日至十三日 星期一至星期三 劳动（太阳升公社）。

十六日 星期六 交思汇。

下午学习会。斗批大会。

十八日至十九日 星期一至星期二 劳动（太阳升公社）（腰痛病，星期日贴膏药）。

二十日 星期三 今日起，本周日志（至下星期二）。

二十一日 星期四 《北京工人》上有《彻底清算刘少奇叛党国的滔天罪行》，读了令人发指。

二十二日 星期五 《关于沈承宽》材料，交。

二十三日 星期六 上午看病，打封闭针。

上班时开劳动讨论会。

下午分组学习会，续学公报。

斗批大会。

讨论机关劳动分工问题。

二十五日 星期一 到建华钢厂劳动。学习《认真学习两条路线斗争的历史》社论。重学《在中国共产党第七届中央委员会第二次全体会议上的报告》。

最新指示："历史的经验值得注意。一个路线，一种观点，要经常讲，反复讲。只给少数人讲不行，要使广大革命群众都知道。"

二十六日 星期二 钢厂劳动，下午休息时讨论劳动问题。

二十八日 星期四 下午学习会。

三十日 星期六 上午搬办公室（从 586 迁 401）。外调，关于刘述祖。下午写交刘述祖的材料。

十二月

二日 星期一

三日 星期二 在建华钢厂劳动。

四日 星期三 外调关于刘述祖的，要写几点补充说明，当即写交。

外调关于黄醒汉，当即写交。

交思汇。

五日 星期四 外调。关于三十年代，熟人，以及周方策等。要写三个材料。

六日 星期五 胡淑同志嘱，昨天的外调，只要写周方策的材料，定明日交。下午学习会。赶写材料。

七日 星期六 交周方策材料。外调要补充，并另用钢笔誊写。

八日 星期日 补充修改周方策材料，誊写。

九日 星期一 关于周方策材料，还要补写一个材料（关于1951年所写关于周的材料事）。十二时写交。

十日 星期二 外调：

1. 芝馨。记录，签名。
2. 王惕之。材料两份，定明日交。

十一日 星期三 王惕之材料两份，交。

外调。蒋牧良，约定星期六交。

明天的学习会，报名，题目（内容），但因赶外调，准备不及。

十二日 星期四 学习会。赶材料。

外调。关于徐芝纶。下星期二交。

十三日 星期五 外调。关于塘田，想不起的X X（名字忘了）。

下周交。晚饭在食堂。

十四日 星期六 下午学习会。关于蒋牧良材料今日交。

十六日 星期一 交思汇。

十七日 星期二 外调，徐芝纶材料交。下午学习会（破坏华东会演问题）。

十八日 星期三 关于塘田战时讲学院材料，交。上午各组汇报背老三篇及其他学习情况。要熟读五个文件、老五篇、再版前言。本组决定先熟《应当重视电影〈武训传〉的讨论》。

十九日 星期四 关于塘田战时讲学院外调材料，交。

外调，补蒋牧良问题（星期六交）。

学习会（续）。

二十一日 星期六 外调关于蒋牧良的补充材料，交。

学习会（续）。

二十二日 星期日 最新指示：知识青年到农村去，接受贫下中农的再教育，很有必要。要说服城里干部和其他人，把自己初中、高中、大学毕业的子女，送到乡下去，来一个动员。各地农村的同志应当欢迎他们去。

二十三日 星期一 下午学习会，最新指示。

二十四日 星期二 下午学习会（续前）。

二十六日 星期四 敬祝 毛主席 万寿无疆

向毛主席请罪。敬礼，唱《东方红》，背诵《毛主席语录》“再版前言”。下午学习会（续前）。

二十七日 星期五 外调，关于董纯才，上午即写交。

二十八日 星期六 下午学习会，主席最新指示。

斗委指示：年前布置学习主席最新指示。

二十九日 星期日 上班。

二十七日在我国西部试验新的氢弹成功。

下午学习会（续前）。

三十日 星期一 十时至十二时学习会（续前）。外调。关于朱凡。

下午学习会（续前）。

三十一日 星期二 外调要补写朱凡材料。

下午学习会（续前）。布置假期学习，适当事项。

1969

一九六九年

一月

一日 星期三　学习元旦社论。
主席最新指示，已录。

三日 星期五　交思汇。
下午学习会（元旦社论）。

四日 星期六　学习会。元旦社论。发。批。

六日 星期一　外调，关于朱凡材料，交。
下午学习会。重抄朱材料（用钢笔）。

七日 星期二　重抄朱凡材料交。
下午学习，发。关于对工人阶级领导问题。批。

八日 星期三　下午学习会。发。批。未完。打扫五楼。
工人解放军宣传队进驻文联作协。

九日 星期四　外调，了解钟潜九等监狱事，以及沈丙千（未叫写）。

十日 星期五　下午学习会（续），发，批。
斗委宣布下周搬大楼集中。

十一日 星期六 分组。第三组。召集人涂光群。

十二日 星期日 把行李搬到大楼 401。

十三日 星期一 集中。工人、解放军宣传队讲话，组织学习。胡德培同志宣布学习办法。要求。

十四日 星期二 上、下午讨论。对学习态度问题。批。晚，议开会如何开法。

十六日 星期四 上、下午讨论。对文革的必要性意义。

十七日 星期五 上午讨论。下午胡德培、李基凯同志指示学习中心问题及方法。续讨论。谈。批。

十八日 星期六 上、下午讨论。外调。关于刘厚明召开的儿童读物作者座谈会。

十九日 星期日 上午讨论会。下午郭小川与谈。

二十日 星期一 外调刘厚明材料交。上午讨论会。

二十一日 星期二 上午讨论会，发，批。下午续会。

二十二日 星期三 下午讨论会。

二十三日 星期四 下午，晚讨论会。

二十四日 星期五 外调。关于李琪树。

下午一时半，胡德培同志找我谈话。很感动，我一定照他的指示做，本亦有此准备。外调材料写就后，拟写一思想汇报。

黄寅、邹正贤又和我谈。都是要我做精神准备。

批斗会，批《阶级斗争息灭论》，走资派、代理在《人文》的罪行。深刻、尖锐。

会后周明同志指示，要好好想一想，自己这方面的罪行。深受教育，深受感动。

晚饭后，胡德培同志同军宣魏同志来401，指示，交代政策。

二十五日 星期六 上午斗批大会。

会前杨九江同志嘱：大家要接受斗批，不要怕，心要放宽些，要写一思汇。

二十七日 星期一 关于李琪树外调材料，交。

二十八日 星期二 交思汇。下午学习讨论会。发。评。

二十九日 星期三 下午学习讨论会，中，斗批会，批“剥削有功论”。

二月

四日　星期二　外调。关于叛徒李声玄（星期四交）。
下午学习讨论会。
抄摘 1966 年以来最新指示，竣工。

五日　星期三　关于叛徒李声玄的外调材料，交。
下午学习讨论会。

六日　星期四　下午，工宣老赵同志讲外调材料问题。讨论。
晚军宣老魏讲话。政策。新华厂的报告和最高指示。

七日　星期五　下午学习讨论会，中途，黄寅同志叫誊写一份材料。

八日　星期六　斗委宣布：9 人解放，即群众中去。讨论。
嘱写补充材料，约定下星期二、三交（428）。

十日　星期一　关于补充材料，交黄寅同志转。

十一日　星期二　下午学习讨论会，赶写材料，请假。

十二日　星期三　黑抗（三）材料，交黄寅同志。
到医室看病（腰肌痛、鼻血），取药。

十四日 星期五 到医院看耳鼻喉科（下午）。下午学习会请假。医嘱休息半天。材三则要分三份重写，定明日交。

十五日 星期六 到医院复诊。工宣、斗委宣布春节放假事宜及准备下放劳动问题（地点在湖北咸宁嘉鱼）。

材三则、补充、抄写，交。

十八日 星期二 春节初二。写思想汇报，交。

二十日 星期四 上班。

交：①思汇。②关于"故事会""编者的话"材料。

晚，收听社论《抓革命，促生产夺取工业战线的新胜利》，传达主席最新指示。讨论。

二十一日 星期五 天天读时间，续讨论。下午续讨论。

二十四日 星期一 下午学习会，发。

黄寅同志叫抄"简历"、"社会关系"各一份，明日下午交。

二十五日 星期二 昨材料两份抄送。下午学习会。

外调：关于邹适今，定星期五写交。

首长报告。因外调，耽误去听。

晚《人文》讨论报告，政策精神。发。

二十六日 星期三 上午学习会。讨论首长报告（陈默向我传达了报告）。发。

下午，讨论。赶写外调。

外调：关于鲁绍先。定下星期三写交。

外调：关于欧阳山，定下星期六写交。

晚，全机关表决心大会（清队工作。大检举、大揭发、大坦白、大批判）。

二十八日　星期五　邹外调材料交，要补充。下星期一交。

午餐后请假开米票，1 时 3 刻归。

三月

三日　星期一　交关于邹的补充材料（外调）。

上午全机关大会，老魏同志报告。

讨论报告（发），下午续讨论。

晚。从 401 搬到 428，重新分组。

我对苏修抗议（二日苏修侵入珍宝岛）（予以还击）。

四日　星期二　军宣报告，机关清队扫阻形势。

打得准。但很□[1]还不能说。

回 428，老魏同志讲话。分两组，有区别。应积极投入四大运动，可贴大字报。异常激动。

老魏准许，早请晚汇。非常兴奋，议了一下，从今晚起。

外调关于鲁绍先的材料，交。

① 字迹难以辨认。

报纸晚饭后到，社论:《打倒新沙皇！》

五日　星期三　早请示。看大字报，回来时已开始。以后必须早五分钟以前回。九时，张同志报告。斗争形势。矛盾转化。

裴同志指示几点写材料注意事项。午饭后讲，因运煤，陈默传达。

外调，1957 年儿文刊事，涉及金近，记录签字。

六日　星期四　关于欧阳山材料，交。老魏同志讲机关清队斗争形势，昨天的会。谈，凑情况，很有启发。

晚大会。四大不让参加。

七日　星期五　外调：董纯才。星期二交。

八日　星期六　晚交，交揭材料。

十日　星期一　交材料一份（李、沈）。

十二日　星期三　外调，关于张均与张式仪（星期六交）。

十四日　星期五　关于张均和张式仪，关于席勤（不认识），交。

搬到 408 里屋。还有陈默、林、雷、沈。（余到群众中）

晚广播《红旗》社论，传达最新指示。

交材料（沈补）

晚讨论最新指示。

十五日 星期六 上午补谈，写关于张均、式仪材料。

十七日 星期一 上、下午讨论，最新指示和社论《关于总结经验》。

外调：关于郭明（澳镜湖病人）。

十八日 星期二 外调：郭明材料，交。

外调：关于朱凡与张稼梅关系（提纲）。

外调了解魏孟克、王石波。

下午讨论。晚军宣同志来谈话（马政委）。

十九日 星期三 晚老赵同志来谈。

外调材料，关于魏孟克、王石波，交。

晚讨论会。

二十一日 星期五 晚讨论会。老马、老赵来谈。

二十五日 星期二 外调：杭文志；张善嘉。不知。

外调：长沙民大、塘田。定星期五交。

下午学习讨论会。沈发言。

晚续开讨论会。

二十六日 星期三 外调关于吴组缃（未叫写）。

二十七日 星期四 外调塘田材料，交。

二十八日 星期五 外调。补谈塘田材料。

下午学习会。发。评。晚续。

二十九日 星期六 上午全机关批判大会（批丁宁）。

四月

一日 星期二

1. 老魏同志宣布放到群众中去的人。
2. 开会。表示态度。批评。纪律。
3. 外调。关于延泽民，补充材料，定星期五交。

晚九时广播：九大公报。

游行。热烈庆祝九大召开。

十一时回，讨论。

二日 星期三 晚讨论。

三日 星期四 气喘，上医院。

晚服四环素。休息。

四日 星期五 休息。

五日 星期六 上午、下午大会。清队。

七日 星期一 再服四环素 6 片。

八日 星期二 医院就诊。班上派林元、毛承志陪同。打针（安茶碱），取药。

九日 星期三 裴师傅、东晓同志来看，问所需。晚李季为取安茶碱等药来。闻西南六个区受地震灾害。九大主席团致电慰问。这几天开会纵深发展。听议论而未能参与战斗，病得真不是时候。

十日 星期四 注射安茶碱第二针。

十一日 星期五 上医院看病。

十二日 星期六 晚雷奔为传达今天张政委布置学习的讲话。冯牧拿来喷喘灵。

十三日 星期日 摘抄雷奔记录张政委的讲话。

肿。便处长一大疱，似水泡。冯牧送药，并喷雾灵。晚张政委令上医院就诊，黄秋耘陪同。医生说肿是过敏性。

临睡时畏寒。

十四日 星期一 九大主席团秘书处新闻公报广播。

读，学习新华厂方案工作报告。

十五日 星期二 雷奔、林元传达张政委的讲话。

畏寒。心忡，喘仍剧。

十七日　星期四　裴师傅、李队长来问，喘稍轻，肿未消，心忡，夜不能寐。借雷奔十五日晚大会张政委讲话记录摘抄。林、雷传达昨晚张政委叫大家对宣传提意。看记录，非常感动。

二十一日　星期一　工宣队函医院，转院，中医医院诊。

二十一日至五月十六日　星期一至星期五　住阜外医院。

二周以后去复诊。

五月

十七日　星期六　马政委讲话。关于检查态度。休息。

十九日　星期一　上午参加学习。半休。

二十日　星期二　上午 401 人员会。马政委讲话。丁宁、胡海珠谈检查体会。

二十三日　星期五　上午涂光群检查。马政委来谈话。问病，交代政策，嘱勿自卑感。汇报思想情况。

二十四日　星期六　到医院看腰，打封闭针。

到东四口腔镶牙，六月十九日可取。

二十六日 星期一 从 408 搬到 409。

二十七日 星期二 大会。李季检查。

晚，邹正贤问关于欧阳山，要写材料。□□□[①] 历史材料。

二十八日 星期三 大会，对李季批，提意见。

二十九日 星期四 大会。李季检查。

外调，朱凡。定下星期三交。

三十日 星期五 上午到阜外医院复诊，仍是旧药。嘱半休。下午决吃中药，到中医医院就诊，在永仁堂抓药，代煎，明日起中午去取（三副）。

六月

三日 星期二 交关于朱凡的外调材料。

上午大会。解放杨子敏、涂、毛、闫、周五人。

下午中医院就诊。药店缺药。晚睡仍服补心丹。

四日 星期三 王真交代。中途裴师傅、邹正贤同志找我谈话。材料计划。帮助极大。谈后很愉快。

要 1940 年民大情况及 1944 年邹家客人情况。

---

① 字迹不清楚。

五日 星期四 关于欧阳山材料，交（周明收）。

七日 星期六 《1940年民大情况》《1944年上邹适今家的情况》交（吴桂凤收）。

九日 星期一 学习，最新指示，社论。

外调，关于塘田及《观察日报》情况。

十日 星期二 外调。关于邵阳《观察日报》党支部情况，交。

谢冰心在班上交代检查。提意见。

十二日 星期四 全机关大会。解放李季、冼宁、沈季平、黄沫、汤浩。外调。关于杨荣国和周方策及其他，交。

十三日 星期五 上午大会。解放叶勤、谢永旺。

张政委报告，关于团结学习班。

——中途补调：简化朱凡材料（闻大会还公布处理王真。宽大处理，仍用1956年审查结论，不以反革命分子论处）。

交材：《1930年参》《与有些刊物的关系》（马政委收）。

外调。简化朱凡材料，交。

十七日 星期二 机关除老弱病残者外，参加夏收劳动，政治野营，极羡。

十八日 星期三 老魏讲留机关的人工作和学习安排。

外调闻施平、杭州“文总”事。不清楚。仅提线索。

十九日　星期四　到口腔医院试镶牙，下牙要重做。二十六日取。

二十日　星期五　《和冯雪峰的关系》《和“第三种人”关系》两材料交（老李同志收）。

外调，关于《观察日报》的性质。

星期二来取（□□）。[①]

下午学习会。团结问题。

二十三日　星期一　外调《观察日报》材料（了解杨 ×[②]），交。

二十四日　星期二　外调，关于楼适夷，定星期六交。

二十五日　星期三　材《我的反革命亲属和亲戚》《我认识的几个托派分子》《我和陈阵的关系》交（老魏同志收）。

二十六日　星期四　取牙，试。还是不行。得再修。

二十七日　星期五　邹正贤同志叫写外调：巴波。看牙。

三十日　星期一　听广播七一社论。巴波材料交。

---

① 字迹不清楚。

② 原文如此。

七月

一日　星期二　外调：关于周方策。
报纸、社论。
下午外调，续谈周方策。

二日　星期三　上午外调，续谈周方策。
叫写。

三日　星期四　周方策材料交。

四日　星期五　写周方策材料“补充”。
到医院中医科看病。

五日　星期六　外调，又谈周方策问题，如想起情况，再补。
外调：关于施平。
大扫除。

七日　星期一　施平材料交。
昨日劳动大军胜利归来，今日休息。

十四日　星期一　外调。关于塘田，关于吴渊亮，记不起。写交。

十五日　星期二　给谢冰心的检讨提意见（班会）。

十六日　星期三　外调：关于周持中，写就。

李季通知：准备检查。

十七日　星期四　塘田和周持中外调材料，交。

工宣同志贾师傅、邹正贤同志让谈经历。待续。

十八日　星期五　基群听报告，未续谈。检初稿，开。

十九日　星期六　天天读时间讲用会。

上午续谈。

下午谈纪律问题及生活会。

二十一日　星期一　向贾师傅、邹正贤续谈。下午结束。贾师傅进行帮助。韩北屏检查，未能参加会。

二十二日　星期二　上午外调：关于陈子君 1957 年谈办刊物事。星期五来取。

二十三日　星期三　林元检查交代。邹正贤嘱写 1933 年至 1937 年经历。

二十四日　星期四　到防痨协会集体检查。

《关于陈子君所谈刊儿童文学刊物的问题》（外调），交。

批林元的会未能参加，与陈白尘谈了关于林元交代中的疑问。

晚，黄寅、王朝根、肖德生、崔道怡四同志找我谈，了解检查准备情况，并提意见：①不要流水账，抓主要问题。②不只是录黑思想，要用新思想，正确思想摧毁黑思想。

写好后请他们看一看。有问题可随时找谈。

作品部分要检查。

二十八日 星期一 党员登记表交。

学习关于 7 · 27 周年的文章。因赶材料，未参考讨论。

晚讲用会。

二十九日 星期二 韩北屏在班上二次检查。

外调：关于 1927 年 5 月杭州地下党一些情况。当即写交。

《1933 年到 1937 年我的经历》交邹正贤同志。他叫准备检查。

三十一日 星期四 晚，收听八一社论。

记录，最高指示两则。

上午谢冰心在全体大会上检查。

八月

一日 星期五 上、下午全机关大会批判谢冰心。

二日 星期六 八一社论学习会（班会）。下午病发。

四日 星期一 天天学，讲用会，分组。

马政委报告：学习 7 · 23 布告问题。

分开讨论。侧重：如何理解党的政策。

晚，邹正贤同志嘱写：①民大国民党及宋高河等情况[①]；②外调：繁实被害情形。嘱：检，要准备，但不必着急。

五日 星期二 讨论。

六日 星期三 上午张政委报告，布置学习讨论（7 · 23、7 · 28 报告）。

下午议。

七日 星期四 外调：关于李琪树。明日十二时前交。

八日 星期五 李琪树外调材料交。

班学习会。

晚，班生活漫谈会。

十二日 星期二 晚，马连儒同志报告五七干校情况，非常动人。

十三日 星期三 韩北屏第三次检查。批判。

十四日 星期四 杜麦青检查，批。

崔道怡、毛承志、张兆和同志谈，催准备检查。

---

① 1939 年 5 月，曾在溆浦北平民国学院任教，开设文艺习作课。

邹嘱写的材料才抄好。

外调：关于 1936 年“下乡宣传团”，不知。

明日得赶写关于繁实被害案材料。

十五日　星期五　上午雷奔检查交代。

外调：关于繁实的牺牲材料交。

十六日　星期六　外调：关于沙汀、艾芜。下周内写交。

林元第三次检查，未能去听（赶材料）。

十八日　星期一　下午杜麦青二次检查交代。

《关于民国学院的一些情况》（邹嘱写的材料）交裴师傅。

二十二日　星期五　沙、艾外调材料交。

上午侯金镜，下午冯牧在大会检交。

二十三日　星期六　上、下午批侯、冯大会。

二十五日　星期一　集体参观天津三条石阶级斗争展览馆（中国资本家的剥削工人阶级往往是带封建性的，超经济的，因此更残酷、更黑暗。工人阶级就更具革命性）。

（代表中国资产阶级，就是代表这个最残酷、最黑暗的阶级。）

二十六日　星期二　晚大会。张政委宣布到五七干校办法。已写报告条交林元。小羊宜宾书籍决留存原处。

二十七日 星期三 陈专案组问陈在刊物问题，要写材料。下周内交。

二十八日 星期四 中央命令。检。批。中止。要重新准备。

晚黄寅、毛承志同志帮助，谈。

二十九日 星期五 张政委报告。开展革命大批判问题。到五七干校问题，报名。

三十日 星期六 传达中央命令。

批韩班会。抄情报。思考。与郝芬同志谈，得她帮助。

三十一日 星期日

检查《鬼》① 之类毒素。记。

重新写交代检查提纲。

购塑料雨衣、袜，行装要开始准备。

九月

一日 星期一 和裴师傅谈了赶的情况，裴指示：

①全力学习开会。②然后写陈的专案组所需材料。③交检叫写时再写。

---

① 第一部长篇小说《鬼土日记》，上海正午书局，1937 年初版。

上午外调。再补一份李琪树材料，照8月份所写的。已交。

二日　星期二　革命大批判，班会。

自批《宝》。

三日　星期三　陈专案组所需材料，写交。

四日　星期四　参观珍宝岛杀退苏修侵军展览。革委成员，酝酿，一谈。李季、刘剑青、郑茂达、马连儒、吴桂凤。

总务科决定明早交所租床及其他家具。周明同志嘱我暂不交。

广播，越南胡志明主席三日逝世。

五日　星期五　上午张政委做下放五七干校动员报告，下午讨论。

六日　星期六　讨论，请病假。

交党费，除每月例数外，将活期1910.1，长存单5000＋3500，公债券71，——共10481交上。

八日　星期一　病假（班上讨论下放问题）。

黄寅同志交还星期六所交额外党费，暂放我这里，“因是冻结的，要请示”。

九日　星期二　机关捆扎家具，整理。

五七干校誓师大会。公布老弱病残。

417嘱写刘：①丁山谈两个口号问题；②1957年《人文》

改组事，定星期六写交。

十日 星期三 上午大会，解放林元、黄秋耘、沈承宽。宽大处理，杜麦青。康怡泰报告五七干校情况。极为动人。

晚，韩北屏在班上检查。批。

十一日 星期四 继续清理，存放机关家具。

下午班上开两小时会，批判韩北屏昨日检查的态度。

十二日 星期五 大会通过为革委会成立向主席致敬信稿。

材料：①“在丁山谈的关于两个口号问题。”②“刘白羽在1957年《人民文学》改组中的勾当”，交417。

下午开革委会成立和庆祝大会，煤炭工业部文工团参加庆贺演出。晚，大会宣布下去具体事项。老弱病残，二班增韩北屏、杜麦青、王真。

十五日 星期一 上午留员开个会，老魏同志布置学习、工作。学、工搬405。

十六日 星期二 下午到中医门诊部复诊。修补镶牙，二十四日取。

十七日 星期三 上午闪腰，到医院，新疗法针刺，能弯腰。

冯牧给681一瓶（100片），中午始服。

十八日 星期四 上午到医院看腰，没挂上号。

二十四日 星期三 张开达同志嘱写邵：① 1957 年关于两个口号动员人发言事；② 1958 年规定老舍管《人民文学》事（两材料国庆节前交）（419）。

二十五日 星期四 上午大会：①解放韩北屏等二人。②宣布明日动身到五七干校事宜。

下午，关于邵的两材料，交。

二十六日 星期五 第二批下放五七干校同志今日动身。

二十九日 星期一 到口腔科取回所补修的牙。

十月

四日 星期六 学习两报一刊社论，林副主席和周总理的讲话。

六日 星期一 学习会。

上午外调：关于葛琴。要写材料，周明同志说下周再写。

七日 星期二 学习延长到一周。

八日 星期三 《中华人民共和国政府声明》（1969 年 10 月 7 日）。

九日 星期四 《中华人民共和国外交部文件》（驳苏联政府 1969 年 6 月 13 日声明）发表。学习。

十四日 星期二 内调：刘专案组。关于丁山（等外调葛材料写完，即写此）。

十五日 星期三 下午，统指在二七剧场召集开会，揭发并逮捕铁道文工团中的反革命分子、坏分子罗国良，领导小组张光同志讲了话。

十六日 星期四 开会，讨论昨天的大会。

下午续开，因赶关于葛的外调材料，请假。

十七日 星期五 关于葛的外调材料，交。

十八日 星期六 下午参加判处反革命分子、坏分子公审大会（地坛）。

二十五日 星期六 《在丁山的情况》《关于张辉》二材料，交。

十一月

八日 星期六 外调：①葛琴 1957 年在杭材料，录出一份作证明材料（以后还要来补丁山材料）。② 1935 年和 1936 年丁玲情况，下星期二来取。

十日 星期一 关于丁玲的外调材料，交（刘）。

十五日　星期六　开会。刘德凤谈疏散、下放问题。

第一部分交检稿竣工。

二十二日　星期六　开会。宣传疏散下放办法。

第一批，28 日动身。行李 26 日集中。

1972

一九七二年

四月

72.4.6 到[①]

七日 函张琪、郭锦贵同志。王同志来。

八日 等章，未来。庆云、振纲来。

九日 打电话给章（下午）（上午曾发一名片）。开始服柏子养心。

十日 与于仲恭同志商谈看病与房子问题。晚与老于访刘澄大夫，她介绍可找中医院 15 号诊室许心如大夫。

十一日 星期二 到中医院就 15 号诊室许心如大夫看病，开方，七剂。到东四抓药，请代煎。取第一剂。下午六时取。开始服用。

遇谭家芳。

十二日 星期三 下午，章来。回到东四取药，第二剂。

遇周巍峙、一计。振纲来一坐。（周寓此间）

十三日 星期四 遇李季、正一、李震、宏声同志、小川、绍纲同志、敏崎同志。函芝华。取第三剂药。

补裤，18 日取。

---

① 从湖北咸宁文化部五七干校回到北京。

十四日 星期五 购M E 35,37 卷，初中数学 1，2，4，澡。

第四剂药。

函李季。

十五日 星期六 到小羊 5 号，见到郭阿姨、一计、泰昌、高述芬、刘琳诸同志。

看存物，取书二册。

第五剂药。读 Anti. Q

十六日 星期日 取第六剂。服止咳、桑菊、藿香等。

十七日 星期一 接芝华信。函李季、正一、李震同志（转临时关系问题）。第七剂。齐。

十八日 星期二 汤药减半。服痢特灵。恐有外感（或始于 15 日）。微痰喘。

十九日 星期三 郭庆云同志来，陈敬容同志来。

章来。同谒天安门。到公园一坐。给她主席诗词一本，以及数学教科书、国际常识等。服痢特灵、橘红片。

二十日 星期四 王真来。

二十二日 星期六 到中医院就 8 号诊室王大夫看病（许大夫不

在）。服第一剂。

二十三日　星期日　取第二剂。

二十四日　星期一　取第三剂。

二十五日　星期二　第四剂。老于同志说连部已批准大佛寺房屋。

二十六日　星期三　泰昌来一坐，第五剂。

二十七日　星期四　看病。抓药十剂。明天起，隔一天服一剂。章来。写墙报诗。看她的思想日记。谈41事。

二十八日　星期五　到四条红日药店取第一剂。

三十日　星期日　第二剂。订《参考》两月。5.1起。

五月

一日　服痢特灵，通宣片。章来。

二日　星期二　馨携大牛、康康来。同诣义娴，谈她的工作问题。归途遇淑华同志，到她家一坐。

三日　星期三　取第三剂。

四日　星期四　取四剂。领到工资。未扣党费（老于谈转临时关系事）。发信，芝寅，卿陀。

五日　星期五　义娴来。下午和她同老刘看大佛寺首创路房屋。付 10 元。购马恩四卷本选集。

六日　星期六　取第五剂。老刘同志约粉房子，19 日。卿陀电话。

七日　星期日　卿陀携仁仁、大勇来。

八日　星期一　芝华来。取第六剂。

十日　星期三　与义娴谈。付 40（25，32）8 备用[①]。

十一日　星期四　第七剂。

十二日　星期五　向义娴借粮票 3 斤。函章。取第八剂。

十三日　星期六　晚，华携红红、小玉来。

十四日　星期日　卿携仁仁、勇勇来。同到丰盛胡同。晚饭后仁仁带小洪送至寓所。

---

① 原文如此。疑为付保姆义娴工资。下同。

十五日　星期一　取第九剂。晚遇草明，来一坐。她住18条36号。

十六日　星期二　取第十剂。喘。

十七日　星期三　章来。和平里东西已整理好，交来钥匙两枚。

十九日　星期五　到隆福看病。下午在卫生站打第1针（共13针）。

二十日　星期六　第2，3针，约好板车，23日搬。

二十一日　星期日　第4，5针，康、玉来、立圻、芝寅来。函章。

Digox（以后隔日一服）。

二十二日　星期一　第6，7针。

二十三日　星期二　小羊宜宾什物已搬。老于说和平里家具不动，另拨。第8，9针。Digox。

和平里钥匙已交老刘（昨晚）。今日老于又交回。

交老刘20。交义娴30。

二十四日　星期三　第10，11针。由老于经手借到30斤全国粮票。

交义娴20。

二十五日　星期四　第12，13针，结账。章来。迁居首创路。Digox。

二十七日 星期六 交义娴 10。

二十八日 星期日 卿陀携仁、勇来。

二十九日 星期一 章来。已定好板车。

三十日 星期二 到中医院看病。8 号诊室赵大夫，原方。开始理书。

三十一日 星期三 章和平里什物已送妥。付娴工资。寄到 5、6 月两月份粮票。

六月

一日 星期四 买鞋、英课本。

二日 星期五 函支部。

三日 星期六 到中医院就王大夫看病，原方。李季来。晚，卿陀携仁仁来，支援油票、米。

五日 星期一 函季方。复连部函，函文井、张僖同志。

六日 星期二 工资，号 30145（200）。张僖同志回京，晤谈。

八日 星期四 刘德凤同志来。张章，下午她同学历蓓芬来。章学英语。

九日 星期五 领到7月、8月份粮票。

十日 星期六 冯牧同志来。

十一日 星期日 卿携仁仁来。昭明同志来。药第十剂，齐。

十三日 星期二 澡，滑伤左肋。晚杨子敏同志来。

十四日 星期三 到中医院看骨科。王朝垠同志来。连部信（外调）。黄其云同志来。

十五日 星期四 陈默同志来。刘德凤同志来，要章的电话号码，叫她交和平里住屋钥匙。

十六日 星期五 复连部。

十七日 星期六 下午发烧（39度），到隆福看急诊。

十九日 星期一 昨烧退，今日又烧（39° 8'）。到隆福急诊，查血是疟疾。

二十日 星期二 接季方信。泻，服痢特灵。

二十一日 星期三 章来。下午她同学侯勇俊来。

二十二日 星期四 到中医院就王大夫诊。下午隆福来人调查疟疾情况。晚饭后章来。

二十三日 星期五 老刘同志来，为订三季度《参考》。胡调荣同志来。下午访冯牧同志。晚李季、袁鹰同志来。王大夫来（每星二、四、六上午在中医门诊部）。

二十五日 星期日 草明来。郑茂达同志来。

二十六日 星期一 张兆丰同志来。

二十七日 星期二 第五剂二。

二十八日 星期三 卿携仁、勇、小洪来。

二十九日 星期四 到中医就王大夫看病，原方，五剂。

三十日 星期五 丁宁、罗立韵同志来。张僖同志告诉我国务院已批准转京。须填干部表。

七月

一日　星期六　填表。马寄远同志来。章来。教章英语事暂停。

二日　星期日　章来。王大夫来。

三日　星期一　高铮、王朝垠同志来。

五日　星期三　工资。算家用账，予 30。章来。

六日　星期四　辽宁革委来人外调于岩。

七日　星期五　写材料。下午高铮、冯牧、朝垠、张僖、振刚、大洪同志来，晚餐。

八日　星期六　中医院王、赵大夫都不在，只好改日再看。下午外调谈。大洪来。干部表交刘德凤同志。

九日　星期日　重写于岩材料两份。

十日　星期一　葛洛同志来。

十一日　星期二　到中医就王大夫门诊，原方六剂。材料重写，重谈。

十二日 星期三 上午材料重写，谈。交。又，延泽民材料，写交。章归。

十三日 星期四 章球赛已告一段落，谈订学习计划问题，剩余价值论等。晚回厂。

十四日 星期五 晨遇杨东等，住五四大街 50 号。年已 74 岁。林绍纲同志来。章来。

十五日 星期六 刘德凤同志交来干校要填的干部表，填就。晚昭明、曲斌同志来。

十六日 星期日 干部表挂号寄连部。得连部信。章来，卿陀携仁仁来，见了面。与卿谈《物与经》предстцвленце 一字译法，标出页数，她将向编译局反映。

十七日 星期一 予 20。

十八日 星期二 章回，休息，这一向夜班。得雨，胸闷。

十九日 星期三 到隆福看病。黄秋耘同志来信。

二十日 星期四 德凤同志交还折。函支部交党费。章归，小侯勇俊俱。小五来，带光年一信，书二册（放在连部的）。

二十二日 星期六 到中医院，就王大夫看病。侯甸同志来。

二十三日 星期日 晨遇杨东老一谈。

二十四日 星期一 傍晚访王大夫。

二十五日 星期二 予15。刘德凤、王朝根同志先后来。

二十六日 星期三 张昭同志来。

二十八日 星期五 接连部信。函德凤同志。关系已转来。

二十九日 星期六 卿携仁来。

三十一日 星期一 德凤同志送来以前所交笔记本等，以及转粮食关系信件。

八月

一日 星期二 到中医就王大夫诊。三剂。转粮食关系。章归。20。社论。

二日 星期三 7月份家用清账。章归，侯勇俊偕。

三日　星期四　听报告。

四日　星期五　德风、古立高、李季、冯牧同志先后来。喘。

五日　星期六　到中医就王大夫看病。

六日至十七日　星期日至星期四　在隆福医院住院治疗。

十八日　星期五　上午出院。李季来。晤侯甸，寓同院。

十九日　星期六　章归。晚，卿携仁来。服王大夫方。

二十日　星期日　仁来。

二十四日　星期四　住首都医院，系由经德荣同志向隆福交涉转院。戴（主治）、郦、毛、董、施（中医）大夫。

林林曾来访。遇家宝。

同病房常谈天的付鑫、徐惟义、田春、尚（?）、学福诸同志。

予 80。

九月

十五日　星期五　出院。

予约 9 月 28 日上午复诊。

十六日　星期六　关木琴、王朝垠同志来。晚，卿来，她刚从沪归，谈苏红、文彬近况。

十七日　星期日　卿携仁、勇来。曲斌、昭明同志来。

十八日　星期一　德凤同志来。送来文件；查粮票；取走协和账单以备报销。

十九日　星期二　晚，北雁、一士来，得知牧、灵、小七、燕近况，极喜。

二十日　星期三　函牧良。读文件。章归。

二十一日　星期四　购氧气袋。访一士。予20。

二十二日　星期五　馨、康来。李汉禹、王敏同志来。章竞同志来，章归。

二十三日　星期六　李季、刘厚明同志先后来。

二十五日　星期一　《宝》改补。

二十六日　星期二　得牧良信。极喜。

二十八日　星期四　到协和复查（焦大夫），下午馨来，约卿同饭。

二十九日 星期五 取药，灌氧袋。王路遥同志来，见赠《北京少年》试版一二期。

三十日 星期六 郝金禄、许以同志来。
痰甚。

十月

一日 星期日 芝寅来，芝馨携康康，卿携仁、勇来。章归偕四同学。敏歧一家来。

二日 星期一 和章谈家事问题。她开始学广播英语课，口授。算家用，予 50。

三日 星期二 章归。韩作黎同志来。下午北雁、一士来，同出散步。章已约敏歧一家（王玉忠同志，娃娃许旭）一玩，同饭。

四日 星期三 复诊（金大夫）。预约二十五日下午 3 时。

六日 星期五 函牧良。函黄秋耘，购 M. E. 22, 38。

七日 星期六 田春同志来。机关发来马恩选集一部。

十日 星期二 到中医院就赵大夫诊。晚适夷来，未遇，留条。

十一日　星期三　章归，勇俊偕。办转折。

十二日　星期四　适夷来。

十四日　星期六　章归。向中医院挂号，赵大夫不在。

十五日　星期日　一士来。卿陀携仁、勇来。

十六日　星期一　克家、郑曼同志来。

十七日　星期二　德凤同志来。取转。

十九日　星期四　到中医院就赵大夫诊，一士来，购到 ME20。

二十日　星期五　买到烟筒，复习近史竣。

二十二日　星期日　仁仁来，送油票。一士来，带迅全三册。

二十三日　星期一　德凤、华锋同志送炉来，并为装炉。

二十五日　星期三　交义 50，到协和复诊。章归。小殿来。

二十六日　星期四　张金宝同志来，帮助糊窗。

二十七日 星期五 王文迎同志来。

二十八日 星期六 敏歧来，晚偕王玉璋同志来。

二十九日 星期日 卿陀携仁、洪来。芝华携红、玉来。

三十一日 星期二 到隆福看耳鼻喉科。芝华来。晚，一士来，卿带迅全一册。

十一月

一日 星期三 章归，偕勇俊。芝华携红、玉来（未遇章）。黎丁同志来。

两炉已作价，付款。

二日 星期四 毛承志同志来。下午购围巾，世界地图。

三日 星期五 看冯牧同志。

四日 星期六 发工资。了 60。晚，卿携仁来，带十斤好米。得牧良信。

五日 星期日 陈楚同志来。

六日 星期一 刘德风、温书舫同志先后来。

八日 星期三 下午到协和复诊。庆云同志来。

九日 星期四 李季、金禄同志来。

十日 星期五 章归，偕勇俊。发《列宁选集》一部。

十一日 星期六 购《论反对派》。

十二日 星期日 得连支部信。仁仁来，送来《列宁选集》精装本。一士来。

十三日 星期一 德凤同志来，传达。张秋蕊同志来。路遇丁力、孙用同志。

十四日 星期二 写检，老于、老韩同志来。

十五日 星期三 章归。

十六日 星期四 章归。胡调荣同志来。

十七日 星期五 章归。下午休息，有热。

十八日 星期六 章归。

十九日 星期日 发热，疟疾。

二十日 星期一 烧退。

二十一日 星期二

二十二日 星期三 到协和。章归。

二十三日 星期四 章归。服磷酸哌喹，到今日。
草明来。

二十四日 星期五 开始服白氨奎宁。服 8 天。秋蕊同志来。

二十五日 星期六 小川同志来。

二十六日 星期日 卿携仁、洪来。

二十七日 星期一 秋蕊同志来。海珠同志来。开始继检。

二十八日 星期二 检稿竣工。姜大夫来。

二十九日 星期三 章归。检录清。

三十日 星期四 检挂号寄支部。章归。到协和复诊。

十二月

一日 星期五 写关于"表象"问题信，请金禄同志带留守组送人民出版社。光年来。伯氨疗程今日止。算 11 月日用账，付 12 月份工资。

二日 星期六 章归。仁仁来，未遇。林绍纲同志来。得昨发信收条。

三日 星期日 张僖同志一谈。一士来。

四日 星期一 小川同志来。北雁、虞统来。

五日 星期二 予 80。

六日 星期三 生活漫谈会。会后李季来。

七日 星期四 到协和复诊。

八日 星期五 章归。谈W师傅事。

九日 星期六 章归。

十日 星期日 洋地黄。

十一日 星期一 续服洋。

十二日 星期二 章归。洋 3，重新服益。

十三日 星期三 停洋：以后每 2 日一片。

十四日 星期四 章归。洋。

十五日 星期五 剑青同志来。章归。

十七日 星期日 卿携仁来。

十八日 星期一 温书舫同志来。

二十日 星期三 章归。

二十一日 星期四 章归。机关代为买到《中国通史简编》。秋蕊同志来，她明日住院。

二十二日 星期五 到协和复诊（焦大夫）。予 70。

二十四日 星期日 林林同志来。会武同志来。

二十五日 星期一 章归。杨匡满同志来。

二十七日　星期三　晤陈默、田野同志。

二十八日　星期四　章归。

二十九日　星期五　张僖同志谈纳嘉工作问题。看冯牧同志。翰如同志来。

三十日　星期六　德凤来。雷奔来。为纳嘉工作问题函作黎同志。章归。

三十一日　星期日　北雁、一士来。卿携仁、勇来。章归。

1973

一九七三年

一月

一日 星期一 章到厂值班，归，小殿等来。谢明清同志来。付义工资。予 50。

二日 星期二 与章逛书店。

三日 星期三 章回厂。

五日 星期五 到协和复诊（金大夫）。心 4 号。洋地黄可停服。遇老尚。

七日 星期日 章上午归（中班）。下午式苍、卿陀携仁来。

九日 星期二 崔道怡、古立高同志来。高铮、林心、朱革非同志来。

十一日 星期四 章归。谈学历史问题。大周明来。

十二日 星期五 仁仁来，带来她的课本。老任夫妇来。章归。草明来。机关发《世界通史》一部。

十四日 星期日 于秀珍、高铮同志先后来。

十五日 星期一 林葆禄[1] 同志来，说亚平已逝世，八哥仍健在。谈药，劝停服益寿宁（质地不纯）。章归。她已读《战与和》，取去《三国》。予 60。

十七日 星期三 芝华、王杰来。章归。

十八日 星期四 杨子敏同志来。

十九日 星期五 章回厂。开始服卵磷脂。到协和复诊（全大夫）。殷之慧同志来。

二十日 星期六 沈承宽、林林同志先后来。

二十一日 星期日 晚章归。其母来。

二十二日 星期一 许以、石云山同志来。小雪。

二十三日 星期二 喜雪。吴天同志来信。

二十四日 星期三 晴。晚饭后章归。其母来。

二十五日 星期四 章午饭后赴与母约。得林林同志信，送展票三。予 50。160。

---

① 前面的日记中一直为“林葆骆”，是同一人。下同。

二十六日　星期五　一士来，他明日回湘探亲。李昌荣同志来，遇泰昌。汪莹同志来。

二十七日　星期六　聂伟为一士送自行车来。如约与章会其母，看 Eskimo 艺展。同回。

二十九日　星期一　仁仁来。晚上章归，带来其母所购被里及床单。又一床单赠义娴者。

三十一日　星期三　黄寅同志来。

二月

一日　星期四　胡德培同志来。予 100。

二日　星期五　到协和复诊（张大夫）。李震同志来。

三日　星期六　李昌荣同志携小玲来。侯聚元同志来。

四日　星期日　卿携仁、勇来。张桂英、陈树诚同志来。

六日　星期二　孙一珍、孟伒千、王光、李震同志先后来。

七日　星期三　潘德润同志来。

八日　星期四　章归。德凤同志来（中央文件）。

十日　星期六　厚明同志来。仁仁来。

十一日　星期日　秋蕊、胡淑、承宽、李华、小周明同志先后来。

十二日　星期一　章归，谈学习问题。季方来。小平来，未遇，留条。

十四日　星期三　泰昌、曹琳同志先后来。

十五日　星期四　逯斐同志来。王文迎、王宏伟同志先后来。

十六日　星期五　复诊（张大夫）。章归。

十七日　星期六　季方来，承宽来，谈章。

十八日　星期日　孙淑慧邀谈。与张僖同志谈。卿携仁、勇来。沈季平同志来。王守华同志来。

十九日　星期一　友梅来。承宽来，续谈。

二十日　星期二　与冯桂贞同志谈淑慧、朋举问题。承宽来。章归。与张僖同志谈复婚手续问题。得金近信。

二十一日 星期三 承宽来。写申请复婚的报告。章归。

二十二日 星期四 宽、章修整房间。机关证明书已开来。德凤同志来，向他汇报复婚及思想、学习、生活等情况。

开始与章学习《矛盾论》。

二十三日 星期五 章回厂。与宽到景山街道革委会办复婚手续。

二十四日 星期六 宽搬回。章上午归。温书舫同志来。葆禄大夫来。克家同志携小平来。

二十五日 星期日 得灵君电痛悉牧良于二十三日病故，致唁电。

朱行、叶勤同志先后来。

二十六日 星期一 章归，邀刘师傅来。友梅来。

二十七日 星期二 陈树诚、张振亭同志先后来。上午章归。晚季方来。秋蕊同志来。

二十八日 星期三 晨，章归。于秀珍、李震、吴泰昌同志先后来。

三月

一日 星期四 婆婆、二姨、宝宝、小雄来。

二日 星期五 上午复诊（张大夫）。下午章归。吴文霞、王迺瑾同志来。芝华、季方来。林林同志来，惠《鲁迅书简》（增田所藏）二册。

四日 星期日 何镕、湘一同志来。

五日 星期一 到协和检查，心电图。宽买床。得人民出版社复信。

六日 星期二 康怡泰、肖德生同志来。

七日 星期三 小川、张僖同志来。支义 35。翰如、海珠、陈丰同志来。

八日 星期四 陈霞如同志携小妹来。予 100。

九日 星期五 沈季平同志来。与章学习。与宽谈章学习问题。

十日 星期六 钟洛同志寄赠《门外文谈》及《鲁迅书简》（增藏）。

十一日 星期日 利生来。

十二日 星期一 林元同志来。

十三日 星期二 与利生谈。

十四日 星期三 喜得文彬函。

十五日 星期四 与宽访克家同志。

十六日 星期五 复诊（游大夫）。

十七日 星期六 崔六朴同志来。开始服茧方。

十八日 星期日 陈敬容来。卿携仁、勇、洪来。季方来。

十九日 星期一 陈默来。

二十日 星期二 冯牧来。承宽动身赴干校。

二十一日 星期三 与章一游公园。林林来未遇，留条及北斋画展券两张。

二十二日 星期四 听传达，73，13，14，复金近、文彬。

二十三日 星期五 钟洛来，赠北斋画展券。与章去一看。

二十四日 星期六 承宽书，信。

二十五日 星期日 老赵来，带交承宽信。

二十六日 星期一 金慕箴来，交来章所存33元。函宽。

二十八日 星期三 婆婆来。德凤来，通知下午看文件，康怡泰来，交承宽信及衣一包。得金近信。下午到留守处学习。

二十九日 星期四 晨，曹恒起来，向旧书店约购《哲学笔记》。往购，未遂。归途访曹，并访曹琳、冯牧。下午读文件，一士来。学琴携小亚来。

三十日 星期五 复诊（金大夫），遇王桂生大夫，遇黎阳。一士与聂伟装修自行车。寄承宽信。章归，谈学习。德凤来，带致内部书购买函。

三十一日 星期六 承宽寄来车站托运单。

四月

一日 星期日 卿携仁、勇来。一士寓此。

二日 星期一 黎阳携汀汀来。

三日 星期二 寄承宽。晚章归。

四日 星期三 章厂扫墓后，归。一士回市场。泽民来未遇，留条。买到《世界通史》(中古部分)。月 3.5//35.0，予 100.0。

五日　星期四　章回厂。冯雪峰来未遇。

吴泰昌来。晚林林来，询《书简》注事。

六日　星期五　承宽书。克家函。厚民来。

九日　星期一　寄承宽信附棉票，包裹（毛线）。承宽致留守组信，前天已由义娴交去。

十日　星期二　访克家、孙用。承宽 6 日书。上午章归，饭后回厂。

十二日　星期四　于秀珍、吴泰昌来。

十三日　星期五　复诊（张大夫）。

十四日　星期六　开始服隆福医院送来的预防疟疾丸剂。北雁、一士中午来。

十六日　星期一　承宽十一日书。雪峰来，老刘来，取走托运单。昨起头疼，消化不良，盖药物反应。

十七日　星期二　药止。季方、王杰、芝华来。托运八件到。寄承宽，函刘艾莲，章归。

十八日 星期三 惠薪来。徐贻庭来。

十九日 星期四 章回厂又归。因为停电，交存 30（内服装费 10）。晚饭后上夜班。

二十一日 星期六 胡德华、周新英来。小于来，带承宽十九日信，钥匙一枚。晚惠薪来，送来她的长篇稿。

二十二日 星期日 孙琪璋来。涂光群来。卿携仁、勇来。

二十三日 星期一 周新英来。陈敬容还书来。

二十四日 星期二 刘艾莲来（取回她托带的东西）。婆婆来。晚章归。

二十五日 星期三 予 30。

二十六日 星期四 晨，章回厂。

二十七日 星期五 复诊（张大夫）。明日当检查冠状循环血流指数。预约 5 月 7 日。检查：血小板，集试验；胆固醇，β 脂蛋白；磷脂，中性脂肪。

二十八日 星期六 上午做冠状循环血流指数检查。惠薪来。

二十九日 星期日 承宽托运的行李三件已由留守组取来。德凤来（还100）。刘天生老师同王大夫来，为量血压（正常），以验昨、今服药之效（张金宝同志取来两枚）。

三十日 星期一 寄承宽，章归。惠薪来。

五月

一日 星期二 克家、郑曼来。清月账。1.5/35/10。

三日 星期四 鼻炎。《马克思传》。

四日 星期五 到隆福看鼻炎。章回厂。

五日 星期六 炼记100。

六日 星期日 接承宽回连部后的来信。

七日 星期一 晨风雨，冷。没去协和抽血，利生四日来，今晚回东北。

八日 星期二 承宽到452① 后的来信。

九日 星期三 晚章归。明日起早班。

① 452：即湖北咸宁文化部五七干校校部所在地，高地45.2米，故有此称。

十一日　星期五　复诊。寄承宽。

十二日　星期六　承书来。章归，晚饭后回厂。

十四日　星期一　到协和内科抽血、做心电图。得新英信。晚林元来。承书谈家事。闫纲来。

十六日　星期三　宽信。章归。

十七日　星期四　章回厂。上午看章笔记。

十八日　星期五　翰如、昭明来。寄承宽。得郭成年信，叙灵君生活情况。即函灵君，并 30（拟以后每月如此）。复郭。

二十日　星期日　寄承宽。卿携仁仁来。

二十一日　星期一　惠薪来。

二十二日　星期二　得文彬信。

二十四日　星期四　宽信。得泰昌信。小鹰来。予 50。

二十五日　星期五　复诊（张大夫）。见宽寄义娴信。予 50。

二十六日 星期六 章归。承书回太原。晚金近来，昌荣夫妇来，柴鸿逵来。

二十七日 星期日 宽二十二日书。文彬寄来上海文艺丛刊《朝霞》。季方来。邓友梅来信。

二十八日 星期一 于秀贞、沈季平先后来。章一归。卿偕志恒来。寄承宽。

二十九日 星期二 章一归。约一士来一谈其家庭近况。柴鸿逵来，带走承宽所需提包等物。

三十日 星期三 章归。谈学习历史唯物论。接灵君信。

三十一日 星期四 湘一来。熊宏嘉来。秋蕊来。得承书信。函一士。日用账。

六月

二日 星期六 惠薪来。芝华来。

三日 星期日 草明来。北雁、一士来。

四日 星期一 复承书。得吴咸信。湘一来。

五日 星期二 章归。承宽信。资。35/3.5，予100。厚民来。婆婆来。复吴咸，并函美院。

六日 星期三 寄灵君30，温书舫来。章回厂。

七日 星期四 林葆禄大夫来。

八日 星期五 复诊（张大夫）。寄承宽。王愿坚来。

九日 星期六 晨散遇吴伯肖。承宽信。章傍晚归。

十日 星期日 章回厂。泰昌来。

十一日 星期一 湘一来。章一归。克家来。

十二日 星期二 听传达。章归。

十三日 星期三 接承书信、灵君信，高进贤来。

十四日 星期四 王路遥来。章回厂，晚归。

十五日 星期五 章回厂，雨。尹一之来。

十六日 星期六 寄承宽。湘一来。

十七日 星期日 接乐森信。

十八日 星期一 章一归。

十九日 星期二 支部会。章归。张慕书、丁世中来。

二十日 星期三 婆婆来。晚，章回厂。

二十一日 星期四 开始服大哥方。章归。

二十二日 星期五 承宽十九日信。复诊（张）。

二十三日 星期六 卿携仁仁来。章一归。

二十四日 星期日 一士来。

二十五日 星期一 寄承宽。

二十六日 星期二 听传达。章一归。

二十七日 星期三 承宽廿三日信，附利生信。取表。章归。

二十八日 星期四 章午回厂，傍晚归，感冒。仁仁来。

二十九日 星期五 章服药，晚饭后，回厂。

三十日　星期六　上午章一归。复乐森，日用账。得敏歧函及稿。

七月

三日　星期二　寄承宽。章一归。

四日　星期三　章晨归，晚回厂。得惠薪信。张启才师傅来。

五日　星期四　托金禄带交文井一函并惠薪稿。到隆福外科病房探望李季。复惠薪。

六日　星期五　复诊（张大夫）。湘一信。

七日　星期六　厚民来，谈他的剧本计划。复敏歧，谈他的文稿。章一归。

八日　星期日　章一归。

九日　星期一　到协和检查，做心电图。接吴咸信，即复。承宽信。予 50。

十日　星期二　章请假归，因腹泻。

十一日　星期三　高进贤来。

十二日　星期四　章回厂。寄承宽。

十三日　星期五　35/3.5，予 50。汇灵君 30。晚一士、聂伟来。

十四日　星期六　晨章归，说张师傅嘱函母写材料。上留守处看文件。接承书信、乐森信。

十五日　星期日　小于带来承宽信，章一归。卿携仁仁来。

十六日　星期一　李刚等三位携乐森信来。接敏歧信。章归。上午听报告。

十七日　星期二　上午与章看画展。接文井信关于惠薪稿事，即复。并函惠薪。章回厂。函承书。

十八日　星期三　章晨归，晚回厂。惠薪来。屠岸来，谈惠薪稿事。

十九日　星期四　章一归。寄承宽。

二十日　星期五　到协和复诊（李大夫）。

二十一日　星期六　接灵君函。章一归。已将母信内容写材料交团支部。

二十二日　星期日　承宽信。郑曼来。敏歧稿托带交克家。

二十三日 星期一 上午听传达。

二十四日 星期二 章归。得泰昌所寄《河北文艺》。

二十五日 星期三 予30。

二十六日 星期四 章回厂。寄承宽。

二十七日 星期五 惠薪来，见赠《北京文艺》3期。

二十八日 星期六 金涛（携敏歧信）来。

二十九日 星期日 章一归。眩。承宽信。晚北雁、虞统、一士来。见胡德培，得悉如稷近况。

三十日 星期一 章一归，写发言稿。

三十一日 星期二 得承书信，日用账。予50。

八月

一日 星期三 芝华来。章归。晚回厂。

三日 星期五 复诊（张大夫）。

四日 星期六 章一归。

五日 星期日 得承宽信，下午复。小冯回京，带来一信。

六日 星期一 章一归。芝华来。

七日 星期二 芝纶、玉贤、芝华来。

八日 星期三 章归。

九日 星期四 章回厂。晚一士、聂伟来。

十日 星期五 予50娴资。寄灵君30。仁仁来，王景山携小玲来。

十一日 星期六 下午听文件。一士来。

十二日 星期日 得承书信。章归。

十三日 星期一 章回厂。

十四日 星期二 承宽信。泰昌来。章一归。

十五日 星期三 章归。

十六日 星期四 章回厂。寄宽信。

十七日 星期五 复诊（张大夫）。

十八日 星期六 晚，章归。

十九日 星期日 晨，章回厂。承宽信。即复。

二十日 星期一 屠岸来。章归。

二十一日 星期二 章归。

二十三日 星期四 惠薪来。芝馨来。下午听传达。

二十四日 星期五 到留守处读文件。章一归。

二十五日 星期六 承宽信。

二十六日 星期日 卿携仁仁来。章归。一士来。予 30。

二十七日 星期一 寄承宽。

二十九日 星期三 章归。蒋学会来，带承宽信。

三十日 星期四 发布十大新闻公报。章一归。

三十一日 星期五 复诊（张大夫）。章一归。收听总理在十大的政治报告。

九月

一日　星期六　学习十大报告。章一归。惠薪来。

二日　星期日　章归。函屠岸。

三日　星期一　晨，章回厂。承宽信。

四日　星期二　函承书。康怡泰、王守华来。章归。

五日　星期三　与章函承宽。

六日　星期四　予100。汇灵君30,35/3.5。

七日　星期五　晚冯牧来。

八日　星期六　惠薪来。一士、小聂来。单亚生来。

九日　星期日　晨散遇树则，即同过其寓一坐。克家来。王朝垠来。

十一日　星期二　章归。昨接宽信。

十二日　星期三　与章到中山公园。

十三日 星期四 义娴谈“黄先生”事，闻之令人愤慨。寄承宽。

十四日 星期五 复诊（金大夫）。章一归。接大可信。

十五日 星期六 承宽托运件送到。章归。惠薪来。

十六日 星期日 承宽信。遇昭明、曲斌。章一归。

十七日 星期一 义娴谈黄事，为怕遭物议而留她。承宽信。章归。屠岸来。

十八日 星期二 章晨回厂，晚归。

十九日 星期三 仁仁来。章在家。

二十日 星期四 承宽信。即复。

二十一日 星期五 章一归。

二十二日 星期六 惠薪来。一士来，交买表费。

二十三日 星期日 接承宽电。三奶奶来。

二十四日 星期一 承宽归。章归。

二十六日　星期三　婆婆来。

二十七日　星期四　侯甸来。偶访人文社。

二十八日　星期五　复诊（男张大夫）。下午屠岸、谢郁彦、惠薪来，讨论《澜沧江畔》修改问题。德凤来。

二十九日　星期六　结日用账，汇灵君 30。

三十日　星期日　晚与宽、章谒天安门。

十月

一日　星期一　吴泰昌来。

二日　星期二　婆婆携小雄来。卿携仁仁来。

三日　星期三　崔六朴师傅来。与宽、章上街。

四日　星期四　章归，极喜。

五日　星期五　章归。买澡盆，未遂。

六日　星期六　北雁、一士来。惠薪来。

七日　星期日　宽访朱进贤。王树舜来。

八日　星期一　张玉荣来。张僖来。

九日　星期二　与宽、章看国画连环画展。晚与张僖同访树则。

十一日　星期四　甘棠惠来。王树舜来。

十二日　星期五　复诊（沈大夫）。草明、纳嘉来。湘一来。

十三日　星期六　金近来。刘艾莲、汪莹、甘棠惠来。章归。

十四日　星期日　曹琳、王迺瑾来。

十六日　星期二　接丹丹信。章归。

十七日　星期三　屠岸来。

十八日　星期四　大嫂来京。章回厂。

二十日　星期六　承宽问义娴病。一士送表来。接惠薪信。

二十一日　星期日　章一归。

二十二日　星期一　温书舫来。接首都医院信，约验血及心电图。

二十三日 星期二 做心电图。章一归。芝华、小玉来。

二十四日 星期三 到协和内科抽血。与大嫂、承宽、章到公园。陈霞如携小妹来。

二十五日 星期四 婆婆、小雄来。章一归。

二十六日 星期五 复诊（游大夫）。章一归。侯甸来。

二十七日 星期六 于秀贞来。昭明来。

二十八日 星期日 沈季平来。王树舜、张昭来。章竞来。张文信来。章一归。

二十九日 星期一 敏歧、志一来。章一归。

三十日 星期二 杨子敏来。仁仁来。章归。朱行来。

三十一日 星期三 张启才师傅、朱晓萍、魏韧娟、王萍来。章回厂。

十一月

一日 星期四 章午归。

二日　星期五　惠薪来。晚章归。

三日　星期六　德风来。丁世中来，告其母逝世。晚章归。

四日　星期日　章归。卿携仁仁来。

五日　星期一　章归。

六日　星期二　到留守处听文件。章归。

七日　星期三　汇灵君 50。与大嫂、宽、章散步，饭。

九日　星期五　复诊。章一归。乐森来信，已调青海工农学院。

十日　星期六　许翰如来。章归。大嫂回并。

十二日　星期一　与宽访克家，遇靖华、泰昌夫妇。章归。

十三日　星期二　宽携章就侯大夫整牙。

十六日　星期五　接大嫂信。杨道更来。惠薪来。

十七日　星期六　朱革非来。章一归。

十八日　星期日　朱燕南、黄季方来。一士、小聂来未遇。访冯牧未遇。泰昌来。

十九日 星期一 李准、马烽、孙谦来。痰。

二十日 星期二 敏歧来。章一归。义娴来。

二十三日 星期五 复诊（李大夫）。晚小鹰夫妇来。

二十六日 星期一 厚明来，示《云泉战歌》稿。马肇元、冯明霞来。文彬为章寄课本两册。

二十七日 星期二 芝华来。晚，章归。

二十八日 星期三 章整牙。

二十九日 星期四 屠岸来。

十二月

四日 星期二 杨志一来。章归。

五日 星期三 章写总结。温书舫来。

六日 星期四 章一归。

七日 星期五 复诊（杜大夫）。厚民来，谈《云泉战歌》稿。敏歧来。柴鸿逵来。

十日 星期一 克家来未遇。草明来。一士、小聂来。章一归。

十一日 星期二 敏歧、季平来。屠岸来。章归。

十二日 星期三 摄影。

十三日 星期四 祖秉和来。张英、小玉回京，来一坐。章回厂。

十五日 星期六 章一归。惠薪来。

十六日 星期日 章一归。晚侯甸、沈季平来。

十七日 星期一 章一归。

十八日 星期二 整。与宽谈。

十九日 星期三 与章谈。

二十日 星期四 章一归。续谈。

二十一日 星期五 宽代取药来。

二十二日 星期六 敏歧来。翰如来。章一归。谈。

二十三日 星期日 卿携仁仁来。章一归。

二十四日 星期一 宽谈。

二十五日 星期二 闫纲、徐贻庭来。章归，谈。接惠薪信。

二十七日 星期四 宽章谈。章回厂。

三十日 星期日 承宽咯血，就诊。接干校连支部促回电报。章归。一士来。

三十一日 星期一 利生来京。章值夜班。

1974

一九七四年

一月

一日 星期二 章归。谈。郑曼来。章晚回厂。

二日 星期三 王树舜来。芝华、小玉来。小聂来。章一归。

三日 星期四 杨志一来。沈季平来。厚民来。

四日 星期五 复诊（杜大夫）。惠薪来。

五日 星期六 承宽到北医就诊。接甘棠惠信。

七日 星期一 惠薪与屠岸等同志来谈《澜沧江畔》修改问题。翰如来。章归。咳。

八日 星期二 看中医。章归。接敏歧信。

九日 星期三 与章谈。

十一日 星期五 章一归。下午到隆福看病。

十二日 星期六 一士、小聂来。

十三日 星期日 章一归。

十五日 星期二 就诊（隆福）。

十六日 星期三 小侯来，带章条。门诊（中医）。

十八日 星期五 宽代取药（以后由冠心组转内科门诊部）。徐贻庭、杨志一、闫纲来。路宝玉来。晚丁力来。康怡泰来。

十九日 星期六 朱晓萍、王萍来。

二十日 星期日 邓友梅来。陈书诚、柴鸿逵来。

二十一日 星期一 章归。

二十三日 星期三 春节，北雁、虞统来。小聂来。婆婆、小雄来。

二十四日 星期四 卿携仁来。

二十五日 星期五 乐森来自并。沈季平来。

二十六日 星期六 刘、陈、林师傅、朱晓萍、王萍来。李清昆、王秀方来。

二十七日 星期日 克家来。

编后记

今年是父亲张天翼诞辰一百一十周年，中国戏剧出版社决定出版他的日记，真是一个最好的纪念。

这部日记所记述的年代是从 1957 年 1974 年，中间有些隔断。

1957 年 4 月至 1964 年 2 月，这期间，张天翼任《人民文学》主编、中国作家协会党组成员和书记处书记，除了审读刊物稿件外，还要开各种会议，听各种传达，看各种文件，参与各种政治运动；他还被选为人大代表，每年要去外地视察；身体上的不适也常常困扰他。尽管如此，作为有过多年小说写作且丰产的作家，他念念不忘的还是文学创作；1957 年，计划写话剧《华威先生在今天》；1958 年，与陈白尘住进北京大学临湖轩，拟写一部反映高校知识分子生活的长篇，等等。但都未能如愿。

1968 年 4 月至 1969 年 11 月，日记记载起于搬进牛棚，止于下干校前夕。“文革”对张天翼的打击是双重的。被打成了“走资派”，家庭也发生重大变故。家不复家，孑身一人，住在牛棚，写检查、写外调材料、被批斗、参加劳动。

1972 年 4 月至 1974 年 12 月，1972 年 1 月，获“解放”;4 月，从干校回到北京，又开始记日记。读书，写读书笔记；政治上有了些许松动，亲朋好友之间开始互相来往。不久，家庭破镜重圆，生活逐渐走上正轨。

1975 年 1 月，中风、失语，右半身瘫痪。尽管大脑仍然惊人的活跃，但表达受到严重限制，再也没能拿起笔来。

1928 年，张天翼正式写作，开始公开发表作品。到 1942 年爆发严重肺结核，不得不暂时停笔，他已有近三百万字的文学作品问世。这些包括了长、中、短篇小说、童话、杂文、评论的创作，无不带有他对社会、人情洞察入微的犀利讽刺。平时，在生活中，他幽默、风趣、开朗，常常讲笑话，讲得自己先开怀大笑。但他却不是一个勤于记日记的人。呈现在我们眼前的全部日记基本是流水账，有点色彩的，仅是在外地视察时记录下来的人物和故事，仿佛触动了创作的敏感，文字会显得活泼。到了“文革”中，记载更是极简到了备忘录式，“文革”前日记里还时有感情流露，此刻已荡然无存。这与他曾经的大量文学创作和难以遏制的创作欲望形成反差，这种反差很强烈，强烈到不容忽视。它表现在：当你把日记主人放进一个特定的历史背景去看时，即使他不露声色，也能从片言只语中解读到他波澜起伏的内心。

这就是日记作为出版物的意义。

中国戏剧出版社的樊国宾先生，有意出版前辈们的日记，以期用最真实的记录，从各个方面，让人们看到历史的真相。这是要有勇气和智慧的，是功德无量的事情。《张天翼日记》列为其中一种，在我是念念感激。同时，衷心感谢国宾兄的同事们：武云女士给了我极大的支持和鼓励；王燕女士一丝不苟地做了大量编辑工作；王洪武先生电脑录入手写原文，是相当费神辛苦的。感谢所有为这部日记的出版付出了心血的好心人！

感谢母亲沈承宽和黄侯兴先生、吴福辉先生，他们共同编辑了内容丰富、资料翔实的《张天翼研究资料》(中国社会科学出版社1982年版)，我在整理日记时的一些疑问，得以在此书中找到答案。出版父亲的日记，一直是母亲生前的愿望，如今愿望能实现，可以告慰她了。

张 章

2016年仲夏